각색과 전유

ADAPTATION and APPROPRIATION
by Julie Sanders

각색과 전유

ADAPTATION
and
APPROPRIATION

줄리 샌더스 지음

정문영 · 박희본 옮김

도서출판 동인

• 이 저서는 2016년 대한민국 교육부와 한국연구재단의 글로벌연구네트워크지원사업의 지원을 받아 수행된 연구임(NRF-2016S1A2A2912225).

• This work was supported by Global Research Network program through the Ministry of Education of the Republic of Korea and the National Research Foundation of Korea (NRF-2016S1A2A2912225).

옮긴이의 글

──────

이 책은 신생 학문 영역인 각색학의 이론과 실천에 있어 선구적 역할을 하고 있는 줄리 샌더스(Julie Sanders)가 쓴 *Adaptation and Appropriation*(2016 개정판)의 한국어 번역판이다. 또한 이 책은 2016년부터 수행해온 한국연구재단 글로벌연구네트워크지원사업의 국제공동연구(주제: 상호문화주의적 관점에서의 각색과 상호매체성(Adaptation and Intermediality Across Time and Cultures), 참여연구자: 박희본, 정문영, 줄리 샌더스, 요르겐 브룬(Jørgen Bruhn))를 통해 원작 저자와 옮긴이들 사이의 오랜 상호교류로 탄생한 상호텍스트이기도 하다. 따라서 번역 과정 자체가 각색학 이론의 구축과 실천이자 확장의 시도라고 할 수 있으며, 이러한 공동작업을 진행하는 동안 우리 옮긴이들은 많은 것을 배우고 지적 자극을 공유하고 나누는 즐거움을 누릴 수 있었다.

그러나 저자가 열정적으로 시대와 문화, 그리고 장르를 가로지르며 조우한 수많은 텍스트들과 그것들의 다시-보기들로 엮어진 팔림세스트적 원작의 번역은 린다 허천(Linda Hucheon)이 말한 "배가된 기쁨"만큼이나 배가된 고통을 주는 작업이었다. 저자는 각색학 자체가 핵심 용어들의 정립보다는 새로운 용어들의 확장과 증식에 주력하는 성향의 학문이며, 각색과 전유가 끊임없는 새로운 텍스트들의 창조와 다시-보기로 텍스트들 사이의 상호텍스트적인 네트워크와 연결을 "계속(그리고 계속)" 진행시키는 각색학의 주요 요소이자 동인임을 시사한다. 이러한 성향의 신생 학문인 각색학 이론서를 번역하는 일은 만족감보다는 불만감을, 기쁨보다는 고통을 더 많이 준 불안정한 작업이었던 것은 사실이다. 그러나 옮긴이들의 역량과 주어진 시간이 허락하는 한, 독자들에게는 고통보다는 배가된 기쁨을 누릴 수 있는 읽기를 제공하기 위해 최선을 다했다. 아마도 몇 년이 지나면 저자는 새로운 개정판을 다시 출판할 것이다. 지금의 번역판의 풍요로운 '내세'(afterlife)로 다시 태어날 그 때의 번역판을 예비하는 마음에서, 불만스럽지만, 불안정한 번역판을 세상에 내놓을 용기를 내본다.

끝으로, 2016년 국내 학계에서의 각색학 연구의 확산을 위해 구성하여 지금도 활발하게 활동하고 있는 〈각색과 상호매체성〉 스터디 그룹의 구성원들(김태형, 남정섭, 박종덕, 박희본, 윤지혜, 정문영, 홍은숙)에게 깊은 감사를 드린다. 매달 정기 세미나로 모여 이 책의 원작뿐 아니라 많은 각색학 이론서와 서구 텍스트를 각색한 한국영화를 비롯하여 다양한 각색 작품들을 함께 읽으며 나눈 열정과 지식이 긴 번역작업에 직접적인 도움과 에너지가 되었다. 늘 함께 해준 가족들에게도 고마움을 전한다. 또한 출판을 맡아주신 도서출판 동인 이성모 사장님과 편집진에게 감사드린다. 이 번역서가 문학, 연극, 영상, 그리고 다양한 미디어에 관심을 갖고 공부하는 분들에게 실질적인 도움을 줄 수 있기를 진심으로 바란다.

2019년 2월
옮긴이들 **정문영 · 박희본**

Additional Foreword to Korean Translation

It is with genuine pleasure and excitement that I welcome this Korean translation of the 2nd edition of *Adaptation and Appropriation* into the world. The translation itself has been undertaken by my fellow investigators on a National Research Foundation of Korea Global Research Network Grant, Professors Park Heebon and Chung Moonyoung, and is part of a much wider project looking at Literature and Intermediality which has brought us into many rich intellectual dialogues with one another as well as artists from Park Chan-Wook and Sarah Waters to David Mamet and Terence Rattigan.

Adaptation and Appropriation has been a remarkable book for me in many regards. Since its first version was published in 2006 I have been fortunate enough to be invited to many parts of the world to share its thinking and to learn from new cultural contexts and audiences in the process. This has included meetings across Europe, in North America, in China and Hong Kong, in Malaysia, in Australia and New Zealand and in the Lebanon. I am grateful to everyone who has taken the time to share ideas and material with me in those amazing places. Korea though is a special place for me—one where I have the good fortune to work with colleagues on both my intellectual passions—early modern studies and adaptation studies— and where I count myself lucky to have many friends and colleagues. I have in turn learned much from Korean theatre and cinema, which has in turn enriched my approach to adaptation and appropriation as both concepts and practices. Korea is also a place where I have found great hospitality and welcome, important qualities in our fast-changing world.

The second edition of *Adaptation and Appropriation* sought to rethink its own original version of things not least through the changing world of new media and technologies. In an ever more connected globe the power of art to evolve and adapt and to be re-made and re-purposed by its users grows faster and more plural every day. Translation is one significant part of that dynamic history of evolution and I am lucky to have had two such wonderful colleagues to produce this particular translation at this point in time. I can only hope that this book in its many and multiple forms will continue to have a rich afterlife and enable many more future conversations in the world.

Professor **Julie Sanders**
Newcastle, UK
December 2018

한국어 번역판 **저자 추가 서문**

『각색과 전유』(2판) 한국어 번역판 탄생을 진심으로 반갑고 기쁜 마음으로 환영합니다. 이 번역은 한국연구재단 글로벌연구네트워크지원사업 동료 연구자들인 박희본·정문영 교수가 수행했고, 박찬욱, 사라 워터스에서 데이비드 마멧, 테렌스 래티건에 이르는 예술가들의 작품 및 우리 상호간에도 풍부한 지적 대화를 활성화시켜온, 문학과 상호매체성을 고찰하는 훨씬 더 큰 프로젝트의 일환입니다.

『각색과 전유』는 여러 측면에서 내겐 놀라운 책입니다. 2006년 초판이 출간된 이래, 운 좋게도 세계 곳곳의 초청을 받아 책에 담긴 생각을 공유하고 그 과정에서 새로운 문화적 맥락과 청중들로부터 배우기도 했습니다. 여기에는 유럽 전역, 북미, 중국 및 홍콩, 말레이시아, 호주 및 뉴질랜드, 레바논에서의 만남들이 포함됩니다. 그 멋진 장소들에서 나와 아이디어, 자료를 공유하기 위해 시간을 내준 모든 분들에게 감사드립니다. 하지만 한국은 내게 특별한 곳입니다. 근세영문학 및 각색학이라는 내 학문적 열정의 두 분야에서 함께 연구하는 동료 학자들이 있어 행운이며, 개인적으로도 친구와 동료가 많은 점 행운으로 생각합니다. 덕분에 나는 한국 연극과 영화에서 많은 것을 배웠고, 이는 결국 개념과 실천으로서의 각색과 전유에 대한 나의 접근법을 풍요롭게 해주었습니다. 또한 한국은 급변하는 세상에서 중요한 요소인 큰 환대와 환영을 내가 발견한 곳이기도 합니다.

『각색과 전유』 2판은 특히 새 미디어 기술의 변화하는 세상에서 원래의 버전을 재고하고자 했습니다. 점점 더 연결된 세상에서 예술이 진화하고 적응하고, 사용자들에 의해 재구성되고 용도 변경되는 역량은 날마다 더 빨라지고 다원화됩니다. 번역은 그 역동적 진화 역사의 주요 부분 중 하나이며, 현 시점에서 두 훌륭한 동료가 이 특별한 번역을 출간한 건 내겐 행운입니다. 이 책이 여러 다양한 형태로 풍요로운 내세를 누리고 이 세상에서 향후 더 많은 대화를 창출하기를 바랍니다.

2018년 12월
영국 뉴캐슬에서
줄리 샌더스

차례

■ 옮긴이의 글 / 5
■ 한국어 번역판 저자 추가 서문(Additional Foreword to Korean Translation) / 7

서론: 계속해서(그리고 계속) — 13

1부 용어 정의하기
 1 각색이란 무엇인가? — 37
 2 전유란 무엇인가? — 53

2부 문학적 원형들
 3 "이상한 변화가 있네": 셰익스피어 전유 — 77
 4 "그것은 매우 오래된 이야기이다": 신화와 변신 — 104
 5 동화와 민담의 "다른 버전들" — 137

3부 대안적 관점들
 6 대안적 관점 구성하기 — 157
 7 "우리 '다른 빅토리안들'" 또는, 19세기를 다시 생각하기 — 192
 8 역사 가공하기: 또는 사실을 전유하기 — 223
 9 맞춤형 내러티브: 기술 재현성 시대의 저작권과 예술작품 — 240

후기: 다른 버전들 — 255

■ 용어 해설 / 267
■ 참고문헌 / 271
■ 찾아보기 / 291

"진정으로 텍스트를 사랑하는 사람은 때때로
(적어도) 두 개의 텍스트를 모두 사랑하고 싶어 하지 않을 수 없다"
―제라르 주네트,『팔림세스트』

"모든 부정직한 사업에서 그렇듯이, 책은 두 세트가 있었다. . . ."
―피터 캐리,『잭 매그스』

서론
계속해서(그리고 계속)

"예술은 결코 진보하지 않는다, 그러나 . . . 예술의 제재는 결코 동일하지 않다"
—T. S. 엘리엇, 「전통과 개인의 재능」

이 책은 문학의 문학성뿐 아니라 다른 여러 형식, 매체, 장르들로 된 문학적인 것의 실재를 다룬다. 이것은 연관에 관한 책이다. 상호텍스트성, 그리고 각색과 전유의 형식으로 된 예술의 특정한 구현에 대한 어떤 탐구도 예술이 어떻게 예술을 창조하는가, 또는 문학이 어떻게 문학으로 만들어지는가에 대한 관심을 갖지 않을 수 없다. 물론 각색을 연구하거나 또는 '읽어내는' 이러한 행위는, 자기만족에 그치거나 텍스트나 문학비평의 내세(afterlife)를 활성화시키는 학문적인 추구로 입증될 위험이 있다. 문학, 매체 또는 문화연구 학자 또는 학생이 학업 과정을 통해 많은 '텍스트들'(여기서 '텍스트들'은 필름, 창작물, 작품, 이벤트 그리고 공연 등으로 각각 대체된다)을 읽거나 보는데, 이러한 행위를 더 많이 할수록, 그들은 더 많은 반향, 유비(parallel), 그리고 비교점을 발견하게 된다. 상호텍스트적 언급과 인유(allusion)를 추적하는 것이 일종의 자기 확인 실습이라는 견해는 충분히 타당한 것이다. 예컨대, 로버트 바이만(Robert Weimann)은 텍스트가 다른 텍스트들을 다 섭취하여 창조하는 다양한 방식들을 제안하면서, "전유의 재생산적 차원"(1983: 14)에 대하여 피력한다. 그러나 독자로서, 관객과 비평가로서, 우리는 또한 각색과 전유가 문학 그리고 나아가 예술 전반의 실천이자 또한 향유의 토대임을 인식할 필요가 있다.

20세기 후반에 이르면 '독창적'일 수 있는 능력이나 독창성은 그 필요성조차 묻지 않는 것이 하나의 특유의 미덕으로 간주되었고, 특히 예술에서 그러했다. 에드워드 사이드(Edward Said)는 「독창성에 대하여」("On Originality")에서 "작가는 독창적으로 쓰는 것에 대해서는 덜 생각하고, 다시 쓰기에 대하여 더 많이 생각한다"(1983: 135)고 말하며, 데리다(Derrida)는 "쓰고자 하는 욕망이란 가능한 많이 너에게로 돌아오는 것들을 내보내려는 욕망이다"라고 말한다(1985: 157). "다시 쓰기" 욕망은 단순한 모방을 훨씬 능가하는 것으로 종종 상호텍스트성과 같은 이론적 용어로 설명되며, 이러한 실천에 대한 초기의 특출한 이론가들이 1960년대, 특히 프랑스에서의 구조주의와 포스트구조주의 운동으로부터 출현한다. 인류학의 영역에서, 클로드 레비스트로스(Claude Lévi-Strauss)는 문화나 문화적 형태들의 전역에서 반복하는 구조들을 발견하는 관점에서 많은 연구들을 수행하였다(2001 [1978]). 문학 영역에서는, 롤랑 바르트(Roland Barthes)가 문학 속에는 항상 주변 문화에 이미 있던 작품들이 존재하고 있음을 시사하면서, "어떤 텍스트도 상호텍스트이다"(1981: 39)라고 선언했다. 바르트는 텍스트의 의미 생산이 작가들에게만 달려 있지 않음을 부각시키면서 텍스트간의 상호텍스트적인 네트워크와 연결을 창조하는 독자들로부터 그들이 어떻게 혜택을 받고 있는가를 지적했다. 레비스트로스 밑에서 과학적 그리고 인류학적 훈련을 받은 줄리아 크리스테바(Julia Kristeva)는 「묶인 텍스트」("The Bounded Text")에서 어떤 텍스트가 "텍스트들의 하나의 순열(permutation), 즉 상호텍스트성"이 되는 과정을 묘사하기 위하여 "상호텍스트성"(intertextuality)이라는 용어를 만들어냈다(1980: 36). 기호학에 초점을 둔 크리스테바는 텍스트들이 그들이 참여하고 있는, 또는 유래하고 있는 문화의 기호, 기표, 언설에 의하여 어떻게 침투되고 있는가에 관심이 있었다. 그러나 하나의 용어로서 상호텍스트성은 훨씬 더 텍스트적인 것을 지칭한다. 그것은 텍스트들의 창조 및 구성 과정에서 그리고 차후의 개인적 또는 집단적 독자 또는 관객 반응의 관점에서 다른 텍스트들을 어떻게 포함하고 반응하는가에 관한 언설 주도적 개념과는 대립된다.

　새로운 웹2.0 시대에 우리는 특히 집단적 창조와 유저메이커(user-maker) 세대의 개인화된 맞춤형으로 작동하는 새로운 양식의 상호텍스트성에 노출되어 있다. 유튜브(YouTube)나 유쿠(YouKu)와 같은 플랫폼과 사이트가 그 예이다. 이런 상황에서 매쉬업(mash-up)과 더불어 리믹스(remix)와 재매체화(remediation)와 같은 용어들은 우리의 일상 어휘 속으로 들어왔고, 이제 그것들 자체가 저작권과 지적 재산 대 독창성과 열린 접근이라는 개념에 도전하고 있다(Bolter and Grusin 2000). 물론 이 책에서 언급되고 있는 모든 예술 형식들에서 각색의 역사적 깊이가 확인해주듯이, 이 모든 것들의 "새로움"은 과대평가될 수도 있다. 그러나 더 정확하게 언급한다면, 기술은 우리로 하여금 가장 광의의 용어로 예술의 맞춤형 제작(customization)이 가능하다는 것을 더욱 인식하도록 만들며, 이러한 디지털 텍스트들의 제공과 이것들이 수행하는 사회적 그리고 문화적 가치에 대하여 과도하게 의식하도록 만들어왔다는 것이다. 소설가 톰 매카시(Tom MaCarthy)는 이 사실을 "기술은 우리 자신에게 실상 우리가 늘 그랬던 대로의 우리, 즉 코드로 네트워크화되고, 분배되고, 묶여 있는 우리를 드러내 보인다"라는 말로 표현한다(McCarthy 2011).

이러한 흩어지고 분배된 상황에서, 각색과 전유(또는 매체화와 재매체화)가 그들의 상호텍스트적 또는 연결적 의도를 명백하게 밝히는 정도는 다양하기 마련이다. 이 책에서 우리가 검토하는 정전적 문학작품들의 많은 영화, 텔레비전, 또는 연극 각색들은 공공연하게 스스로 선구적 정전에 대한 하나의 해석 또는 다시-읽기(re-reading)임을 밝히고 있다. 때때로 이것은 한 감독의 개인적인 비전을 내포할 것이고, 어떤 형식의 문화적인 재배치 또는 최신화를 포함할 수도 있고 포함하지 않을 수도 있을 것이다. 때때로 이러한 해석 행위는 또한 새로운 장르 양식 또는 상황으로의 이동에 영향을 끼칠 것이다. 전유에 있어서는 상호텍스트적인 관계가 아마도 덜 명백하고, 더 깊이 박혀 있을 것 같지만, 그러나 불가피하게도 정치적 또는 윤리적 헌신이 작가, 감독 또는 공연자의 원작 해석의 결정을 구성할 것이다. 이러한 관점에서, 어떤 각색과 전유 연구도, 롤랑 바르트 또는 미셸 푸코(Michel Foucault)의 '저자의 죽음'이라는 영향력 있는 이론이 시사하듯이, 그렇게 쉽게 저자의 창조적인 취지를 간과할 수는 없다(Barthes 1988; Foucault 1979). 그럼에도 불구하고 소위 원작 텍스트의 권위를 불안정하게 만드는 이러한 이론들의 역량은 다양한 그리고 때로는 상충되는 의미의 생산을 가능하게 만든다는 것은 우리의 분석에 있어서 중요한 사실로 증명될 것이다. 문학/예술 형식들의 내재된 상호텍스트성은 지속적이며, 진전하는 의미의 생산과 영구히 확장하는 텍스트적 관계들과 가치체계들의 네트워크 구축을 촉진시킨다.

앞에서 언급한 웹2.0 환경으로 다시 돌아가 보면, 현재 우리의 관심은 각색 작업에 관여하고 있는 전적으로 새로운 실천 공동체로, 특히 스스로를 새로운 종류의 스토리와 텍스트들(종종 연속물 또는 연재물의 모습으로)의 제작자와 프로듀서로 만드는 팬 공동체로 끌리고 있음을 알 수 있다. 헨리 젠킨스(Henry Jenkins)는 참여문화에 대한 그의 연구를 통해 수많은 이러한 공동체들과 하위문화들에 대한 인상적인 민족지학적 연구물을 생산하였고, 우리는 더 이상 제작자와 소비자 사이에 명확한 선을 그을 수 없게 되었음을 강조한다(1992: 275). 그리고 이러한 상황에서 '원작'(original) 또는 원천(source)이라는 개념에 대한 재공식화가 네트워크화된 분배와 집합적 해석의 논의로 시작된다. 텍스트들은 시간을 가로질러 자체 검증 역사를 전개시키면서, 각색과 재해석의 다양한, 종종 다양한 양식들, 때로는 상호문화적인 형식들을 경험하게 된다. 이렇듯, 독자 또는 관객 또는 "생산-소비자"(prod-user, 액셀 브룬스(Axel Bruns)의 시사적인 문구, 새로운 내용 창조의 모델을 창조하기 위하여 사용과 생산의 개념을 의식적으로 흐리게 한 용어(Bruns 2008))가 소위 원작을 어떻게 조우하고 있는가를 고려하는 것도 중요한 사안이 된다. 실은 인지된 원작 또는 원천이 아마도 그 순서에 있어서 첫째가 되지는 않을 것이다. 오늘날 젊은 사람들은 셰익스피어의 『로미오와 줄리엣』 또는 루이스 캐롤(Lewis Carroll)의 『이상한 나라의 앨리스』(Alice in Wonderland)와 같은 정전 텍스트들을 아마도 영화각색물 또는 소위 고전의 월트 디즈니 만화 영화 버전을 통해서 접할 것이다. 린다 허천(Linda Hutcheon)이 강조했듯이, 이러한 새로운 환경에서 "다양한 버전들은 수직적으로가 아니라 측면적으로 존재한다"(2013: xv). 그러한 조우의 순서 또는 진입점이 우리가 최종 사용자의 관점에서 각색 경험을 이해하고 묘사하는 조건들을 어떻게 변경시키고 있는가? 우리는 줄곧 이러한 해석적 도전들로 되돌아오게 될 것이다.

문학 텍스트들은 "선행하는 문학작품들에 의해 확립된 체계, 코드들과 전통들로부터 구축된다"(Allen 2000: 1). 그러나 그들은 또한 동반하는 예술 형식과 매체로부터 유래된 체계, 코드들과 전통들로부터 구축된다. 만약 크리스테바가 상호텍스트성 이론을 공식화한 것을 인정받는다면, 그녀의 이론은 문학에 적용함에 있어서 결코 배타적이라고 할 수 없다. 그녀는 미술, 음악, 드라마, 춤과 문학을 살아있는 모자이크, 텍스트 표면들의 역동적인 교차의 관점에서 보았다. 우리는 이 목록에 영화를 그리고 이제 디지털 문화와 컴퓨터과학을 더하길 원한다. 사실 이 책 전반에 걸쳐 사용되고 있는 이 용어는 자연과학뿐 아니라 이러한 다양한 실천의 집합으로부터 유래한다.

각색이라는 용어는 상당히 불안정하다. 아드리안 풀(Adrian Poole)은 예술적인 과거를 재작업함(reworking)에 있어서 빅토리아 시대에 대한 관심을 기술하는 용어의 방대한 목록을 제공했다. "(특정한 순서 없이) . . . 빌려오기(borrowing), 훔치기(stealing), 전유하기(appropriating), 물려받기(inheriting), 동화하기(assimilating) . . . 영향 받기(being influenced), 영감 받기(inspired), 의존하기(dependent), 빚지기(indebted), 시달리기(haunted), 홀리기(possessed) . . . 오마주(homage), 모방(mimicry), 희화화(travesty), 반향(echo), 인유(allusion), 그리고 상호텍스트성"(2004: 2). 그 혼합(mix)에 변형(variation), 버전(version), 해석(interpretation), 모사(imitation), 근접(proximation), 보충(supplement), 증식(increment), 즉흥(improvisation), 전편(prequel), 후편(sequel), 연속(continuation), 내세(afterlife), 추가(addition), 파라텍스트(paratext), 하이퍼텍스트(hypertext), 팔림세스트(palimpsest), 접목(graft), 다시 쓰기(rewriting), 재작업하기(reworking), 고쳐 만들기(refashioning), 다시-보기(re-vision), 다시-평가(re-evaluation) 등을 더하며, 우리는 이러한 언어적 리프(riff)를 계속할 수 있다. 그리고 새로운 디지털 문화와 기술은 재매체화와 같은 개념들과 매쉬업, 리믹스, 마구 자르기(hack)와 샘플(sample) 등과 같은 특정한 개념들로 그 목록을 더욱 확장시킨다.

이 책 뒤에 실린 용어풀이는 이러한 용어들을 일부 선별해서 다룬 것들이고, 독자들은 이 책 속에서 더 많은 용어들을 접하게 될 것이다. 필자는 이러한 증식 확산, 즉 제공되는 용어들을 확정하기보다는 대량화한 것에 대하여 사과하지 않겠다. 왜냐하면 각색과 전유 이론을 설명하는 용어는 풍부하고 다양하며, 동일한 것을 다루는 어떤 연구도 이러한 사실을 분명히 반영할 수밖에 없기 때문이다.

힐리스 밀러(J. Hillis Miller)는 한 문학 텍스트에 "하나의 긴 사슬의 선행 텍스트들의 기생적인 존재, 반향, 인유, 손님, 유령들이 . . . 거주할 수 있는" 다양한 방식을 설명하면서, 파라텍스트적인, 페리텍스트적인(peritextual), 하이퍼텍스트적인 것들의 다양한 순열들을 탐구했다(Gilbert and Gubar 2000 [1979]: 46). 이 책은 글자 뜻 그대로 그리고 은유적인 차원에서 이러한 텍스트 유령과 홀림을 다양한 국면에서 다룬다. 그리고 의존(dependency)과 유래(derivation)의 문제들도 거론된다. 각색과 전유 연구는 항상 저작권과 수반하는 지적 소유와 판권의 법적 담론의 문제들과 접해 있다. 그러나 바르트가 텍스트의 의미와 권위에 대한 불안정화를 거론한 이후로 계속하여, 과정과 진행으로서 각색과 전유는 창작의 협동적이고 합동적인 모델을 높이 사고 있다.

그럼에도 불구하고, 어떤 구분들은 각색과 전유의 작동을 이해함에 있어서 중요하다. 예컨대, 직접 인용(direct quotation)과 인증 행위(acts of citation) 사이를 구별해야 할 필요가 있다. 인용은 경의를 표하거나 또는 비평적인 것, 즉 지지하거나 또는 문제를 제기하는 것이 될 수 있다. 그것은 인용이 일어나는 상황에 달려있다. 그러나 인증은 경의를 더욱 표하는 관계를 전제로 하고 있다. 그것은 흔히 자기입증을 위해서 '권위적'인, 문화적으로 비준된 텍스트들의 정전을 언급하지만 존경을 표하기도 한다. 예컨대, 많은 19세기 소설들, 토마스 하디(Thomas Hardy), 브론테(Brontë) 자매들, 조지 엘리엇(George Eliot)

의 소설들은 이런 식으로 작품 속에 셰익스피어의 인증들을 전개한다. 그러나 인증은 각색과는 또 다르다. 각색은 하나의 텍스트 또는 원천을 인유 또는 인용, 그리고 인증과 같이 슬쩍 언급하는 행위가 허용하는 것보다 훨씬 더 일관되고 더 깊게 관여하는 것으로 구성된다. 전유(appropriation)는 각색과 동일한 일관된 관여를 수행하지만, 그것을 넘어서, 흔히 비판, 명백한 논평과 때로는 돌격 또는 공격의 입장을 취한다.

각색과 전유는 텍스트의 반향과 인유를 불가피하게 수행하지만, 이는 포스트모던적인 상호텍스트성과 주로 연관되는 인용의 파편적 브리콜라주(*bricolage*)와 동일한 것은 아니다. 프랑스어로 '브리콜라주'는 '손수제작'(DIY)이라는 의미의 용어로, 문학적 상황에서 그것의 적용은 다양한 범주의 현존하는 예술품들로부터 한 범주의 인용, 인유와 인증들을 조립하는 텍스트들을 설명하는 데 도움을 준다. 미술에서 이와 유비되는 형식으로는 새로운 미적 대상을 창조하기 위해 찾아낸 품목들을 조립하는 콜라주(*collage*)의 창조가 있고, 현대 음악에서는 '샘플링'(sampling)이라는 창조 행위가 있다. 물론 새로운 전체를 형성하기 위한 파편들의 의도적인 재조립은 이 책의 전개 과정에서 탐구되는 많은 포스트모던 텍스트들에 있어서 능동적인 요소가 된다. 또한 브리콜라주 행위가 혼성모방(pastiche)이라는 문학적 실천으로 변색되는 중요한 방법들이 있다. 혼성모방 역시 프랑스어에서 유래한 용어로 음악 영역에서는 참조들(references)의 메들리, 서로 연결된 파편들로 만들어진 작곡을 의미한다(Dentith 2000: 194). 그러나 예술과 문학의 영역에서 혼성모방은 그 이상의 변천 또는 참조의 확장을 거쳐, 어느 한 예술가 또는 작가의 스타일에 집중된 모방을 수행한 작품들에 주로 적용된다. 물론 혼성모방의 메들리 스타일을 옹호하는 현역 소설가들이 있다. 예컨대, 조나단 코(Jonathan Coe)는 인유가 풍부한 『이런 난도질이!』(*What a Carve Up!*)의 내러티브를 저널리즘에서 제임스 조이스(James Joyce)까지 모든 것을 모방한 것으로 전개하고 있지만, 이 작품은 현대 문학에서 혼성모방이라는 라벨이 부과된 상당히 일관된 예술적 모사(imitation) 행위이다. 비록 예외가 있기 마련이지만, 혼성모방은 종종 풍자적인 저류 또는 패러디적인 의도를 가지고 있는 것으로 간주된다. 어떤 면에서는 특정한 작가들 또는 문학적 스타일들의 혼성모방에는 칭송과 풍자의 복합적인 혼합이 존재한다. 6장에서 상세하게 논의되는 J. M. 쿳체(J. M. Coetzee)의 『포』(Foe)는 서간체 또는 저널리즘적 스타일로 쓰인 소설 버전으로, 18세기 산문, 특히 다니엘 디포(Daniel Defoe)가 쓴 글들을 찬양과 동시에 풍자할 의도로 재생산한 것이다. 피터 캐리(Peter Carey)는 19세기 픽션, 특히 7장에서 다룬 『잭 매그스』(Jack Maggs)에서 디킨스의 내러티브의 비유와 어휘들을 자의식적으로 재방문함으로써 비슷한 효과를 낸다. 또한 이 두 소설에는 브리콜라주와 혼성모방이 연동하여 작동하는 순간들이 있지만, 대체적으로 정전 텍스트들(『로빈슨 크루소』(Robinson Crusoe)와 『위대한 유산』(Great Expectations))에 대한 탈식민주의적 다시 쓰기와 같은 문학적 전유의 행위에 정치적 또는 윤리적 헌신을 부여할 때, 스타일적인 모방이, 하나의 규정적인 특징이 될지라도, 본질도 아니고 원작 텍스트에 대한 유일한 접근 의도도 아니라는 것을 우리는 인정하게 된다.

제임스 조이스의 1922년 소설 『율리시즈』(Ulysses)는 각색 텍스트의 원형으로 간주될 수 있다. 제목만으로도 방황하는 그리고 여행하는 율리시즈(또한 오딧세이(Odysseus)로도 알려진)에 대한 호머(Homer)의 고대 그리스 서사시와의 구조적 관계를 드러낸다. 그 관계는 출판 이전에 붙인 호머의 내러티브의 사건 또는 인물과의 특정한 관계를 의미하는 제목들, 「텔레마쿠스」("Telemachus"), 「로터스 이터스」("Lotus Eaters"), 「스킬라와 카립디스」("Scylla and Charybdis"), 「세이렌」("Sirens"), 「키르케」("Circe"), 「페넬로페」("Penelope"),

등으로 연재를 한 것에서 더욱 두드러진다. 조이스가 소설의 최종 출판본에서 각 장의 제목을 삭제하기로 한 결정은 그의 더블린 내러티브를 포괄적 의미에서 이해하기 위하여 『오딧세이』에 대한 전문가적 지식이 필요한지 아닌지에 대한 문제를 제기한다. 그러나 이 질문이 부각시키는 것은 이 책의 전개 과정에서 거론될 대부분의 각색과 전유에 내재한 의존과 해방을 향한 기본적으로 상충된 충동이다. 제라르 주네트(Gérard Genette)는 『율리시즈』를 "자칭 하이퍼텍스트의 바로 그 유형"으로 그리고 또한 "하이포텍스트(hypotext)로부터의 해방의 극단적 사례"로 범주화했다(1997: 309). 여기서 '하이퍼텍스트'란 각색, 그리고 '하이포텍스트'란 원천과 동등한 것이다. 물론 조이스의 소설은 호머에 대한 어떤 연상에서도 벗어나 단독으로 읽힐 수 있고 그 자체로 하나의 내러티브로 이해될 수 있다. 그것은 1904년 한 집단의 더블린 주민의 삶을 그린 훌륭한 소품(vignette)이며, 이러한 읽기는 결코 『율리시즈』의 실패한 또는 불충분한 읽기가 아니다. 호머의 서사시의 사건들에 대한 정보와 더불어 (조이스가 붙인 제목은 분명히 우리로 하여금 두 개를 각각 나란히 놓고 읽기와 같은 능동적 방식의 상호텍스트적 읽기를 요구한다) 그 내러티브를 읽는 것은 의미 생산의 잠재력을 풍부하게 만드는 것은 분명하다. 이를 수행함에 있어 우리는, 제니퍼 레빈(Jennifer Levine)이 지적한 것처럼, 소설 속 스티븐 디덜러스(Stephen Daedalus)와 레오폴드 블룸(Leopold Bloom) 사이에 나타나는 유사 아버지-아들 관계를 그 소설 자체에서 연상되는 것으로 보지만, 동시에 우리는 그 소설이 어떻게 "그들의 관계를 텔레마쿠스와 오딧세이로 보게 하여, 그들 사이에 잠재된 부자 관계에 대한 우리의 인식을 날카롭게 만들고 있는가"(1990: 32)를 명심하게 된다. 물론 조이스의 인물들의 상호텍스트성은 호머와의 비교에만 국한 되지 않는다. 왜냐하면 스티븐과 레오폴드의 관계는 또한 셰익스피어 연극에 나오는 햄릿과 작고한 햄릿 왕과의 관계를 시사하며, 『율리시즈』는 셰익스피어의 반향과 후렴들을 일관되게 공명하기 때문이다. 『율리시즈』의 그 악명 높은 오르가즘적 클로징 독백을 말하는 레오폴드의 아내 몰리(Molly)가 서사시적 모험으로부터 남편의 귀향을 인내하며 기다리는 오딧세이의 아내 페넬로페의 1904년 더블린 버전이라면, 알려진 원작 텍스트의 자의식적인 다시 쓰기에서는 정절을 지킨 페넬로페의 부정을 저지른 아내 버전으로 증명된다. 나아가 조이스는 셰익스피어의 아내, 그 극작가가 런던으로 떠나 유명세를 떨치는 동안 스트랫포드-어폰-에이본(Stratford-upon-Avon)에 남겨져 있었던 앤 해서웨이(Ann Hathaway)라는 또 다른 페넬로페를 환기시킴으로써 특정 참조틀을 확장시킨다. "우리는 S 부인에 대하여 관심을 갖기 시작한다"(Joyce 1986[1922]: 165). 여기서 조이스는 수십 년이 지나 저메인 그리어(Germaine Greer)와 같은 페미니스트 전기작가와 비평가들이 이 파악하기 어려운 앤에 대하여 갖게 된 관심을 예견한다(Greer 2008).

　조이스가 끌어내는 유비와 공명에는 지적인 풍요뿐 아니라 종종 유머도 작동하고 있다. 이 단호한 아일랜드 서사시는 호머의 텍스트의 수십 년과 대륙들을 술집 회동과 스토브 위 요리로 강조되는 더블린에서의 단 하루로 응축시킨다. 키클롭스(Cyclops)는 바니 키어난(Barney Kiernan)의 술집에서 술을 마시는 방해꾼이 되고, 키르케는 유곽 주인이 된다. 따라서 이 소설은 18세기 알렉산더 포프(Alexander Pope)의 시 「머리채의 강탈」("The Rape of the Lock")이 호머의 서사시의 광대한 영역을 여성의 화장대의 미시지리학으로 축소한 것에 비교될 수 있는 "의사-서사시"(mock-epic)의 버전으로, 여기에는 분명 패러디와 혼성모방의 요소가 있다. 이러한 관점에서, 『율리시즈』는 주네트가 하이퍼텍스트적 문학의 공통된 충동으로 간주한 축소와 응축을 구현하고 있으며, 언어적 복합성과 꼬인 거미줄 같은 내러티브로 이 소설은 또한 과장, 즉 더블린 사회의 일상적인 삶을 서사시의 범주로 만드는 기술의 전개에 대하여 인정을 받을 만하다. 『율리시즈』의 상호텍스트적 읽기는 그것의 각색 과정을 염두에 두고 독자의 상상력을 호머와 셰익스피어라는 보충 영역으로 끌고 와 그것의 자칭 도시적 환경과 문화적 지리를 넘어 확장시키도록 유도한다. 그 결과로 의미화 영역이 광대하게 드러난다.

　　『율리시즈』와 같이 참조가 복합적이고 광대한 텍스트를 이 책 초반에 소개한 목적의 일부는 각색 과정에 있어서 충실 또는 불충이라는 딱딱한 개념들로부터 즉각 벗어나 창조의 보다 유연하고 생산적인 개념들을 지향하는 방향으로 이동하기 위한 것이다. 여기서 각색학과 중요한 동종인 최근 번역학이 하나의 텍스트를 다른 언어로 번역하는 상황에서조차도 엄격한 충실의 개념은 도움이 되지 않는다는 것을 시사함으로써 도움을 준다. 사실 번역 과정은 각색에서는 명백하게 필요하지 않는 방식으로 플롯, 내러티브와 형식의 양상들을 어느 정도는 유지할 것으로 예상된다. 수잔 바스넷(Susan Basnett)은 모든 번역은 비록 원작 텍스트가 결과물에 여전히 현전하고 가시적일지라도 하나의 "다시 쓰기 형식" 그리고 문화적 교섭이라고 주장한다(Basnett 2014: 3). 모든 각색자들은 번역가들이며, 그렇다면 모든 번역가들은 일종의 창조적 작가들이다. 예컨대, 최근 수십 년에 걸친 글로벌 셰익스피어에 대한 주요 산업에서처럼, 각색에 대한 논의가 더욱 글로벌화된 영역의 각색과 해석으로 옮겨가고 있는 때에 이르러, 번역이론이 작동하기 시작한 것이다. 그러나 아마도 우리가 관심을 기울여야 할 것은 바로 바스넷이 인용하고 있는 호르헤 루이스 보르헤스(Jorge Luis Borges)부터 발터 벤야민(Walter Benjamin), 옥타비오 파스(Octavio Paz)에 이르기까지 창조적인 번역가의 보다 포용적이고 포괄적인 생각들일 것이다.

　　이런 맥락에서, 조이스의 『율리시즈』는 다시 쓰기와 전유의 정치성에 민감한 각색 기술과 읽기들의 풍부한 가능성을 상기시킬 수 있는 유력한 작품이다. 그러나 또한 많은 이론가들이 각색 본능의 중심으로 강조하는 유희 개념에 대한 좋은 사례가 되기도 한다. 폴 리쾨르(Paul Ricoeur)는 전유를 "텍스트의 '유희적' 치환으로, 유희 그 자체를 . . . 잠재적 독자, 즉 읽을 수 있는 누구에게나 적합한 양식"으로 설명한다(1991: 87). 이 책이 강조하겠지만, 문학적 전유 또는 '다시-보기'(re-vision)의 행위 이면에는 흔히 진심에서 우러나오는 정치적 헌신이 서 있다. 주요한 하이픈을 끼워 아드리엔 리치(Adrienne Rich)가 만든 이 용어는 그녀의 개인적인 페미니즘과 레즈비언 정치성의 산물이다(Rich 1992[1971]). 그러나 '다시-보기' 글쓰기의 정치적 양상은 그러한 텍스트에서 우리가 지금까지 설명하고 있는 연상의 네트워크를 추적하고 활성화하면서, 다른 텍스트들과 상호텍스트적인 그리고 인유적인 관계를 동시에 읽어 내는 즐거운 국면들을 결코 방해하지는 않을 것이다. 주네트가 주지하듯이, "진정으로 텍스트를 사랑하는 사람은 때때로 (적어도) 둘을 함께 사랑하기를 원할 것이다"(1997[1982]: 399). 이러한 진술은 우리로 하여금 각색과 전유 그리고 그것들의 문화적 역사를 범주화하고 정의하도록 고무하는 한편, 동시에 이러한 즐거움의 요소들이 결코 상실되거나 과소평가되지 않는다는 것을 보증하는데 주력한다.

T. S. 엘리엇(T. S. Eliot)의 1919년 에세이 「전통과 개인의 재능」("Tradition and the Individual Talent")은 "아마도 20세기 영미비평을 형성한 유일한 작품"으로 언급된다(Widdowson 1999: 49). 엘리엇의 에세이는 분명히 각색과 전유를 공부하는 학생들이 필독해야 할 글이다. 엘리엇은 "우리가 한 시인을 칭송할 때, 그의 작품의 양상들이 다른 누군가를 거의 닮지 않았다고 주장하고자 하는 경향"을 탐구하면서, 독창성과 가치의 개념들을 다시 생각하려고 했다(Eliot 1984 [1919]: 37). 변명의 여지가 없는 남성주의적 주장은 차치하고, 엘리엇이 한 언급들은 이 프로젝트에 적절하다. 과거의 텍스트들에 대한 재작업과 반

응이 무대 중심을 차지하게 될 대체적 문학 가치체계를 시사하면서, 엘리엇은 왜 독창성이 '반복'에 대하여 우위에 있는 것으로 평가되는가에 대하여 질문을 제기한다. "어떤 시인도, 어떤 예술의 어떤 예술가도 혼자서는 그의 완전한 의미를 갖지 못한다"(38). 그는 문학적 표절에 지나지 않는 행위, 즉 선구적 텍스트 또는 시대에 대한 맹목적인 집착을 결코 옹호하고 있는 것은 아니다. 그의 '개인적 재능'의 개념은 문학적 과거를 표면과 기초로 하여 그 위에 새로운 제재를 창조해내는 것을 의미한다.

피터 위도우슨(Peter Widdowson)은 문학 전통에 대한 엘리엇의 역사적 인식 사례가 그 자신의 상호텍스트적인, 난해한 스타일과 모더니스트 운동의 목적들을 정당화하는 데 이바지했다라고 정확하게 인정한다(1999: 49). 모더니즘 시, 특히 엘리엇 자신의 시는 인용, 인유, 콜라주, 브리콜라주 그리고 파편의 형식으로 상호텍스트성을 실천했다. 이미 강조했듯이, 이 책에서 우리는 텍스트들과 그들의 창조자 사이에서 다소 다른 무언가를, 좀 더 일관된 연대성을 보고 있다. 우리는 텍스트들의 존재에 기본적인 그리고 때로는 특히 독서, 경험으로 인해 문학의 핵심에 닿는 것으로 보이는 그들 사이의 상호관계를 이론화하고자 한다. 이에 엘리엇의 역사적 인식에 대한 설명은 도움이 된다. 그는 텍스트들 사이의 관계로부터, 대조와 비교를 부추기는 관계로부터 의미가 유래한다는 것을 시사한다. 여기서 전개되는 면밀한 읽기들이 뒷받침하듯이, 이것이 바로 정확하게 각색의 미학적 그리고 역사적 연구가 관심을 갖고 있는 것이다.

엘리엇의 에세이는 때때로 그것이 안정된 문학적 정전, 차후 시대가 돌아가 자문을 받아야할 일련의 정당화된 텍스트들을 전제한다는 이유 때문에 공격을 받는다(Eagleton 1994 [1981]: 54). 최근 수십 년간 문학연구에서 벌여온 정전 형성을 둘러싼 논란은 이러한 상황에서 불가피하다. 비록 각색이 차후의 정전의 지속적인 재형성과 확대에 공헌할지라도, 일단은 정전의 존재를 요구하고 있고 또한 영속화하는 것으로 보인다. 데렉 애트릿지(Derek Attridge)가 면밀하게 주시했듯이, "어떤 정전의 영속화는 어느 정도 그것의 후기 구성원들(또는 자칭 구성원들)에 의한 초기 구성원들에 대한 참조에 의존한다. . . ." (1996: 169). 엘리엇의 공식화에 있어서 원작과 각색, '전통'과 '개인적 재능', 각각의 기표들에 대하여 요구되는 '나란히 읽기'는 유래된 또는 반응적 텍스트를 만난 독자(또는 관객)에게 원작에 대한 지식을 요구한다. 이러한 관점에서, 각색은 정전적인 입지에 대한 진정한 표식이 되고, 인증은 권위를 나타낸다.

이로 인해, 각색은 내재적으로 보수적인 장르로 규정될 수 있을 것이다. 애트릿지가 부연하듯이, "소설들은 흔히 명백한 인유성을 통해 . . . 정전에 대한 도전이 아니라 정전적인 . . . 이미 정전화된 것으로 스스로를 제공한다고 말할 수 있을 것이다. 그들은 확립된 문학적 문화에 대한 공격이라기보다는 그 문화 속에 스스로를 위치화시키는 것으로 보인다"(1996: 169). 그러나 적어도 '전유'와 같은 용어의 의미에 담긴 호전적인 탈취의 개념이 시사하듯이, 각색은 적대적인, 심지어 전복적인 것이 될 수 있다. 지지만큼이나 일탈의 기회도, 충성뿐 아니라 공격의 기회도 많은 것이다.

전유 연구를 위한 또 다른 영향력 있는 에세이로는 1971년에 첫 출판된 아드리엔 리치의 「죽은 우리가 깨어날 때: 다시-보기로서의 글쓰기」("When We Dead Awaken: Writing as Re-vision")가 있다. 이 글에서 많이 인용되는 언급으로 그녀는 여성 작가가 과거의 글쓰기를 넘어서 그들 자신의 창조적인 공간으로 이동하기 위하여 과거의 글쓰기를 떠안는 것이 본질적이라고 말한다. "다시-보기, 돌아보는, 새로운 눈으로 보는, 새로운 비평 방향에서 옛 텍스트로 진입하는 행위 . . . 우리는 과거의 글쓰기를 알 필요가 있으며 우리가 지금까지 알아온 것과는 다르게 알 필요, 전통을 전하기보다는 우리에 대한 그것의 통제력을 깨뜨릴 필요가 있다"(Rich 1992 [1971]: 369). 어떤 의미에서 그 제안은 문학적 과거를 불러내지만 현재와 미래 모두에 있어서 창조성을 기르기 위해 역사적 이해를 강조한다는 점에서 엘리엇의 제안과 유사하다. 그러나 그것은 또한 동시에 동일한 전통과의 급진적 중단, 그것의 가치체계와 서열관계에 대한 불협화음적인 거부적 분열을 옹호한다는 점에서는 전적으로 대조적이다. 이러한 전통과 개인적인 재능 사이의 관계에 대한 비평적 관점은 페미니스트, 게이와 레즈비언, 탈식민주의적 주체 입장에서 작품을 쓰는 작가들이 공유하고 있는 것이다. 그러한 주체-입장들에 의하여 인정을 받는 동시에 도전을 받는 문학의 과거에 대한 문학의 관계를 보다 심도 있게 다루는 이론가는 해럴드 블룸(Harold Bloom)이다. 그의 독창적인 저서 『영향의 불안』(*The Anxiety of Influence*, 1973)은 작가들과 그들의 문학적 유산 사이에 내포된 관계를 자의식적으로 프로이트적인 용어를 사용하여 젊은 '아들'과 그들의 문학적 선조들 사이의 오이디푸스적 갈등으로 구성했다. 이러한 주장은 몇몇 결점들을, 특히 배타적으로 남성주의적 입지를 드러냈다. 블룸은 개인적인 창조자 또는 문학적 천재를 강조하는 문학사의 독특한 버전을, 따라서 개인적인 창조적 정신에 특별한 강조가 주어지는 낭만주의 시대를 지나치게 특권화하는 버전을 구축한다. 그 후로 몇몇 비평가들은, 예컨대 셰익스피어와 같은 초기 근대 작가들에 대한 고전의 영향을 지적하면서, 그리고 영향의 공동체 내부에 있는 강력한 여성 존재를 인정하면서, 문학적 영향에 대한 대체적인 목적론을 추적해왔다. 그럼에도 불구하고, 블룸의 중심적 논제인 '오독'(misprision)은 종종 차용(adoption), 번역, 새로운 맥락으로의 재작업과 같은 과정에서 뜻하지 않은 또는 불가피한 재해석으로, 전유 연구에서 상당히 시사적인 용어로 그리고 이 분야에서 많은 학자들이 사용하고 있는 어휘에 영향을 끼쳐온 용어로 남아 있다.

어떤 전통에 있어서도 중심적인 문제는 그 전통을 구성하는 사람들뿐 아니라 다양한 시점에서 그것으로부터 배제되는 또는 특히 그것의 주변부에 할당되는 사람들을 인정하는 역량이다. 헨리 루이스 게이츠 주니어(Henry Louis Gates Jr.)는 아프리카계 미국 문학작품과의 관계에서, 자신의 작동 방법론과 방법들을 주장하고자하는 욕망, 그럼에도 불구하고 그 작품 속에서 백인문학 전통을 직면할 필요성을 발견하는 그러한 문학 영역과의 관계에서 이러한 현상을 검토했다. 이것이 바로 그레이엄 알렌(Graham Allen)이 "흑인 주체들의 서구 문학 문화로의 진입을 위한 투쟁"(2000: 168)으로 설명한 것이다. 이러한 생각들에 대한 게이츠의 가장 방대한 논의는 『말놀음하는 원숭이』(The Signifying Monkey, 1988)에서 전개되고 있으며, 재즈 음악과 그것이 사용하는 즉흥적 그러나 인유적인 기교와의 주요한 유사(analogue)를 끌어낸다. "재즈 전통에서, 카운트 베이시(Count Basie)와 오스카 피터슨(Oscar Peterson)이 각각 작곡한 작품(〈말놀음하다〉("signify")와 〈말놀음하기〉("signifyin"))은 형식적 개정과 함축의 개념에 의거하여 구성된다"(Gates 1988: 123). 각색과 전유의 이러한 논의는 몇몇 경우에 있어서 재즈의 예와 더 많은 경우에 있어서 음악학의 예를 인용한다. 그러나 '말놀음하기'와 재즈와의 관계에 대한 아프리카계 미국문학의 특별한 연관성은 주목을 받을만하다. 제임스 안드레아스 시니어(James Andreas Sr.)가 인정하듯, "아프리카와 아프리카계 미국문화 속에서 말놀음한다는 것은 재즈 음악가가 이전의 음악가의 솔로에서 코드의 연속, 멜로디 구조 또는 즉흥적인 리프에 대해 즉석에서 연주하는 방식으로, 주어진 토포스(topos), 내러티브, 또는 조크를 즉흥화시키는 것이다"(1999). 이러한 안드레아스의 설명을 실행하고 있는 사례로 글로리아 네일러(Gloria Naylor)의 작품이 있다. 그녀의 소설들은 다른 여러 작가들, 그 중에도 셰익스피어, 포크너(Faulkner), 단테(Dante), 초서(Chaucer), 그리고 성경과의 상호텍스트성 때문에 많이 연구된다.

『베일리스 카페』(*Baileys Cafe*)에서 그 의미화 실천은 층 쌓기(layers), 인유와 구성적 영향들의 복합적인 시리즈를 통해 수행된다. 소설 제목의 카페는 그 말 그대로의 공간이기도 하지만 지리적 그리고 시간적 경계를 가로지를 수 있는 것으로 보이는 공간이다. 카페를 방문하는 등장인물들은 이야기를 하나씩 하며, 그들의 이야기들은 이브(Eve)와 마리암(Mariam)의 이야기를 포함하여 성경적인 이야기들의 재작업들이다. 상호텍스트성은 거기에서 멈추지 않는데, 왜냐하면 등장인물들의 이야기-말하기(tale-telling)뿐 아니라, 카페라는 제목이 독창적인 영국 중세문학작품, 초서의 『캔터베리 이야기』(*The Canterbury Tales*)를 끌어들인다. 캔터베리로 여행을 떠나기 전 타바드 여관(Tabard Inn)에 모인 순례자들에게 길을 오가는 도중 각자 이야기를 하나씩 하자고 제안한 그 여관 주인의 이름이 바로 해리 베일리(Harry Baily)였던 것이다.

네일러의 작품을 통틀어 친숙한 하이포텍스트인 셰익스피어가 다른 텍스트들 가운데 『템페스트』를 환기시키는 소설 『베일리스 카페』에 존재한다 (Sanders 2001: 170-90). 그러나 내러티브 구조는 게이츠의 이론을 명백하게 인정하는 것으로 보이는 블루스와 재즈의 음악적 영역으로부터의 친숙한 운동에 의하여 구성된다. 「무드 인디고」("Mood Indigo")와 「매플양의 블루스」("Miss Maple's Blues")라는 제목이 붙은 섹션들은 네일러에 의해 실행된 다양한 범주의 영향과 원작에 대한 문학적 리프와 즉흥을 명백하게 인정한다. 네일러는 타자들의 어휘들에 깊이 빠져있지만 그녀의 문학적 목소리는 그녀 자신의 것으로 분명하게 남아있다. 게이츠는 이것이 의식적으로 정전적인 (백인) 서구 문화와 동료 아프리카계 미국 작가들의 동반 작품들과의 관계 속에 자신을 위치화하는 전형적인 아프리카계 미국인의 글쓰기임을 시사한다. 안드레아스 시니어가 『템페스트』에 배어든 네일러의 소설 『엄마 날』(*Mama Day*)에 대한 그의 논의에서 주지하듯이, 그녀의 작품은 "그 기의의 인식을 변경시키는 기의의 유희적인 그러나 의지적인 조작"(1999: 107)이라는 친숙한 아프리카계 미국인의 실천을 구현한다.

이 서론에서 논의되는 모든 사례들에 있어서, "다시 쓴다"는 것은, 그것이 소설, 연극, 시, 또는 영화의 형식이든 간에, 항상 단순한 모방을 초월하여, 그 대신, 더하는, 보충하는, 즉흥적으로 하는, 새롭게 하는, 확장하는, 즉 증식하는 문학의 역량(Zabus 2002: 4)에 공헌한다. 그 목표는 복제(replication)가 아니라 복잡화, 축소보다는 확장이다. 과학적인 용어로, 우리는 클론과 유전적 각색 사이의 주요한 차이에 대하여 말할 수 있을 것이다. 그리고 만약 음악학이 이 책에서 문학적 각색과 전유의 논의를 진행함에 있어서 우리에게 고도로 적용 가능한 그리고 시사적인 일련의 은유와 용어들을 제공한다면, 19세기 그레고어 멘델(Gregor Mendel)의 원예학적 실험과 찰스 다윈(Charles Darwin)의 자연도태와 환경적응 이론에서부터 20세기의 DNA연구에 이르기까지, 유전학의 과학적인 영역도 일련의 생산적인 상응관계를 제공한다는 것 또한 새겨두어야 할 것이다.

원예학의 세계로부터 유래한 별도 영역의 용어를 전개하면서, 주네트는 "어떤 텍스트도 하이퍼텍스트이며, 모방하고 있는 또는 변형시키고 있는 앞선 텍스트, 하이포텍스트에 자신을 접목시키고 있다"라고 주지하면서, "텍스트의 팔림세스트적 속성"에 대하여, 길게 피력하고 있다(1997[1982]: ix). 접목시킨다는 것은 이 책에서 선호하는 각색 과정에 대한 몇몇 창조적인 은유들 가운데 하나이다. 2장에서 심화 탐구하고 있듯이, 텍스트와 하이퍼텍스트, 원천과 전유 사이의 관계를 논의하고 설명하기 위해 현재 가능한 라벨들보다 더 다양한 목록을 확립할 필요가 있다. 이러한 문구들로는 그 관계가 종종 직선적이고 축소적인 것으로 보인다. 전유는 항상 이차적인, 늦게 온 입지에 있고, 따라서 논의는 항상 차이, 결핍 또는 상실의 용어로 표현된다. 그러나 여행은 더 나은 것을 위해 변할 수 있으며, 비록 그것이 A에서 B로의 직선적 이동을 의미할지라도, 여정의 은유는 여전히 유용할 것이다.

그러나 직선적인 인식론을 전적으로 피함으로써, '접목'과 같은 용어 또는 새로운 작곡으로 더욱 역동적인 추진력을 허락하는 음악학에서 유래한 모델들이 우리에게 도움이 된다. 주네트를 인용하자면, "문학적 텍스트와는 달리 언어적 기표의 엄격한 '선형성'에 방해를 받지 않는 음악적 담론의 복합성을 감안한다면, 음악에서 변형적인 가능성의 범주가 아마도 회화에서보다 더 넓을 것 같고, 문학에서보다는 분명히 더 넓다"(1997 [1982]: 386). 2장은 음악 분야에서 전유된 용어들, 각색의 역동적인 과정에 대한 우리의 이해를 부활시키기 위하여 변주(variation)와 샘플링(sampling)과 같은 용어들의 잠재성을 더욱 깊이 탐구한다.

시작부터 용어에 대한 필자의 끝없는 반추가 시사하듯이, 이것은 고정성보다는 복수성의 이론에 공감하는 책이다. 이를 위해, 이 책은 3부로 나누어진다. 1부는 「용어 정의하기」("Defining Terms")로, 실천과 과정으로서 각색과 전유에 대한 일련의 정의들과 사유 방식들을 제공한다. 여기서 목표는 하나의 특정한 정의 또는 개념을 경화시키기보다는 적용될 수 있는 용어들의 범주를 열고 넓히는 것이다. 2부는 「문학적 원형들」("Literary Archetypes")에 대한 것으로 서구 문화의 중심을 이루는 신화, 동화, 민담과 셰익스피어와 같은 여러 텍스트들과 장르들에 있어서 각색과 전유의 반복되는 관심사들을 검토한다. 물론 극작가 셰익스피어는 그의 드라마에 있어서 많은 신화와 동화의 구조와 스토리라인들을 재작업하였고, 이로써 각색, 작가, 텍스트와 형식들 사이에 정기적으로 일어나는 문화적 삼투성을 보여주었다. 이 책에서 각색들이 얼마나 자주 다른 각색들을 각색하는가에 대한 수많은 사례들을 보게 될 것이다. 거기서 침투작용 효과, 교차수분(cross pollination)이 발생하고, 우리는 시간과 문화의 전역에서 발생하는 매체화와 재매체화를 주목하게 될 것이다.

마지막 3부에서는 범주를 넓혀 「대안적 관점들」("Alternative Perspectives")을 고찰한다. 다니엘 디포, 샬롯 브론테(Charlotte Brontë), 그리고 버지니아 울프 (Virginia Woolf)뿐 아니라 다시 쓰기와 혼성모방의 다양한 실행들을 통한 빅토리아 시대 다시-창조하기와 비판하기에 대한 지속적인 끌림을 다룬다(Heilmann and Llewellyn 2010 참조). 그 시대에 나온 소설의 전유들에 대한 세밀한 초점에서 부터, 이 책의 후반부는 과학적 연구를 통한 대체 예술 형식과 패러다임의 각색뿐 아니라 역사적 '사실'과 소위 실제 삶의 주체들의 전유에 초점을 둔다. 3부의 각 장이 전개됨에 따라 어떻게 종종 각색과 전유들이 그들의 분명한 원작 또는 영감 텍스트만큼이나 이론적 그리고 지적 영역들에서 생산되는 읽기들과 그 안의 운동에 의하여 영향을 받게 되는가가 분명해진다. 여기서 연구되는 많은 텍스트와 영화는 문학적 정전 자체만큼이나 페미니즘, 포스트구조주의, 탈식민주의, 퀴어(queer) 이론과 포스트모더니즘의 교리들에 의하여 생산된다. 비평적 불안과 서문 시작에서 언급한 로버트 바이만의 인용이 지적하듯이(14쪽 참조), 각색과 각색과 전유 연구 양자의 재생산적 능력은 과소평가되어서는 안 된다. 텍스트들은 서로를 먹어치우면서 다른 비평적 연구뿐 아니라 다른 텍스트들을 창조한다. 문학은 더 많은 문학을 창조하고, 예술은 더 많은 예술을 창조한다. 각색이 관여한 곳에서 독서 또는 관람 경험의 순전한 기쁨의 일부는―이 책의 시작에서 방정식에 기쁨을 이입한 것에 대하여 양해를 구하지는 않겠다―친숙한 것과 새것 사이의 긴장임이 분명하고, 유사성과 차이 양자, 텍스트들 사이와 독자와 수용자로서 우리들 사이 양자에 대한 인식임이 분명하다. 이것이 린다 허천이 최근에 부른 "팔림세스트의 배가된 기쁨"(Hutcheon 2013: 116)이라는 것이다. 그렇다면, 기쁨은 안에서, 주변에서, 통해서 그리고 계속(그리고 계속)하는 읽기 행위 속에 존재하고, 존속한다.

1부

용어 정의하기

1

각색이란 무엇인가?

"모든 소재는 다른 소재로 변한다."
-케이트 앳킨슨, 『세상의 끝이 아닌』

이 책이 다루는 각색과 전유의 과정은 이미 지적한 대로 상호텍스트성, 번역학과 같은 관련 분야의 실천과 밀접한 관계를 맺고 있다. 서론에서 언급한 대로, 상호텍스트성 개념은 줄리아 크리스테바(Julia Kristeva)와 가장 쉽게 연관되며, 그녀는 「묶인 텍스트」("The Bounded Text," 1980), 「말, 대화, 소설」("Word, Dialogue and Novel," 1986)과 같은 에세이에서 문학, 예술, 음악의 사례를 원용하면서 모든 텍스트는 끊임없이 풍성하게 진화하는 문화적 모자이크로 다른 텍스트를 불러내고 재작업 한다는 주장을 입증했다. 상호텍스트성을 향한 충동, 그리고 그 결과물인 내러티브와 건축의 브리콜라주(*bricolage*)는 많은 사람들에 의해 포스트모더니즘의 중심 원리로 간주된다(Allen 2000).

이 상호텍스트적 충동에 분명히 나타나는 상이한 텍스트들과 텍스트 전통 사이의 섞임은 이제는 논쟁적인 탈식민주의 '혼종성'(hybridity) 이론과도 관련된다. 호미 바바(Homi Bhabha)의 혼종성 설명은 사물과 관념들이 어떻게 "전통이라는 명목 하에 반복되고, 재배치되고, 번역되는가"(1995: 207)를 제시하지만, 또한 이 재배치 과정이 어떻게 새 발화와 창조성을 자극할 수 있는지도 시사한다. 그러나 바바에게는 본질적 차이를 존중하는 혼종성만이 혁신을 가능케 하고 다문화주의 문화적 합성이나 동질화는 답답하게 보인다(208). 과학 중심의 혼성화 (hybridization) 개념은 문화적 가공물을 상호작용 과정에 의해 불가역적으로 변화된 것으로 간주한다. 이는 식민 문화의 경우 특히 문제가 많은데, 이유는 만약 우성 인자와 열성인자의 (또는 유전자의) 과학 개념이 문화에서도 유효하다면, 모든 혼성 양식에서 식민 또는 제국의 전통이 원주민 전통보다 우월하단 말이 되기 때문이다. 이러한 우성 열성 개념은 19세기 중반 그레고어 멘델(Gregor Mendel)이 최초로 제기한 관념이었으나(Tudge 2002), 문학 분야에서는 상호텍스트적 관계의 고찰에서 중요한, 지배와 억압이라는 논의를 명시하는데 채택되어 왔다. 각색과 전유 연구는 T. S. 엘리엇(T. S. Eliot)이 그의 에세이 「전통과 개인의 재능」("Tradition and the Individual Talent")에서 문학적 유산과 전혀 새로운 "혼합물"(Eliot 1984: 41)을 창조하는 예술가 사이에 일어나는 화학 반응을 기술할 때 사용한 방식처럼 과학 언어와의 교차 외에도 포스트모더니즘과 탈식민주의의 비판적, 문화적 움직임과도 관련된다. 그 결과, 각색 역사를 쓰려는 노력은 필연적으로 다양한 지점에서 비평 이론의 역사로 전환된다.

각색학은 버전, 변주, 해석, 연속, 변형, 모사, 패스티쉬(혼성모방), 패러디, 변작, 희화화, 치환, 재평가, 개정, 다시 쓰기, 반향 등 풍부한 어휘들을 던져준다. 하지만 이 목록이 보여주듯, 이와 관련한 텍스트들의 목표와 의도는 아주 다르거나 심지어 상반될 수도 있다. 그 결과 각색학은 필연적으로 『팔림세스 트』(*Palimpsests*)(1997: ix)에서의 주네트(Genette)의 주장과 맥락을 같이하며 일 종의 "열린 구조주의"를 선호한다. 이러한 맥락에서의 읽기는 대안에 대한 텍 스트의 종결을 입증하는 것이 아니라 지속적 상호작용을 탐구하고 기념하는 특징을 띤다. 후편, 전편(프리퀄), 압축, 확충 모두 각색 양식의 상이한 시점에 서 맡을 역할이 있다.

각색은 특정 장르를 다른 장르 양식으로 주조하는 치환적 실천일 수 있고, 그 자체로 다시-보기 행위다. 어떤 면에서 다듬기와 가지치기에 몰두하는 편 집 관례와 상응될 수 있다. 그러나 이 또한 확장, 증대, 가필에 참여하는 확충 적 절차일 수도 있다(예컨대, 데프만 외(Deppman *et al.* 2004)의 "유전 비평"과 비교). 그렇더라도 각색은 원천 텍스트에 논평을 제공하는 것과 자주 연관된 다. 이는 대부분 '원작'과 다른 수정된 관점을 제시해 가상의 동기를 추가하거 나 그 텍스트가 침묵시키고 주변화한 것에 목소리를 부여함으로써 이루어진 다. 그러나 각색은 근접(proximation)과 최신화(updating) 과정을 통해 새로운 관객과 독자층에게 새 텍스트를 '유의미하게' 또는 쉽게 이해할 수 있게 만드 는 더 간단한 시도를 계속할 수도 있다. 이는, 예를 들면, 청소년 관객의 참여 를 목표로 할 수도 있고, 광범위한 의미의 언어적, 해석적 번역을 통해 글로벌 문화상호주의 맥락에 관여할 수도 있다. 이것은 분명 소위 많은 '고전' 소설의 텔레비전과 영화 각색에서 예술적 추동력이다. 셰익스피어 역시 근접 또는 최신화의 특정 관심대상이자 수혜자다. 이러한 접근법에 발판을 제공한 것은 물론 문학의 교육적 역할이며, 이는 각색에 대한 경제적, 사회적 근거를 상정 하는데, 우리는 이 주제와 논제들로 다시 돌아갈 것이다.

특정 조건과 특정 텍스트의 관련성, 이것이 문화적으로 활성화되는 시기는 텍스트의 잠재 의미와 문화적 영향, 의도적이든 아니든, 그리고 각색 행위 이면의 목적에 대한 매우 집중적 단서를 제공할 수 있다. 로버트 바이만(Robert Weimann)이 강조하듯, 전유 활동은 "사회적 투쟁과 정치 권력의 영향력 또는 역사의식의 행위에 국한되지 않는다"(1988: 433). 이 장에서 의도하는 바는 다양한 각색에 작동하는 개인적, 역사적 충동과 이념을 자세히 살펴보는 것이다. 따라서 각색과 전유라는 포괄적 용어에서 파악 가능한 내용을 더 자세히 분석하는 것을 출발점으로, 관련된 상이한 양식과 방법론을 살펴보는 것이 유용할 듯하다. 결과적으로 이는 문학 연구 이면의 다양한 학문 분야들, 특히 영화학, 공연학, 번역학 외에 음악학, 컴퓨터 공학, 디지털 인문학, 법학, 경제학, 특히 지적 재산권과 저작권, 문화 지형학, 자연 과학 등과도 연결된다.

주네트는 "하이퍼텍스트성"(hypertextuality)에 대한 풍부한 정보를 제공하는 저술에서, 어떤 장르라도, 다른 텍스트를 염두에 둔 텍스트 글쓰기 행위는 "장르횡단적 실천"(Genette 1997 [1982], 395)이라고 묘사했다. 이 책을 읽게 되면 분명해지겠지만, 광범위한 장르와 하위 장르가 주네트가 추궁하는 하이퍼텍스트적 활동에 자주 연관된다. 하지만 각색은 흔히 한 장르에서 다른 장르로의 전환을 포함하는 매우 특수한 과정이다. 소설의 영화화, 드라마의 뮤지컬화, 산문 서사와 산문 소설의 극화, 또는 역으로 드라마의 산문 서사 각색 등이다. 또한 컴퓨터 게임화, 그래픽 소설화도 포함할 수 있고, 음악, 무용과 같은 양식으로도 확산될 수 있다.

이미 설정한 대로, 우리가 이 책에서 각색을 논할 때는 (항상 그렇지는 않더라도) 흔히 (고전으로 여겨지거나 그냥 널리 알려진) 인정된 텍스트를 새로운 장르 맥락에서 재해석하거나, '원작' 또는 '원천 텍스트'의 문화적 그리고/ 또는 시대적 배경을 재배치한 경우를 다루게 되는데, 여기에는 장르 변화가 있을 수도 없을 수도 있다. 이러한 맥락에서 가치 또는 취향의 문제는 불가피하다. 이제는 문학이 영화 외에 다른 형태로 전환되는 것을 살펴보는 고등교육 프로그램 모듈들이 아주 흔하며, 각색 연구와 이론화에 참여하는 학생이라면 각색과 전유가 무엇을 의미하는지 비판적으로 사고하게 되며, 때로는 평가 과정이나 학습 결과의 일부로 스스로 창조 작업에 참여하게 된다. 의도적으로 이러한 지적 학술적 탐구에서는 '좋은' 또는 '나쁜' 각색을 구분하는 것을 목표로 삼지 않는다. 어쨌든 무슨 근거로 그런 판단을 내릴 수 있단 말인가? 적어도 가치 판단의 맥락에서는, 각색이 원천에 충실한가 불충실한가 식별하는 것을 다루지도 않는다. 이 책이 입증해 주기를 바라건대, 필자의 주장은 바로 그 불충실성 또는 일탈 지점에서 가장 창조적 각색 행위가 이루어진다는 것이다. 우리가 다루는 소위 '원작' 텍스트의 상당 작품들 자체가, 가장 대표적으로 셰익스피어의 극작품들도, 매우 불안정한, 각색한 조각보 세공(adaptive patchworks)임을 인식할 때, 충실성을 어떤 감지할 수 있는 방식으로 평가한다는 것은 순전히 불가능한 일이라는 생각이 든다. 각색학은 양극화된 가치 판단을 촉구하기보다는 과정, 이념, 방법론을 연구하는 분야로 이해될 필요가 있다.

유명 소설의 영화적 해석을 연구하는데 유용한 모델을 구축하며, 데보라 카트멜(Deborah Cartmell)은 각색을 크게 세 가지 범주로 논증한다.

1) 치환(transposition)
2) 논평(commentary)
3) 유사(analogue) (Cartmell and Whelehan 1999: 24)

표면상, 소설의 영화 버전은 한 장르의 텍스트를 가져와 새로운 양식으로 다른 관객들이나 추가 관객들에게 전달한다는 의미에서 모두 치환이다. 그러나 소설과 기타 장르 양식을 대상으로 한 많은 각색 작품들이 추가된 치환층을 포함하며, 원천 텍스트를 장르뿐만 아니라 문화적, 지리적, 시간적 면에서도 재배치한다. 바즈 루어만(Baz Luhrmann) 감독의 1996년 영화 〈로미오 + 줄리엣〉(*William Shakespeare's Romeo + Juliet*)이 유용한 예다. 셰익스피어의 근세 베로나의 비극을 현대 북미 배경으로 최신화하면서, 루어만은 도시 패거리 불화라는 극의 느낌을 유지하되 여기에 즉시적, 시사적 반향을 부여한다. 잘 알려진 대로, 셰익스피어 희곡에서 많이 언급된 결투용 칼(swords and rapiers)은 루어만이 생생하게 실현한 베로나 해변에서는 현대의 선택 무기인 권총에 새겨진 이름이 된다. 주네트는 이를 "근접 이동"(1997: 304)이라 설명할 것인데, 고전 소설의 영화 각색에서 매우 흔한 접근방식이기도 하다.

앞에서 말한 바와 같이, 셰익스피어의 전 작품이 이와 같은 근접화 사례를 채굴하기에 특히 풍요로운 보고임이 입증되었다. 1999년 케네스 브래너(Kenneth Branagh)는 〈사랑의 헛수고〉(*Love's Labour Lost*)를 1930년대 할리우드 영화 뮤지컬로 리메이크했는데, 셰익스피어의 궁정의 재사(courtly wit)와 소네트 짓기 경쟁을 가짜 옥스브릿지(faux-Oxbridge)라는 설정 안에 끼워 넣는다. 영화의 사건은 2차 세계 대전 직전에 펼쳐지며, 16세기 후반 셰익스피어가 프랑스 종교전쟁과 교감한 것보다 더 최근의 (아마도 접근하기 더 쉬운?) 갈등의 맥락을 관객들에게 제공한다. 브래너는 이 영화의 문화적 연상을 공유할 관객들의 흥미를 일으키고자 조지와 이라 거슈인(George and Ira Gershwin), 콜 포터(Cole Porter)의 향수어린 노래로 구성된 사운드트랙을 의도적으로 추가했다. 다른 방향에서, 마이클 알메레이다(Michael Almereyda)의 밀레니엄 〈햄릿〉(*Hamlet*, 2000)은 엘시노어(Elsinore)를 타락한 최고경영자 클로디우스(Claudius)가 이끄는 맨해튼 금융회사로 재구성했다. 흥미로운 반전으로, 이 버전에서 반감을 품은 젊은 왕자는 예술전공 반체제 학생인데, 수업 과제로 제출할 그의 '극중극'을 비디오 몽타주로 만들었다. 여기에는 흥미로운 예언적 측면이 있는데, 알메레이다의 영화가 출시된 지 10년이 지나 유튜브(YouTube)의 탄생을 목격하게 되며, 이제는 수천 가지의 그러한 학교 과제와 셰익스피어 단편 영화들의 기반이 되었기 때문이다(Desmet 2014; O'Neill 2014).

그 밖의 다른 많은 최신화의 동기 또는 충동은 상당히 자명하다. 이 "근접 이동"은 텍스트를 관객의 개인적 준거 틀에 더 가깝게 배치해, 현지의 맥락과 관객 사이의 변주를 항상 허용한다(Burnett 2013: 11 비교). 모든 전위적 각색이 시간 변이에 있어서 현재로 나아가는 것은 아니지만—프랑코 제피렐리(Franco Zeffirelli)의 1990년 영화 〈햄릿〉은 중세 고딕풍 설정을 선택했다—분명 일반적 접근방식이긴 하다. 제피렐리의 〈햄릿〉의 경우, 그의 배역 선정은 내장형 근접이 될 수 있는데, 왜냐하면 〈매드 맥스〉(*Mad Max*)(조지 밀러(George Miller) 감독, 1979, 1981, 1985) 액션영화 시리즈로 잘 알려진 멜 깁슨(Mel Gibson)을 매우 남다른 햄릿으로 캐스팅해 현대 영화계와의 상호텍스트성이라는 자의식적 행동을 취했고, 아울러 거트루드(Gertrude) 배역의 글렌 클로즈(Glenn Close)와 여성의 성적 욕망에 중점을 둔 흥행 대성공 영화 〈위험한 정사〉(*Fatal Attraction*, 애드리안 라인(Adrian Lyne) 감독, 1987)와의 연상 작용을 이용했기 때문이다

비록 셰익스피어가 치환적 각색의 유일한 초점은 아니지만, 3장에서 볼 수 있듯이, 그의 작품은 역사 부수적 각색 과정에 대한 문화적 지표를 제공한다. 1998년 알폰소 쿠아론(Alfonso Cuarón) 감독은 찰스 디킨스(Charles Dickens)의 성장소설 『위대한 유산』(*Great Expectations*)을 현대 뉴욕으로 재배치해, 핍(Pip)에 상응하는 핀 벨(Finn Bell)을 고투하는 예술가로 변모시킴으로써, 배경 설정과 맥락에 비슷한 변화를 일으켰다. 헨릭 입센(Henrik Ibsen), 제인 오스틴(Jane Austen), 안톤 체홉(Anton Chekhov), 조셉 콘라드(Joseph Conrad) 등 다른 작가들의 작품에서도 이와 비교할 만한 치환이 이루어진 것을 발견할 수 있

다. 경우에 따라 각색의 과정이 단순한 근접에서 벗어나 보다 더 문화적 쟁점을 형성하는 방향으로 나아가는 사례도 있다. 이것이 카트멜의 두 번째 범주인 논평에 속하는데, 통상 변경이나 추가에 의해 원천 텍스트의 정치성이나 새로운 미장센의 정치성, 또는 둘 다에 대해 논평을 가하는 각색을 말한다. 예컨대, 셰익스피어의 『템페스트』(The Tempest)의 영화 버전들은 알제리 마녀인 시코렉스(Sycorax)를 스크린 상에 두드러지게 보여주는데, 이러한 행동을 통해 극에 드러난 그녀의 부재를 논평한다. 셰익스피어의 텍스트에서 그녀는 프로스페로(Prospero)의 부정적 언어묘사에 의해서만 구성된 인물이다. 데릭 자만(Derek Jarman)의 1979년 영화 〈템페스트〉와 피터 그리너웨이(Peter Greenaway)의 〈프로스페로의 책〉(Prospero's Books, 1991)은 모두 시코렉스를 화면상에 부각시켰다. 제인 오스틴의 『맨스필드 파크』(Mansfield Park)에 대한 패트리샤 로제마(Patricia Rozema) 감독의 2000년 영화 버전은 이 소설에서 최소한만 언급된 영국의 식민지 역사와 안티가 농장에서의 노예 제도에 대한 맥락 설정을 명시화했다. 로제마는 소설이 억압한 사실을 가시화했다. 위의 두 경우에서, 원작 서사에서의 부재, 간극에 대해 치환적 영화가 논평을 가하는 것은 이전의 탈식민주의 비평가들의 작업에서 강조되어 왔던 것이다. 각색은 이 경우 비평 이론의 작업에 직접적으로 반응하는 것으로 여겨질 수도 있다.

이와 같은 사례에서, 영화 각색물의 완전한 효과는 관객이 원천 텍스트와의 명확한 관계를 인식하느냐에 좌우된다는 주장이 논증 가능하다. 이를 기대하며, 가장 정규적인 각색들은 그들의 원천이나 영향을 준 텍스트와 같은 제목을 사용한다. 제목 공유는 유사점과 차이점에 대한 복합적 이해를 활성화시켜 비교분석을 이끌어낼 수도 있다. 토마스 하디(Thomas Hardy)의 『성난 군중으로부터 멀리』(Far from the Madding Crowd)를 각색한 영화에 대한 논평 대부분이 소설을 직접 언급할 가능성이 높고, 원작과의 유사점과 차이점을 지적하는 게 분명 사실이지만, 이 영화의 향유가 반드시 소설에 대한 이해에 좌우되는 것은 아니다. 실제로, 각색의 누적 본질이 그러하므로, 이 소설의 2015년 영화 각색 논평들은(토마스 빈터부르크(Thomas Vinterburg) 감독, 캐리 멀리건(Carey Mulligan)이 밧세바 에버딘(Bathsheba Everdene) 역으로 주연) 대개 그 자체로 고전으로 인정받는 존 슐레진저(John Schlesinger) 감독의, 밧세바 역에 줄리 크리스티(Julie Christie)가 주연한 1967년 영화 각색과 비교하는 기회로 삼았다. 따라서 이 예에서 '원천'의 개념이 시간이 지남에 따라 실제로 변할 수 있고 단 하나의 원작이 아닌 다층위적 실체를 형성함을 알게 된다.

그렇다면 각색되는 작품에 대한 배경 지식이 이와 같은 영화를 만족스럽게 보는데 반드시 요구되는 건 아니다. 하지만 그 지식을 이해 과정에서 활용하면 관람자의 체험은 풍부해지고 그야말로 수반된 즐거움도 커지고 정교해질 수 있다고 논증할 수 있다. 이언 매큐언(Ian McEwan)의 2001년 소설 『속죄』(Atonement)는 그 자체로도 제인 오스틴, 엘리자베스 보웬(Elizabeth Bowen), 20세기 전쟁 회고록의 탁월한 패스티쉬인데, 그 2007년 각색은 소설에 담긴 텍스트성에 대한 (그리고 신뢰할 수 없는 그 본질에 대한) 알만하고 정교한 탐구를 일련의 알만한 시각효과들로 전환시키면서 소설 텍스트의 직접 단서들 못지않게 영화사(1940년대 영화, 전쟁 영화, 다큐멘터리 영상)에도 의지해 기발한 장르 변화를 꾸려낸다(Geraghty 2009: 107). 이러한 일련의 특정 읽기 또는 이해가 영화 감상과 향유에 요구되지는 않지만, 알고 있는 관객에게는 조 라이트(Joe Wright) 감독과 영화각본을 쓴 크리스토퍼 햄튼(Christopher Hampton)의 성과를 분명 다르게 접근하게 해준다. 햄튼은 그 나름대로 인정받는 작가이므로, 완성 영화각본에서 매큐언의 소설과 햄튼의 스타일이 흥미롭게 혼합된 것을 볼 때, 우리는 각색이 누적 방식으로 효과를 거두는 또 하나의 방식을 여기서 보게 된다. 또한 이는 영화를 구성하는 공동작업, 즉 작가와 감독, 배우, 그리고 기술팀이 함께 복합적 전체를 화면에 표현한다는 사실을 확인해준다. 우리가 〈디 아워스〉(*The Hours*)(스티븐 달드리(Stephen Daldry) 감독, 2002) 같은 영화를 볼 때 이와 유사한 다층성이 존재하는데, 극작가 데이비드 헤어(David Hare)가 각색한 마이클 커닝햄(Michael Cunningham)의 1998년 동명소설 자체가 복합 각색으로, 버지니아 울프(Virginia Woolf)의 전기, 그녀의 1923년 소설 『댈러웨이 부인』(*Mrs Dalloway*), 그리고 커닝햄 자신의 새로운 창조적 투입으로 현대의 퀴어 정치성과 에이즈 전염병을 담아내고 있다(자세한 내용은 6장 참조).

　이러한 유사점과 차이점을 미묘하게 이해할 수 있는 관객이 얻는 특별한, 특유의 쾌락이 있을까? 그 감흥을 지나치게 복잡화하는 것은 위험하며, 어쩌면 책 형식으로 먼저 즐겁게 읽은 스토리를 화면에서 보는 것만으로도 똑같은 쾌락을 얻을 수 있다. 필립 콕스(Philip Cox)는 찰스 디킨스 소설의 연극 각색이 19세기에 인기를 많이 얻은 것과 관련해 이와 비슷한 주장을 했다. 이 공연들은 의식적으로 소설 속 유명한 대목의 장면들을 정지된 행동으로 재현해 보여주었다. "삽화-정지장면의 사용은 이 소설이 원래 연재물이었음을 아는 관객들의 친숙함을 기대한다는 의미다. 그러한 모방 행위를 통해 얻을 수 있는 쾌락은 그 유사성을 즉각적으로 인식해야만 체험될 수 있다"(Cox 2000: 43-4). 물론 이처럼 각색은 일부 텍스트의 인지도와 대중성을 활성화하고 경우에 따라 재활성화하는 데도 동참하게 되며, 어떤 점에서는 정전 형성에 참여하기도 한다. 이와 유사하게 친숙성을 활성화시킨 예가 디킨스의 『니콜라스 니클비』(*Nicholas Nickleby*)를 데이비드 에드거(David Edgar)가 탁월한 연극으로 각색해 1980년대 로열셰익스피어극단(Royal Shakespeare Company)이 초연한 작품이다. 무대 위 언급 내용들은 그 정전 소설뿐만 아니라 이전의 각색들과 정지장면에 대한 암시라는 점을 알만했다. 위의 어느 경우에도 원천에 대한 친숙성이 요구되지는 않지만, 그 체험은 친숙성의 입장에 따라 분명 달라지게 마련이다.

카트멜의 세 번째이자 마지막 각색 범주인 유사는 처음 볼 때보다 더 닮은 경우를 말한다. 새로운 문화적 산물에 대한 이해는 이를 형성한 상호텍스트를 안다면 깊어질 수 있겠지만, 그 작품을 단독으로 즐기는데 반드시 필요하지는 않을 것이다. 자립형 작품이면서도 유사로서의 위상이 드러날 때 다층적 의미를 얻는 예를 들자면, 에이미 해커링(Amy Heckerling)의 〈클루리스〉(*Clueless*, 1995)는 제인 오스틴의 『엠마』(*Emma*)의 비버리힐즈 밸리-걸 변주이며, 프란시스 포드 코폴라(Francis Ford Coppola)의 베트남전 영화 〈지옥의 묵시록〉(*Apocalypse Now*, 1979)은 19세기 콩고 식민지 기업에 대한 어두운 탐험인 조셉 콘래드의 『암흑의 중심』(*Heart of Darkness*)의 재맥락화이고, 마이클 윈터바틈(Michael Winterbottom)의 〈더 클레임〉(*The Claim*, 2001)은 토마스 하디의 1886년 『캐스터브리지의 시장』(*The Mayor of Casterbridge*)을 할리우드 서부영화 장르의 미묘한 변주로 재구성해 1860년대 미국 골드러시로 설정을 재배치한 것이다. 또 다른 경우, 실제로 2단계 각색 과정을 보여주는 윌리엄 라일리(William Reilly)의 〈최후의 승자〉(*Men of Respect*, 1990)는 마피아를 다룬 20세기 후반 미국 영화로, 영국의 암흑가 현장을 다룬 1955년 영화 〈조 맥베스〉(*Joe Macbeth*, 켄 휴즈(Ken Hughes) 감독) 외에도 그 영화 자체의 셰익스피어 선행극인 『맥베스』(*Macbeth*)를 재작업한 것이다. 이러한 예를 통해 유발된 복합적인 질문, 즉 원천 텍스트에 대한 지식이 필요한지 아니면 단지 강화하는 효과에 불과한지 여부는 이 책에 제시된 읽기 자료를 통해 다시 제기될 것이다.

문화현상이자 실천인 세계화는 각색된 텍스트가 다른 장르로 변할 뿐만 아니라 원작과 다른 언어로 번역될 때, 이 친숙성의 문제를 더욱 복잡하게 만든다. 마크 손턴 버넷(Mark Thornton Burnett, 2013)은 현대 글로벌 영화맥락에서 본 셰익스피어 각색에 대해 논하면서 평론이 "이질적인" 같은 꼬리표에서 벗어나 대신 지역적, 세계적 관점에서, 그야말로 접근 채널의 관점에서 생각해 볼 필요가 있음을 올바르게 강조한다. 이 영역에서 각색의 이해는 문학적 분석만큼이나 사회적, 문화적 정치성과 관련된다. 린다 허천(Linda Hutcheon)은 문화횡단적 각색 과정에서 "의미와 효과가 어떻게 급격히 변화하는지" 탐구하고 그 결과 유발되는 사회 간의 대화를 인식하기 위해 "현지화"라는 용어 사용을 제안했다(2013: xviii, 148-9). 셰익스피어 희곡 각색이 베네수엘라 안데스 산맥 또는 현대 싱가포르(레오나르도 헨리쿠에즈(Leonardo Henriquez) 감독의 2000년 영화 〈상그라도〉(Sangrador)는 『맥베스』의 새로운 재해석이며, 치콩 체아(Chee Kong Cheah) 감독의 2000년 영화 〈닭볶음밥 전쟁〉(Chicken Rice War)은 『로미오와 줄리엣』의 재작업) 같은 새로운 문화적 지형도와 소통하는 경우를 고찰할 때, 우리는 "현재의 공간과 장소 불평등"(Burnett 2013: 13)을 둘러싼 문제에 유의하게 된다. 이러한 비영어권 해석에 의해 어떤 "종류의" 셰익스피어가 유통되거나 보급되고 있는가라는 의문은 지속되지만, 버넷은 "희곡과 그 대리언어(들) 사이에 고정된 위계질서란 없다"는 것을 수용하는, 보다 포용적 비평이 필요하다고 강조한다(Burnett 2013: 3, 4).

물론, 각색학 이론을 고전 희곡과 소설의 영화 버전에만 적용하는 것은 어폐가 있지만, 그것이 가장 일반적이며 쉽게 이해되는 현상이긴 하다. 자의식적 각색을 자주 사용하는 또 다른 장르는 뮤지컬 연극과 뮤지컬 영화다. 흥미롭게도 셰익스피어는 다시 한 번 촉진적 실재로 드러난다. 〈실수연발〉(The Comedy of Errors)을 뮤지컬 연극으로 만든 〈시러큐스에서 온 형제들〉(The Boys from Syracuse) 외에도, 제롬 로빈스(Jerome Robbins)와 로버트 와이즈(Robert Wise)의 〈웨스트 사이드 스토리〉(West Side Story)가 있는데, 레너드 번스타인(Leonard Bernstein)의 음악과 스티븐 손드하임(Stephen Sondheim)의 노랫말과 더불어 『로미오와 줄리엣』을 1950년대 뉴욕의 콘크리트 바닥 놀이터와 거리의 패거리 폭력 스토리로 재해석했다. 이것은 결국 이전에 언급된 셰익스피어의 낭만비극에 대한 루어만의 1996년 영화 각색에 영향을 주었다. 널리 알려진 대로 〈키스 미 케이트〉(*Kiss Me Kate*)는 콜 포터의 노래를 이용해서 『말괄량이 길들이기』(*Taming of the Shrew*)를 되풀이하는데, 아마 여기서 아이디어를 얻어 브래너도 〈사랑의 헛수고〉를 뮤지컬로 옮기며 포터의 가요집에 의지했을지도 모른다.

뮤지컬 장르는 문학 고전에서 원천 소재의 대부분을 찾았고 이제는 점점 더 영화 고전에서도 찾고 있다. 빅토르 휴고(Victor Hugo)의 서사소설 『레미제라블』(*Les Misérables*)에서부터 (앤드류 로이드 웨버(Andrew Lloyd Webber)와 팀 라이스(Tim Rice)의 블록버스터 〈캣츠〉(*Cats*)가 된) T. S. 엘리엇의 시 『지혜로운 고양이가 되기 위한 지침서』(*Old Possum's Book of Practical Cats*)에 이르기까지, 〈빌리 엘리어트〉(*Billy Elliot*)(처음에는 스티븐 달드리(Stephen Daldry) 감독의 2000년 영화였다가 지금은 장기공연 무대 뮤지컬)에서 〈위키드〉(*Wicked*) (그레고리 맥과이어(Gregory Maguire)의 1995년 소설의 연극적 재해석으로, 그 자체가 1939년 영화 〈오즈의 마법사〉(*The Wizard of Oz*)와 L. 프랭크 바움(L. Frank Baum)의 1900년 소설에 나오는 마녀의 관점에서 다시 만든 스토리)에 이른다. 무대 공연과 조지 큐커(George Cukor)의 1964년 영화 버전을 통해 그 자체로 고전의 지위를 얻은 뮤지컬 중 하나인 〈마이 페어 레이디〉(*My Fair Lady*)는 조지 버나드 쇼(George Bernard Shaw)의 희곡 『피그말리온』(*Pygmalion*)을 토대로 한 앨런 러너(Alan Lerner)의 각본으로, 이 극은 제목에서처럼 문학적 과거를 훨씬 더 거슬러 올라가 오비디우스(Ovid)의 형체 변화 이야기들인 『변신 이야기』(*Metamorphoses*)를 일견하는데, 여기서 피그말리온은 자신이 창조한 조각상과 사랑에 빠지게 된다. 오비디우스 각색은 4장에서 살펴보겠지만, 서론에서 제기한 보다 역동적 각색의 설명에서 이미 드러나는 것은, 이러한 텍스트는 그 자체로 다른 텍스트를 재작업한 텍스트를 재작업하는 경우가 빈번하다는 점이다. 각색 과정은 지속적이고 계속 진행 중이다.

각색에 대한 역동적 설명은, 헨리 젠킨스(Henry Jenkins)가 묘사한, 현재 우리가 운용하는 융합문화(컨버전스 컬처)에 의해 강화되고 더해지는데, 이는 기존의 미디어와 뉴 미디어가 보조를 맞추어 새로운 관계를 만들게 하고, 전통적 위계 개념을 의도적으로 피하되 더욱 결합된 참여형 문화 정치에 우호적이다(Jenkins 2006: 282). 이렇게 더 유동적, 상관적 맥락에서, 우리는 소위 원천과 각색 사이의 역학을 재고하고, 직선적인 방식보다는 네트워크화한 연결 방식으로 읽도록 요구된다. 이에 관한 가장 좋은 예 하나는 현대의 유년기에서 나오는데, 캐트리나 마틴(Cathlena Martin)의 말을 빌리자면, "각색된 텍스트가 어린이들의 문화를 포화상태로 만들어, 장난감 가게를 가득 채우고, 책꽂이에 만연하고, 텔레비전 타임 슬롯을 채우고, 인터넷 웹사이트로 침투한다"(2009: 85). 그녀의 빈틈없는 묘사에 따르면, E. B. 화이트(E. B. White)의 『샬롯의 거미줄』(Charlotte's Web, 1952)의 컴퓨터 게임 버전을 접하는 어린이는 그 체험을 파생적이거나 부차적 각색의 관점에서 이해하지 않을 테고, 단지 트랜스미디어 스토리텔링 체험이라는, 보다 광범위한 분야의 하나 또는 일련의 행동으로 이해할 것이다. 앙드레 바쟁(André Bazin)이 2000년 초에 예언했듯이, 새로운 융합문화에서, 텍스트나 조우는 직선적이거나 역사적으로 위계화된 원작과 각색으로서가 아니라, 오히려 하나의 작품이 다양한 예술 형식을 통해 굴절된 것으로 이해될 것이고, 사용자의 눈에는 모두가 동등한 것으로 여겨질 것으로 생각된다(Martin 2009: 88; Bazin 2000: 26). 짐 콜린스(Jim Collins)의 지적처럼, 그 결과 문화적 권력의 변화가 발생하며, 우리는 더 이상 도서관이나 대학과 같은 장소와 기관에 의해 공간적으로 정의되지 않은 새로운 단서, 코드, 수용 절차를 조우하게 된다(2010: 79). 각색에 대한 우리의 생각과 개념 자체도 필연적으로 새로운 기술 시대에 맞추어 적응하고 있다.

　'적응'이라는 용어를 가장 연상시키는 학문 영역들이 생물학, 동물학, 생태학, 환경과학 등 자연과학에서 유래한다는 것이 전적으로 무관한 것은 아니다. 19세기 찰스 다윈(Charles Darwin)이 그의 논란이 많은 진화론을 발표한 이래 과학계는 환경과 유전적 적응의 복잡한 과정에 매료되었다. 이는 갈라파고스 제도에 서식하는 유명한 다윈의 방울새 류의 부리 모양의 변종은 이들이 서로 경쟁하면서 다른 먹이에 적응하게 되었다는 지표였다는 것에서부터, 영국 산업 도시의 회색가지나방은 전통 나방 종에 대한 흑색 또는 더 어두운 변종으로 그 지역의 중공업에 의해 유발된 검은색 표층과 어울리도록 발전된 것이라는 점이었다. 이러한 예에서 적응은 전혀 중립적이지 않으며, 실제로 상당히 능동적 방식이고, 수준 이하의 복제 또는 반복이라고 너무도 흔히 연결 짓는 단조로운 개념과는 거리가 먼 것으로 입증된다. 각색은 서구 낭만주의 문화의 독창성과 천재성이라는 독특한 개념의 지나친 강조에서 벗어나지 못했지만, 글로벌 유통 시대와 디지털 재생산과 리메이크 시기에는 새로운 시대를 맞이하고 있다. 각색과 전유는 이제 그 자체의 상호텍스트를 제공하기에 이르렀고 서로 간의 문화적 대화를 빈번하게 행하므로, 원천에서 각색으로의 단순한 일방통행선상의 관점보다는, 복잡한 여과와 네트워크, 망조직과 의미의 장이라는 관점에서 생각하는 것이 더 나을 것이다. 분명 후자의 모델에서, 관객(독자), 수용, 맥락화된 의미 생산의 중요성이 올바로 가시화된다.

　이 모든 각색의 범주화와 정의에서 쾌락 원칙을 시야에서 놓치지 않는 것이 여전히 중요하다. 고전 문학에 대한 우리의 체험에 영화가 주는 영향을 설명하는 매우 암시적 글에서, 존 엘리스(John Ellis)는 "다른 매체로의 각색은 원래의 표현형식에 대한 쾌락을 연장하고, 기억 생산을 반복하는 수단이 된다"(1982: 4-5)며, 각색은 기억과 관련된 쾌락의 연장 또는 확장을 가능하게 한다고 주장한다. 엘리스의 논지는 제인 오스틴의 『오만과 편견』(*Pride and Prejudice*), 엘리자베스 개스켈(Elizabeth Gaskell)의 『남과 북』(*North and South*), 찰스 디킨스의 『블리크 하우스』(*Bleak House*) 등의 텔레비전 각색이라는 최근 유행에 대해 동일하게 적용된다(Cardwell 2002 비교). 이 관례는 19세기 소설의 영역을 넘어 조나단 코(Jonathan Coe)의 『로터스 클럽』(*The Rotters' Club*, 2001) 이나 앨런 홀링허스트(Alan Hollinghurst)의 『라인 오브 뷰티』(*The Line of Beauty*, 2004)의 각색과 더불어 현대 소설의 영역으로 확장된다. 후자의 경우 들은 이전의 명시적으로 역사에 정통한 각색과 마찬가지로, 각각 1970년대와 1980년대 영국을 아름답게 재구성한 것으로 드러난다.

텍스트 조우의 첫 쾌락을 연장함으로써, 엘리스는 "각색은 [그 텍스트에 대한] 기억, 실제 읽기에서 얻는 기억, 또는 문학 고전에서 그러하듯이 일반적으로 순환하는 기억을 이용한다"(1982: 3)고 주장한다. 그는 계속해서 "이 각색은 그 기억을 소모해, 스스로 이미지를 만들어 그 기억을 지우려고 시도한다"(3)고 말한다. 이 시점에서 필자는 다른 면에서는 설득력 있는 그의 주장과 멀어진다. 왜냐하면 소모가 항상 각색의 의도된 종점일 필요가 없기 때문이다. 각색하는 텍스트가 영향을 받은 원천 또는 상호텍스트를 반드시 소모하거나 약화시키려고 하는 것은 아니다. 실제로, 필자가 주장하겠지만, 바로 그 원천 텍스트의 지속성과 생존이야말로, 그것이 자극하거나 유발한 다양한 버전이나 해석과 더불어, 각색의 문화적 운용에 결정적 병치 읽기 과정을 가능하게 해주며, 독자나 관객이 상호텍스트적 관계를 추적하며 얻는 쾌락의 체험을 지속하게 해준다. 연상되는 텍스트 사이의 유사점과 차이점에 대한 우리의 정보 감지의 활성화 및 기대와 놀람의 상호 연관 작용을 통해 일부 생산되는, 이 내재적 의미의 상호 영향 관계가 바로 각색과 전유 체험의 핵심을 차지한다고 필자는 생각한다.

2

전유란 무엇인가?

각색과 전유의 실천과 효과는 여러모로 교차되고 상호 연관되지만, 창작 활동으로서 이 둘 사이의 명확한 구별을 유지하는 것 역시 중요하다. 각색은 대부분 제목에서 또는 보다 내포된 언급에서 영향을 준 원천 텍스트와의 관계를 나타낸다. 셰익스피어의『햄릿』(Hamlet)의 영어권 영화 버전은 분명 감독, 시나리오 작가, 배우의 공동노력 및 무대극에서 영화로의 전환에 따른 장르 요구에 따라 재해석되겠지만, 표면상 여전히『햄릿』으로 남는다. 1장에서 살펴보기 시작한 데보라 카트멜(Deborah Cartmell)의 각색 하위 범주인 유사(analogue)에 기반을 두면서(Cartmell and Whelehan 1999: 24), 전유는 흔히 영향을 준 텍스트에서 벗어나 전혀 새로운 문화 상품 영역으로 진입하는 보다 과감한 여정을 실현시킨다. 이는 보통 한 장르에서 다른 장르로의 이동 못지않게 가필과 비판 행위를 통해서도 이루어진다. 실제로, 전유는 장르 변화를 수반하거나 하지 않을 수도 있고, (적어도) 하나의 텍스트를 다른 텍스트와 병치하는 일종의 '나란히 읽기' 또는 비교 분석을 여전히 필요로 할 수 있는데, 이는 앞서 설명한 각색의 수용에 있어서 핵심이기도 하다. 그러나 고전이나 널리 알려진 텍스트의 직선적인 영화버전에 비해 전유는 확실히 그 상호텍스트와 더 복잡하고 정교하고 때로는 내장된 관계를 맺는 경향이 있다. 따라서 그 관계는 보다 간접적이거나 굴절되어 보일 수 있고, 단순한 장르 전위보다는 거리 스펙트럼에서 더 멀리 떨어져 있다. 이 장은 전유의 다양한 방식과 작동 중 몇 가지를 분석하는 것을 목표로 한다. 논의의 편의를 위해 내장형 텍스트와 지속적 전유라는 두 개의 넓은 범주로 사례들을 구분해두었다.

내장형 텍스트와 상호 작용

뮤지컬 연극과 뮤지컬 영화는 이미 인용한 대로 본질적으로 각색 형식이며, 보통 고전 희곡, 소설 및 시까지도 재작업해서 노래와 무용으로 스토리를 전달하는 양식으로 바꾼다. 셰익스피어에 영향 받은 뮤지컬로 이미 언급된 〈웨스트 사이드 스토리〉(*West Side Story*)와 〈키스 미 케이트〉(*Kiss Me Kate*)는 근접, 즉 셰익스피어 원작 희곡의 현대적 재작업으로 작동함으로써 한 단계 더 나아가고 있기 때문에 이와 같은 실천의 흥미로운 예가 된다. 〈웨스트 사이드 스토리〉는 물론 『로미오와 줄리엣』이 없었다면 존재하지 않을 것이다. 토니(Tony)와 마리아(Maria)는 셰익스피어의 '불행한' 연인을 1950년대 뉴욕이라는 맥락에서 현대적으로 재구성한 것이 분명하다. 서로 앙숙관계인 도시의 공동체들, 특히 뮤지컬의 두 불량그룹인 제트파(Jets)와 샤크파(Sharks)의 충돌로 인해 거부된 그들의 사랑 이야기는 몬태규-캐퓰릿(Montague-Capulet) 집안의 경쟁, 즉 셰익스피어의 무대 베로나에서 편견과 폭력을 조장하는 '아주 오래된 원한'에 기원을 둔다. 세심하게 실현된 영화의 미장센은 이 뮤지컬 대본이 처음 쓰이고 공연될 당시 시사쟁점이었던 뉴욕의 인종 갈등을 강조했고, 이는 푸에르토리코 이민자 그룹에 대한 폭력으로 나타났다.

이 뮤지컬과 근세극 원작, 두 텍스트 사이의 상호 관계와 중첩을 추적하는 데서도 즐거움을 가득 만끽할 수 있다. 〈웨스트 사이드 스토리〉의 상징적 비상계단은 셰익스피어 극의 발코니 장면과 인상적으로 상응된다. 극에서 약초를 모으는 모습으로 처음 등장하고, 로미오의 대리 아버지이자 신봉자인 신부(Friar)는 제트파 다수가 만나는 지역 약국의 소유자인 점잖은 '닥'(Doc)으로 바뀌며, 그는 이 경쟁 집단 사이의 교량역할도 하려는 인물이다. '십대' 표현 양식이 사용된 작품에서─1950년대 후반은 적어도 미국과 영국 맥락에서는 십대 문화가 문화적으로나 상업적으로나 공식화된 시기였다─'닥'은 우리가 무대나 (이 뮤지컬을 1961년 영화화한) 화면에서 볼 수 있는 유일한 부모 같은 인물이다. 마리아의 부모 목소리는 단지 효과음으로만 들리게 되어, 권위가 효과적으로 배제되어 중심에서 지워진다. 소위 권위 있는 인물들로 특히 뉴욕시 경찰청(NYPD)의 크럽키(Krupke) 경찰관과 그의 동료들, 댄스홀의 사회자 등이 실제 모습으로 등장하기도 하지만, 이들은 우스울 정도로 비리를 저지르거나 긴장된 상황을 다루는 데 서투르다. 셰익스피어의 극에서 줄리엣에게는 로미오의 신봉자에 상응하는 희극적 인물 유모(Nurse)가 있다. 〈웨스트 사이드 스토리〉에서 그 관계의 희극성은 경시되고, 마리아의 오빠이자 샤크파 리더인 버나도(Bernado)의 약혼녀 아니타(Anita)의 자매애가 부각된다. 한 인상적인 장면에서 아니타가 마리아의 메시지를 토니에게 전하려다 실패할 때, 비극적 결과로 제트파 멤버들이 아니타에게 가한 성폭행이 안무로 연출되어 묘사된다. 이 대목은 『로미오와 줄리엣』의 또 다른 암시적 재작업으로, 머큐시

오(Mercutio)가 유모에게 빈정거리는 여성비하적 외설 농담, 그리고 자크 데리다(Jacques Derrida) 등이 이 극의 중대한 전환점이라고 생각한 잘못 전달된 편지 플롯, 이 두 가지를 하나의 장면으로 함몰시킨 것이다.

그러면 이 작품도 여전히 각색이지만 다른 방식 또는 음조의 각색이다. 〈웨스트 사이드 스토리〉는 딱히 『로미오와 줄리엣』의 도움이 없더라도 성공한 뮤지컬로 자립한다. 하지만 이 뮤지컬의 관객들이 셰익스피어 원작을 상호텍스트적으로 인식한다면 매우 다양한 반응을 통해 그들의 체험을 심화하고 풍성하게 할 수 있다는 것이 필자의 주장이다. "우리를 위한 곳이 있어" 같은 노랫말은 분명히 우리를 이 비극의 공간적 감금 문제로 되돌리며, 많이 반복되는 제트파 무리의 꼬리표인 "요람에서 무덤까지"(Womb to Tomb)는 극의 마지막 장면의 청춘 남녀 주인공의 비극적 감금에 대한 재치 있는 인유다. 이는 원천 텍스트를 더 지속적이고 창의적으로 (그리고 때로는 정치적으로 좌파로) 재작업한 좋은 예다. 필자는 이것을 전유의 본질로 생각한다. 각색에서 중심이 된다고 말한 근접 이동 또는 장르-횡단적 해석이라기보다, 여기 전유에서는 보다 대규모의 상호텍스트 재설계 또는 그야말로 재편성이 이루어진다.

〈키스 미 케이트〉는 셰익스피어의 여성비하 희극인 『말괄량이 길들이기』 (*The Taming of the Shrew*)를 말 그대로 중심에 둔다. 전형적 메타연극 형식으로 (1953년 영화화된) 이 뮤지컬은 『말괄량이 길들이기』의 뮤지컬 버전을 공연하는 극단을 다룬 작품이다. 관객들은 여기서 발생하는 두 단계 각색과 전유를 인식한다. 뮤지컬 속 뮤지컬인 〈말괄량이 길들이기〉는 표면상으로 셰익스피어의 캐릭터와 사건들을 노래와 무용 형식으로 재작업한 보다 직선적인 각색으로 캐서린(Katherina)의 사회적 저항이 〈나는 남자가 싫어〉("I Hate Men") 같은 노래로 옮겨졌다(한편 교태를 부리는 비앙카(Biancha)가 자신의 구혼자들을 우습게 보는 것을 〈아무나〉("Tom, Dick and Harry")라는 노래로 재고하는 것은 상상력의 상당한 비약에 해당한다). 뮤지컬의 '극중극' 형식은 그 자체로 셰익스피어의 반향을 불러일으키며, 『말괄량이 길들이기』 자체의 메타연극적 구성 외에도 『햄릿』, 『사랑의 헛수고』(*Love's Labour's Lost*), 『한여름 밤의 꿈』(*A Midsummer Night's Dream*) 등을 상기시킨다. 〈말괄량이 길들이기〉는 '서극'으로 시작되는데, 여기서 캐서린와 페트루키오(Petruchio)의 티격태격하는 관계를 다루는 연극 전체가 만취한 크리스트퍼 슬라이(Christopher Sly)를 속여서 자신이 귀족 사유지에서 연극을 보고 있는 영주라고 착각하게 만든 유랑극단 배우들의 공연이라는 것이 설정된다. 〈키스 미 케이트〉는 한때 부부였지만 이제는 이혼한 사이로 껄끄러운 관계인 연극 스타들의 줄거리 틀 안에 이 〈말괄량이 길들이기〉 뮤지컬을 끼워두었다. 무대 뒤에서의 그들의 기질은 노골적이고도 흥미로운 방식으로 그들의 무대 위 연기를 반영한다. 예컨대, 릴리 바네시(Lilli Vanessi)는 그녀의 배역인 캐서린답게 거침없고 성급하다. 단호한 릴리에게 때리기와 가두기로 벌을 주는 것을 포함해 이 뮤지컬이 20세기 초반 미국의 성 정치성을 아무렇지 않게 보여주는 방식은 가정 폭력에 경각심을 불러일으키는 이 시대에는 더 이상 희극적 공감을 불러일으키지 못할 수도 있지만, 중요한 점은 〈키스 미 케이트〉가 각색이면서 동시에 전유라는 것이다. 순수한 각색이 뮤지컬 속 뮤지컬로 끼워져 있다면, 전유의 측면은 보다 큰 틀을 이루는 미국 연극배우들의 스토리 및 공연의 루첸티오(Lucentio) 역을 맡은 빌 칼룬(Bill Calhoun)에게 채무상환을 받으려는 마피아 심복들에 대한 연관된 부차적 줄거리에서 발견된다. 갱스터 인물들은 이 쇼의 가장 유명한 노래 중 하나인 〈셰익스피어를 다시 공부합시다〉("Brush Up Your Shakespeare")를 부르는데, 이 곡 자체도 셰익스피어 각색 행위에 대한 재미있는 표제어 위상을 얻었다. 안젤라 카터(Angela Carter)가 연극, 셰익스피어, 뮤지컬을 다룬 자신의 마지막 소설 『현명한 아이들』(*Wise Children*, 1992)의 서두에 붙이는 세 제명 중 하나로 이 표현을 선택했을 때, 그녀는 〈키스 미 케이트〉

의 생생한 문화적 기억을 지닌 독자층을 분명 기대하고 있었다.

물론 〈키스 미 케이트〉는 3장에서 논의되듯이 그 나름대로 확실한 문화 분야인 셰익스피어 전유라는 맥락에서 더 일반적으로 바라보고 이해할 수 있겠지만, 또한 '무대 뒤 드라마'(backstage dramas)라는 표현으로 가장 잘 설명되는 전통과도 관련된다. 이들은 특정 연극이나 쇼 공연의 무대 뒤로 가서 사건 내막을 캐는데 관심을 둔 텍스트다. 이는 〈키스 미 케이트〉나 마이클 프레인(Michael Frayn)의 영국 레퍼토리 극장에 관한 극『노이즈 오프』(*Noises Off*, 1982)와 같이 무대 위에서 자기반영적 방식으로 달성될 수 있다. 〈셰익스피어 인 러브〉(*Shakespeare in Love*)(존 매든(John Madden) 감독, 1998) 역시 이 모티프를 활용해, 윌 셰익스피어(Will Shakespeare)와 그의 스타 배우인 토마스 켄트(Thomas Kent, 바이올라 드 레셉스(Viola de Lesseps)의 변장)와의 무대 밖 관계를 탐구하는데, 이때 영화의 교차편집을 통해 그들의 '실제' 삶과 초기형태의 『로미오와 줄리엣』 공연 무대에서의 그들의 연기를 암시적으로 보여준다.

이런 종류의 무대 뒤 드라마는 산문 소설 맥락에서도 전개되었다. 호주 작가 토마스 케닐리(Thomas Keneally)의 1987년 소설 『플레이메이커』(*The Playmaker*)는 조지 파커(George Farquhar)의 1706년 연극 『징병관』(*The Recruiting Officer*)의 리허설과 공연에 대해 자세히 묘사한다. 연극은 18세기 후반 호주 시드니에 설립된 범죄자 유배지를 관할하는 영국군 장교인 랄프 클라크(Ralph Clark) 중위의 목적에 따라 집합한 재소자 극단에 의해 공연된다. 리허설 기간의 우습고 감동적 스토리에서 케닐리는 슈루즈버리 지방 소도시에서의 징병관 무리의 성적 속임수를 그린 파커의 연극 사건과 형벌 식민지에서의 일상생활 간의 반향적 메아리에 의지하며, 이곳에서는 장소 특성상의 위계질서가 지배적이며 여성 재소자 다수가 군 장교 및 감독관의 성적 소유물이다.

클라크 중위는 주연 배우인 메리 브렌함(Mary Brenham)과 사랑에 빠지는데, 그녀는 옷 도둑 재소자로『징병관』의 남장여자 실비아(Silvia) 역을 연기한다. 그러나 우리는 이 사랑 이야기의 지형적 시간적 변수를 항상 알고 있다. 케닐리는 자신의 서사를 다섯 장과 에필로그의 형식으로 구성해 자의식적으로 극 구조를 상기시키며, 우리는 에필로그에서 랄프가 그의 영국인 약혼녀에게 돌아간 것을 알게 된다. 메리 브렌함은 우리가 추적해온 재소자 대다수의 인생 스토리와 마찬가지로 역사 기록에서 사라진다. 케닐리가 이 소설을 쓴 목적은 그것이 기억하고자 하는 사건의 1789년 설정의 반향을 훨씬 넘어선다. 소설에 나타난 형벌 공동체 세계의 그림자에는 호주의 추방된 원주민과 원주민 공동체의 삶이 있다. 이 소설 속의 극이 '새로운' 땅에서의 '첫' 연극이라는 주장에도 불구하고, 독자는 시드니 형벌 식민지가 이 공간과 장소에서 결코 '최초의' 존재가 아니라는 사실을 너무나 잘 알고 있다. 형벌 식민지 세계를 탐구하기 위해 (케닐리는 역사기록물을 광범위하게 연구했다) 파커의 극을 표면상의 전유로 배치한 배후에, 작가는 원주민 사회의 토지권 및 문화적 소유권을 장악한 또 하나의, 더 적대적 문화적 전유 행위를 가시화하는데 관심을 둔다. 이 소설은 "여전히 추방된 아라바누(Arabanoo)와 그의 형제들"에게 뚜렷이 헌정되었고, 연관된 이유로 케닐리는 계속해서 호주의 구속적 이민법을 반대하는 주요 운동가가 되었다. 그러면, 각색과 마찬가지로 전유도 영향력 있게 다른 학문의 담론 영역으로 서서히 옮겨지며, 여기서는 토지권과 인권에 대한 법적 담론으로 변한다.

흥미롭게도, 케닐리의 소설은 극작가 팀버레이크 워튼베이커(Timberlake Wertenbaker)가『플레이메이커』를 1988년 무대극『조국을 위하여』(Our Country's Good)로 재탄생시켰을 때 한 차례 더 각색 과정을 거쳤다. 이전 장에서 설명한 각색의 실천을 따르면서, 워튼베이커는 자신의 극을 위해 케닐리의 소설의 초점을 수정, 압축, 방향 변경했다. 그녀는 죄수들을 호주로 이송하는 재소자

선박 안 장면으로 극을 시작하기로 선택했는데, 반면 소설에서 이 체험은 플래시백과 집단 기억에 의해서만 되풀이된다. 뉴사우스웨일즈 총독인 아서 필립(Arthur Philip)이라는, 어떤 의미에서 서사적 대변자인 구체적 인물을 추가하면서, 워튼베이커는 연극과 예술이 주는 재활과 사회 건설적인 힘에 대한 여러 정당한 근거를 자신의 극에 포함시킨다. 그녀 스스로도 1980년대 후반에 이에 대한 정치적 동기가 있었다. 극에서 제시된 예술의 사회문화적 중요성에 관한 논쟁은 영국예술위원회의 지원금 삭감 시대에 큰 시사적 반향을 일으켰다. 흥미로운 반전으로, 『조국을 위하여』는 재소자 극단의 공연과 퍼포먼스의 대상으로 상당히 인기를 얻었으며, 사회적 치유 드라마의 능동적 사례를 이어갔다. 『조국을 위하여』를 상연한 체험이 준 고무적 효과에 대한 재소자 배우들의 스토리를 읽으면, 케닐리의 소설에 묘사된 사건들이 한 바퀴 돌아 변화를 거치며 되돌아온 느낌이 든다(Wertenbaker 1991: vi-xvi).

워튼베이커의 극은 런던 로열코트극장(Royal Court Theatre)에서 초연되었고, 『징병관』과 함께 레퍼토리로 상연되어 관객이 두 텍스트를 비교하는 식으로 체험하게 했다. 그들의 연관성을 더 강조하기 위해 두 작품은 동일한 극단 배우들을 사용함으로써 두 공연 모두 관람하는 관객에게는 흥미로운 교차읽기가 이루어졌다. 어느 밤에 관객들은 한 특정 배우가 『징병관』의 밸런스 판사(Justice Balance)를 연기하는 걸 보고 다음날 같은 배우가 『조국을 위하여』의 키스 프리먼(Keith Freeman)을 연기하는 걸 볼 수 있는데, 그는 교수형 집행인으로 호주의 재소자 상연극에서 밸런스 배역을 맡는다. 비슷한 교차읽기 효과로 극단에서 자주 상연하는 또 다른 이중극은 알란 에익번(Alan Ayckbourn)의 『불만의 함성』(A Chorus of Disapproval, 1984)이다. 이 극 역시 작품 리허설 중인 극단을 다루며, 이번에는 존 게이(John Gay)의 18세기 뮤지컬 가극인 〈거지 가극〉(The Beggar's Opera)의 상연을 준비하는 영국의 아마추어 지방 극단이 등장한다. 게이의 텍스트는 수많은 각색과 문화적 여과행위의 대상이었고, 베르톨트 브레히트(Bertolt Brecht)와 쿠르트 바일(Kurt Weil)의 『서푼짜리 오페라』(*Threepenny Opera*)를 위한 틀을 제공한 것으로 유명하다. 에익번은 『불만의 함성』을 끝에서부터, 말하자면 공연이 성공적으로 끝나 막이 내리고 배우들이 관객에게 인사하는 장면으로 시작함으로써 자신의 극과 게이의 작품 사이의 특별한 연관성에 관객들이 주시하도록 만든다. 그 결과, 극이 과거로 돌아가 오디션의 시작과 리허설 과정을 보여줄 때 관객은 이것이 가이 존스(Guy Jones)가 연극 지망자에서부터 주연 남자 배우로 상승하는 것을 추적한다는 것을 이미 알고 있는 상태다. 물론, 가이가 자신이 맡은 게이의 가극에 나오는 여성편력이 있는 노상강도주인공 맥히스(Macheath) 배역과 너무도 쉽게 동일시되며, 도중에 극단의 여러 여성 단원들을 심란하게 만든다는 사실에서 유머 또한 유발된다. 『불만의 함성』의 희극성의 상당부분은 내장형 텍스트 〈거지 가극〉과 그 반향에 대한 관객의 능동적 공감대 형성, 그리고 우리가 이미 본 대로 각색 과정에서 중요한 유사점과 차이점의 활동에서 비롯된다. 에익번은 배우와 배역의 연속성 외에도 지방에서 특권을 가진 가이의 생활과 게이의 희극적 오페라에 나오는 18세기 암흑가 사이의 불연속성 또한 강조한다. 〈거지 가극〉이 에익번의 연극과 함께 레퍼토리로 상연될 때, 이러한 연관성과 차이가 아주 명백하게 관객에게 드러난다.

지난 십년 동안 영국과 미국에서 관객의 특별한 관심을 얻은 실감극단 펀치드렁크(Punchdrunk)의 방법론은 고전 연극과 오페라의 실험적 상연을 체험하는 관객들의 배경지식에 그만큼 더 의존하는 듯하다. 2010년 영국국립오페라와의 공동 작업으로 그들은 존 웹스터(John Webster)의 『몰피 공작부인』(*The Duchess of Malfi*, 1612-13)을 상연하면서 각기 다른 방에서 상연된 장면들을 체험하는 순서를 관객들이 선택할 수 있게 했다. 이처럼 개별화된 체험의 개념이 강조되었지만, 그 체험의 무작위성이 시사하는 바는 이 극과 그 직선적 또는 증분적 일련의 사건들에 대해 이미 이해하고 있는 관객들은 매우 특별한 방식으로 강요된 파편화를 체험하게 되고, 각자의 머릿속에서 서로 다른 사건들 사이의 관계를 다시 연결하게 될 것이라는 점이다. 2013년 또 다른 주목할 만한 공동 작업으로, 극단은 〈자치구〉(*The Borough*)를 상연했는데, 이는 서폭주의 마을 올드버러에서 개별 오디오 내비게이션을 통해, 청취자-도보자가 1810년 처음 출간된 조지 크레브(George Crabbe)의 올드버러에 기반을 둔 시집의 자료들 및 크레브의 시(특히 「편지 22」("Letter XXII"))를 토대로 창작된 20세기 초 벤자민 브리튼(Benjamin Britten)의 오페라 〈피터 그라임스〉(*Peter Grimes*)를 대면하게 했다. 필자가 어느 여름 주말에 〈자치구〉를 체험했을 때, 이미 해변이라는 특정 장소를 위해 제작된 그 오페라 공연도 있었기 때문에, 이 오디오 체험이 동일한 해변 위의 바삭거리는 자갈 소리로 뇌리를 떠나지 않게 시작되면서 실감 체험의 중첩과 교차 지시성이 명확하게 나타났다. 이 체험 자체가 청취자-도보자에게 그라임스가 겪는 거절의 느낌 및 어떻게 지역사회가 환영의 공간 외에 위협으로도 작용할 수 있는지 고찰하도록 독려한다는 사실이 참여자를 억류 과정의 중심에 두었고, 어느 시점에서는 바닷가 근처의 연립식 주택의 침실 옷장에 말 그대로 숨게 했다. 실감 외에 각색에 대한 개별화된 반응의 역할도 이 특별한 참여형 체험을 통해 현저하게 드러난다.

전유와 그 원천들 사이의 고무된 상호 작용은 여기서 독서 또는 관람 체험의 근간으로 형성되기 시작하며, 이는 새로운 의미와 적용이라는 결과를 가져온다. 그러나 이미 강조한 대로, 전유는 원작과의 관계와 상호연관성을 늘 명시적으로 밝히지는 않는다. 원천 텍스트를 향한 제스처는 위의 예보다 훨씬 더 희미할 수 있으며, 이는 때로는 논란이 되는 방식으로 지적 재산권 문제, 적절한 사사표기, 최악의 경우 표절 혐의를 도입하게 만든다.

지속적 전유: 오마주, 표절, 순환 스토리들

그레이엄 스위프트(Graham Swift)가 1996년 소설『마지막 주문』(*Last Orders*)으로 부커상(Booker Prize)을 수상했을 때 곧 이 상을 둘러싼 논란이 제기되었다. 파멜라 쿠퍼(Pamela Cooper)가 기록한 대로, 스위프트의 소설과 윌리엄 포크너(William Faulkner)의 1939년 미국 고전『내가 죽어 누워 있을 때』(*As I Lay Dying*) 사이의 연관성이 발견되었다.

> 일간지『오스트레일리안』서평 부록에 기고한 서한에서 퀸즈랜드대학교 존 플로우(John Flow)는 죽은 사람에게 부여된 독백, 번호가 매겨진 항목들로 구성된 독백, 한 문장짜리 독백을 포함해서, 작품 구성과 소재의 긴밀한 유사성을 강조했다. (Cooper 2002: 17)

플로우의 비난은 입증 가능한 포크너의 영향선이 스위프트의 책을『내가 죽어 누워 있을 때』의 부차적이고, 수준 이하의 파생물이 되게 하고, 그래서 심사위원들이 독창성을 칭찬하며 수여한 그 상을 받을 가치가 없다는 것이었다. 영국 언론에는 고소와 맞고소가 쏟아졌는데, 조나단 코(Jonathan Coe)를 포함한 여러 부커상 심사위원들은 포크너 소설을 읽은 적이 없다고 인정했고 (Cooper 2002: 60),『마지막 주문』이 포크너를 향한 "오마주"라고 소설가 스스로 말한 것을 근거로 줄리언 반스(Julian Barnes)는 스위프트를 변호했다. 최종 분석에서, 그 논란은 스위프트가 두 소설 사이의 관계를 숨기거나 모호하게 만들려고 했는지 여부에 전적으로 달려 있는 것 같았다. 하지만 그가『마지막 주문』이 각색이라고 선언했다면 부커상 심사위원들이 동일한 결정을 내렸을까? 독창성에 대한 전제가 주된 관건이었을까? 우리가 확실히 알 수는 없지만, 이 상황은 각색이 이류이며 주요 문학상에 부합하지 않다는 일부의 (틀림없이 플로우의) 추정을 부각한다. 바로 이런 이유로 각색학 이론가들은 흔히 방어 태세를 취할 필요를 느끼고, 각색이 신작, 즉 본질적으로 독창적인 작품으로 고찰될 권리를 이렇게 주장한다. "각색은 파생물이지만 새롭지 않은 것은 아니다. 순서상 두 번째이지 중요도에서 부수적이지는 않요"(Hutcheon 2006: 9). 스위프트의 질감이 화려한, 극히 영국적인 스토리를 자세히 읽고 나서 필자는 그 각색 관계가 작품의 문학적 성취를 높일 따름이며, 자각하는 독자에게 심오한 반응을 일으켜서 작품의 수용력을 보강한다고 확신한다.

스위프트의 초기작, 특히 『워터랜드』(*Waterland*, 1983)는 작품 형식 및 토지를 하나의 등장인물로 접근하는 방식에서 포크너의 작품에 비교된다는 점을 강조해야 한다. 『마지막 주문』에 대한 플로우의 비판에서 발견되었듯이, 죽은 아내/어머니의 시신을 매장하기 위해 제퍼슨의 마을로 운반한 미시시피 가족 일행에 대한 포크너의 스토리와 고인이 된 친구인 정육점 주인 잭 도즈 (Jack Dodds)의 유골을 마게이트 부두의 끝에 뿌리기 위해 운반하는 네 명의 남자 친구들에 대한 스위프트의 스토리 사이에 주목할 만한 몇 가지 구조적 중복이 있다. 포크너의 소설은 매우 시적이지만 점차 정신이상이 되고 소원해진, 어떤 의미에서는 소설의 중심 서사 의식을 제공하는 달(Darl)을 포함한 가족 구성원 외에, 심한 악취를 풍기는 관이 홍수와 마을 지역을 거쳐 최후의 안식처로 운반되는 기묘한 코미디를 바라보는 구경꾼들이 말하는 일련의 병치된 독백으로 짜여있다. 스위프트의 소설도 음침한 희극성과 독백 구조를 공유한다. 어느 지점에서 포크너 소설에 등장하는 아이 인물인 바다만 (Vardaman)의 한 문장짜리 독백이 있고, 스위프트의 경우 『마지막 주문』에서 비통해 하는 친구들의 마게이트 순례의 여러 통렬한 무대 중 한 곳인 채텀 해군 기념비에서 빈스(Vince)가 내뱉는 "철없는 노인네들"(Old buggers)이란 감탄사가 있다(Swift 1996: 130). 포크너의 주검인 애디 번드런(Addie Bundren)은 저승에서 전달되는 것 같은 하나의 독백을 하며, 스위프트의 잭도 마찬가지다

(1996: 285). 두 소설 모두에서 독자들은 남겨진 여성들의 독백을 공유하는데, 이들은『내가 죽어 누워 있을 때』의 코라 털(Cora Tull)과『마지막 주문』에서는 잭의 미망인 에이미(Amy)다. 포크너의 서사에서 주목할 만한 사건들 중에서, 번드런의 장남인 캐시(Cash)는 부패해가는 어머니의 시신이 운반되고 있는 관을 자신이 온 신경을 다해 만든 것에 대해 자세히 이야기한다. 못을 박아 관을 짜는 동작이 소설의 시작이었다. 이러한 서사 감각은 스위프트의 소설에서 레이 존슨(Ray Johnson)의 경마 도박 '원칙'으로 변형되었다. 그러나 두 소설 모두, 겉보기에 실용적이고 평범한 목록은 둘 다 원천지와 강한 유대를 가지며 은유적으로 적용된다.

뚜렷한 목소리와 세계관을 가지고『내가 죽어 누워 있을 때』의 병치된 독백의 중심이 되는 포크너의 달과 캐시처럼 레이의 독백은 그를『마지막 주문』의 중심 의식으로 위치시킨다. 레이의 말 행간에서 우리는 이 복잡한 친구 일행과 동료들의 과거 역사(그들 관계의 대부분이 전쟁 당시 체험으로 거슬러 올라간다)뿐 아니라 잭의 아내 에이미에 대한 그의 사랑, 자신의 아내와 딸로부터의 소원함을 알게 된다. 스위프트의 역사적 지형적 맥락, 그리고 심지어 그가 사용하는 관용구 역시 예리하게 그 자신의 것이다. 그러나 포크너 소설에 대한 독자 인식이 있다면 피할 수 없는 죽음과 우정이라는 주제, 그리고 우리가 살고 있는 환경이 스위프트의 스토리에 미치는 의미에 대한 이해가 심화된다. 그러나『마지막 주문』과 이 작품의 (언명했건 안했건) 포크너 오마주에서 흥미롭고도 문제가 되는 것은, 셰익스피어 연구에서는 작품에 드러난 오비디우스(Ovid), 플루타크(Plutarch), 토마스 로지(Thomas Lodge), 로마 희극 등에 대한 인유를 인용하며 창조적 차용에 대한 탐구라고 불릴만한 것이, 현대 소설의 경우 표절과 '비정통성'에 대한 환원적 논쟁이 된다는 점이다. 로버트 바이만(Robert Weimann)은 "자본주의 이전 사회에서 주어진 텍스트 및 주제에 대한 시인의 전유 행위와 그/그녀의 지적 저작물 소유권 사이의 간격은 훨씬 좁다. 그의 소재가 주어진 범위, '원천,' 장르, 플롯, 패턴, 토포스 등이 미리 정해진 범위가 훨씬 더 크다"(1988: 434)고 말한다. 현대 저작권의 법적 개념은 작가가 타인의 작품과 명시적으로 관계를 맺으려는 자유를 복잡하게 만들었지만, 이 책이 속한 시리즈의 한 비평서인 『문학』(*Literature*)에서 피터 위도우슨(Peter Widdowson)이 "수정적" 글쓰기는 우리가 문학이라고 분류하는 것의 근본적 부분집합(Widdowson 1999)이라고 강조한 점은 첨언할 만하다.

세간언론의 주목을 받은 포크너와 스위프트의 두 작품 사이의 일치는 불가피하지만, 이 맥락에서 특별히 관심을 갖게 되는 것은 후은에 대한 구체적 책임이다. 플로우는 스위프트의 소설이 '독창성이 없다'는 이유로 평가 절하한 것 같은데, 포스트모더니즘의 차용 및 브리콜라주 시대에 그러한 입장이 얼마나 지속 가능할까? 플로우의 원래 논평에 응답한 비평가와 독자들이 또한 우려한 바는 스위프트가 이러한 차용에 대해 명시적으로 인정하지 않았다는 점이었다. 그 오마주를 공개적으로 선언하는 짧은 서문이 있었다면 『마지막 주문』이 문화적 지위를 되찾을 수 있었을까? 제임스 조이스(James Joyce)의 『율리시즈』(*Ulysses*)가 제목에서 호머에게 진 빚은 나타냈어도, 작품에 마찬가지로 풍부한 셰익스피어 인유에 대해서는 비난 없이 언급되는 경향이 있다. 그것이 조이스의 소설을 다소 비정통적으로 만들까? 당연히 아니다. 『마지막 주문』 논란은 소설가가 상호텍스트성과 암시성을 '적절하게' 인정할 필요가 있는지 여부에 관해 중요한 문제를 제기한다. 1장에서 논의된 주네트(Genette)의 팔림세스트적 글쓰기 이론을 우리가 고수한다면, 이러한 예들에서 독자 반응의 만족 일부는 분명 독자 스스로, 독자의 직접적 독서 체험에 따라 이러한 관계들을 추적하는 것에 있다. 독서 행위를 '전유 찾기' 게임으로 축소하지 않기 바라며, 상호텍스트적 관계를 명백하게 알리는 것이 해석의 가능성을 개방하는 만큼 폐쇄할 수도 있다는 것을 인식하는 것이 중요하다.

스위프트의 소설은 여러 면에서 가족 찾기와 고향 의식을 다루며, 많은 여행소설들처럼 사실 그 궁극적 초점은 지정 목적지 못지않게 출발지 또는 근원에 맞춰진다. 관대한 또는 상호텍스트적으로 기민한 독자라면 스위프트의 접근 방식에서 일찍부터 앞선 작가들의 중요성을 인정한 것을 볼 수 있었을 것이다. 이 소설에서 스위프트는 여러 문학적 원형들을 암시한다. 여정이라는 장치는, 죽음이라는 주제가 그러하듯, 서양과 다른 문학에서 예전부터 사용되었다. 스위프트 자신도 "사망 후 고인이 살아 있는 사람들에게 주는 중압감에 관한 스토리는 호머만큼 오래되었다"(Cooper 2002: 17 재인용)고 표명했다. 이 소설가는 항상 깊숙이 암시적 작가였다. 『워터랜드』는 디킨스의 『위대한 유산』에서의 "우리 지역은 습지였다. . . ."라는 매우 암시적 비문으로 시작된다. 3장에서 설명된 대로 『에버 애프터』(*Ever After*, 1992)는 『햄릿』을 연상시키고, 4장에서 설명된 대로 『백일하에』(*The Light of Day*, 2003)는 오르페우스(Orpheus) 고전 신화와 함께 (그레이엄 그린(Graham Greene)의 특정 상호텍스트인 『사랑의 종말』(*The End of the Affair*)을 통해 여과된) 탐정 소설 장르를 다시 쓴다. 파멜라 쿠퍼는 『마지막 주문』과 T. S. 엘리엇의 시, 특히 1922년 출간한 시 「황무지」("The Waste Land") 사이의 다른 연관성을 발견했는데, 소설의 "곧 문 닫을 시간이니 빨리 마지막 주문하세요"라는 런던 선술집 반복구는 소설의 시작 장소와 동음이의어 제목에서 재연되는 듯하다. 이 시의 3장은 ─ 엘리엇이 개인적 서신에서 주장한 바에 의하면 ─ 마게이트 산책로의 네이랜드록 쉼터(현재 문학적 연관성으로 문화재로 지정된 건물, 소프(Thorpe) 2009 참조)에서 썼다. 전후 사회에 대한 엘리엇의 암울한 반추는 스위프트의 전쟁 당시 친구들의 반추에 추가 반향효과를 가져온다. 소설의 결말에 그들이 부두에 서서 「황무지」에서 암시된 똑같은 마게이트 모래사장을 내려다볼 때, 소설 전반을 이어가던 연결의 희망감에 허무주의 분위기가 도입된다.

> 마게이트 모래사장에서
> 나는 연결할 수 있다.
> 무와 무를 (Eliot 1969)

엘리엇의 시 자체가 많은 상호텍스트를 담고 있지만, 일찌감치 독자에게 생각나게 하는 작품은 제프리 초서(Geoffrey Chaucer)의 중세 걸작『캔터베리 이야기』(*The Canterbury Tales*)이며, 이 작품의 시작에 봄철의 긍정적이고 희망적 부분을 — "4월의 감미로운 소나기가 / 3월의 가뭄을 송두리째 꿰뚫고"(Chaucer 1986: 「전체 서시」, ll. 1-16) — 엘리엇은 "4월은 가장 잔인한 달"이라고 도치시킨다. 이는 교대로 스위프트의 소설에 드러난, 초서의 순례 이야기와 상응하는 일련의 인유를 상기시킬 것인데, 슬픔에 잠긴 친구들이 그들 친구의 재를 뿌리기 위해 영국 남쪽으로 가기 때문이다. 이 서사는, "캔터베리 쪽 이정표를 주시해"(Swift 1996: 81)라며, 상호텍스트 게임을 즐기는 듯하다. 심지어 캔터베리 대성당으로 의미 있게 둘러가기도 한다.

초서의『캔터베리 이야기』를 전유하고 엘리엇의 모더니스트 다시 쓰기를 융합해, 스위프트는 실제 여정과 내적 또는 영적 여정을 상응시키는 오랜 문학 전략을 채택하고 각색한다. 이 모든 것은『마지막 주문』의 시작 페이지에서 넌지시 빗대어 언급되어 있다. 레이는 버몬지에 있는 어느 선술집에 앉아 있는데, 등장인물들이 연이어 돌이켜보듯이 이곳은 "어딜 간 적이 없다"(6)는 이유로 '마차와 말'(Coach and Horses)이라는 농담조의 이름이 붙여졌다. 물론 이는 초서의 서더크에 있는 타바드 여관과 병렬되는데, 여기서 29명의 순례자가 처음 서로 만나, 여관 주인 해리 베일리(Harry Bailey)의 제안으로 이야기를 하고 시간을 보내면서 여행에 동행하기로 결정한다.『마지막 주문』의 시작에서, 레이는 마게이트 부두 여행의 동반자들을 기다리고 있다. 포크너의『내가 죽어 누워 있을 때』에서와 같이, 이 모임과 여행에는 음침하게 희극적인 요소가 있는데, 이는 잭의 유골을 담은 용기가 성배가 아닌 평범한 인스턴트커피병과 닮았다는 것으로 강조된다. 하지만 깊숙이 들여다보면, 이 마게이트 '순례'는 참여한 네 명의 남성에게 깊은 깨우침의 체험임이 드러난다.『마지막 주문』이『내가 죽어 누워 있을 때』와 비슷하게 독백을 통해 구성되었다면, 이러한 '다성적' 구조는 보다 깊은 차원에서 내장된 이야기를 담은 초서의 서사 시도 상기시킨다(Phillips 2000: 2). 언어적 차원 못지않게 미학적으로도 스위프트는 포크너의 스타일을 여러 가지의 영국적인 표현 양식으로 변화시킨다.

초서의 순례자들은 말을 타고 여행했다. 포크너의 기묘한 장례 행렬은 비틀거리는 말과 마차의 결합으로 전진했다. 스위프트의 주인공들은 중고차 세일즈맨인 빈스가 제공한 감청색 메르세데스 벤츠 자동차, '머크'(Merc)로 여행한다. 따라서 자동차는 남부 런던 사람들의 새로운 사회적, 실질적 유동성을 상징하게 된다. 빈스 같은 인물을 가업인 도축업으로부터 떠나게 만드는 이 유동성은 초서의 순례자들에게 그리고 심지어 이 특정 런던 사람들의 과거에 많이 기억된 계절별 홉 따는 사람들에게도 상상할 수 없는 방식으로 켄트 여행을 간편하고 (거의) 대수롭지 않게 만든다. 네 명의 남성은 "수선화가 막 피려는"(Swift 1996: 30) 4월에 초서의 순례자들과 비슷한 희망감을 가지고 여행을 시작한다. 그러나『마지막 주문』은 제목에서 알 수 있듯이 깊은 애가조의 분위기다. 소설은 탈제국시대 영국을 통과하는 여정이다. 이 서사의 반복은 특히 영국 남성에게 어떻게 상황이 변했는지를 반영하는데, 왜냐하면 이 여정은 분명 남성성의 탐색이기 때문이다. 하지만 이 소설에서 아내 인물인 에이미는 여행하는 바스의 아낙네(Wife of Bath)가 아니다. 그녀는 마게이트 여행이 생전에 남편과 은퇴 후 계획했던 여행이었기 때문에 잭의 유골과 함께 여행하는 암울한 아이러니를 거부하며, 뒤에 남기로 결정한다. 소설에서 에이미의 여행은 훨씬 한정되어 있다. 그녀는 자신과 잭의 딸로 정신장애로 병원에 있는 준(June)을 만나러 44번 버스로 순환해서 여행한다. 『마지막 주문』에 그려진 영국은 묘하게도 굴하지 않는 동시에 궁지에 빠져있고, 변할 수 있지만 아직 풍부한 역사적 유산 의식을 지니고 있다.

『내가 죽어 누워 있을 때』와 비슷하지만 또한 중세의 조직화된 순례와 마찬가지로, 『마지막 주문』의 실질적, 심리적 경로는 과거와 현재에 대한 의미를 가진 다양한 특정 지명의 장소, 중간역, 지역으로 짜여 있다. "네 남자는, 공통된 심부름으로 불려와, 영국의 작은 지역을 가로 질러 여행에 동행하고, 그들 자신, 상대방, 그들의 세계, 시간과 역사에 대해 발견한다"(Cooper 2002: 23). 역사적 과정의 역할에 대한 스위프트의 고찰에는 영국의 특정 과거와의 강력한 연계가 일부 수반된다. 이 작품에서 더욱 중대한 상호텍스트는 영국인의 정체성에 대해 전쟁 당시 (이민자의 관점에서) 반추한 마이클 포웰(Michael Powell)과 에릭 프레스버거(Eric Pressburger)의 영화 〈캔터베리 이야기〉(A Canterbury Tale, 1944)이며, 여기서 네 사람은 그 자체로 순례를 강하게 암시하는 캔터베리로 여행한다. 스위프트 소설의 이러한 복잡한 암시적 네트워크를 추적한 필자의 요지는 포크너 전유가 일련의 오마주와 반응 중 하나일 뿐, 그 전유 행위는 국가 정체성과 계승의 주제를 탐구하기 위해 상당히 자의식적으로 주제와 접근법을 영국화한 것을 포함한다는 점이다. 플로우가 『마지막 주문』에서 포크너 스타일의 유산을 발견한 것은 분명 맞지만, 이처럼 심오한 상호텍스트적 소설을 만날 때 독창성 논쟁은 핵심에서 벗어난다.

비평가들은 잇따라 『마지막 주문』에서, 특히 대지, 바다, 육지라는 다른 풍경, 환경, 서식지와의 서사적 연관성에서, 고대 영국 시 『방랑자』(Wanderer)와 『뱃사람』(Seafarer)에 대한 다른 인유도 발견했다(Cooper 2002: 32). 소설의 마게이트 부두는 분명 우리에게 '땅끝' 버전을 제공하며, 네 여행자의 전쟁 당시 기억에는 사막과 바다의 환경이 있다. 디 다이아스(Dee Dyas, 2001: 23)는 『방랑자』와 『뱃사람』이 성서와 상응해서 어떻게 배치되는지를 지적했고, 쿠퍼는 스위프트의 소설에서, 특히 레니(Lenny)와 빈스 사이의 카인과 아벨 투쟁에서, 에덴동산 스토리 요소를 정확하게 추적했다. 이 소설의 확대된 장례 행렬은, 초서의 순례자들이 중상주의자, 낭만주의자, 자기 잇속만 차리는 사람들, 경건한 사람들이 섞인 것과 마찬가지로, 중세 순례의 세속적 버전이면서 아니다. 매번 이동이 있을 때마다 그것은 익숙하면서도 새롭다.

하나의 주제에 의한 변주

스위프트의 포크너 상호텍스트에 대한 실제 지식이 『내가 죽어 누워 있을 때』에 영향을 준 1930년대 미시시피에 상응하는 남부 런던적 유사를 강조하기에 매우 중요하고, 현시적이며, 자주 감동을 준다면, 우리는 또한 『마지막 주문』에서, 파멜라 쿠퍼의 말을 빌리자면, "상호텍스트의 교향곡"을 다루고 있다는 것, 그리고 이들이 서로 경쟁하게 만드는 방식이야말로 진정으로 유의미한 독서 체험을 제공한다는 점을 인정해야 한다(2002: 37). 스위프트의 소설에 수반되는 것으로 보이는 교향곡, 폴리포니의 음악적 은유는 유익한데, 그 이유는 각색과 전유의 과정을 명확하게 표현하는 방법을 찾을 때 더 능동적 어휘가 필요하며, 생명 과학이 조명하는 것 못지않게 공연 예술에서 유래된 어휘가 필요하다는 것이 이 책의 주요 논점 중 하나이기 때문이다. 동적 용어란 각색학이 과거 회고적이지만 지속적으로 전진하는 것도 가능하게 하고, 작곡과 창의성 개념을 포용하는 역동적 용어다. 음악은 스위프트가 『마지막 주문』에서 분명 사용한 여정의 모티프보다 덜 직선적인 이해로 우리가 접근하게 해주며,

흥미롭게도 T. S. 엘리엇이 분절화에 뿌리를 둔 새로운 시를 창작하려고 시도했을 때 가장 큰 매력을 느낀 형식 중 하나였다. 그러면, 각색 과정에 대한 보다 활성화된 은유를 음악학에서 찾아낼 수도 있겠다.

16세기, 17세기 유럽의 많은 바로크 음악은 베르가마스카, 폴리아, 파사메조 같은 형태와 작업하며 춤곡과 정형화된 양식에 대한 즉흥적 연주에서 그 원동력을 이끌어냈다. 따라서 바로크 선율의 작곡과 구성의 핵심은 견고한 근간에 의한 즉흥 연주 또는 변주였다. 디에고 오티즈(Diego Ortiz), 마르코 우첼리니(Marco Uccellini), 헨리 퍼셀(Henry Purcell)이 스페인, 이탈리아, 영국에서 각각 이룬 음악 창작활동은 류트, 하프시코드 또는 첼로, 또는 둘의 결합으로 흔히 연주된 반복되는 화음을 이룬 저음부 기악 패턴 '반주부'로 대개 구성되었고, 그 위에 보다 즉흥적 기악편성으로 플루트, 레코더, 베이스, 비올 또는 바이올린으로 연주되었다. 『마지막 주문』과 같은 소설 속 상호텍스트가 저음부 또는 '반주부'로 기능하면서, 창의력을 발휘하는 상성부에 영향을 주는 방식에 대한 꽤 매력적 모델을 여기서 찾는다. 스위프트의 영국성에 대한 반추에서 포크너의 『내가 죽어 누워 있을 때』의 장 구성양식이 형식적 발판이 된 방식은 이렇게 유리한 위치에서 새롭게 바라볼 수 있으며, 엘리엇의 「전통과 개인의 재능」("Tradition and the Individual Talent") 개념은 이 맥락에서 새로운 미학적 가치를 찾게 된다.

저음부 반주부를 바탕으로 계속해서 순환하는 혁신 과정이 일어나는 가장 널리 알려진 음악 컨텍스트 중 하나는 아마도 요한 세바스찬 바흐(Johann Sebastian Bach)의 '아리아와 여러 개의 변주'일 텐데, 〈골드베르크 변주곡〉(*The Goldberg Variations*)으로 더 잘 알려져 있다. 시작과 끝의 주제 아리아 연주 틀 안에 서른 개의 변주가 들어있다. 소설가 리처드 파워스(Richard Powers)는 (9장에서 더 자세히 논의된) 『딱정벌레 변이』(*The Gold Bug Variations*)에서 매우 웅변적으로 이렇게 서술한다.

> 이 세트는 한없이 유연한 증식성 관계를 기반으로 구성된다. 서른 개 각각이
> 완전한 개체발생으로 발육되며, 잉태될 때 모든 자매종과 최소한의 돌연변
> 이로만 차이를 보인다는 것을 거부한다. . . . 이 저음부의 반복과 재순환을
> 기반으로 한 미세하게 방대한 변주곡 샤콘, 진화되는 변주곡 파사칼리아다.
> (Powers 1991: 578)

여기서 파워스의 은유적 참조점은 1940년대, 1950년대 디엔에이(DNA) 연
구로 드러난 유전자 형태와 프란시스 크릭(Francis Crick)과 제임스 왓슨(James
Watson)이 밝혀낸 얽힌 이중나선구조다. 그러나 그의 산문은 우리에게 각색
과정을 순전히 정적인 또는 직선적 접근에서 벗어나 재개념화 하는데 매우
유용한 일련의 용어들을 제공한다. 발육, 돌연변이, 반복, 진화, 변주 등 가능
성은 무한히 흥미롭다.

바로크 음악의 반주부 배치에 대한 현대 음악 대응물은 재즈의 즉흥적 특
성에서 찾을 수 있다. 재즈 리프(riffs, 반복악절)는 그 자체로 변주를 포함한
반복의 모델로, 기반이 된 고전 작품을 언급하거나 오마주인 경우가 빈번하다
(McClary 2001 참조). 그 대표적 예는 셰익스피어의 여러 극과 소네트를 바탕으
로 한 듀크 엘링턴(Duke Ellington)의 모음곡 〈사랑스런 천둥〉(Such Sweet
Thunder)이다(1999 [1957]). 셰익스피어 기반 텍스트에 대한 엘링턴의 거장다운
해석은 헨리 루이스 게이츠 주니어(Henry Louis Gates Jr)의 미국 흑인문화의
'말놀음'(signifying) 이론을 완벽하게 예시하는데, 서론에서 인용한대로, 게이츠
는 실제로 유명 재즈 뮤지션의 실천과 사례에서 이를 채택했다. "재즈 전통에
서, 카운트 베이시(Count Basie)(〈말놀음하다〉("signify"))와 오스카 피터슨(Oscar
Peterson)(〈말놀음하기〉("signifyin"))이 각각 작곡한 작품은 형식적 개정과 함축

의 개념에 의거하여 구성된다"(1988: 123).

보다 최근에는 랩, 힙합 같은 음악 장르에서조차, 그리고 이제는 디지털 작곡과 전자 음악 맥락에서 더 일반적으로 샘플링을 수행하는 사례가 있다. 데스몬드 헤스몬달(Desmond Hesmondhalgh)은 도발적으로 이것을 표절이라고 묘사했지만, 문화적 전략이나 간섭 행위라서 더욱더 그러하며, 표절과 지적 문학적 재산권에 관한 논쟁이 보다 긍정적이고, 사회적으로 생산적이며 자율권을 부여하는 방식으로 철회될 필요가 있음을 지적했다. 그가 말한 랩의 '뒤얽힌' 소리를 탐구하면서, 헤스몬달은 전유, 상호텍스트성, '재맥락화'에 대한 랩의 관심이 어느 범위까지 종래의 저작권법의 지배를 받을 수 있는지를 의문시한다. "탈맥락화 행위, 다른 사운드 옆에 샘플을 배치하는 것이, 어느 범위까지 저작권 (그리고 그 결과로 생긴 재정적 보상)에 있어 샘플대상보다는 샘플링 덕분이라고 해야 할까?"(2000: 280). 2015년 마빈 게이(Marvyn Gaye)의 저작물을 '샘플로 사용'한 것에 대해 법정에서 음악 관련 최대 합의조치가 있었다는 사실은 이 순간이 아직 법적으로는 요원함을 시사한다. 『마지막 주문』 (그리고 언론보다는 법정에서 끝난 다른 문학적 오마주 사건들)에 대한 소동과 마찬가지로, 우리는 후은의 복잡한 윤리를 다루고 있지만, 데이비드 산젝 (David Sanjek)(1994: 349)의 지적처럼, 음악 산업에서 음악 언어는 따옴표를 안 가지고 다닌다는 복잡한 문제가 추가된다. 풍요로움과 잠재력을 더욱 기리고 인정하면서, 우리는 문학적 각색과 전유가 새로운 문화적 미학적 산물을 능동적으로 창조하는 것이라는 시점에서 견지할 필요가 있을 것 같고, 영감을 제공한 텍스트들과 나란히 서서, 그 과정에서, 그들을 '강탈하기'보다는 풍성하게 해주는 것으로 보아야 하겠다. 이것은 그레이엄 스위프트에게 모든 혐의를 벗게 해주고, 그 과정에서 전유적 본능을 탐구할 더욱 역동적 방법론을 확립하는 '근거'를 제공해줄 것이다.

2부

문학적 원형들

3

"이상한 변화가 있네"
셰익스피어 전유

각색과 전유는 창의적 변주를 이끌어낼 수 있는 줄거리, 주제, 등장인물, 아이디어의 공유 저장소를 공급하기 위해 문학정전에 의존한다. 관객 또는 독자는 각색 텍스트가 수행한 재구성 또는 다시 쓰기를 충분히 인식하려면 원작의 원천들이나 영감 간의 유사점과 차이점의 작용에 참여할 수 있어야 하지만 각색 작품 자체를 체험하는데 이러한 사전 지식이 필요하진 않다. 하지만 신화, 동화, 민담과 같은 특정 유형의 텍스트와 원천 자료들은 본질적으로 이해와 접근을 공유하는 공동체성에 의존하는 듯하다. 이러한 형태와 장르에는 문화횡단적, 흔히 역사횡단적 독자층과 관객층이 있다. 문화 차이의 경계를 가로질러 나타나는 스토리들이고, 비록 바뀌거나 번역된 형태라도, 세대를 거쳐 전해지는 스토리들이다. 이러한 의미에서 그들은 공유된 지식 공동체에 매우 활발하게 참여하게 되면서 각색과 재작업을 위한 풍부한 원천임을 입증했다. 다음 두 장에서 신화와 동화에 대해 좀 더 자세히 살펴보겠지만, 그 전에 각색 과정을 역사화한 연구라면 반드시 의논해야 할 극작가가 있다. 그의 모든 작품이 신화와 동화라는 공용의, 공유된, 교환적, 초문화적, 그리고 흔히 초국가적 예술형식과 매우 흡사한 역할을 한다. 바로 윌리엄 셰익스피어 (William Shakespeare)다.

셰익스피어 정전이 문학 행위로서의 전유 학문에 결정적 시금석을 제공한 건 우연이 아니다. 다수의 연구 단행본에서는 셰익스피어의 관점에서 각색과 전유를 고찰했다(예컨대, Marsden 1991; Chedgzoy 1995; Novy 1999; Desmet and Sawyer 1999; Fischlin and Fortier 2000; Sanders 2001, 2007; Zabus 2002; Massai 2005; Kidnie 2008; Fischlin 2014; Huang and Rivlin 2014 참조). 다니엘 피쉴린(Daniel Fischlin)과 마크 포티에(Mark Fortier)가 셰익스피어 희곡의 극적 각색 선집 출간과 동반해서 쓴 유용한 개관 에세이를 인용하자면, "셰익스피어 희곡이 존재한 기간만큼 그에 대한 각색 작품들도 존재했다"(2000: 1). 셰익스피어 희곡 텍스트의 극적 각색은 이미 영국의 왕정복고 시대에 일상화 되었다. 1660년 이후, 네이엄 테이트(Nahum Tate)와 윌리엄 대버넌트(William Davenant) 같은 극작가들은 줄거리를 바꾸고, 장면과 등장인물을 추가했으며, 광경을 음악에 맞추었다(Clark 1997). 이는 희곡에만 한정된 것도 아니다. 시, 소설, 영화, 애니메이션, 텔레비전 광고, 컴퓨터 게임도 모두 글로벌 아이콘 및 작가로서의 셰익스피어와 맞물렸고 특정 텍스트를 통해 연계했다. 피쉴린과 포티에의 지적처럼, "각색하기"라는 단어의 라틴 어원(*adaptare*)은 "적합하게 만들기"를 뜻한다(2000: 3). 셰익스피어 각색은 그가 살던 시대와는 다른 새로운 문화적 맥락과 정치 이념에 그를 언제나 "적합하게" 만든다. 결과적으로 셰익스피어 전유에 대한 역사적 접근은 일부분 이론적 동향의 연구가 된다. 페미니즘, 포스트모더니즘, 구조주의, 동성애, 트랜스젠더 이론, 탈식민주의, 그리고 오늘날 비중이 커지는 새로운 디지털 인문학과 같은 많은 이론들이 모두 셰익스피어 작품 각색 방식과 방법론에 깊은 영향을 주었다.

셰익스피어 같은 서양 문화의 중심인물들에 대한 지속적 각색은 독창성, 권위, 지적 재산권에 관한 온갖 종류의 의문을 제기한다. 셰익스피어 이름을 작품에 붙여 자신들의 활동을 인증하려 한다고 비난 받는 작가들도 일부 있다. 이 경우들은 경칭방식이라고 추정된다. 다른 작가들은 정중함이 덜하고, 오히려 우상타파적 의도로, 정치적 입장에서 공공연히 셰익스피어를 다시 쓰고 그에게 '되받아 말하기'(talking back)를 수행하는 것으로 여겨진다. 셰익스피어 각색자들의 이념적 입장이 무엇이든, 불가피한 사실은 셰익스피어 그 자신이 각색자이자 모방자였고, 오비디우스(Ovid)와 플루타크(Plutarch)의 고전 텍스트뿐 아니라 신화, 동화, 민담, 홀린셰드(Holinshed)의 역사 연대기, 그리고 당대의 산문 소설과 시를 전유한 작가였다는 점이다. 20세기 초반 셰익스피어 작품의 출처 찾기에 대한 진정한 학술적 교류가 있었다. 제프리 블로프(Geoffrey Bullogh)의 영향력 있는 8권짜리 총서 『셰익스피어 서사와 극 출처』(*Narrative and Dramatic Sources of Shakespeare*)는 모든 대학 도서관의 표준 보유서가 되었다. 블로프의 책 구성이 통찰력 있다는 것이 입증된다(Fischlin and Fortier 2000: 9). 그는 직접 출처, 유사, 번역, 가능한 출처 및 개연성 있는 출처 등의 범주에 따라 장을 나눈다. 직접 출처로는 질투심 많은 무어인에 대한 친찌오(Cinthio)의 산문 텍스트가 『오셀로』(*Othello*)로 재구성된 경우, 오비디우스의 『변신 이야기』(*Metamorphoses*)에 나오는 「피라머스와 띠스비」("Pyramus and Thisbe") 스토리가 『한여름 밤의 꿈』(*A Midsummer Night's Dream*)에서 직공들의 극중극으로 공연된 경우, 토마스 로지(Thomas Lodge)의 『로잘린드』(*Rosalynd*)가 『좋으실 대로』(*As You Like It*)에 결합된 경우가 포함된다. 이 중에는 셰익스피어에 의해 전체 줄거리가 옮겨지고 동화되고 재맥락화된 경우가 많다.

다른 경우에는 지속적 인유와 유사가 혼합되어 등장하는데, 예컨대,『템페스트』(The Tempest)에서 프로스페로(Prospero)가 전달하는 어느 대사는 아서 골딩(Arthur Golding)이 오비디우스에서 번역한 것을 셰익스피어가 극적 운문으로 재각색한 것이다. 이 메커니즘을 통해 프로스페로가 여자 마법사 메데아(Medea)의 원래 대사를 말함으로써, 이를 알고 있는 관객에게 유발할 수 있는 모든 복잡한 연상을 가져오며, 특히 무대 위 마법사를 무대 밖 알제리 마녀 시코렉스(Sycorax)와 동조하게 한다(5.1.33-56).

이 책에서 탐구하는 다양한 각색 방법은 셰익스피어 자신의 다양한 전유의 실천에 적용된다. 최근 학계에서는 그가 작업하던 시기의 공동 집필 환경과 이것이 그의 취사선택 형식과 접근 방식에 준 영향력을 크게 강조했다. 그는, 예컨대, 존 플래처(John Fletcher)와 『두 사촌 귀족』(The Two Noble Kinsmen), 『헨리 8세』(Henry VIII, or All Is True) 같은 여러 극을 공동 집필했다. 어쩌면 각색을 이해하는 한 가지 유용한 방식은 이를 시대, 때로는 문화, 언어를 가로지르는 공동 집필의 한 형태로 생각하는 것이다. 셰익스피어의 시대에는 현대 저작재산권법 시대가 장려하거나 심지어 허용하는 것보다 문학적차용 및 모사에 대해 훨씬 더 개방된 방식이었다. 모사는 학교에서 배우고 실습되었고 성인 작가 생활에서도 계속 이어졌다. 아마 바로 이런 이유로 셰익스피어도 미래 시대와 작가들에 의해 각색될 것으로 예상했을지도 모른다. 진 마스덴(Jean Marsden)은 벤 존슨(Ben Jonson)이 남긴 유명한 시적 논평, 즉 셰익스피어는 "어느 한 시대가 아닌 모든 시대를 위한 작가"라는 말은 그의 '보편성'에 대한 오래되고 빛바랜 주장을 지지하는 의미라기보다는 오히려 이후의 시대에서 원하는 대로 각색하고 채택하도록 그가 유용하게 지속된다는 의미임을 시사한다. 그러면 셰익스피어의 문화 가치는 어느 정도 그의 효용에 있다(McLuskie and Rumbold 2014). 마스덴의 지적처럼, "신세대는 셰익스피어의 천재성을 현대적 표현방식으로 재정의하고, 그 욕구와 불안을 그의 작품에 투영하려고 시도한다"(1991: 1).

이 책에서 용어 정의를 위해 이미 다룬 정전이라는 쟁점으로 되돌아가면, 셰익스피어가 이렇게 자주 각색되는 이유 중 하나는 그가 주요 작가이기 때문이다(Fischlin and Fortier 2000: 6). 최근 수십 년 동안 그가 세계적으로 통용된 것은 아시아, 중남미, 서아프리카, 기타 지역에서의 그의 '브랜드'를 통해 쉽게 알 수 있듯이 그 적응성을 더욱 발전시킨 듯하다. 물론 경제적 법적 요소가 틀림없이 작용한다. 셰익스피어가 유익하게도 저작권법 외부에 있다 보니 그는 매력적인 동시에 안전하고 비용절감인 각색 대상이 된다. 그리고 이미 살펴보았듯이 예술작품으로서의 각색은 다른 각색에 소재를 공급하므로 '셰익스피어 산업'은 이 점에서 자생산적 동력이 된다. 이 과정에 의해 셰익스피어는 지속적으로 새롭게 개작된다. "셰익스피어 각색이 정전에서 셰익스피어의 위상을 어떻게든 보강한다면 . . . 여기에 작용하는 것은 다른 셰익스피어다"(Fischlin and Fortier 2000: 6). 예컨대, 20세기 『헨리 5세』(*Henry V*)는 2차 세계 대전, 포클랜드 위기, 1차 걸프전에 관한 극으로 다시 그려졌다.

공연은 그 자체가 본질적으로 각색 예술이다. 각 개별 공연이 각색이라고까지 주장할 수도 있다. 극이 자체 관례 안에서 재창조의 요구를 포함한다면, 다른 장르 양식으로의 이동은 새롭거나 수정된 관점에서 셰익스피어 텍스트 읽기를 촉구할 수 있다. 보통 연극 무대는 카메라 클로즈업이나 1인칭 서술자보다 사건에 대해 더 넓은 시각을 제공한다. 물론 이 원칙에서 예외로 셰익스피어가 그의 드라마에서 극적 효과를 위해 배치하는, 감정이 고양된 독백의 순간도 있지만, 공연 전체에서 그러한 집중을 유지하긴 드물다. 따라서 특정 관점에서 쓰인 소설은 근본적으로 한 등장인물과 그들의 사건에 대한 반응 또는 견해에 초점을 맞춘 연극으로 개작할 수 있다. 사물을 다른 관점에서 볼 때 수반되는 변형은 셰익스피어가 아닌 많은 고전 텍스트 전유에서도 추진력이 되는데, 이는 이 책의 3부에서 살펴볼 것이다. 샬롯 브론테(Charlotte Brontë)의 『제인 에어』(*Jane Eyre*)를 전유한 진 리스(Jean Rhys)의 『광막한 사르가소 바다』(*Wide Sargasso Sea*) 또는 디킨스(Dickens)의 『위대한 유산』(*Great Expectations*)을 오스트레일리아인의 입장에서 다시 보기 한 피터 캐리(Peter Carey)의 『잭 매그스』(*Jack Maggs*)에서 서사의 목소리는 원천 텍스트에서 주변화된 등장인물들에 의해 전체 또는 일부 표명되며, 특히 이 과정에서 탈식민주의 관점에서 정전화된 원천에 논평을 제공한다. 쿠체(J. M. Coetzee)의 『포』(*Foe*)는 다니엘 디포(Daniel Defoe)의 『로빈슨 크루소』(*Robinson Crusoe*)에서 완전히 부재한 여성의 시각으로 원작 텍스트를 재해석한다. 이 모든 경우에 하이퍼텍스트(hypertext) 또는 원천에 대한 정통한 지식은 각색 텍스트의 만곡과 그 모든 이면의 정치적 충동의 총력을 이해하는 데 매우 중요하다. "하이퍼텍스트는 우리에게 관계적 읽기를 하도록 초청한다"(Genette 1997 [1982]: 399). 크리스티 데스멧(Christy Desmet)과 로버트 소여(Robert Sawyer)는 셰익스피어 전유에서 특정 등장인물의 시각과 관점으로 스토리를 시작하기에 관심을 두는 것이 상당히 시대에 뒤진 "성격비평"(1999: 10)의 형식을 재도입하는 것으로 보일 수 있다면서 흥미로운 주장을 펼친다. 하지만 이러한 다시 쓰기에 내장된 '부모' 텍스트에 대한 의도적 오독 역시 흔하며, '후손'의 입장에서 이것은 단순한 성격비평이 암시하는 것보다 더욱 더 정치적 입장을 시사하는 것이다.

　셰익스피어를 재구성하려는 20세기 후반 소설들은 1인칭 서사에 강한 관심을 표방했다. 제인 스마일리(Jane Smiley)의 『천 에이커의 땅』(*A Thousand Acres*)은 『리어왕』(*King Lear*)에 나타난, 영토와 감정을 통제하려는 가족 투쟁을 1980년대 미국 중서부로 재배치한 것 외에, 래리 쿡(Larry Cook)의 장녀인 지니(Ginny)의 관점에서 사건을 바라보기로 선택한다. 농부이자 가장인 그의 대지 분할이 가족 내 질투와 파열을 조장하며 소설의 사건을 펼치게 한다. 래리가 리어의 직접 유사이고, 왕의 광기가 여기서는 잠식해 들어오는 치매에 반영된다면, 지니는 고너릴(Goneril)을 나타낸다. 지니에게 발전된 목소리와 과거 이력을 부여함으로써 결국 이 긴밀히 맺어진 가족의 중심에 추정되는 근친상간을 드러내게 되어, 스마일리는 극에 등장하는 고너릴의 폭력적 행동을 '구체화'할 수 있고 그녀의 상황에 다소 공감할 수 있게 된다. 이것은 주네트(Genette)가 『팔림세스트』(*Palimpsests*)에서 제시한 재평가 과정의 한 예로, "등장인물의 재평가는─실질적 또는 심리적 변화를 통해─그/그녀에게 하이포텍스트(hypotext)에서보다 하이퍼텍스트의 가치체계에서 더 중요한 그리고/또는 '매력적인' 역할을 부여하는 것이다"(1997 [1982]: 343).

　『리어왕』에서 고너릴의 한정된 무대 시간과 대사가 그녀의 행동을, 예컨대, 그녀가 에드먼드(Edmund)의 성적 관심 싸움에서 여동생 리건(Reagan)을 독살하는 경우처럼, 기괴한 희비극적 악행으로 축소시켰다면, 스마일리는 적어도 지니에게 그녀의 행동에 대한 서사 시간과 상당한 동기를 부여한다. 독살 플롯은 소설에서도 다시 떠오르며 이제는 (소설에서 에드먼드 역할인) 이웃 남성 제스 쿡(Jess Cook)을 공유하는 관계인 여동생 로즈(Rose)에 대한 지니의 복수 시도 실패로 그려진다. 소설 속 쿡 가족 스토리는 극의 글로스터 공작(Duke of Gloucester) 부플롯, 그의 두 아들 간의 경쟁 및 결국 눈이 멀게 되는 것과 유사하다. 『천 에이커의 땅』에서 눈이 멀게 되는 것은 셰익스피어 극 공연에서 목격된 무대 위 무작위 고문보다는 농작업 사고의 결과로 발생한다는 점은 스마일리가 극의 사건을 세밀하게 재배치한 효과를 나타낸다. 스마일리의 『리어왕』 다시 쓰기의 목적은 복합적이다. 분명 그녀는 고너릴과 리건 같은 셰익스피어의 여성 등장인물 악마화에 '되받아 쓰기'(write back) 및 그들의 행동을 유발한 원인에 대해 고찰할 필요를 느꼈고, 이러한 성과를 위해 남성작가의 서사에서 여성의 체험을 되찾는다(Zabus 2002: 6). 하지만 소위 전통 농경기술, 과도한 농약 사용, 근대 자본주의 사업 관행의 물질적 목적에 따른 대지 오염에 대해 소설이 추가하는 정치적, 생태학적 관심의 측면에서 그녀는 또한 20세기 후반의 생태페미니스트 견지에서도 쓰고 있다(Mathieson 1999: 127-44, Sanders 2001: 191-216).

마리나 워너(Marina Warner)의 소설『인디고』(Indigo, or Mapping the Waters)는 남성중심 텍스트에서 여성의 스토리를 되찾는 점에서 비슷한 관심을 보인다. 이번에는 셰익스피어 후기 낭만극『템페스트』에 초점을 둔다. 워너의 서사는, 5장에서 동화 관련성으로도 검토되겠지만, 극에서 주변화된 두 등장인물 미란다(Miranda)와 시코렉스에게 확장된 목소리를 부여한다. 극 전반에서 미란다가 아버지의 통제 하에 있다면, 시코렉스는 다른 사람들의 말로 축소된다. 그녀는 언급되는 것 외에 전혀 모습이 보이지 않는다. 워너의 소설은 20세기 미란다와 근세 시대 시코렉스를 묘사하기 위해 이중 시간구도를 엮고 있다. 그렇게 해서 그녀는 지나치게 단순화된 설명의 직선성에 저항할 수 있다. 『인디고』는 스토리텔링과 다중 텍스트성의 패턴을 첨부하여 역사 기록의 안정성에 도전하며, 이는 결과적으로 페미니스트 관점을 분명히 나타낸다.

서사 전체를 감싸는 틀은 시코렉스와 미란다를 연결하는 인물인 세라핀 킬라브리(Serafine Killabree)의 스토리텔링이며, 그렇게 함으로써 표준 "역사"가 허용하는 직선적 목적론보다 더 원형적 방식으로 소설을 끌어들이게 된다. 결국『템페스트』에 대한 비판적, 포스트페미니스트, 탈식민주의적 읽기가 이 수정주의 텍스트에 통합된다(Chedgzoy 1995: 94-134). 이는 스티븐 코너(Steven Connor)가 말한 "배반에서의 충실성," "해석하려는 시도보다 오히려 원작에 기초한 즉흥연주"의 사례다(1996: 186).

이런 종류의 다시 쓰기가 원작 텍스트의 문화적 권위에 타협한다면 결코 이는 그 권위에 대한 단순한 거부에 이르지 못한다. 다시 쓰인 원작, 즉 배반에서의 충실성에 주의를 기울이면, 다시 쓰인 텍스트는 윤리적 역사적 위엄의 권위에 항상 굴복해야 한다. (Connor 1996: 167)

『인디고』는 요구된 만큼의 직설적인 '다시 쓰기'는 아니므로 셰익스피어의 극을 단순 부정 또는 거부하는 것은 아니지만, 탈식민주의 시각으로 극의 신조와 주제를 다시 본다. 워너가 서문에서 피터 흄(Peter Hulme) 같은 학자들을 인정한 것에 나타나듯, 이 소설은 비평사와 문학이론에 영향 받은 또 다른 전유 사례다.

셰익스피어 전유가 변화하는 취향, 쟁점, 가치를 나타내는 문화 지표 역할을 한다는 우리의 앞선 주장이 유지된다면, 다양한 극들이 서로 다른 시기의 각색자들에게 중요하게 표면화되리라 기대할 수 있다. 20세기 후반 셰익스피어 각색 통계를 분석하면, 필시 『템페스트』가 핵심 초점으로 확인될 것이다. 그 세기를 마무리하는 수십 년 동안 이 극에 반응한 여러 편의 영화 각색과 몇몇 소설이 있었는데, 이는 당시 탈식민주의 쟁점과 이론의 부각을 표시하는 것일지도 모른다(Zabus 2002). 이 극은 탈식민주의 연구에서 표준으로 자리 잡으면서, 그 결과 공연에 대한 관심을 주도했고, 이어서 영화 버전 및 셰익스피어 드라마의 식민지화 맥락에 '되받아 말하기' 위해 매진하는 이전의 식민지에서 쓰인 소설과 시 등에서 더 급진적 다시 쓰기와 각색을 낳게 되었다. 여기서 우리는 순전히 문학적인 것만은 아니며 문학적 분석만으로는 설명할 수 없는 영향력을 인정하고 있다. 시몬 머레이(Simone Murray)의 주장처럼, 각색 연구를 물질화하는 것, 즉 각색의 충동과, 아주 간단한 차원에서 텍스트의 선택을 일부 설명해주는 경제적 사회적 요청들을 인식하는 것이 중요하다 (Murray 2012: 12)

21세기 초반 세계적 방향전환은 권력 (그리고 문화 구매력) 부상국가들에서 더 큰 반향을 불러일으키는 극들이 전면에 떠오르면서 다시 한 번 그림을 변화시키고 있다. 이는 특히 아시아에서의 『로미오와 줄리엣』과 같은 극을 말한다. 마크 손튼 버넷(Mark Thornton Burnett)은 이 극과 관련해 1980년대 이후의 자그마치 28편의 세계 영화 버전을 기록한다(2013: 195). 영화, 디지털화 맥락과 플랫폼에서의 그 특별한 지배적 존재감은 바즈 루어만(Baz Luhrmann)의 1996년 영화의 세계적 영향에 적어도 어느 정도 기인할지도 모른다. 이상과 같이 콘텐츠는 더 많은 콘텐츠의 원동력이 된다(O'Neill 2014: loc. 109). 『햄릿』은 아마도 여러 대륙의 학교 및 대학 커리큘럼에서 강력한 존재감을 가지기 때문에 각색 반응 면에서 계속 높은 점수를 얻고 있는데, 글로브 극장(Globe Theatre)이 2014년에서 2016년까지 이 극을, 록스타 용어로 표현하자면, '월드 투어'로 205개국으로 '수출'하기로 결정함에 따라 이는 더욱 강화된 듯하다. 만일 각색에서 유사와 병치 체계가 완전히 성공하기 위해 원천에 대한 사전지식을 요구한다면, 셰익스피어는 (심지어 반대편 입장에서도) 믿을 만한 공유된 문화적 지시 대상이 되고, 복잡한 지정학적, 교육적, 때로는 경제적 이유로 우리 모두가 '이해하는' 언어가 된다.

　『오셀로』(Othello) 역시 분석중심 셰익스피어 각색 연구의 상위 목록에 포함된 텍스트다. 주제와 사건에서 인종차별을 다루는 텍스트로서 이 극은 현대 다문화 사회의 긴장을 탐구하려는 각색자에게 풍부한 원천임이 입증되었다. 극의 2001년 전유 영화인 〈오〉(O)에서 감독 팀 블레이크 넬슨(Tim Blake Nelson)은 스토리를 미국 대학으로 재배치했다. 오딘 제임스(Odin James)(오셀로)는 대학 팀의 최우수 농구 선수이며 동료 학생이자 학장의 딸인 데시(Desi)(데스데모나)와 열정적인 관계를 맺고 있다. 코치의 아들 휴고(Hugo)(이아고)는 모든 측면에서 시샘하고 있다. 과보호적 분위기와 경쟁이 치열한 대학 스포츠의 세계에서, 블레이크 넬슨은 그 극의 복잡한 군사적 충성과 경쟁에 대한 완벽한 유사를 발견할 뿐만 아니라 캠퍼스 마약 사용 및 남학생 클럽의 성폭력에 관한 상당히 동시대적 우려 역시 말해준다. 오딘의 이름 첫 글자 오제이(OJ)가 백인부인 살해혐의로 기소된 또 다른 유명한 흑인 스포츠 스타인 오제이 심슨(O. J. Simpson)을 떠올리게 하는 것도 우연이 아니다. 셰익스피어 비극의 여과 렌즈를 통해 현대 미국 문제를 탐구함으로써 블레이크 넬슨은 미국 교육체계에 깊이 박혀있는 계급 경쟁과 인종차별을 폭로한다. 씁쓸한 아이러니로 영화는 1999년 콜럼바인 고등학교에서 발생한 학교 총격사건과의 반복된 대비가 발견되어 대중 공식 개봉까지 오랜 지체를 겪어야 했다.

1995년 O. J. 심슨 재판은 『오셀로』의 또 다른 현대적 변주인 자네트 시어즈(Djanet Sears)의 극 『할렘 듀엣』(*Harlem Duet*, 1997)에서도 상기되었다. 마틴 루터 킹(Martin Luther King)의 1963년 워싱턴 DC 연설 "나에게는 꿈이 있습니다," 말콤 엑스(Malcolm X), 루이 파라칸(Louis Farrakhan)과 1995년 백만 남자 행진, 심슨의 재판, 1991년 학자 아니타 힐(Anita Hill)과 대법원 판사 클라랜스 토마스(Clarence Thomas)와 관련된 성희롱 청문회를 포함해 각 장면이 흑인 공동체에게 중요한 사건과 연설의 오디오 녹음으로 틀을 짠 이 극은 세 개의 시간구도를 향유한다. 병치된 장면들은 1850년대와 1860년대, 즉 미국 남북전쟁으로 향하는 시기의 할렘을 묘사한 다음, 다시 1920년대 그리고 마지막으로 극의 초연과 동시대인 1990년대 할렘을 그린다. 극의 사건은 실제로 셰익스피어 극에 대한 전편(프리퀄)의 역할을 하는데, 이 텍스트에서 현대의 오셀로는 콜롬비아대학교 문학교수로 자신의 아내를 떠나 백인 동료인 모나(Mona)와 함께 한다는 의미에서 그러하다. 관객들은 셰익스피어 비극에 대한 기억을 사용해 이 등장인물들의 미래를 '판독하도록' 초청된다. 모나는 데스데모나이고, 시기심 많은 동료인 크리스 야고(Chris Yago)는 이아고, 그리고 극의 사건이 진행되면서 오셀로가 수락하는 키프로스(Cyprus)의 서머스쿨 직위는 그와 모나와의 관계에 나쁜 징조다.

이 극은『오셀로』에 대한 기발한 전유이면서 사회와 연극에서의 흑인 묘사 변천사에 대한 복합적 성찰이기도 하다. 공연에서 모나가 누구 것인지 알 수 없는 팔과 목소리로만 재현되는 것은 효과적이며, 셰익스피어 원작과 기존의 기대를 뒤집는 수많은 반전이 있다. 피쉴린과 포티에는 "셰익스피어의 텍스트는 거의 보이지 않는 (그렇더라도 중요한) 배경으로 남아있다"(2000: 287)고 시사한다. 시어즈의 작품은 또한 음악적 기호들을 중심으로 암시적으로 고안된다. 부분적으로 재즈와 블루스에서 파생된 미학적 구조를 취한다. 극 제목의 "듀엣"은 극을 해석하는 다양한 인유적 상호텍스트 관계 외에 첼로와 더블베이스가 짝을 지은 연주에 의해서도 수행된다. 이 결정은 미국의 음악 문화예술에 대한 흑인의 기여를 강조하지만, 그 틀은 셰익스피어 상호텍스트에 대한 시어즈 자신의 즉흥적 방식을 수행하는 역할도 한다. 헨리 루이스 게이츠 주니어(Henry Louis Gates Jr)의 "말놀음" 개념이 또 다시 관련되며(1988; Andreas 1999: 107), 다시 한 번 우리는 더 넓은 준거 틀을 보게 되고 여기서 셰익스피어는 새로운 작품에서 작용하는 단지 하나의 구성 요소가 된다.

『햄릿』은 셰익스피어의 수용과 전유에 관한 어떠한 연구에서도 정전의 반열에 오른다. 이는 맥락에 따라 자주 바뀌는 요인들의 조합 때문이다. 오필리아(Ophelia)의 비극적 궤적은 페미니스트 각색자들 남녀 모두에게 상당한 관심을 불러일으켰다. 안젤라 카터(Angela Carter)의 소설들과 단편 소설은 오필리아의 이미지로 가득하며, 이는 뒤이은 각색의 제스처, 특히 라파엘 전파 (Pre-Raphaelite) 회화 및 영화적 해석을 통해 자주 여과된다(Sage 1994: 33; Peterson and Williams 2012 역시 참조). 최근 몇 십 년 동안 페미니즘이『햄릿』과의 상관적 연상을 발견했다면, 20세기 초반 이 극을 문학 정전의 중심에 놓이게 한 것은 지그문트 프로이트(Sigmund Freud)의 연구와 정신분석이론의 영향이었다. 이 극은 위기에 처한 정신의 탐구로서 수많은 평론과 반응을 불러일으켰는데, 특히 T. S. 엘리엇의 이 분야 에세이와 폭넓은 관심은 정전 형성과 영문학 학문 분야 자체에 모두 큰 영향을 주었다(Di Pietro 2006; Corcoran 2010: 61-119).

『햄릿』의 정전성을 증폭 확장시킨 한 가지 요인은 덴마크 왕자 배역이 대망을 품은 젊은 배우들의 결정판으로 간주되어온 때문이다. 이는 문학적 시금석 못지않게 커리어 시금석 역할을 한다. '오늘의 배우'는 어떤 형식으로라도 이 배역에 관여하게 되는데, 20세기 배우들 중에는 존 길거드(Sir John Gielgud), 로렌스 올리비에(Sir Laurence Olivier), 리처드 버튼(Richard Burton), 케네스 브래너(Kenneth Branagh)가 있다. 21세기 초반 이 현상의 전형적 예로는 〈닥터 후〉(Dr Who)의 스타 데이비드 테넌트(David Tennant), 전 세계적으로 성공한 〈셜록〉(Sherlock)의 배우이자 오스카상 후보인 베네딕트 컴버배치(Benedict Cumberbatch) 또는 맥신 피크(Maxine Peake)라는 그야말로 그녀 세대의 가장 유명한 연극, 텔레비전 배우 중 한 명을 들 수 있는데, 이들은 모두 최근에 세간의 이목을 끄는 공연에서 그 역을 수용했다. 연관된 맥락에서 영화 각색도 영어권과 비영어권에서 모두 급증했다. 로렌스 올리비에가 연출하고 프로이트 영향으로 가득하며 "우유부단한 남자"의 비극이라는 보이스오버 선언을 포함한 1948년 흑백영화에서부터(Rothwell 1999: 59), 프랑코 제피렐리(Franco Zeffirelli)가 1990년대 액션영화 장르 취향에 맞추어 멜 깁슨(Mel Gibson)을 주연으로 고딕풍으로 연출한 영화를 거쳐, 케네스 브래너가 소위 '전문' 버전으로 연출한 1996년 와이드스크린 장편 서사영화에 이른다. 눈에 띄는 비영어권 변이로는 중국에서 브래너 버전과 비슷한 장엄한 성격으로, 제피렐리 영화와 비슷한 방식으로, 출시될 무렵 무술 액션영화에 대한 전 세계 유행에서 혜택을 받은 펑 샤오강(Xiaogang Feng) 감독의 2006년 작 〈야연〉(The

Banquet), 그리고 중국 - 티베트 합작영화인 호설화(Sherwood Hu) 감독의 2006년 작 〈히말라야의 왕자〉(*Prince of the Himalayas*)가 있다(Burnett 2013: 125-6 참조).

1장에서 언급했듯이, 2000년 마이클 알메레이다(Michael Almereyda) 감독은 밀레니엄 맨해튼을 배경으로 설정한 〈햄릿〉 영화를 제작했다. 20세기 후반 기업가치가 초기 근대극의 통치 경쟁과 국가 간 영토 분쟁의 플롯을 대체했다. 엘시노어(Elsinore) 성은 덴마크 기업으로 대체되었고, 클로디우스(Claudius)는 교활한 최고경영자다. 우울한 왕자 역에 에단 호크(Ethan Hawke)를 캐스팅한 것을 포함, 많은 독립영화 제작관례에 의지한 이 버전에서 햄릿과 오필리아는 예술전공 학생으로 극의 상징적 순간에 암시적 (포스트)모던 대체물의 설정을 가능하게 한다. 4막 5장에서 정신이상 상태의 오필리아가 꽃을 나누어주는 장면은 같은 꽃의 사진을 건네는 장면으로 변한다. 『햄릿』의 극중극 〈쥐 덫〉("The Mousetrap")은 이미 살펴본 대로 호크가 연기하는 매체학도 '왕자'가 촬영한 짧은 16밀리 영화 몽타주가 된다. 후자는 유튜브 시대 셰익스피어 단편영화들을 기막히게 예기한 것이었다(O'Neill 2014 참조). 거듭하여 각색이 다른 각색에 영향을 미치는 여광 효과는 무시할 수 없다. 셰익스피어 각색의 연대순 연구는 갖가지 방식의 교차수정을 드러내주는데, 이 경우 알메레이다는 기업 배경의 미장센 연출에서 극을 도쿄증권거래소로 재배치했던 일본 감독 구로사와 아키라(Akira Kurosawa)의 1960년 영화 〈나쁜 놈일수록 잘 잔다〉(*The Bad Sleep Well*)에 빚지고 있음을 인정했다. 이와 유사한 상호작용 탐구가 가능한 예로는 이미 인용된 윌리엄 라일리(William Reilly)의 〈최후의 승자〉(*Men of Respect*)와 그 전조인 영국 영화〈조 맥베스〉(*Joe Macbeth*), 그리고 풍부한 의미에서 『헨리 4세』(*Henry IV*) 극들을 영화로 재작업한 오손 웰스(Orson Welles)의 〈심야의 종소리〉(*Chimes at Midnight*, 1966)와 거스 반 산트(Gus Van Sant)의 1991년 영화 〈아이다호〉(*My Own Private Idaho*)에서 할(Hal) 왕자와 폴스타프

(Falstaff) 관계 및 극의 이스트칩 장면들을 미국 오리건 주 포틀랜드로 치환한 것이 주목할 만하다.

접목, 또는 행간의 뜻 읽기

영화 각색은 각색과 전유의 주요 부분집합으로 (비영어권 변이와 〈아이다호〉 같은 굴절 방식의 경우에선 분명 덜하지만) 흔히 셰익스피어의 앞선 극텍스트와의 관계를 솔직하게 알린다. 그런데 완전히 다른 텍스트를 만드는 창조적 발판으로 원천 텍스트를 이용하는 하위 그룹이 더 있으며, 제목의 급진적 변화에서 이 움직임을 자주 표방한다. 이러한 창의적 움직임은 때로 원작의 특정 스토리나 등장인물의 궤적을 추정해 이를 새로운 역사적, 지리적 그리고/또는 문화적 맥락으로 재배치함으로써 달성된다. 여전히 원작과의 관계는 존재하고 관련 있지만 원작 텍스트의 부분 또는 뿌리줄기가 접목된 것으로 보인다. 뿌리줄기는 새로운 텍스트 형식, 또는 어린 가지와 결합해 완전히 새로운 문학 가공품을 창조한다. 필자는 이러한 접목 은유를 꽤 자의식적으로 사용하고 있다. 셰익스피어도 그의 후기 낭만극 『겨울 이야기』(*The Winter's Tale*)(4.4.87-97)에서 바로 이 은유를 똑같이 사용했고, 그 외에 주네트 역시 정확히 이 문구를 사용해 하이포텍스트(원작)와 하이퍼텍스트(재창조) 간의 각색 관계를 묘사한다(1997 [1982]: ix). 문학은 뿌리줄기와 어린 가지를 결합하는 접목 과정에 의해 새로운 식물을 만드는 (예컨대, 배나무는 항상 모과 뿌리줄기에서 자란다) 개념에서 오랫동안 그 창조 과정에 대한 풍부한 은유를 발견했다. 특히 셰익스피어의 소네트에는 접목 이미지가 풍부하며, 엘리엇의 전통과 개인의 재능 개념은 이러한 원예의 실천에서 흥미로운 유사를 찾게 된다.

셰익스피어 드라마의 가장 영향력 있는 '접목' 중 하나는 톰 스토파드(Tom

Stoppard)의 1967년 희곡 『로젠크란츠와 길덴스턴은 죽었다』(*Rosencrantz and Guildenstern Are Dead*)일 것이다. 이 극은 『햄릿』의 전유적 읽기를 혼합해, 왕자의 옛 친구이자 수행원 역할인 두 단역 인물들에 대한 배경 이야기를 상상하고자 하며, 스토파드의 극 집필 당시 상승세를 타던 부조리극의 연극적 실천을 사용하는 유사-패러디 방식을 취한다. 『로젠크란츠와 길덴스턴은 죽었다』의 또 하나의 명백한 상호텍스트는 사무엘 베케트(Samuel Beckett)가 1952년 집필한 획기적 희곡 『고도를 기다리며』(*Waiting for Godot*)다. 스토파드는 자신의 극에 등장하는 수행원들을, 베게트의 극에서 끊임없이 철학적 이야기를 하는 블라디미르(Vladimir)와 에스트라공(Estragon)의 이미지로 창조했는데, 이들은 극의 대부분을 대체로 텅 빈 무대에서 무슨 일이 일어나기를 바라면서 기다린다. 스토파드 극의 시작 부분 무대지시는 이러한 연관성을 명백히 한다. "인적이 드문 장소에서 엘리자베스 시대 복장의 두 사람이 시간을 보내고 있다"(Stoppard 1990 [1967]: 9). 여기서 조크는 로젠크란츠와 길덴스턴과 달리 관객들은 『햄릿』의 대본을 알고 있다면 어떤 일이 일어날지 안다는 점이다. 따라서 제목이 알려주듯, 로젠크란츠와 길덴스턴은 사실상 극을 시작하기도 전에 이미 죽은 상태다. 셰익스피어 애호가라면 이들이 떠나는 항해 줄거리와 영국에서 왕자 대신 그들을 사형에 처하도록 바꾸어 전송된 편지에 대해 너무 잘 알고 있다. 스토파드의 극은 "모든 출구는 다른 곳으로의 입구"라는 개념을 이용한다(22). 우리는 로젠크란츠와 길덴스턴이 『햄릿』에서 '쉬는 시간' 또는 무대 뒤에 있을 때의 모습을 목격하게 된다. 그 무대 뒤가 이 극의 무대가 된다. 스토파드가 셰익스피어 극의 발판이나 틀에 단순히 자신의 주제를 부과한 것은 아니다. 많은 경우 셰익스피어의 원천들에서 그의 극적인 결정에 대한 직접적 선례를 찾는다. 예컨대, 엘리자베스 여왕 시대와 제임스 1세 시대의 희곡 작품들은 수행원들이 의논에 열중하는 장면으로 자주 시작하며(『안토니와 클레오파트라』(*Anthony and Cleopatra*), 『겨울 이야기』, 『리어왕』 등의 예를 참조), 『햄릿』은 『로젠크란츠와 길덴스턴은 죽었다』와 마찬가지로 위반된 또는 균열된 의례와 의식("허술한 의식"(maimèd rites), *Hamlet* 5.1.214)과 메타연극의 주제에 관심이 있다(Sale 1978: 83).

스토파드의 극은 『햄릿』을 조연들의 눈을 통해 극적 방관자 입장에서 재-검토한 선택에서 상당히 영향력 있었다. 이것은 극의 비극적 사건들, 특히 왕자를 약간 우스꽝스럽게 보이게 만든다. 셰익스피어의 극에 나오는 양상, 사건, 대사, 등장인물들이 스토파드의 극에도 모두 존재하지만 창의적 탈중심화를 통해 무언극 또는 코믹한 파편으로 축소된다. 이 과정에서 극의 비극적 '주인공'은 연극조의 다소 과장되고 우스운 인물로 축소된다. 그 결과, 많은 비평가들은 이 극을 영문학 및 서구문화의 최고 정전 텍스트 중 하나를 해체하고, 낯설게 하는 포스트모더니즘의 발휘라고 분류했다. 로저 세일즈(Roger Sales) 역시 이를 탈정치화 행위라고 제안했지만, 그 주장을 뒤집어 이 극을 주변화된 피지배층 관점에서 비극 형식의 고귀한 귀족적 중심을 조망한 것으로도 바라볼 수도 있다(1978: 83).

미미한 등장인물 또는 무대 뒤 등장인물의 관점에서 조망하는 것은 많은 각색과 전유의 공통 추동력이다. 예컨대, 『롱본』(*Longbourn*)에서 조 베이커(Jo Baker)는 제인 오스틴(Jane Austen)의 『오만과 편견』(*Pride and Prejudice*)을 베네트(Bennett) 가정의 하인들의 관점에서 재고한다. 그녀는 "작가 노트"에서 이렇게 적고 있다.

> 『롱본』의 주인공들은 『오만과 편견』에서는 허깨비 같은 존재로, 주인 가족과 스토리 시중을 위해 존재한다. 그들은 쪽지를 전달하고 마차를 몰고, 어느 누구도 문밖으로 나오려 하지 않을 때 심부름을 간다ー그들은 폭우 속 네더필드 무도회의 신발을 가져 오는 '대리인'이다. 그러나 그들도ー적어도 내

머리 속에는—사람이다. (Baker 2013: loc. 5361)

스토파드의『로젠크란츠와 길덴스턴은 죽었다』와 똑같은 구조 전략으로,『롱본』은 세세한 대본작성 방식으로 소설의 무대 뒤를 보여주며, 이 과정에서 계급 정치에 관여한다. "『오만과 편견』에서 식사를 차려낼 때, 그 음식은『롱본』에서 준비된 것"(loc.5361)이고 이처럼 오스틴 소설의 한 쪽에만 등장하는 하인에게 서사 생명과 그에 따르는 스토리가 주어진다.

　극 장르가 산문 소설로 재작업될 때 극적 독백의 흥미로운 등가물은 확장된 형식의 1인칭 서사에서 자주 발견된다. 포스트모더니즘 소설은 신뢰할 수 없는 서사 방식의 강조와 더불어 단일 시점에 내장된 편견에 주의를 기울이지만, 당연히 셰익스피어 다시 쓰기의 편향된 관점은 특정 인물의 시각으로 사물을 볼 수 있는 능력을 허용한다. 소설가들은 외면되거나 권리를 박탈당한 인물의 관점에서 바라봄으로써 원작에 대한 새롭고 흔히 정치화된 독서가 가능하도록 하는 발상에 끌리므로, 이것이 계층, 젠더 또는 인종 이론에 열중하는 포스트모더니즘 또는 탈식민주의 작가들에게 얼마나 매력적인가를 바로 알 수 있다. 이 맥락에서 다시-보기 행위의 이념적 목적은 거의 불가피하므로 많은 셰익스피어 전유가 정치적 노력에 의해 동기 부여된다는 것을 알 수 있다. 스마일리가『천 에이커의 땅』에서『리어왕』을 생태페미니스트 입장에서 재고한 것은 실로 이 활동의 생생한 사례이며, 카릴 필립스(Caryl Phillips)의『피의 본성』(The Nature of Blood, 1997)야말로『오셀로』와『베니스의 상인』(The Merchant of Venice)의 주인공들을 타인들의 시점과 맞물리게 하는 것뿐 아니라 정체성, 인종, 신념에 대한 반추를 통해 그들 스스로의 주체성을 재고하게 한다(특히 후자의 소설에 대한 자세한 논의와 대안적 관점 전반은 6장 참조).

　미국 소설가 존 업다이크(John Updike)는 그의 작품『거투르드와 클로디우스』(*Gertrude and Claudius*, 2000) 후기에서 자신에게 『햄릿』의 "무대 뒤 등장인물들"에 대한 새로운 인식이 생겨난 것은 스토파드 극 공연을 체험해서가 아니라 브래너의 1996년 영화 버전의 상영에서 비롯되었음을 명시했다. 업다이크는 1인칭 관점에서 글을 쓰진 않지만 그의 텍스트는 남편을 살해한 시동생과 결혼한 햄릿의 어머니 거투르드의 상황에 특히 동정심을 보인다. 작가는 소설의 첫 두 섹션이 셰익스피어의 극 내용과 관련해 그 이전의 일을 다룬 프리퀼로 기능하도록 시간구도를 설정함으로써 이를 달성한다. 우리는 소설의 1부에서 게루사(Gerutha)라고 불리는 젊은 시절의 거투르드가 남편을 선택할 때 왕조를 융성케 하려는 아버지의 야망에 어떻게 지배되는지 알게 된다. "나는 답례의 약탈물이다"(Updike 2000: 5). 이 정략결혼에서, 그녀의 남편 주트 족 호웬딜(Horwendil the Jute)(극의 햄릿 노왕)은 헌신적 전사지만 사랑에는 거친 사람으로 드러난다. 스마일리가 『리어왕』의 고너릴을 성적 학대를 당한 서술자 지니로 재창조한 것과 흡사한 방식으로, 업다이크는 셰익스피어의 원작(배경 이야기라고 말해도 좋다)에는 없는 거트루드의 불륜에 동기를 부여한다. 이러한 동기 부여는 독자가 호웬딜의 동생인 팽(Feng)(클로디우스)의 부드러운 관심에 거투르드가 유혹 받을 때 그녀의 곤경에 대해 이해하면서 반응하도록 독려한다.

　업다이크의 소설에 사용된 이형의, 그야말로 가변적 명명법은 그 자체로 몇 가지 중요한 사항을 밝힌다. 소설은 3부 구조를 취하며, 각 부에서 묘사된 사건들은 연대순으로 이어지지만 주요 인물들의 이름은 섹션 별로 바뀐다. 1부 주인공들의 이름인 게루사, 주트 족 호웬딜, 그의 동생 팽, 코람부스(Corambus)(폴로니우스(Polonius)의 전신), 암레스(Amleth)(햄릿)는 삭소 그라마티쿠스(Saxo Grammaticus)의 『덴마크 역사』(*History Dania*, 1514)에 자세히 설명된 고대 『햄릿』 전설에서 비롯된다. 2부에서 그들의 이름은 게루쓰(Geruthe),

호웬딜(Horwendile), 팽온(Fengon), 코람비스(Corambis), 햄블렛(Hamblet)이며 프랑수아 드 벨포레스트(François de Belleforest)의 『비극 이야기』(*Histoires tragiques*, 1576, 파리)에서 유래를 찾는다. 마지막 3부에 가서야 거트루드, 햄릿 왕, 클로디우스, 폴로니우스, 햄릿과 같은 셰익스피어가 붙인 우리에게 보다 익숙한 이름과 만난다. 셰익스피어 극 4절판에서 폴로니우스가 코람비스라고 명명되므로 업다이크는 텍스트 층위를 더 가중시킨다. 이 기표작용적 이름들 간의 미끄러짐은 『햄릿』과 햄릿 스토리에 다양한 출처가 있음과 셰익스피어 극이 각색과 해석 선상에서 무척 늦게 온다는 점을 표방한다. 셰익스피어 극이 훨씬 오래된 주제에 대한 변주라는 점은 업다이크가 각 섹션을 "왕께서 노하셨다"라는 동일한 문장으로 시작하도록 결정함으로써 더욱 강조된다. 2장에서 논의된 바흐의 〈골드베르그 변주곡〉(*Goldberg Variations*)과 마찬가지로, 우리에게 중심 아리아(또는 이 경우에는 줄거리)가 주어지고, 많은 각색자들이 이를 반추하며 나름대로의 텍스트 변이를 제공했다.

셰익스피어 정전 극텍스트의 고정되고 안정된 읽기는 업다이크에 의해 실질적으로 도전받고 있다. 『햄릿』텍스트 출처의 풍부함은 극 사건의 동기부여에 관한 작가의 추측을 정당화한다. 『거트르드와 클로디우스』의 2부는 정원에서 잠들어 있는 형을 동생이 죽이는 것으로 끝나는데, 이 사건은 셰익스피어의 극에서 햄릿 선왕의 혼령(Ghost)에 의해 플래시백으로 회상된다 (1.5.59-79). 3부에서는 이름들과 사건들이 독자에게 보다 친숙한 의미를 제공한다. 극에서 직접 인용된 대사와 잘 알려진 사건들이 전개되며, 특히 거트루드와 클로디우스의 "과도하게 서두른"(o'er-hasty) 결혼에 대한 궁정의 축하, 엘시노어 궁정인들 앞에서 숙부가 정교하게 자신의 임무 수행을 이야기하는 것에 반응하는 햄릿의 "중얼거리는 말장난"(Updike 2000: 208) 등이 그것이다. 그러나 셰익스피어에 정통한 독자라면 인식하듯이, 우리가 여기서 목격하는 것은 『햄릿』의 1막에 불과하다. 이 극에 익숙한 독자들은 소설의 마지막 페이지 넘어 많은 사건들이 남아있음을 알고 있다. 소설 지면에 나타난 클로디우스의 생각과는 대조적으로, 비극적 추동력이 독자의 상상력과 기대를 이끌어내는 것이다.

> 클로디우스의 시대가 밝았고, 덴마크 연대기에서 빛날 것이다. 그가 연회만 절제하면 왕위를 10년 더 지속할 것이다. 햄릿은 왕위를 계승할 때 완벽한 나이 40세가 될 것이다. 햄릿과 오필리아는 왕실 후계자들을 줄지어 세울 것이다. . . . 클로디우스는 책임을 모면했다. 만사 잘 되리라. (Updike 2000: 210)

이 마지막 구절은 『햄릿』의 3막 4장에 나오는 클로디우스의 기도 장면에 대한 인유이긴 하지만, 가정법 형태("만사 잘 되기를"(3.4.72))에서 (가망 없는) 확신으로의 변화는 주목할 만하다. 더 나아가 셰익스피어 극의 준거 틀과 현대 미국 관용구 "모면했다"(gotten away with it)의 병치는 다중 원천들에 대한 업다이크의 접근 방법의 유희성과 아이러니를 두드러지게 한다.

여기서 논의된 『햄릿』의 영화각색 및 스토파드와 업다이크의 전유적 접목은 셰익스피어의 선행 작품과 명시적 관계가 있으므로 비교 읽기를 초청하고 요구하는 것으로도 보이나, 2장에서 보았듯이, 전유는 그 상호텍스트적 관계를 반드시 분명하게 신호하지는 않는다. "직접 접촉에서 간접 흡수"(Miola 1992: 7)에 이르는 다양한 관계가 존재할 수 있다. 그렇더라도 그 관계가 반드시 곧장 들리지는 않거나, 아니면 희극적 인유나 더 내장된 움직임을 통해 또는 우회적 언급에 의해, 의도적으로 접선되는 방식으로 들리는 상황에서도, 여전히 "심층 출처"(7)가 가동되는 사례가 있을 수 있다. "심층 출처" 작용을 강조하는 노력의 일환에서, 이 장의 마지막 사례 연구로 그레이엄 스위프트(Graham Swift)의 1992년 소설 『에버 애프터』(*Ever After*)와 앨런 아일러(Alan

Isler)의 1996년 희극적 소설 『웨스트엔드 애비뉴의 왕자』(*The Prince of West End Avenue*)를 다루도록 하겠다.

스위프트의 소설에는 자신의(추정상) 아버지와 아내의 자살로 시달리고 그 스스로도 자살 충동에 사로잡히는 경향이 있는 몹시 내성적인 1인칭 서술자가 있다. 이는 본질적으로 셰익스피어의 내성적 주인공과 상응하며, 서술자도 이를 바로 밝힌다. "내 인생 대부분 . . . 내 자신을 햄릿이라고 - 남모르게, 주제넘게, 적절히, 비뚤어지게 - 상상했다. 그의 기질 하나 정도는 누구나 안다"(Swift 1992: 4). 더 나아가 소설의 서술 방식은 극이 다루는 사실과 허구 사이의 종이 한 장 차이, "미소를 띠고 웃으면서도 악한이 될 수 있다" 는 점을 강조하는 것 외에도 햄릿의 여러 번의 자기 분석적 독백과의 유사를 제공한다. 『에버 애프터』의 서술자 빌 언윈(Bill Unwin)은 학술 연구자인데, 우리가 소설의 중반부가 되어서야 그의 이름을 알게 된다는 사실은 그의 삶과 성격이 얼마만큼 주변 사람에 의해 억압되고 결정되는지를 나타낸다. 자신의 연구 활동이 계부의 후원에 달려 있다는 사실로 인해 더 심각해진 그의 주체할 수 없는 자기회의에도 불구하고, 언윈은 1850년대까지 거슬러 올라가는 가족의 기록 한 세트를 연구하고 있다. 이 원고는 그의 조상인 매튜 피어스(Matthew Pearce)가 체험한 신앙의 위기를 기록하는데, 그는 진화론의 결과로 당시 세계에 대한 종교적 이해에 의문이 제기되면서 커지는 '불신앙'의 상태에 결혼과 가정생활을 희생한다.

7장에서 소위 '다윈의 시기'로 여겨진 1850년대와 1860년대에서 원천 자료를 얻은 일련의 소설들을 살펴볼 것이다. 찰스 다윈(Charles Darwin)은 1859년 『종의 기원』(*The Origin of Species*)을 출간했다. 그 텍스트는 『에버 애프터』에서 직접 인용되며, 그 내용을 셰익스피어 상호텍스트들과 - 소설은 『햄릿』 외에도 중요한 순간에 『사랑의 헛수고』(*Love's Labour's Lost*)와 『안토니와 클레오파트라』에도 의지한다-함께 작업하면서, 스위프트는 다윈의 연구 결과에 대한 20세기 후반 소설의 관심과 투자에 경의를 표한다. 이와 관련해 스위프트의 광범위한 상호텍스트성에서 특히 주목되는 한 가지는 존 파울즈(John Fowles)가 빅토리아풍 소설을 하나의 장르 또는 인정된 형태로 포스트모던하게 재현한『프랑스 중위의 여자』(*The French Lieutenant's Woman*)인데, 이 소설은『에버 애프터』처럼 1850년대 라임 리지스에서 작업하는 지질학자를 포함한다(파울즈의 소설은 7장에서 자세히 논의). 2장에서 논의했듯이, 스위프트는 자신의 글쓰기의 문학적 근간을 깊이 인식하는 작가이고, 그의 서사에는 인유와 각색의 미묘하고 충만한 형태가 자의식적으로 깊이 스며있다. 그는 자신의 서사기법에 대한 이러한 이해를 빌 언원이 학문적 연구에 대해 사실과 가설의 복잡한 결합, 그리고 가용한 자료의 보완이라고 분석하는 것을 통해 적극적으로 장려하는 듯하다. "행간의 뜻을 읽읍시다"(Swift 1992: 211). 전유 및 전유 텍스트 읽기는 행간의 뜻을 읽는 과정과 흔히 연관되며, 원천 텍스트에서 얻을 수 있는 것에 대한 유사 또는 보완을 제공하면서 그 간극과 부재에 주의를 집중하게 만든다. 결국 우리는 불가피하게도 스위프트 소설의 제목에 빠진 한 단어, '해피'를 보충하게 되고, '해피엔딩'(happy every after)인 삶과 스토리의 동화책을 떠올리게 된다.

볼프강 이저(Wolfgang Iser)와 한스-로버트 야우스(Hans-Robert Jauss) 같은 독자반응비평 이론가들이 설명한 텍스트에 대한 독자의 역할이 여기 우리 눈 앞에 작동한다. 이저에게, 독서 행위는 역동적 참여 과정이며, 의미 생성은 "텍스트와 독자의 수렴"에서, 텍스트의 "쓰이지 않은" 부분에 대한 독자의 참여를 통해 이루어진다(Iser 1972: 279, 280). 이저에게, 이는 텍스트의 첫 독서뿐 아니라 차후의 모든 (재)독서 역시 고유하고 신선하게 만든다. 이 "간극 채우기"(285) 개념과 각색 체험에서의 독자 또는 관객의 능동적 역할은 흥미진진하며, 각색과 전유를 접할 때 수반되는 인지적, 정서적 쾌락에 대해 다시 한 번 우리의 시선을 향하게 한다.

서사의 간극과 행간의 뜻 읽기는 앨런 아일러의 『웨스트엔드 애비뉴의 왕자』의 복합적 텍스트 작동방식을 확실히 밝히는 데도 도움이 된다. 이 소설은 특히 의도적으로 점강법을 사용한 분리적 제목을 통해 아이러니하게도 『햄릿』에 기대고 있음을 인정한다. 뉴욕의 유대인 양로원을 배경으로 신뢰할 수 없는 서술자 오토 코너(Otto Korner)에 의해 묘사된 이 서사는 회고록 방식으로 표현되지만, 『에버 애프터』에서의 언원의 우회적 서사와 흡사한 방식으로, 가장 고백적 내용의 일부는 보류되어 독서 체험이 거의 끝날 무렵에야 드러난다. "나는 기록을 바로잡고 싶다"(Isler 1996: 2)는 그의 주장에도 불구하고, 코너의 서사는 사실 억압과 회피로 가득 차 있고, 여기서 비극적 충동이 소설의 희극적 표면에 침투하기 시작한다. 언원과 (그리고 실제로 햄릿과) 마찬가지로, 코너는 과거의 혼령들, 특히 홀로코스트의 기억에 사로잡혀있고, 이는 자연스럽게 독자인 우리를 공감의 입장으로 이끌 수도 있지만, 자신을 20세기 역사적 사건의 중심에 두려는 그의 결심에는 공격적 자아도취 또한 깊고 잠재적으로 존재한다. 그는 레닌(Lenin)과 조이스(Joyce)를 만났고, 자신이 다다이즘의 잊혀진 (비록, 다다이즘 특유의 방식처럼, 우연일지라도) 창시자라고 한다. 소설의 한 부분에서 그는 나치 강제수용소의 유대인 사망에 대한 개인적 책임까지 지는데, 그가 1930년대에 사태의 위중함을 깨닫지 못해 가족들을 설득해 베를린에 남게 했기 때문이다. 물론 이는 가족 단위에서 그의 아내와 자녀의 죽음, 그 후 죄책감에 시달린 여동생 롤라(Lola)의 자살로 이어지는데, 그렇더라도 이를 기반으로 더 광범위한 책임을 추정하는 것은 독자를 불편하게 만든다.

그렇다면 코너에 대한 독자 반응은 동정심과 함께 그의 자기중심주의에 대한 우려감을 기묘하게 결합한 것이 된다. 자신을 만사의 중심에 두려는 욕망인 그 자기중심주의는 소설의 『햄릿』과의 상호텍스트적 관계를 통해 대체로 이해될 수 있다. 소설의 의도적으로 아이러니한 제스처 중 하나로, 상주 요양 시설의 80대 노인들은 소위 '소설 속 극'으로 자신들의 『햄릿』 버전을 연극한다. 이것은 일련의 희극적 비교와 기묘한 불협화음의 병치, 예컨대, 노약자 오필리아들과 몇 가지 아이러니한 언어적 반향 등을 촉진시킨다. 한 예로, 햄릿의 "사느냐 죽느냐" 독백(3.1.58-90 [61])에서의 "고통의 바다"는 오토의 변비를 지칭하는 것으로 축소되어, "내 고통은 신경 안정제, 근육 이완제, 또 아니나 다를까 스튜된 과일로 해결될 것 같다"(Isler 1996: 216)는 것은 이 소설의 핵심 기법인 점강법의 또 다른 예다. 그러나 이 모든 희극적 아이러니에도 불구하고, 이 유대계 미국인의 『햄릿』 전유에는 매우 진지한 서브텍스트가 있고, 거기서 드러난 공적 역사의 혼령들은 너무 오싹하고 사실적이다.

자신을 공적 역사의 중심에 두려는 오토의 고집을 우리 독자가 의문시하는 것은 셰익스피어 비극에 대한 그의 태도와 그 비극에 대한 우리의 이해에 의해 일부 타결된다. 오토는 요양원 연극에서 필사적으로 햄릿 역을 하려고 하며, 연극과 공연의 중심에 서고 싶어한다. 그는 유사-콜리지풍의 억제되지 않은 교만의 또 다른 순간에 "그 덴마크 왕자에게서 내 모습을 많이 본다"(Isler 1996: 44)고 말한다. 처음에 그는 유감스럽게도 햄릿 선왕의 혼령 배역을 맡지만, 과거의 기억에 너무나도 사로잡힌 사람에게 꼭 알맞다고 할 수도 있다. 그러나 다른 출연진이 불시에 사망함에 따라 그는 무덤 파는 사람 1 역으로 '승격'된다. 이 시점에서 그의 반응은 그 배역이 왕자 배역과 똑같이 중요하다는 것이며, "무덤 파는 사람과 왕자는 동전의 양면이다"(98), "따라서 햄릿이 정체성을 찾도록 이끄는 인물은 무덤 파는 사람이라고 해도 되지 않을까?"(99)와 같다. 이 동전 언급은 스토파드의 『로젠크란츠와 길덴스턴은 죽었다』의 시작 장면 두 수행원의 동전 튀겨 올리기 모습에 대한 유희적 추가 인유가 될 수도 있지만, 코너의 『햄릿』 읽기와 역사상의 자신의 위치에 대한 이해는 또 다른 상호텍스트적 지시대상을 가지는데, 그는 이를 직접 인용하기도 하면서, "프루프록의 말처럼, '나는 햄릿 왕자가 아니야, 또 그런 사람도 못돼'"(22)라고 말한다. 여기서의 인유는 T. S. 엘리엇의 시 「J. 알프레드 프루프록의 연가」 ("The Love Song of J. Alfred Prufrock")를 가리키며, 엘리엇의 극적 독백에서 나이가 들어가는 화자는 사회 무대에서의 자신의 미미한 역할을 감안하면서, "아니! 나는 햄릿 왕자가 아니야, 또 그런 사람도 못돼! / 수행원일 뿐 . . ." (Eliot 1969: 16)이라며 『햄릿』의 극중 등장인물들로 비교한다. 표면상으로는, 코너의 선언과 마찬가지로, 무대에서나 실제로 사회에서 미미한 역할을 수행하는데 대한 체념이 있지만, 노화와 셰익스피어 극에 대한 엘리엇의 시적 명상에 드러난 뉘앙스와 복잡성을 완전히 구사하는 독자라면, 말하자면 그 간극을 채우면서 행간의 뜻을 읽는 독자라면, 상당히 다른 결론에 도달할 수 있다. 그 이유는 프루프록이 결국 자신에게 배정하는 역은 "어릿광대"(Fool)("거의, 때때로, 어릿광대")이기 때문이다. 셰익스피어의 관점에서 보았을 때 그리고 대문자 사용에 주의한다면 (소문자가 아닌 대문자 표기를 주목), 『십이야』 (Twelfth Night)의 페스티(Feste)나 『리어왕』에 나오는 왕의 어릿광대 같은 현명하고 만물을 꿰뚫어보는 등장인물들을 떠올릴 수도 있고, 실제로 전체적으로 보면 프루프록이 자신을 상당히 중요한 인물로 특히 사회평론가로 배정했다고 추론할 수도 있다. 『웨스트엔드 애비뉴의 왕자』에 대한 참여형 읽기, 즉 『햄릿』 의 병렬 읽기를 통해 이저의 말처럼 능동적으로 간극을 채우려는 읽기는, 이미 언급했듯이 일련의 관통하는 병치와 점강법의 움직임을 통해 발휘되고 서사에 작용하는 희극적이면서 아이러니한 내용을 제공할 뿐만 아니라, 코너의 신뢰할 수 없는 서사의 만곡에도 새로운 깊이를 부여한다.

지금까지의 자세히 읽기를 마무리하며 각색학 분야의 방법론과 좀 더 폭넓은 실천에 관한 간단한 설명이 필요하겠다. 최근 시몬 머레이는 각색학이 문학적 자세히 읽기, 텍스트와 각색의 일대일 배치에 지나치게 의존하는 방법을 사용한다고 비판했다. 앞선 사례 연구들에서 필자가 정확히 그 방법을 사용했다고 말할 수 있지만, 필자는 그 방법을 이 책의 다른 곳에서도 거리낌 없이 사용할 작정이다(Murray 2012: 7). 각색학에서 자세히 읽기는 머레이와 영화학자 토마스 레이치(Thomas Leitch) 모두 다른 맥락에서 논한, 물질적 맥락과 "텍스트화" 과정의 고찰을 배제하고 지향하는 것이 아니라(Murray 2012: 12; Leitch 2007: 302), 오히려 그러한 이해와 역동성을 능동적으로 보완한다는 것이 필자의 대답이다.

셰익스피어 각색과 전유 연구는 그 자체로 중재와 여과의 여러 행위를 측정하고 기록하는 복합적 수단이면서, 이러한 텍스트의 순환과 재순환 과정에서의 전 세계적, 경제적, 사회적 요인을 고찰하는 방법이 되었다. 앞에서 언급한 『템페스트』 또는 『오셀로』에 대응하는 일련의 탈식민주의 텍스트들과 같이, 전유 작품들은 흔히 그 과정에서 셰익스피어의 원천 텍스트와 소통하는 만큼 서로 서로 대화를 나누기도 한다. 이것이 문학적 전형의 본질일지도 모른다. 다시 쓰기가 가능하다는 것은 그들이 끊임없이 변화하는 텍스트이며, 각색과 다시 말하기 과정에서 끊임없이 변모한다는 것을 의미한다. 문학적 전형은 스토리텔링 활동을 지속적으로 수행하고 재현하며, 셰익스피어는 서구문화에서 가장 친숙한 스토리 보고를 제공했다. 이는 또한 다음 두 장에서 상세히 살펴볼 두 가지 문학 형식, 신화와 동화의 경우에도 마찬가지다.

"그것은 매우 오래된 이야기이다"
신화와 변신

한 문화의 신화는 전통적인 내러티브들로 된 그 문화의 몸이다. 신화 문학은 새로운 상황에서 부단한 재해석 행위, 바로 전유의 개념을 구체화하는 과정에 의존하면서, 그것을 자극하기까지 한다. 이 책의 서문에서 제임스 조이스(James Joyce)가 『율리시즈』(*Ulysses*)에서 신화적 구조를 유용한 것은 아일랜드의 정치와 언어라는 특정한 시간과 장소의 이슈들과 함께 보편적일 정도로 오래된 주제들을 불러내기 위한 것으로 간주되었다. 신화는 이렇게 이중적 국면에서 유용되는 것을 허용한다. 롤랑 바르트(Roland Barthes)가 『신화학』(*Mythologies*)에서 주장하고 있듯이, "신화적 개념의 근본적인 특성은 전유되는 것이다"(1993[1972]: 119). 바르트는 이 과정을 세대와 문화의 전역에서 소통되는 메타언어의 관점에서 보고 있다—"신화적 발언은 소통에 적합하게 되도록 이미 사용되고 있는 제재로 만들어진다"(110)—그러나 그 제재는 각색과 전유의 각 경우 (또는 현장)에 있어서 새로운 문화적 지리 속에 끊임없이 재배치된다. 바르트는 한 나무에 대한 특정한 예를 인용한다. 어느 텍스트에서 언급되었듯이, 이것은 틀림없이 문학적 상황 속의 한 나무를, 비교문화적 그리고 비교역사적 대상을 상징하지만, 또한 그 나무는 바르트가 명명한 그것의 "사회적 지리"에 따라 지역화된 그리고 특정화된 의미가 함유된다, 즉 신화들이 그렇듯이, 그 나무는 "어떤 타입의 소비인가에 따라 각색된다"(109). 바르트에게 이러한 형식의 각색, 재배치와 재컨텍스트화는 축소보다는 확장적인 양식으로 입증된다. 그는 신화란 전파될수록 "익어간다"고 주장한다(149). 제라르 주네트(Gérard Genette)는 특정한 고전 드라마를 예로 들어 설명하면서, 확대에 관련된 개념을 언급한다(1997[1982]: 262). 그는 비극적 드라마가 몇몇 단순한 신화들의 재작업에 그 기원을 갖고 있음을 강조한다.

각 새로운 시대의 스토리-메이커들은 그들의 스토리텔링 프로젝트를 위해 친숙한 신화적 주형과 개요를 채택한다. 신화에 대한 많은 현대 문학과 영화 각색의 원천이 되는 오비디우스(Ovid), 아스퀼로스(Aeschylus)와 유리피데스(Euripides)와 같은 작가들도 그 이전의 신화적 전통을 재형성하였다. 그러나 신화는 새로운 상황 속으로 일괄적으로 넘겨진 것은 결코 아니다. 신화는 그 과정에서 자신의 변신을 겪는다. 신화는 모든 문화와 세대를 가로질러 끊임없이 환기되고, 변경되고 그리고 재가공된다. 다시 바르트를 인용하면, "신화적 개념들에는 고정이란 없으며, 그것들은 존재하다가, 바꾸고, 해체하고, 완전히 사라질 수도 있다"(1993: 120). 이러한 설명과 비평적 공식화는 각색의 변신적 그리고 변형적 과정을 가리킨다. 그 용어는 은유적으로뿐 아니라 글자 뜻 그대로 기능한다. 따라서 최초의 변신 내러티브 저자, 오비디우스가 현대 소설가, 시인, 극작가, 영화대본작가 그리고 감독들에게 특별히 풍요롭고 유혹적인 원천이 되고 있다는 것은 결코 놀랍지 않은 사실이다. 이 장에서 논의되겠지만, 고의적으로 희극적인 것과 비극적인 것을 흐리게 하는 그의 『변신 이야기』(*Metamorphoses*)와 『헤로이데스』(*Heroides*)와 같은 복합적이며, 포괄적으로 혼종(hybrid)인 텍스트들은 여러 모던적 그리고 포스트모던적 글쓰기들의 실험적이며 메타픽션적인 면에 호소한다. 살만 루시디(Salman Rushide)와 케이트 앳킨슨(Kate Atkinson)과 같은 작가들의 사례가 보여주겠지만, 오비디우스의 변신 이야기들은 예술적 그리고 이데올로기적 각색 행위를 위한 주형을 제공한다. 특히 오비디우스의 작품에서 시인이자 음악가인 오르페우스(Orpheus)와 그의 불운한 연인 유리디체(Eurydice)와 같은 특정한 이야기는 호주 감독 바즈 루어만(Baz Luhrman), 미국 남부 극작가 테네시 윌리엄스(Tennessee Williams)와 영국 소설가 그레이엄 스위프트(Graham Swift) 등과 같은 다양한 창조적 커뮤니티를 매혹시키고, 다시-보기를 하는 예술가들을 위한 잠재적 보고가 되어온 것으로 증명될 것이다.

현대적 변신 이야기

포스트모던적 글쓰기란 독자에게 그 작품을 구성하고 있는 저자와 그 전략을 인식하도록 요청하고 있는 형식이라는 것을 끊임없이 우리는 상기하게 된다. 사실 이 점에 있어서는, 오비디우스에 대한 모든 읽기가 보여주고 있듯이, 새로운 것이 없다. 『변신 이야기』에서 오비디우스는 끊임없이 스토리텔러의 역할에 관심을 모으고 있는데, 그의 가장 잘 알려진 피그말리온(Pygmalion), 비너스(Venus)와 아도니스(Adonis), 레다(Leda)와 백조, 그리고 다나에와 황금비(Danaë and the golden shower)와 같은 변신과 변형에 대한 많은 이야기들은 오르페우스, 아라크네(Arachne)와 그 밖의 다른 인물들의 스토리텔링, 노래하기 또는 거미줄 짜기 속에 포함된 이야기들, 즉 삽입된 내러티브들이다. 따라서 신화적 전유는 예술적 과정 자체에 대한 자의식적인 탐구를 수행하는 현대 작가들의 용이한 수단이 된다. 그러나 강간의 위기 또는 극단적 슬픔 등과 같은 특정한 과장된 사건들의 압력 하에서 종종 일어나는 오비디우스의 형체 이동과 변화의 이야기들, 내러티브들은 현대 작가들의 주제와 관심사 속에서 서로 공명하는 유비들을 또한 발견한다. 신화는 일상적인 상황으로부터 신들과 초자연적인 것, 그 용어의 가장 충만한 의미로 비상한 것의 세계 속으로 사건들을 추출하는데, 이러한 이유로 신화는 일상적인 사건을 더 큰 가능성의 공간으로 고양시키는 것을 추구하는 살만 루시디 또는 가브리엘 가르시아 마르케즈(Gabriel Garcia Marquez)와 같은 마술적 사실주의(magic realism) 작가들에게 특히 매력적인 자원으로 드러난다(Bower 2004: 31-62).

마술적 사실주의 또는 신화적 전유는 현실적인 사회적 이슈들의 부정이 아니다. 알리슨 샤록(Alison Sharrock)은 신과 여신들 그리고 우리의 세계보다 다른 세계의 주제임에도 불구하고, 신화가 "가족 문제의 검토를 위한 . . . 공간을 허락한다. . ."고 말한다(Hardie 2002: 105). 그러므로 신화는 마술적 사실주의와 연관된 환타지의 비상들뿐 아니라, 가족, 아버지와 딸, 사랑과 같은 가장 친숙한 주제에 대한 논의를 가능하게 한다. 이와 같은 터무니없는 것과 일상적인 것의 효능적인 혼합은 최근 하나의 클러스터를 이루는 전유들이 오비디우스에 대하여 갖는 끌림을 부분적으로 입증해준다. 셰이머스 히니(Seamus Heaney), 사이먼 아르미타쥬(Simon Armitage), 캐롤 앤 더피(Carol Ann Duffy)와 테드 휴즈(Ted Hughes)(1997년에 그의 장편 『오비디우스로부터 온 이야기들』(Tales from Ovid)을 썼다)를 비롯한 시인들은 1994년 선집 『애프터 오비디우스』(After Ovid)에 기고했다. A. S. 바이어트(A. S. Byatt)와 조이스 캐롤 오츠(Joyce Carol Oates)부터 네덜란드 마술적 사실주의 작가 세스 노터봄(Cees Nooteboom)에 이르기까지의 모든 산문 작가들도 2000년 『변신한 오비디우스』(Ovid

Metamorphosed) 모음집에 실을 단편들을 썼다. 이러한 여러 다시 쓰기들은 신화적 참조의 틀을 현실로 가져온다. 예컨대, 오츠의 「앵거스 맥 엘스터의 아들들」("The Sons of Angus MacElster") 속에 등장하는 악타이온(Acteon)의 죽음에 대한 다시 말하기는 가부장 케이프 브레턴(Cape Breton)의 죽음을 얘기한다. 이제 수사슴 형태의 악타이온을 갈기갈기 찢은 사냥개들은 아버지가 어머니를 폭행하자 집 헛간에서 술 취한 아버지의 몸을 도끼로 찍은 맥 엘스터의 아들들이 된다(Terry 2000: 72-7). 캐롤 앤 더피의 '마이다스 부인'은 집에 있는 물건들이 금으로 변하는 것을 보면서 당황해하는 현대의 주부가 된다(Hoffman and Lasdun 1994: 262).

불가사의한 것과 일상적인 것을 동시에 불러내는 신화적 전유 과정에서 보이는 이중적 충동은 케이트 앳킨슨(Kate Atkinson)의 초기 작품 속에서 가장 분명하게 드러난다. 다른 곳에서 셰익스피어에 대한 일관된 인유의 관점에서 논의되었던(Sanders 2001: 66-83) 그녀의 1997년 소설 『인간 크로케』(*Human Croquet*) (물론 이 제목은 루이스 캐롤(Lewis Caroll)의 『이상한 나라의 앨리스』(*Alice in Wonderland*)를 암시)는 철저하게 상호텍스트적인 창작물이다. 그 소설은 곧 알아볼 수 있는 오비디우스적인 틀 속에 에니드 블라이턴(Enid Blyton)과 E. 네스빗(E. Nesbit) 작품을 비롯하여 여러 다른 작품들, 과학소설에서부터 아동문학에 이르는 범주의 제재로 복합적인 거미줄을 짜고 있다. 『변신 이야기』에서 그러하듯이, 그 소설 속에 카오스로부터의 창조 순간에 시작한다. 작품 속에는 원치 않은 아폴로의 성적 관심을 피하기 위해 월계수로 변한 다프네(Daphne)와 지나친 슬픔으로 나무로 변한 파에톤(Phaeton)의 누이들에 대한 특별한 이야기들이 암시되고 있다. 소설의 일인칭 내레이터, 쉽게 흥분하는 이소벨 페어펙스(Isobel Fairfax)는 학교에서 오비디우스와 셰익스피어를 공부하고 있다. 그러므로 이 작가들이 그녀의 사고를 위한 참조틀을 형성하고 있다는 사실은 결코 놀랍지 않다. 그러나 이소벨 또한 햄릿 또는 페이톤의 누이들처럼 슬픔에 압도되어 있다. 동화의 우울한 재작업에서, 가족 소풍을 나가 숲속에서 어머니의 시체를 발견한 이소벨과 그녀의 오빠 찰스(Charles)는 그들의 기억에서 어머니의 폭력적 죽음을 떨쳐버릴 수가 없다. "엘리자(Eliza)의 부재가 우리의 삶을 형성했다"(Atkinson 1997: 28).

선생님이 이소벨에게 오비디우스에서 페이톤의 누이들에 대한 부분을 해석하라고 시켰을 때, 그녀는 이 통제할 수 없는 슬픔의 이야기를 감정적으로 충만한 버전으로 만들어낸다(163). 그 내러티브의 여러 부분에서 이소벨이 그녀의 오빠가 개로 변신하고 있다고 상상하는 것 또한 적절한 것이다. 왜냐하면 오비디우스의 유비가 헤카베(Hecuba)의 이야기, 즉 또 하나의 극단적인 슬픔의 주형이기 때문이다(헤카베의 이야기는 또한 셰익스피어의『햄릿』을 시사하는데, 왜냐하면 엘시노어 성(Elsinore Castle)을 배우들이 방문했을 때 헤카베가 플레이어 킹(Player King)에 의하여 공연된 역할이기 때문이다). 헤카베는 트로이 점령 때 살해된 그녀의 남편 프리아모스 왕(King Priam)에 대한 심통한 애도로 개의 모습으로 변형된다.

고약한 운명의 그의 아내는
상실했다, 결국에는, 그녀의 인간 모습을;
그녀의 새로운 기이한 개 짖는 소리가 산들바람을 겁먹게 한다.

(Ovid 1987: 306)

앳킨슨은 그녀의 단편모음집『세상의 끝이 아닌』(Not the End of the World, 2002)에서 오비디우스로 다시 돌아간다. 여기서 우리는 오늘날 브랜드 이름들과 대중적 텔레비전 프로그램들에 대한 앳킨슨의 인유들이 부각시키고 있는 사실로, 우리 모두 인식할 수 있는 현대적 상황 속에 기반을 둔 다양한 종류의 변신과 변형들을 만나게 된다. 예컨대, 잊을 수 없는 크레타 여름휴가 동안 우리는 에디(Eddie)를, 그의 어머니와 바다의 신 넵튠(Neptune) 사이의 일탈적인 성관계의 산물인 그를 만난다. 이 이야기는 고의로 파시파에(Pasiphaë)와 황소, 레다와 백조 이야기, 그리고『변신 이야기』에서 여자들을 유혹하기 위해 물고기, 동물 또는 새의 형태로 쥬피터가 변신하는 수많은 이야기들을 상기시킨다. 또한 앳킨슨의 독자로서 그녀 자신을 이야기들을 모아 거미집을 짜는 일종의 아라크네로 생각하는 우리의 개념을 고양시키며, 각 이야기는 각각 서로에게서 공명과 반향을 발견한다. 등장인물들이 되풀이되고, 가족 관계들이 밝혀지고 그리고 한 이야기에서 차 추돌사고가 이전 이야기에서 우리에게 M9고속도로에서 하데스(Hades) 형태로 죽음을 만난 섬뜩한 만남을 폭로했던 행인에 의하여 목격된다. 전체 모음집은 핵공격으로 보이는 것에 이어 그들의 눈앞에서 현대적 삶의 안락한 사치들과 쇼핑몰이 붕괴되는 것을 발견한 샬린(Charlene)과 트루디(Trudi)의 비희극적인 이야기를 틀로 해서 구성된다.

앳킨슨의 이야기들은, 클리셰(cliché)의 전개를 통해 모음집의 제목이 암시하면서도 부정하고 있듯이, 천년 영국 사회의 묵시록적인 이미지를 제공한다. 또 다른 작가 살만 루시디는 물의를 일으킨 그의 소설『악마의 시』(*The Satanic Verses*, 1988)에서 오비디우스를 유사 - 묵시론적인 종말로까지 전개시키고 있다. 그러나 비록 루시디의 많은 소설들이 변신의 예들을 다루고 있지만, 그것은 환상적인 변형을 상상하는 수단보다는 20세기후반 이주자의 특정한 상황이 된다. 안타깝게도, 이 논제는 소설의 초판 발행 후 25여년이 지나 매주 수 천 명의 이주자들이 높은 파도 속을 헤치며 목숨을 걸고 오는 글로벌 위기의 결과를 맞아 더욱 적절한 것이 되었다. 다니엘 디포(Daniel Defoe)의 논픽션 작품『악마의 정치사』(*The Political History of the Devil*, 1726)에서 뽑은 이 소설의 제사(題詞)가 하나의 단서를 제공한다. 그 제사는 악마를 존 밀턴

(John Milton)의 정전적 서사시 『실낙원』(*Paradise Lost*, 1667)의 방랑하는 유배를 상기시키는 부랑자로 묘사한다. 현대 이주자의 상황과의 유비는 악마를 "어떤 특정한 거주도 없이 . . . 안착되지 않은 상황"의 사람으로 묘사하는 것에서 가장 분명히 드러난다. "자리매김됨", 확고한 거처와 사회에 있음에 대한 데포의 인용으로 암암리에 부과된 보수적 가치에서, 루시디는 이주자가 합류하고자 하는 지역사회가 잘못 부과한 이주자 공포에 대한 부분적 원인을 밝힌다. 루시디의 마술적 사실주의는 오비디우스 전유, 특히 『변신』의 텍스트의 전유의 중심이다. 혼종적 형태들과 신화적 존재들의 환상적 세계를 창조하기 위하여 그는 오비디우스를 인용하고 그리고 사회적 현실과 글로벌 이슈들을 토론하기 위하여 이러한 창조물들을 이용한다.

　우리는 그 소설을 "전락"으로 시작한다. 그 문구는 에덴동산에서 이브와 아담의 일탈뿐 아니라 천상에서 지옥으로의 나쁜 천사들의 하강을 상기시키는 기독교 신학적 상황 속에서 공명을 발견한다. 루시디는 몰락과 창조 행위로 전락의 개념들과 유희하는 것을 두려워하지 않는다. 이러한 의미에서, 전락은 상징적이지만, 소설은 납치범이 폭파시킨 에어 인디아 항공기로부터 두 명의 발리우드 배우들이 추락하는 글자 뜻 그대로의 추락으로 시작한다(소설은 이후 일어난 9/11을 포함하여 세계적인 사건들과의 공명을 갖게 된다). 이 순간을 묘사하면서, 루시디는 "단순히 너무 높이 올라간 거야, 그들 자신을 넘어서, 태양으로 너무 가까이 날아간 거야, 그렇지?"(Rushdie 1998[1988]: 5)라고 이카루스(Icarus)의 추락을 참조함으로써 신화적 대비들을 환기시킨다. 소설의 프로타고니스트들이 배우라는 사실은 의미가 있다. 그들의 직업은 현대적 삶 자체가 현실의 시뮬라크럼이 되었다는 것을 시사하는 소설에서 하나의 재현이 된다. 여기서 루시디에 대한 장 보들리야르(Jean Baudrillard)의 이론의 영향이 감지된다. 『시뮬라크르와 시뮬라시옹』(*Simulacra and Simulation*, 1981)에서 보들리야르는 디즈니랜드와 같은 인공적이고 조립된 세계 또는 영화가 조만간 현실보다 더 "실제적"인 것으로 보이게 되는 것이 바로 포스트모던적인 상황의 일부라고 주장했다. 가상적 현실, 아바타와 온라인 사회의 세계에서 우리가 지금 움직이고 있듯이, 이 주장 또한 공명을 얻고 있다.

　　루시디의 배우들이 봄베이와 "발리우드" 영화제작 분야 출신이라는 사실은 소설에서 작동하고 있는 보들리야르적 시뮬라크르의 하이퍼-리얼(hyper-real) 세계를 강조해준다. 발리우드는 신화적 주형과 현존하는 이야기들의 전유를 기반으로 레퍼토리 플롯을 창조한 것에 대하여 상당한 갈채를 받으며 그 평판을 구축해냈다. 이러한 면에서 그 닉네임은 필경 미국의 선봉(할리우드)을 빗댄 것이다. 루시디는 "봄베이는 리메이크 문화였다. 그곳의 건축물은 마천루를 모방했고, 그곳이 만드는 영화는 끊임없이 〈매그니피센트 7〉(*The Magnificent Seven*)을 재발명했다. . . ."라는 사실에서 유머를 발견한다(1998[1988]: 64). 그러나 동시에 그의 이러한 비전은 인도의 모든 예술적 창조물들이 서구적 '원작' 또는 원천을 가지고 있다는 가설을 전제로 하는 것이라 난처하게 된다. 앞서 헨리 루이스 게이츠 주니어(Henry Louis Gates Jr.)의 "말놀음하기" 이론에 대한 논의에서 살펴보았듯이, 이 관심사는 이렇게 가정된 "원작이 되는 원천"에 도전하거나 전복시키고자 하는 필요성에 대한 많은 탈식민주의적 글쓰기와 부합한다. 앞서 루시디에 대한 인용에서 조크는 1960년대 할리우드 버전의 〈매그니피센트 7〉이 사실상 아시아 원작의 영화, 일본 감독 아키라 구로사와(Akira Kurosawa)의 〈7인의 사무라이〉(*The Seven Samurai*, 1954)의 상호문화주의적 전유였음을 간파하지 못한 독자를 겨냥한 것이다. 또한 세르조 레오네(Sergio Leone) 감독에게도 하나의 전례가 되어, 또 다른 쿠로사와 영화, 〈요짐보〉(*Yojimbo*, 1961)로부터 레오네의 '스파게티 서부영화' 〈황야의 무법자〉(*A Fistful of Dollars*, 1964)와 〈석양의 건맨〉(*A Few Dollars More*,

1965)이 유래되었다. 이는 일본 원작을 리메이크하는 권리에 대한 오래 지속된 법적 청문회를 야기시켰다.

두 배우, 기브릴(Gibreel)과 살라딘(Saladin)이 루시디가 궁극적인 현대적 장소로 묘사한 "대기 공간"(air-space)을 통해 떨어지면서, 목격한 것의 속성은 오비디우스적인 것이다. "흰 것으로부터 출구를 밀고 끊임없이 신들은 황소들로, 여자들은 거미들로, 남자들은 늑대들로 변신을 하며 일련의 구름 형태들이 나온다"(6). 그들은 1980년대 런던에, 수도이기도 하고 아니기도 한 어떤 장소에 착륙하는데, 그 이유는 분명히 그들의 기대에 따라 살지 못했기 때문이다. 『악마의 시』에서 런던과 봄베이는 변신의, 불안정한 도시들의 유비적인 예들을 제공한다. 찬게즈 참차왈라(Changez Chamchawala)라는 의미심장한 이름을 가진 영국에서 교육을 받은 아버지를 두었으며, 예전에는 살라우딘 참차왈라(Salauddin Chamchawala)라고 불렸던 살라딘 참차(Saladin Chamcha)에게 그 좌절의 고통은 특히 깊었다. 영국사회로 동화하기 위해, 살라딘은 이름뿐 아니라 인성과 외모를 변경하려는 시도를 했지만, 결국 그의 성공은 오로지 그의 인도 가족과 배경으로부터 자신을 전적으로 분리시키는 과정에서 뿐이었다. 그러나 이러한 실패한 변신을 직면하면서도 그의 몸은 불안정화의 변화과정을 중단시킬 수 없다. 그 결과, 이제 반은 신, 반은 염소인 사티로스의 모습을 하게 된 살라딘이 영국경찰관에 의하여 체포되어 난폭하게 맞게 되는 '블랙 마리아'(Black Maria) 또는 런던 경찰차 뒷좌석에서 일어난 희극적이고도 그로테스크한 에피소드가 초래된다. 이러한 가변성의 오비디우스적인 이미지에서 루시디가 발견한 것은 바로 1980년대 영국에 널리 퍼진 인종주의적 공격을 가했던 편견적인 소수의 사고방식에 의하여 참차와 같은 남자를 야수 상태로 축소시키는 것을 시사하는 수단이다.

루시디는 그의 신화적 전유에서 인종적 폭력을 범한 사람들의 탈인간화된 행위를 포착한다. 오비디우스의 미노타우로스(minotaurs), 사티로스(satyrs), 그리고 켄타우로스(centaurs)의 소용돌이치는 세계는 하나의 추상적인 "다른 곳에 있는 세계"가 아니라 혼종적인 현대 영국의 야만성과 부정의를 다루는 우화로 환기된다. 루시디가 자신과 독자에게 환상적인 낙관주의의 순간을 허용한 것은 오로지 살라딘과 수백 명의 동료 "야수들" ─ 정신병원을 찾는 야만화된 사람들과 수용자들 ─ 이 병원으로부터 마법적인 야간 탈출을 할 때이다. 이것은 주네트와 바르트에 의하여 개진된 신화의 확대와 완숙의 두드러진 사례가 된다. 변신의 오비디우스 신화는 각색의 과정에서 상실된 것이 아니라 오히려 많은 것을 얻게 된 것이다.

이러한 예들에서 신화의 메타언어는 복합적인 이슈들을 논하고 소통하는 접근 가능한 코드로 전개된다. 나아가 각색자들은 끊임없이 각색될 수 있는 순응적인 신화에 새롭게 관련된 사회적 문화적 지리를 부여한다. 이러한 면에서 변신이 상당히 적절한 개념으로 보일 수 있지만, 그러나 다른 오비디우스 내러티브들, 특히 오르페우스 이야기, 그 예술가의 이야기가 그의 내러티브의 엔딩을 넘어서서, 죽음을 넘어서서 잔존하게 될 이야기가 창조적인 재작업을 할 수 있는 상당한 잠재력을 제공해왔다. 이 이야기는 예술적 과정에 대한 자의식적인 설명에 관심을 갖는 시대에, 린다 허천이 장르와 문화의 전반에 걸쳐 "내러티브의 영속성"(2013: xxi)이라고 부른 것을 보여줌으로써, 특별히 내구력이 있는 것으로 입증되어 왔다.

오르페우스 내러티브들

"확실한 것은, 노래가 있는 곳에는 어디든지 오르페우스가 있다."
라이너 마리아 릴케(Rainer Maria Rilke), 『오르페우스에게 바치는 소네트』
(*Sonette an Orpheus*, 1928)

대단한 기교의 음악가, 오르페우스(Orpheus)는 아름다운 님프 유리디체(Eurydice)와 결혼하지만 그녀는 결혼식 당일 치명적인 독사에 물려 죽는다. 슬픔으로 괴로워하는 오르페우스는 그의 죽은 아내가 산 자들의 세계로 돌아오도록 간청하기 위해 지하계로 내려간다. 그의 음악이 너무 감동적이라 지하계의 신들은 그의 소원을 허락한다. 그러나 한 가지 조건을 거는데, 그것은 하데스로부터 유리디체를 데리고 나갈 때, 그가 결코 그녀를 보기 위해 뒤를 돌아보지 말아야한다는 것이다. 사랑, 공포 또는 불안 때문인지 모르지만 오르페우스는 이 조건을 어겨, 유리디체는 두 번째 죽음을 맞이하게 된다. 지하계로 다시 들어갈 수 없는 오르페우스는 슬픔으로 미쳐 숲속으로 들어가 칩거하며, 모든 여자들과의 교류를 피한다. 거기서 질투심에 찬 바커스를 숭배하는 한 무리의 여자들에 의해 광란의 순간에 그의 사지가 절단된다. 어떤 버전에는 그가 지하계의 유리디체와 상징적으로 재결합할 때까지 그의 잘려진 머리는 계속 노래를 불렀다고 한다. 오비디우스가 이 이야기를 처음 얘기한 작가는 아니다. 버질(Virgil)이 『전원시』(Georgics)의 4권에 그 이야기를 담았다. 그럼에도 불구하고, 『변신』의 내러티브 속에 오르페우스의 이야기를 자리매김한 것의 의의는 그 이야기가 그 작품과 불가분의 관계가 있음을 의미한다. 오르페우스와 유리디체의 내러티브는 10권에 배치되어 있는데 그의 죽음은 11권에서 다뤄진다. 아마도 가장 의미 있는 것은 오비디우스의 오르페우스가 이야기들의 주체이자 화자라는 사실이다. 그가 슬픔에 잠긴 상태에서 야생으로 물러가 칩거할 때, 그는 "파괴적인 열정"(Bate 1993: 54)에 대한 경고의 이야기를 노래함으로써 위안을 찾는다. 이 이야기들은 가니메데스(Ganymede), 히아신스(Hyacinth), 피그말리온(Pgymalion), 뮈라(Myrrha), 비너스와 아도니스, 그리고 애틀랜타(Atlanta) 등의 이야기를 포함한다. 오비디우스의 내러티브 안에 포함된 스토리텔러로서 오르페우스의 기능은 후세기와 후세대의 각색자와 전유자에게 그의 유효성을 부분적으로 설명해준다. 음악가, 화가, 스토리텔러 또는 시인이든지간에, 그는 예술가의 원형이 되며, 그의 이야기의 이러한 양상은 수세기를 가로질러 특히 밀턴(Milton), 셸리(Shelley), 그리고 브라우닝(Browning)의 시에서 그의 작품에 대한 인유를 추진시킨다(Miles 1999: 61-195).

여러 신화적 전유에서 우리가 다루는 것은 원형(archetypes)에 대한 관심이다. 만약 오르페우스가 예술가의 기본형(prototype)으로 간주된다면, 그와 유리디체의 관계는 극단적이고 지속적인 사랑에 대한 문학적 속기(shorthand)로 전개된다. 로미오와 줄리엣, 또는 트리스탄(Tristan)과 이졸데(Isolde) (또는 콘월의 민담 버전에서의 트리스탄과 이졸트(Iseult))처럼, 오르페우스와 유리디체는 정열적인 사랑의 원형이 되고, 그 이야기는 오페라에서 현대 영화에 이르기까지, 브라질에서 남부 런던에 이르기까지 다양한 문화와 장르적 상황에서 반복하여 등장한다. 이러한 재생산의 유효성은 바르트의 메타언어에 대한 초문화적 이론뿐 아니라 신화를 소비하는 특정한 문화적 상황의 의미에 대한 그의 설명에 의하여 확인될 수 있는 신화의 이중적 잠재력을 가리킨다. 그리고 바르트는 원형의 개념과 함께 짝지어 거론되는 용어인 "보편화"(universalization)의 과정을 상당히 정치적인 그리고 정치화된 활동으로 파악한다(1993[1972]: 142-5). 원형으로써 신화는 그 자체 문화적 그리고 역사적 경계를 가로질러 견뎌내고 또는 지속해온 주제, 즉 사랑, 죽음, 가족, 복수의 주제와 관련이 있다. 어떤 상황에서는 이 주제들이 "보편적"으로 간주될 수 있지만, 그러나 각색과 전유의 본질은 (다시-)창조의 순간에 그 원형을 특유한, 지역화된 그리고 특별한 것으로 만드는 것이다.

1950년대 브라질 영화 〈오르페 니그로〉(*Orfeu Negro*) 또는 〈흑인 오르페우스〉(*Black Orpheus*, 마르셀 카뮈(Marcel Camus) 감독, 1959)는 등장인물 이름과 오르페우스와 유리디체의 운명적인 열정이라는 근본적인 플롯 라인을 유지하고 있지만, 오비디우스 내러티브를 리우데자네이루 카니발이라는 현대 무대에 재배치, 즉 앞에서 언급한 주네트의 용어로 "근접 이동"(1997: 304)을 선택한다. 이 영화에서 오르페우스는 리오 트램 검표원일 뿐 아니라 상당한 기교를 가진 음악가이다. 초반부부터 우리는 영화의 현대 신화적 영웅이 처해 있는 가난에 대한 영화의 여러 인유들 가운데 하나로 그가 전당포에 맡긴 기타를 다시 찾는 것을 본다. 그는 브라질의 수도가 내려다보이는 산동네 판자집촌 또는 슬럼가(favela)에 살고 있다. 어느 한 시점에서 그는 영화 속 관객의 시점을 제공하는 응시를 대변하는 슬럼가 출신 두 어린 소년들에게 오르페우스의 수금의 등가물인 그의 기타가 태양을 뜨고 지게 할 수 있는 힘을 가지고 있음을 설득시킨다. 이 영화에서 태양을 연상시키는 오르페우스의 의상(그의 카니발 의상과 페르소나)은 그 신화의 여러 버전에서 오르페우스가 아폴로의 아들이라는 암시를 끌어들인다. 신화가 구술하고 그의 이야기에 충실하게, 오르페우스가 질투심에 찬 한 무리의 여자들에 의하여 살해되는 영화의 엔딩에서, 태양은 재생의 상징이 된다. 태양이 떠오르기 시작할 때 한 소년이 오르페우스의 기타를 줍는다. 바로 그 순간에 흰 옷을 입은 어린 소녀가 그와 합류하여 춤을 추기 시작하면서, 그 젊은 기타리스트에게 이제 그가 오르페우스임을 가르쳐준다. 유리디체를 우리가 처음 봤을 때 그녀는 흰 옷을 입고 있었다. 따라서 이러한 시각적 암시는 그 연인들이 예술, 노래, 이야기와 영화 속에서 그들의 사랑의 전파를 통해 죽음을 넘어서 계속 살고 있다는 것을 의미한다. 〈흑인 오르페우스〉에는 줄곧 우리가 이미 전유의 공통된 수사로 확인했던 자의식, 즉 원형적 원작과의 관계와 유사성에 대한 의식이 존재한다. 혼인증명서를 받아야한다는 그의 약혼자 마이라(Mira)에게 설득당한 오르페우스에게 혼인신고 접수자는 그의 신부가 될 여자의 이름은 유리디체가 되어야한다는 농담을 던진다. 오르페우스 또한 그녀를 그의 사촌 집에서 처음 만났을 때, "멋져요, 난 당신을 천년 동안이나 사랑했어요. . . . 그것은 매우 오래된 이야기죠."라고 웃으며 말한다. 그들의 이름이 그들의 비극적 운명을 예견한다는 인식을 내포한다. 이 오르페우스와 유리디체 역시 그들의 문학적 선조들의 운명적 결과를 피할 수가 없다. 이 특정한 이야기는 애초부터 그 자체를 반복하게 되어 있는 이야기인 것이다.

그러나 이러한 반복 행위는 문화적, 시간적 그리고 지리적 면에서 매우 특유한 것이다. 〈흑인 오르페우스〉의 미장센은 신화의 지하계에 대한 놀라운 버전을 제공한다. 이 영화가 기초하고 있는 비니시우스 드 모라이스(Vinicius de Moraes)의 브라질 연극, 『오르페 다 콘세이상』(*Orfeu da Conceição*, 1956)처럼, 전체적으로 영화는 리오 카니발의 정열과 광기를 주제로 진행된다. 카니발이 일상의 위계질서, 불평등과 부당함으로부터 일시적인 민중해방을 제공한다고 주장하는 마하일 바흐친(Mikhail Bakhtin)의 영향력 있는 이론에 따라 카니발레스크(carnivalesque)에 대한 친숙한 연상을 불러일으킬 뿐 아니라 (Bakhtin 1984 [1968]; Dentieth 1995 참조), 리오 축제에서의 환락들은 오르페우스 신화에서 복수하는 여자들의 바커스적 도취와의 위험한 유비를 제공한다. 오프닝 크레디트부터 카니발 행렬의 날카로운 북소리가 귀와 정신을 가득 채우는 영화의 음경(soundscape, 音景)과 더불어, 관객은 참가자로서 그 순간의 열정과 흥분 속에 휩싸이게 된다. 사신(Death)의 해골 복장을 한 인물이 유리디체를 카니발의 군중과 주연을 즐기는 자들을 뚫고 영화의 시작에서 현재 연인이 된 오르페우스를 처음 만난 그가 일하고 있는 트램 종착역까지 추격한다. 영화의 언어적 재담(pun) 구성의 일부로, "종착역"(terminus)이라는 단어에 대한 말장난은 고의성의 증거가 되면서, 그 트램 차량기지는 그녀가 그녀의 운명을 만나는 어두운 공간을 제공한다. 불길한 붉은 조명과 전깃줄의 윙윙거리는 위협적인 소리는 전조에 대한 느낌을 더한다. 그 다음 시퀀스에서 우리는 앰

뷸런스가 사신을 싣고 급하게 도심 거리를 질주하는 것을 목격한다. 사람들을 스틱스 강(River Styx)을 건너서 지하계로 나르는 나루지기 카론(Charon)을 현대적으로 환기시키는 구급차가 도로 터널로 들어가는데, 이곳은 오르페우스 신화가 명확하게 보여주듯이, 돌아올 수 없는 지점이다. 우리가 본 리오의 산꼭대기와 산자락에서 카니발 주연을 즐긴 뒤 큰대자로 뻗은 술 취한 사람들의 몸이 시체, 신화의 지하계의 길 잃은 영혼과 닮은 것은 우연이 아니다. 한 경찰관이 그들에게 알리듯이, "카니발은 끝났다."

〈흑인 오르페우스〉는 매우 창조적이면서 동시에 고도로 참조적이다. 영화 속 "지하계"의 도시적 광경은 고전 신화뿐 아니라 전후 파리의 상황 속에 오르페우스 신화를 재상상한 장 콕토(Jean Cocteau)의 실험적 영화 버전으로 앞서 만들어진 〈오르페〉(Orphée, 1950)의 영향을 상당히 많이 받았다. 콕토의 공헌은 연극과 극영화, 두 장르 전역에 걸쳐 오르페우스 신화에 대한 20세기 중반의 보다 넓은 범주의 개입의 일부로 평가된다. 1957년 테네시 윌리엄스의 연극 『하늘에서 내려온 오르페우스』(Orpheus Descending)가 브로드웨이에서 짧게 공연되었다. 윌리엄스 자신이 잘 말해주듯이, 그것은 고전적인 윌리엄스의 영역인 "미국 남부의 어느 전통적인 사회 속으로 방랑하다 들어오게 된 야성적인 정신의 소년" 이야기를 하면서, "닭장 속에 여우의 소동을 창조한다"(Williams 2001: 238). 투 리버스(Two Rivers)는 미시시피 마을이고, 속담 속 여우인 발 자비에(Val Xavier)는 그의 특성인 성욕과 가능성의 향기를 풍기며 뉴올리언즈에서 기차를 타고 온 뱀가죽 재킷을 입은 기타 연주자, 즉 루이지애나 오르페우스이다. 두 마을 여자들과의 성적인 깊은 관계와 마을 사람들의 광기에 찬 의심은, 발을 마을에서 쫓아내기 위해 무장을 한 술 취한 남자들 무리에 의하여 토런스(Torrance) 상점이 불에 타면서, 극적 클라이맥스에 도달하게 된다. 여기서 윌리엄스는, 비록 간접적이긴 하지만, 명확한 방식으로 현대 정치를, 이 시기 미국 최남단(the Deep South)에서 일어난 시민권 문제와 항상 존재해온 린치 폭도와 KKK(Ku Klus Klan)라는 위험을 다루고 있다. 물론 이 작품은 또한 시간을 초월한 그러나 운명적인 열정에 관한 연극이기도 하다. 한 마을 남자로부터 발은 "당신같이 잘 생긴 남자는 항상 지명 수배된 사람이 된다"(Act 2, Scene 2: 326)라는 말을 듣게 되는데, 여기서 "지명 수배된"이라는 용어는 분명 말장난이다. 오르페우스와 유리디체 이야기의 다시 말하기인 이 작품에서 "치명적인 돌아봄"은 레이디(Lady)와 발이 그들 사이에 존재하고 있는 명확한 성적 공감대에 마침내 굴복하게 된 2막이 끝나가는 부분에 나온다. 발이 임시 야간 경비원으로 채용된 상점(거기서 드라마가 끝나는 순간에 그의 존재는 완전한 파멸에 이르게 되기 때문에 일종의 아이러니)에 그의 잠자리가 마련된 골방으로 들어가 커튼을 끌어당기기 시작한다. "*그는 그녀를 돌아다 본다*"(314). 이는 삶과 죽음 모두로 끝날 운명의 성적 결합이 될 것인데, 왜냐하면 우리는 후에 레이디가 임신한 것을 알게 되고, 그들의 관계가 배태되는 단계인 1막의 마지막 부분 무대지문 속에 다음과 같이 미리 예견되어 있었기 때문이다. "*[멀리서 열정적인 투명성을 띤 소리로 개가 짖을 때 그는 문을 향해 가로질러간다. 그는 돌아서서 그녀에게 미소를 짓는다.]*"(280).

오르페우스의 음악과 노래에 대한 연상을 반향하면서, 전체 연극은 발의 기타 연주로 배경음악이 깔리고, 1막에서 레이디가 처음에 물리적인 접촉을 한 것이 그 남자라기보다는 기타이기 때문에 특정하게 함축된 의미가 있는 무대 위 인공물의 상징성은 불가피하다. "*[그는 나간다 . . . 그때 그녀는 돌아서고 그리고 의아해하며 기타를 집어 들고 막이 내려갈 때 손으로 부드럽게 쓰다듬는다.]*"(280). 그 연극은 정확히 2년후 아직도 유명한 뱀가죽 재킷과 기타를 맨 자비에 역에 말론 브란도(Marlon Brando)를 주역으로 한 영화 〈도망자〉(*The Fugitive Kind*, 시드니 루멧(Sydney Lumet) 감독, 1959)로 리메이크되었다. 스크린의 동경의 대상 브란도를 캐스팅하여 다시 오르페우스 신화를 대중문화적 관심과 유행의 중심에 자리매김 시킨 영화 버전의 제목은 "야릇한 도망자의 아름다움"(254)을 가진 것으로 캐롤 쿠트레르(Carol Cutrere)를 묘사하는 윌리엄스의 무대 지시문을 각색한 참조이다. 1994년 이 연극은 남부 고딕이라는 특정한 브랜드로 다시 형식을 바꾸어 등장하는데, 이번에는 브루스 세일러(Bruce Saylor)에 의하여 2막 오페라로 만들어져 원점의 음악으로 되돌아갔다.

〈흑인 오르페우스〉에서 오르페우스에게 그의 연인의 죽음을 알려준 사람은 초반부에 유리디체가 리오에 왔을 때 그녀에게 길을 가르쳐준 헤르메스(Hermes)라는 적절한 이름이 붙여진 맹인이다. 신화학적 용어로 헤르메스는 메신저이자 또한 운송의 신이다. 따라서 영화 속 트램 차량기지라는 특정 공간과 연관성을 지닌다. 그는 또한 전통적으로 지하계로 가는 영적 안내자이며, 따라서 유리디체를 찾으러 관할 시체 임시 안치소로 오르페우스를 데려가는 자도 바로 그자이다. 시체 안치소의 12구역은 글자 뜻 그대로의 의미로 "행방불명 영혼들"의 장소이다. 거기에는 찾아가는 시체들은 없고 서류 더미 가운데 잡역부만 졸고 있다. 이런 식으로, 20세기 상당 기간에 걸쳐 남미에서 행방불명이 된 사람들의 슬픈 운명뿐 아니라 현대 관료주의의 익명의 세계가 조용하게 그러나 혼란스럽게 유추된다. 불그레한 색조로 불이 밝혀진 계단우물 아래로 내겨가면서, 오르페우스는 짖고 있는 경비견을 지나가는데, 이 개는 지하계의 문을 지키는 여러 개의 머리를 가진 케르베로스(Cerberus)이다. 마침내 오르페우스는 섬뜩한 버전의 부두교(voodoo) 의식으로 황홀경에 빠진 또는 약에 취한 상태의 흰 옷을 입은 가수들과 댄서들이 있는 방에 있는 자신을 발견한다. 유리디체를 불러내기 위해 오르페우스의 노래가 요청되고, 비록 그가 그녀의 목소리를 듣게 되지만, 치명적인 돌아봄에서 그가 본 것은 그녀의 말을 전하는 영매 역할을 하는 늙은 여자이다. 그의 비참한 상실감은 또 다른 곳에서 암시되고 있고 영화 전체에 스며있는 사회적 부당함의 관점에서 표현되고 있다. "나는 가장 가난한 검둥이보다 더 가난하다"는 1950년대 자막의 번역이다. 게다가 카니발의 끝을 사건과 상태로 강조하고 있어서, 우리는 오르페우스가 청소트럭이 어느 곳에서나 볼 수 있는 밤의 쓰레기를 청소하고 있는 거리를 통해 유리디체의 시체를 운반하고 있는 것을 관찰하게 된다.

오로지 음악만이 영화가 끝날 때 카니발의 끝을 넘어서서 잔존하는 내구력의 수단을, 클로징 크레디트에서 다시 시야로 돌아온 연인들의 석조 조각보다 더 오래가는 또는 초월하는 방식을 제공하는 것으로 보인다. 오르페우스와 유리디체의 이야기는 틀림없이 온 시대와 문화를 가로질러 계속될 것이다. 그러나 "보편성"에 대한 어떤 주장도 개별적인 예술품의 특정한 선택을 탈역사화하는 위험의 동반을 무릅쓰기 마련이다. 〈흑인 오르페우스〉의 사운드트랙은 영화의 중심적 위치와 스펙터클을 제공하는 리오 카니발만큼 특정하게 위치화된 것이며, 그 뿌리를 포르투갈 식민주의의 복합적인 유산 속에 두고 있다는 사실은 마땅히 인정해야 한다. 그런데 어떤 원형적인 이야기의 구조적 각색성에 적당한 사례란 확실히 있으며, 이것이 문학과 인류학에 있어서 구조주의적인 읽기의 본질인 것이다. 그러나 독자와 관객으로서 우리는 각각의 새로운 버전의 정치적, 문화적 그리고 미학적인 특정한 상황에 방심하지 말아야 한다. 최근에 〈흑인 오르페우스〉는 브라질 감독 카를로스 디에구스 (Carlos Diegues)에 의하여 〈오르페〉(*Orfeu*, 1999)로 재작업되었다. 이 버전에서 카니발과 슬럼가 무대는 유지되고 있지만(원작 영화의 조빔(Jobim)의 음악과 마찬가지로) 그러나 주요한 "근접 이동"으로 천년 브라질의 사신이라는 인물은 지방 마약업자가 된다. "보편적인" 사랑 이야기는 또 다시 현저하게 현대의 사회적 이슈들을 거론하기 위해 재맥락화된다.

그러나 이에 대한 영화지리학의 관점에서의 추후 예가 비커스 스와루프 (Vikas Swarup)의 소설 『질의응답』(Q & A, 2005)을 각색한 대니 보일(Danny Boyle)과 러브린 탄단(Loveleen Tandan)이 감독한 2008년 영화 〈슬럼독 밀리어네어〉(*Slumdog Millionaire*)의 중심에 있는 봄베이/뭄바이(Bombay/Mumbai) 슬럼 지역사회 속에서 발견될 수 있다. 표면상 텔레비전 최고인기 게임쇼 〈누가 백만장자가 되고 싶은가?〉("Who Wants to Be a Millionaire?")에 기초한 영화임에도 불구하고, 이번에는 해피엔딩으로 끝나지만, 여러 방식으로 엮어 만든 오르페우스와 유리디체 신화를 틀로 삼고 있다. 자말 말릭(Jamal Malik, 데브 파텔(Dev Patel) 분)은 여기서 주후(Juhu) 슬럼가 셋방에 감금된 상황에서 발생한 화재와 폭력(영화 속 몇몇 "지옥과 같은" 비전들 중 하나)으로 다루어지고 있는 1990년대 봄베이 폭동이라는 비극적 상황에서 그가 만났던 여자, 라티카 (Latika, 프리다 핀토(Freida Pinto) 분)를 영화 내내 찾고 있다. 아동학대자들로부터 탈출하기 위해 야반도주를 하여 기차에 올라 탈 때, 라티카는 그녀의 손을 의도적으로 놓아버린 자말의 형의 잔인한 행동으로 인해 뒤에 남겨지고 말았다. "그녀는 역사이다"라는 말은 라티카가 비극적 사랑 이야기들 속에 나오는 다른 원형적인 타락한 여자들과 연결된다는 것을 의미하는 것으로 생각될 수도 있지만, 살림(Salim)이 이 시점에서 차갑게 자말에게 한 말이다. 영화는 뒤에 남겨진 성인 티를 내는 노란색 드레스를 입은 라티카를 뒤돌아다보는 자말의 첫 시선과의 연결을 시각적으로 나타낸다. 물론, 영화는 몇몇 수정된 상황과 시퀀스에서 자말이 뒤에 남겨진 라티카를 보는 이 순간을 다시 창조한다. 그러나 유리디체 이야기와의 연결은 그 어린 형제들이 도망가서 여행 가이드로 은신하며 살고자 하는 곳, 크리스토프 글루크(Christoph Gluck)의 18세기 오페라 작품이 공연되고 있는 타지마할에서 하나의 시퀀스를 전개하고자 하는 결정으로 분명하게 드러난다. 음경(音景)이 영화의 의미 생산과 그것이 묘사하는 문화적 지리의 중심이 되고, 유쾌한 볼리우드 혼성모방 춤곡이 클로징 크레디트에서 계속 연주되는 영화에서, 전개되는 사랑 이야기에 이러한 음악 배치의 중요성은 과소평가되어서는 안 될 것이다.

오르페우스 이야기에서 음악의 역할은 예술의 초월성을 시사한다. 바즈 루어만의 2001년 영화 뮤지컬 〈물랭 루주〉(Moulin Rouge)에서처럼, 〈슬럼독 밀리어네어〉의 엔딩을 장식하는 볼리우드 춤 시퀀스 또는 〈흑인 오르페우스〉에서 태양이 리오 위로 떠오를 때 기타 음악에 맞춰 아이들이 추는 춤은 이 이야기의 일부가 된다. 1890년대 파리와 피갈(Pigalle)과 몽마르트(Monmartre) 지역의 악명 높은 물랭 루주 나이트클럽을 마술적 사실주의로 불러냄에 있어서, 루어만은 영화제작의 절묘한 기술을 산출한다. 〈물랭 루주〉는 밥 포시(Bob Fosse)의 〈카바레〉(Cabaret)와 같은 형식에 더욱 아방가르드적인 공헌을 할 뿐 아니라 버스비 버클리(Bubsy Berkeley)와 프레드 아스테어(Fred Astaire)에 대한 고의적인 시각적 암시를 통해 위대한 헐리웃 전통에서 그 원작들을 찾을 수 있는 호화 오락물 뮤지컬이다. 그러나 〈물랭 루주〉는 또한 그 장르에 대한 포스트모던적인 재발명이기도 하다. 상호텍스트성에 관심을 분명히 드러내는 포스트모더니즘은 재창조와 파편화의 동시적인 행위로써 혼성모방과 인용에 대한 경향을 드러내 보인다(Hoesterey 2001; Sim 2001). 루어만은 세기말 시대 파리의 미장센과 물랭 루주의 역사를 면밀하게 연구했지만 자신이 성장한 시기 1970-1990년대로부터 사운드트랙을 선택함으로써 정확한 역사적 재창조를 의도적으로 깨뜨린다. 비슷하게 분리적인 양식으로, 영화 속 의상들 역시 그 시대 공연자들을 그린 앙리 툴루즈 로트렉(Henri Toulouse-Lautrec), 댄서 라 구루(La Goulue)와 제인 에이브릴(Jane Avril)의 그림과 스케치들에서 공들여 복사한 것이지만, 데이비드 보위(David Bowie), 티-렉스(T-Rex), 니르바나(Nirvana), 앨튼 존(Elton John)과 마돈나(Madonna)의 작품들을 공연하는 가수들과 댄서들도 입고 있는 것들이다. 그 과정에서 20세기 후기와 전 세기말의 과도한 것들 사이의 유익한 유비를 끌어내는 시대와 상황들의 의도적인 충돌이 있다.

루어만의 미학 속에는 통시적 유비가 함축되어 있는데, 몽마르트의 보헤미안적인 예술가들은 "혁명의 자식들"로 묘사된다. 이에 루어만은 일종의 후렴으로 동일한 제목의 마크 볼란(Marc Bolan)의 노래를 사용할 수 있을 뿐 아니라 1960년대 평화운동을 환기시킨다. 영국인 작가 크리스티앙(Christian)이 창조한 영화-속-연극(the play-within-the-film)의 인도적 그리고 동남아시아적 양상들은 1890년대 파리와 1960년대 동양종교에 대한 들뜬 흥미와 더불어 이국적인 것에 대한 관심, 그리고 1990년대 헐리웃 주류 속으로의 볼리우드 영화미학의 폭발을 환기시킨다. 앞에서 언급했듯이, 볼리우드는 부분적으로 각색의 과정들에 의하여 결정되어진 장르라서, 그 미학은 이상적으로 루어만의 포스트모던 그리고 절충적인 감독 스타일에 적합한 것이다. 그러나 이러한 참조들은 순수하게 예술적인 반향 그 이상을 영화 속에 담고 있는데, 현대를 위한 신화와 뮤지컬의 각색 속에 투자 그리고 오르페우스와 유리디체의 "초시간적인" 그러나 "적시적인" 이야기와의 특별한 연대에까지 이르고 있다.

우리가 처음 영화에서 의도적으로 진짜가 아니도록 만든 파리의 모델-세계로 들어갈 때, 툴루즈-로트렉은 실제 물랭 루주 건물의 파사드를 구성하는 가짜 풍차의 창문에서 노래를 하고 있다. 그리고 카메라는 줌으로 도시풍경을 가로질러 몽마르트 마을 입구로 접근한다. 그 입구는 신비극과 도덕극의 단두대와 중세 무대에서 사용되었던 지옥문의 특징을 띄고 있다. 15세기와 16세기 히에로니무스 보스(Hieronymus Bosch)의 그림에서 묘사되는 지옥의 풍경과도 시각적 연관성이 있다. 블랑슈 광장(Place Blanche)의 물랭 루주 건너편에 있던 저주받은 영혼들이 추락하는 형상들을 그린 그 악명 높은 파사드를 가지고 있어서 적절하게 이름이 붙여진 "지옥의 카바레"(Cabaret of Hell)에는 그 들어가는 입구가 지옥의 입이었다. 그렇기 때문에 루어만의 참조틀은 복수이 면서 또한 고도로 지역화된 것이다(Milner 1988: 140). 이러한 이미지는 나이트 클럽의 지하세계 연상들을 훌륭하게 의미화하고 있으며, 나아가 이 읽기는 크 리스티앙에게 이러한 위험한 사회로의 진입을 반대하며 경고하는 "죄의 마을, 이 소돔과 고모라로부터 벗어나라"라는 그의 아버지의 말에 의하여 강화된다. 영화에 입혀진 크리스티앙의 일인칭 내러티브는 "물랭 루주. 부자와 권력자들 이 지하세계의 젊고 아름다운 피조물들과 놀려고 온 곳, 밤 시간 쾌락의 제왕 해럴드 지들러(Harold Zidler)에 의하여 지배되는 나이트클럽, 무도회장, 그리 고 매춘굴"과의 연결을 확인시켜준다. 불타는 오렌지와 빨강색이 주도적인 독 특한 색채이며, 순간적으로 비치는 풍차의 돛대가 하늘에 떠 있는 빨강색 갈 퀴를 닮은 물랭 루주의 실제 소유주는 찰스 지들러(Charles Zidler)(Hanson and Hanson 1956: 128)이다. 만약 크리스티앙이 지들러의 나이트클럽의 유혹적인 지하세계로 하강하는 우리의 오르페우스라면, 그의 유리디체는 창녀이자 연 예인인 사틴(Satine)이다. 영화 내내 크리스티앙과 사틴의 극도의 열정은 음악 과 노래를 통해, 아마도 "나는 죽는 날까지 당신을 사랑할 거야"를 중심가사로 한 〈무엇이든 오라〉("Come What May")라는 그들의 듀엣 곡에 가장 잘 축약되 어 표현된다. 그러나 그들의 사랑은, 신화가 우리에게 가르쳐주듯이, 그들의 신화적 선조들의 열정처럼, 나이트클럽의 물질세계 속에서 숙명적이고 일시 적인 것으로 이미 정해져 있다. 크리스티앙과 그녀 자신도 모르는 채, 사틴은 결핵으로 죽어가고 있다.

오르페우스와 유리디체 신화는 〈물랭 루주〉의 몇몇 유용한 서브텍스트들 중 하나일 뿐이다. 1840년대 파리의 겨울을 배경으로 한 지아코모 푸치니 (Giacomo Puccini)의 세기말 오페라 〈라 보엠〉(La Bohème, 1896년 초연)도 또 하나의 중점적 인유가 된다. 〈물랭 루주〉를 찍은 뒤 루어만이 뉴욕에서 감독한 그 오페라에서 한 무리의 학생들, 예술가들, 음악가들, 가수들과 작가들이 파리 다락방에서 생존을 위한 투쟁을 하고 있다. 작가인 로돌포(Rodolfo)는 미미(Mimi)와 사랑에 빠지고 그 커플은 영화의 크리스티앙과 사틴과 유사한 방식으로 몇 듀엣 곡으로 초점을 구성한다. 미미 또한 결핵으로 고생하고 그리고 그녀의 죽음이 오페라의 통렬한 피날레를 제공한다. 루어만의 〈로미오 + 줄리엣〉(Romeo + Juliet)에서처럼, 구조와 사운드트랙의 참조에 있어서 음악적인 것뿐 아니라 전반적인 오페라에 빚지고 있음을 드러내는 〈물랭 루주〉의 유비들은 자명한 사실로 드러난다. 여기서 분명히 언급될 수 있는 또 하나의 오페라로, 알렉상드르 뒤마 피스(Alexandre Dumas fils)의 『동백꽃 여인』(La dame aux Camelias 또는 The Lady of the Camellias, 1848)이라는 결핵으로 죽어가는 또 다른 불운의 창녀 마가레트(Marguerite)를 여주인공으로 한 비극적 사랑 이야기를 다루는 소설에 기초한 주세페 베르디(Guiseppe Verdi)의 〈춘희〉(La Traviata, 1852)가 있다.

물론 〈라 보엠〉은 오르페우스의 지하세계를 결코 떠날 수 없는 방식으로 〈물랭 루주〉의 19세기 파리 지역을 공유하고 있다. 그럼에도 불구하고 루어만의 영화에는 오르페우스와 유리디체 이야기가 현실적인 힘으로 표면에 올라오는 순간들이 있다. 다른 어떤 곳보다도 크리스티앙이 쓴 무일푼의 시타르(sitar) 연주자에 대한 궁극의 영화 - 속 - 연극(play-within-film)에서 그러하다. 또 다시 인도 영향이 강하게 그리고 고전적 유산과 융합되고 있다. 루어만 자신도 인도 방문과 희극과 비극 사이를 빠르게 코드 변경을 하는 볼리우드 영화 감상의 강력한 효과가 영화의 미학에 영향을 주었다고 말한 적이 있다.

내가 인도에서 『한여름 밤의 꿈』(Midsummer Night's Dream)을 연구하고 있을 때, 우리는 볼리우드 영화를 보기 위해 이 거대한 아이스크림 영화 궁전에

갔었다. 여기서 우리는 힌두어로 된 영화를 2,000명의 인도인들과 함께 보고 있었는데, 가능한 한 가장 저급한 코미디와 그리고 거짓말 같은 드라마와 비극 그리고 나서 갑자기 노래가 시작되었다. 그렇게 3시간 15분이 걸렸다! 우리는 갑자기 힌두어를 배웠다는 생각이 들었다. 우리는 모든 것을 다 이해했다! . . . 우리는 그것이 믿기지 않았다. 얼마나 관객들은 열중하고 있었던가. 얼마나 그들은 냉담하지 못했던가ー얼마나 그들의 냉담함이 벗겨지고 이야기의 이러한 비범한 공유로 얼마나 결속되어 있었던가. 생각의 전율, "서구에서는 우리가 이런 것을 할 수나 있을까? 우리가 지적 냉담과 지각된 냉담을 넘어설 수 있을까?" 그것은 희비극(comic-tragedy)의 개념을 요구했다. 당신은 그러한 전환을 할 수 있을까? 셰익스피어에서는 가능하다ー저급 코미디와 그리고 나서 5분 안에 당신은 죽는다. . . . 〈물랭 루주〉에서, 우리는 더 나아갔다. 우리가 인식할 수 있는 이야기는, 형태에 있어서는 오르페우스적이지만, 당신이 그 텍스트들을 알든지 또는 모르든지, 〈카밀〉(*Camille*), 〈라 보엠〉으로부터 유래된다. (Andrew 2001)

여기서 루어만은 관객들이 이와 같이 다른 코드 공유에 의존하는 종류의 층화된 그리고 인유적인 텍스트들에 반응했을 그리고 그들에게 "인식될 수 있는" 이야기의 요소들의 다양한 차원들을 재치 있게 포착하고 있다.

　　오르페우스적 내러티브를 염두에 두고 있는 관객들은 이 렌즈를 통해 영화의 마지막 시퀀스들에 분명히 반응한다. 지들러로부터 그녀가 결핵으로 죽어가고 있다는 것과 그녀의 청혼자, 공작이 크리스티앙을 죽이려고 한다는 것을 알고, 사틴은 그의 생명을 구하기 위해 자기희생적인 노력으로 그녀의 연인을 버린다. 그 후 크리스티앙이 쫓겨난 나이트클럽의 지하세계로 다시 들어가려는 고통스러운 노력에도 불구하고 우리는 그가 공작의 부하들에 의하여 도랑에 던져지는 것을 목격하게 된다. 돈 때문에 그녀가 그를 배신했다고 상상한 크리스티앙은 마침내 그곳에 들어와, 공연의 틀을 깨뜨리고 무대 위로 올라가 대중 앞에서 그녀를 버린다. 그가 극장 중앙 복도를 따라 걸어 내려올 때, 사틴은 그들의 노래를 부르기 시작한다. 오르페우스가 그의 노래의 힘으로 지하세계의 설득을 받은 것에 대한 중요한 비틀기로, 그녀의 목소리에 담긴 감정의 힘을 통해 그를 불러 그녀를 돌아보게 한 것은 바로 사틴이다. 물론 그는 돌아보았고, 공연의 막이 내리자 〈라 보엠〉과 〈춘희〉의 오페라 주인공들의 끊임없이 반복되는 무대 죽음을 반향하며, 사틴은 그의 품안에서 죽는다.

〈흑인 오르페우스〉와 〈물랭 루주〉는 이 절의 제사로 인용한 "노래가 있을 때에는 언제든지 오르페우스가 있다"라는 릴케의 주장의 진실을 구현하는 것으로 보인다. 그리고 보다 최근에, 이번에는 소설 형식으로 된 전유로, 리처드 파워스(Richard Powers)의 『오르페』(Orefeo, 2014)도 이 사실을 주장한다. 파워스의 소설은 음악과 죽어야 할 운명에 대한 복합적인 반추로 아방가르드 작곡가 피터 엘스(Peter Els)의 몇몇 실패한 그러나 의미 있는 관계들을 돌아보며 그의 삶을 중점적으로 다룬다. 이 소설은 오르페우스적 저류와 생물학 테러와 사회적 미디어 채널의 위력에 대한 아주 현대적인 이야기를 결합해낸다. 그러나 음악도, 노래도 다루지 않고, 카뮈(Camus), 루어만, 그리고 파워스가 한 고의적인 방법으로 오르페우스와의 연관성 또는 코드를 드러내 보이지 않는 소설로부터 독자가 발견할 수 있는 것은 무엇인가?

그레이엄 스위프트의 『백일하에』(The Light of Day, 2003)는 찬탈 자부스(Chantal Zabus)의 용어를 사용하면 "비평적 대용물"(critical proxy)을 통한 오르페우스의 전유로 간주될 수 있다. 작가가 우리에게 명시적인 방식으로 드러내 보이는 것은 아무 것도 없다. 앞서 스위프트의 상호텍스트적 양식에 대하여 논의했듯이, 그는 사용한 원천들을 거론하는 것을 거부함으로써 비평가들을 힘들게 한다(2장 참조). 스위프트의 작품은 결코 그 원천을 알 수 없다고 해서 그 작품을 이해할 수 없을 정도로 원천에 의존적이지 않다. 오르페우스 이야기의 공명에 대한 선지식이 없다고 해서 복잡하게 관련된 유배, 발각과 사랑의 주제들을 다루는 『백일하에』에 대한 만족스러운 독서를 못하는 것은 아니다. 그럼에도 불구하고, 오르페우스 신화에 의하여 제공되는 서브텍스트적 깊이에 대한 적극적인 인식을 하면서 그 소설에 접근하는 독자는 내러티브의 경험을 풍요롭게 할 수 있는 추가적인 의미(들)를 생산할 수 있는 기회를 갖게 된다. 예컨대, 소설 끝에서 몇 장에만 치즐허스트(Chislehurst) 아래에 존재하고 있는 동굴 조직을 언급하기로 한 스위프트의 결정은 소설의 지리학적 배경에 있어서는 충분히 합리적이다. 그러나 만약에 독자가 그 신화의 버질과 오비디우스의 버전에서 오르페우스가 동굴을 통해 지하세계로 내려간 것을 알고 있다면, 이러한 동굴과 지하세계를 쉽게 연결하고 오르페우스와 유리디체 이야기로의 확대로 신화를 흥미로운 방식으로 소설의 일상적 세계로 가져올 수 있다.

스위프트 소설의 신화적 견인력을 인식함으로써 우리는 상호작용적인 독자가 얻을 수 있는 의미들의 잠재적 네트워크를 확대시킬 수 있다. 이러한 형태의 내장된 상호텍스트성의 방식은, 명시적인 각색과는 달리, 상호텍스트적인 해석의 틀을 신호로 알리거나 요구하지 않고, 주로 관련된 서브텍스트들과 상호텍스트들에 대한 독자의 인식에 의존하는 방식들 중 하나의 고전적인 예가 된다. 즉 이 작품은 볼프강 이저(Wolfgang Iser)의 독자수용이론(theory of reader-reception)의 실천적 예로, 조작과 통제가 분명히 텍스트에 의하여 독자에게 행사되지만, 독서 과정은 의미의 생산에 있어서 독자와 내러티브 사이의 다른 그리고 차별화하는 협동 방식에 의존하고 있다(Iser 2001: 179-84).

스위프트의 소설이 궁극적으로 증명하는 바는 가장 깊은 열정이 작동하는 곳은 종종 슈퍼마켓, 화장터 그리고 교외주택 부엌과 같은 세속적이고, 평범한 세계 속에서라는 사실이다. 스위프트의 제목, 『백일하에』는 소설의 마지막 구절을 구성하는 문구로 다수의 함의들을 내포하고 있다. 일인칭 화자, 조지 웹(George Webb)은 실패한 전직 경찰관으로 사립탐정 일을 하는데, 의심 많은 부인들로부터 남편의 불륜을 증명할, 주로 "현장에서 걸린" 그들의 사진 형태로 "백일하에" 드러난 확실한 증거를 잡아달라는 일을 정기적으로 의뢰받는다. 사진은 분명하게 보이는 동시에 그것을 막는 능력을 가진 매체로 스위프트는 이전에 쓴 소설, 전쟁 사진 저널리스트에 대한『이 세계로부터 벗어나』(*Out of This World*, 1989)에서 이에 대하여 고민을 한 적이 있다. 『백일하에』에서 사진 이미지들은 그것들이 그리는 관계에 대하여 완전한 이야기를 말할 수는 없지만 불륜의 사실을 공표해준다. 이것은 또한 여러 면에 있어서 파편적이고 불완전한 조지의 내러티브의 은유가 된다. 그는 단순히 말로 할 수 없고 백일하에 드러날 수 없는 것들이 있다는 것을 인정하고 있다.

조지가 그의 야비한 직업이 "성자 조지"가 아님을 의미하고 있음을 강조하면서 그의 이름에 대하여 공공연히 재담을 하고 있다면, 이 내러티브에 가져올 수 있다고 제안할 수 있는 신화적 영역 속으로 의욕적인 독자를 이동시키는 것은 바로 그의 성, 웹(Webb)이다. 직물(Web(b))과 짜기는, 남편이 19년간 서사시의 여정으로 부재한 동안 구혼자들을 물리치기 위한 노력으로 시아버지의 수의를 짜고 그리고 풀고 하는 페넬로페(Penelope)가 등장하는 호머의 『오딧세이』(*Odyssey*)부터 아라크네의 태피스트리가 오르페우스의 노래와 유사한 방식으로 몇몇 삽입된 이야기들을 위한 공간을 제공하고 있는 오비디우스의 『변신 이야기』에 이르기까지, 고전문학에서의 유력한 의미를 전한다. 스위프트의 소설이 조장하고 있는 연결의 직물(webs)은 독자로서 우리를 일상 세계로부터 선을 넘어 신화의 지하세계와 은거지로 이동시킨다. 같은 방식으로 소설은 "선을 넘어서", "사라진 사람들", "집처럼 안전한" 그리고 "죽일 시간"과 같은 평범한 그리고 진부한 문구에 새로운 연관성과 공명을 불어 넣는다.

그래서 신화적 서브텍스트는 우리로 하여금 우리가 읽고 있는 것을 재평가하고, 표면 밑으로 들어가서, 이를테면, 새로운 것을 밝혀내도록 장려한다.

조지에게, 매우 현대적인 교외에 사는 그의 유리디체가 붙잡혀 있는 지하 세계는 영국 감옥 제도이다. 충실하고 강박적일 정도로 그의 애정이 모아지는 초점은 사라, 옛 의뢰인이다. 조지의 산만한 내러티브로부터 우리가 다만 점차적으로 추론해본다면, 그녀는 남편이 정말로 크로아티아 출신의 보모와의 관계를 끝냈는지를 확인하기 위해 사립 탐정을 고용했었다. 그러나 사라는 남편이 그들의 결혼생활의 우리 속으로 다시 돌아온 것으로 보이는 그 순간에 그를 살해했다. 이것은 완전한 설명이 결코 주어질 수 없는 그래서 소설에서 끝없는 추측을 하게 만드는 행동이다. 내러티브는 지난 2년의 기간을 돌아보면서, 다시 회고적으로 되는데, 조지의 힘든 회상과 반-회상은 내러티브에서 일어나는 수많은 돌아보기 경우들 중 단지 한 예이다. 오르페우스라면, 이것은 위험과 상실이 따르는 행동으로, 그 과정에서 현실성의 억압뿐 아니라 고통스러운 진실을 드러내 보인다. 이것은 부분적으로는 억압에 대한 텍스트로, 모든 것이 백일하에 드러나 보이지 않고, 동기와 행위가 어둠 속에 싸여있고, 감정은 입 밖에 내지 않고, 문제들은 해결되지 않은 채 남아 있는 텍스트이다. 사라의 남편, 밥(Bob)은 실제와 상상된, 돌아보기의 매서운 제스처를 몇 번 한다. 그의 정부를 데려다 놓은 집을 마지막으로 떠나면서, 그는 마치 그 공간이 담고 있는 이전의 열정적인 만남들을 회상하듯이 뒤를 돌아본다. "그는 운전석으로 돌아가 타기 전에 머리를 이상하게도 재빨리 비틀며 올려다보고, 둘러보고, 돌아보았다"(Swift 2003: 126). 물론 사립 탐정의 눈에는 그 행동에 또한 뭔가 수상한, 죄를 범한 것 같기도 한 것이 있다. 후에, 밥이 그의 정부를 공항으로 데려다 주러 가는 차 뒤를 따라 운전을 하면서, 조지는 밥이 그가 일하는 병원을 돌아보았는지를 궁금해 한다. 오르페우스라면, 이것은 그의 치명적인 실수로 해석될 수 있을 것이다. "그가 차를 타기 전에 마지막으로 머리를 이상하게 재빨리 들어"(132) 돌아보는 제스처는, 그로 하여금 사라와 공유하는 집으로 돌아감에 있어서 늦게 만든다. 이것은 그녀의 마음에 그들 사이의 미래가 어떻게 될지에 대하여 의심의 씨를 심는다. 그래서 내러티브는 결코 어떤 것도 명확하게 하지는 않지만, 아마도 이것이 그녀의 치명적인 찌르기를 유발시켰을 수도 있다.

이러한 읽기에서 분명한 것은 오르페우스 이야기의 전유가 적어도 두 등장인물들을 통해 중재되고 있다는 것이다. 밥과 조지 모두 어느 정도 오르페우스로서의 역할을 한다. 두 사람 모두 지하세계로 내려가고, 돌아옴과 돌아보기의 위험한 행동에 관여한다. 비슷한 맥락에서, 스위프트의 "지하세계"의 다시-창조하기는 이 소설에서 주의 깊게 다루어진 몇몇 공간과 장소들을 통해 남아 있다. 스위프트의 고의적으로 단조로운 내러티브에서 또한 런던의 지형도가 감지될 수 있다면, 신화의 어두운 세계(shadow-world)는 대체적인 정신적 지도를 제공한다. 그것은 마치 스위프트의 화자가 그레이엄 그린(Graham Greene)의 『사랑의 종말』(The End of the Affair, 1951)의 일인칭 화자, 벤드릭스(Bendrix)와 같이 지옥의 변방(limbo)에 거주하고 있는 것 같기 때문이다. 벤드릭스는 잃어버린 사랑에 대한 강박증적인 집착으로 고통을 겪고 있는 또 다른 회상적인 산만한 화자이다. "만약 내 책이 똑바른 진행을 하지 못하고 있다면, 그것은 내가 이상한 지역에서 길을 잃었기 때문이다. 나는 지도가 없다"(Greene 2001: 50). 스위프트의 빈약한 대화는 종종 그린의 그것과 비교되는데, 흥미롭게도 그 소설에 대한 리뷰에서 허마이온 리(Hermione Lee)는 『사랑의 종말』을 『백일하에』의 상호텍스트로 가능하다고 시사했다. 두 텍스트에서 일인칭 화자로부터 강박증적인 집착을 받고 있는 여자 주인공은 사라라고 불린다. 두 화자 모두 사랑과 상실을 회상하지만, 스위프트의 소설에서는 마치 벤드릭스에 대한 초점이 대체되어 중심 무대가 그린의 코믹한 탐정 파키스(Parkis)에게 주어진 것처럼 되어 있다(Swift 2003: 9). 확실히 두 소설에서 사라 자신은 텍스트의 중심에 있는 수수께끼로 독자로부터 거리를 두고 있다. 똑같은 이야기가 유리디체에게도 적용될 수 있다. 신화에서 종종 그녀는 지하세계 장면들에서 완전히 침묵을 당하고 있고, 또한 차후의 그 이야기에 대한 많은 다시 말하기에서는 오르페우스라는 인물에 대한 예술가의 자기관심으로 인해 그녀는 유령들 속으로 돌아가도록 배치되는 퇴장을 당하기도 한다. 그러나 페미니즘적 관점에서 그 이야기를 다시 이야기하는 여러 20세기 여성 예술가들은 그녀에게 목소리를 부여하는 시도를 했으며, 그 가운데는 힐다 둘리틀(H. D., Hilda Doolittle)의 1917년 동명의 시도 포함되는데, 버질이 신랄하게 지적하듯이, 여주인공은 그녀가 "햇빛의 입술 위에"(Virgil 1983: 125) 있었던 때, 뒤를 돌아다보아 두 번째 그녀를 하데스의 어둠 속으로 죽음을 맞게 하는 운명을 선택한 오르페우스의 "거만함"을 징계한다("Euridyce", 1. 6, Miles 1999: 159-62), 이것은 레이첼 블라우 듀프레시스(Rachel Blau DuPlessis)가 "파열과 비평의 시학"이라고 묘사한 것의 예로, 신화는 끊임없이 여성작가들에 의하여 지탄을 받고 있다(1985: 32).

『백일하에』에는 어둠의 반복적인 이미지들이 있는데, 조지는 사무실과 차부터 여러 경찰 심문실들, 그가 그의 유리디체를 기다리는 교도소 대기실에 이르기까지 끊임없이 어둠 속 또는 빛이 부분적으로 통과하는 공간 속에 위치화된다. 후반부 해후들은 그렇지 않았더라면 이상하게도 텅 비었을 그의 존재에 리듬과 의식을 제공한다. 또 다른 돌아봄의 경우로, 밥의 기일에 꽃을 갖다 놓고 화장장에서 차를 몰고 나오며, 그는 도로 시스템으로 다시 들어오는 것을 그 자신 "세상 속으로의 귀환"(Swift 2003: 135)의 시작으로 묘사한다. 후에, 교도소 면회자들의 줄은 사실상 지옥의 변방에 있는 유령들로 보인다.

그렇다면, 지하세계는 그렇게 주목할 만한 것이 없는 것으로 주목할 만한 것, 즉 도처와 일상인 것이다. 마지막 장에서 치즐허스트 아래에 있는 동굴들의 언급이 성취한 것은 망령과 귀환과 돌이킬 수 없는 행동의 신화적 세계를 틀로 삼는 것이다. "메아리, 터널의 미로, 유령의 이야기. 당신은 결코 햇빛으로 다시 돌아갈 수 없을 것 같다는 느낌"(237). 내러티브는 조지가 사라가 석방되어 자신의 품으로, "밝은 대낮"으로 돌아오는 날을 희망하는 것으로 끝이 난다. 이는 낙관적으로 읽힐 수 있지만, 이제 오르페우스와 유리디체 신화를 감지하고 있는 어떤 독자라도 이 이야기가 전개되고 있는 방식을 걱정하지 않을 수 없을 것이다. 신화의 너무 친숙한 패러다임과 각색과 능동적인 독자 사이의 충분히 이해된 관계는 스위프트로 하여금 많은 것을 그냥 말하지 않은 채 남겨두는 것을 허용한다.

오비디우스적 변신 이야기와 오르페우스적 내러티브는 매우 다양한 범주의 문화적 전유에 공헌을 해왔다. 이러한 재작업과 재방문에서, 다는 아니지만 어떤 경우에는 상호관계가 명확하다. 다른 경우에는 상호관계성이 표면 내러티브 아래에서 나타나는 숨은 방식으로 작동하기도 한다. 모든 경우에 있어서 유익한 그리고 토대가 되는 신화에 대한 인식이 독자로서 각색과 전유 텍스트에 대한 우리의 반응을 변화시킨다. 신화적 패러다임은 독자 또는 관객에게 일련의 친숙한 참조점 또는 닻 그리고 소설가, 예술가, 감독, 드라마 작가, 작곡가 또는 시인이 유익한 속기로써 의존할 수 있는, 한편으로는 동시에 새로운 창조적 방식으로 그리고 새로운 공명적인 상황에서 이용하고, 비틀어서 다시 배치할 한 세트의 유산을 제공한다. 종종, 정치적 헌신은 이러한 다시-창조하기 행위를 가르치고 촉구한다. 왜냐하면, 듀프레시스가 언급하듯이, "이야기를 변경한다는 것은 내러티브 형식뿐 아니라 사회적 규범을 반대한다는 것을 드러내 보인다"(1985: 20). 우리는 이러한 논의에 있어서, 어떤 면에 있어서 의미의 능동적 창조자로서 바르트의 독자에 대한 개념이 피했어야 했던 세계 그리고 각색 예술 형식 이면에 있는 동기에 대한 진정한 연구에 있어서 피할 수 없는 것으로 보이는 세계, 즉 작가의 "의도"라는 다루기 힘든 영역으로 들어가고 있다(Patterson 1987: 135-46). 각색과 전유의 작품에 있어서, 비록 다른 장르 양식, 예컨대, 영화, 노래 또는 문학으로의 각색에 대한 반응들 사이에 중요한 구별들이 있음에도 불구하고, 정치적 각성, 그리고 때로는 공모가 재창조된 텍스트 또는 공연의 수용자 측에 요구되어진다. 여기서 작가, 독자 또는 관객과 특히 디지털 포럼으로 사용자-창조자, 그리고 장르, 매체 또는 양식 사이의 관계를 결정하는 주요 이슈들이 강조된다. 수용의 매 순간은, 비록 다양한 관습과 전통에 의하여, 선지식과 특히 선행 텍스트들에 의하여 지배를 받지만, 개인적이고 별개의 것이다. 이러한 관점에서, 오래된 이야기는 처음으로 말해지고, 이해되는 아주 새로운 것이 된다.

5

동화와 민담의 "다른 버전들"

신화, 전설, 민담과 동화 등, 장르 사이의 겹침은 많은 학자들의 관심사가 되어 왔다(Sale 1978: 23). 예컨대, 유명한 로빈 후드(Robin Hood) 이야기는 전설의 관습들을 보여주는 것에서 지역 민담으로 사용되기에 이르기까지, 한편으로는 동화로부터 마녀와 요정들을 불러내기도 하면서, 다양한 시기에 걸쳐서 활약을 하고 있다(Knight 2003). 역기능 가족 구조와 개인적 그리고 시민적 통과 의식에 관심을 가진 동화는 그것의 신화적 대응물과 상당히 많은 공통점을 갖고 있다. 이런 모든 형식들은 또한 인류학, 사회사, 문화 연구, 구조주의. 페미니즘, 정신분석과 심리학 등의 다양한 관점들에서 이해되고 있다. 그들이 제공하는 것은 다른 시대와 문화에 의해 다시 사용되고 재활용될 수 있는 원형적 이야기들이다. 그러나 동화와 민담은 그들 자체로 검토할 가치가 있는 일련의 특정한 기표들과 상징적 체계를 보유하고 있다. 우리가 이미 보았듯이,

원형적인 인물들과 플롯 라인의 문화적 저장소의 가장 중요한 예로서 셰익스피어는 그의 드라마의 자극을 위해 민속 장르인 동화를 탐구했다. 예컨대, 『리어왕』(*King Lear*)과 『심벌린』(*Cymbeline*)은 모두 동화 형식에 그 뿌리를 두고 있다. 『심벌린』이 사악한 계모의 모습을 재구성하고 있다면, 『리어왕』은 아버지와 그의 세 딸, 악의에 찬 또는 '추한' 두 자매와 한 명의 선한 덕성스러운 자녀의 동화 스토리라인을 재작업하고 있다.

동화와 민담이 우리가 끊임없이 되돌아가는 문화적 보고로 사용되는 이유 중 하나는 그 이야기들과 인물들이 확립된 사회적, 문화적, 지리학적 그리고 시간적 경계들을 일탈하고 있는 것으로 보이기 때문이다. 그것들 자체가 "다른 버전들"을 위해 이용될 수 있도록 만듦으로써 새로운 환경과 상황에 탁월하게 적응할 수 있다(Atkinson 1997: 348). 살만 루시디(Salman Rushidie), 폴라 레고(Paula Rego), 안젤라 카터(Angela Carter), 케이트 앳킨슨(Kate Atkinson), 니하이 연극 극단(Kneehigh Theatre Company), 월트 디즈니(Walt Disney), 그리고 장 콕토(Jean Cocteau)와 같은 작가, 예술가, 공연가와 감독은 모두 그들의 포스트모던적 또는 그 밖의 재창조(reimaginings)를 위한 영감으로 민담 또는 동화의 유력한 형식을 이용하고 있다. 동화의 코믹, 심지어 패러디적인 최근 버전들로는 유명한 만화 〈슈렉〉(*Shrek*) 영화들(2001, 2004, 2007)과 2014년 롭 마샬(Rob Marshall)에 의하여 영화로도 만들어진 스티븐 손드하임(Stephen Sondheim)의 1987년 뮤지컬 〈숲속으로〉(Into the Woods)를 들 수 있다. 이 두 예들은 동화의 소위 '디즈니화'(Disneyfication)를 저항하는 시도들이다. 고딕적인 상상의 렌즈를 통해 일련의 고전 디즈니 영화들을 재방문한 레고의 어둡고 암시적인 그림들도 그러하다. 디즈니 만화영화 버전들, 특히 주로 여자 프로타고니스트들의 결혼과 그들의 개인적인 프린스 차밍을 발견하는 내용 구성과 해피엔딩을 명백하게 강조하는 〈백설공주와 일곱 난장이들〉(*Snow White and the Seven*

Dwarves), 〈신데렐라〉(Cinderella), 〈잠자는 숲속의 미녀〉(Sleeping Beauty) 그리고 〈미녀와 야수〉(Beauty and the Beast) 등은 동화에 대한 현대적 이해에 심오한 영향력을 행사한다. 그렇지만 또한 이러한 풍요로운 이야기들의 보고는 학문적 탐구의 초점이 되고 있다. 마리나 워너(Marina Warner)를 하나의 유명한 예로 들 수 있는데, 그녀가 동화 형식의 정평 있는 역사가라는 사실은(예컨대, Warner 1994 참조) 그녀의 논픽션뿐 아니라 픽션 창작에도 영향을 미쳤다.

동화는 본질적으로 특정한 내러티브 형식의 변형이다. 이러한 견해는 인류학과 관련된 구조주의적 사고와 분석의 학문분야적 관심사들에 틀을 제공한다. 구조주의는 특정 문화의 신화와 이야기들을 분석하는데 뿐 아니라 문화 전역에 걸쳐 어떤 공통된 이야기, 유형 그리고 패러다임적 구조의 존재를 확인하는 것을 매우 중요하게 여긴다. 특히 클로드 레비스트로스(Claude Lévi-Strauss), 츠베탄 토도로프(Tzvetan Todorov)의 작업은 셰익스피어 희곡에서 마술적 사실주의에 이르는 문학에 있어서 신화적 그리고 민담적 유형들의 존재를 연구하는 비평가들에게 상당한 영향을 미쳤다(Lévi-Strauss 2001[1978], Todorov 1990[1978] 참조). 특정한 내러티브 유형과 구조들이 새롭게 반복하는 동화의 계속되는 각색에 있어서, 문화적으로 내장된 상황들은 신화를 검토한 앞장에서 롤랑 바르트(Roland Barthes)의 『신화학』이 고심한 것으로 보였던 보편성과 정치화된 주체 입지 사이의 동일한 이분법을 생산하고 있다(1993[1972]). 이 장에서 살펴보겠지만, 구조주의 또한 정신분석의 발견들의 영향을 받고 있다. 예컨대, 지그문트 프로이트(Sigmund Freud)의 "언캐니"(Das Unheimliche 또는 the "uncanny") 이론으로, 반복에 대한 강박, 텍스트, 스토리 또는 패러다임으로 되돌아가려는 또는 다시-창조하려는 욕망의 버전을 상실의 거부와 리허설 그리고 불안을 억누르려는 노력과 동일시하는 것이 가능하다(Freud 1963[1919], Garber 1987). 신화의 경우와 마찬가지로, 많은 동화들의 더욱 암울한 서브텍스트들은 아마도 다른 곳에서는 꿈과 악몽의 요소로 보였을 것 같은 근친상간, 가족 폭력과 괴물성의 유령들을 불러일으킨다.

만약 동화와 민담이 그 자신들을 계속적인 다시-창조하기와 다시 쓰기에 특히 적합한 것으로 만들고 있다면, 그 일부 이유는 그것들이 특정한 사회역사적 또는 지정학적 상황으로부터의 본질주의적 추출이기 때문이다. "비록 동화의 내용이 익명의 가난한 사람들의 실제 삶을 때로는 불편할 정도로 충실하게 기록할지라도 . . . 동화 형식은 대체로 살아진 경험에 대한 인식을 공유하도록 관객을 초대하는 식으로 구성되지는 않는다"(Carter 1990: xi). 동화의 성, 탑, 마을, 숲, 귀신, 야수, 도깨비와 공주는 외관상 어디에도 존재하지 않지만 적용성과 상관성 면에서는 어디에나 존재한다. 그러나 20세기 동화의 재작업에 있어서 추적할 수 있는 대항운동(counter-movement)이, 어떤 면에서는 그 이야기들의 마법을 합리화하기 위한 시도를 구성하는, 즉 그것들을 사회적, 사회-역사적 상황과의 연결로 돌려놓고자 하는 욕망 속에서 발견될 수 있다. 크리스토퍼 윌러스(Christopher Wallace)의『피리 부는 사람의 독』(The Pied Piper's Poison, 1998)은 〈하멜린의 피리 부는 사람〉(The Pied Piper of Hamelin)이라는 친숙한 아동용 이야기를 개정한 것이다. 원작의 피리 부는 사람은 그 이야기가 유래했던 시기에 북유럽 한 마을로부터 생명을 위협하는 전염병의 선구자인 쥐들의 침입을 그의 유혹적인 피리 음악으로 막아준다. 그러나 그의 약속받은 보상이 마을 장로들에 의하여 저지되자 피리 부는 사람은 돌아와 모든 아이들을 유인하여 데려감으로써, 그 마을의 상징적인 미래의 경제적 안정을 제거한다. 윌러스의 소설은 한 의사의 은퇴 연설 속에 거론된 학문적 연구 논문으로 내러티브 구조를 전개함으로써 자의식적으로 하멜린 이야기의 가치와 신뢰성을 주장하고 탐구한다. 그 논문의 저자는 민담의 판타지 요소를 여러 세대를 거쳐서 내려온 것으로 받아들이지 않음으로써, 피리 부는 사람의 이야기 속에 시사된 사건들에 대한 충격적으로 유물적인 설명을 발견한다. 1630년대와 1640년대 유럽에서 일어난 30년 전쟁이라는 사회-역사적 상황을 상기함으로써, 그 논문은 비록 쥐가 농작물을 재배하는 지역사회의 일상적 삶에 편재하고 있지만 하멜린이 쥐들에 의하여 공격받지 않았다는 견해를 주장한다. 대신에 그 논문은 역사적 문헌의 추리적이고 신빙성이 결여된 속성을 여러 군데에서 강조하며, 그 마을이 스페인 군대에 의해 점령되었다고 추측한다. 피리 부는 사람이 하멜린에서 제거하겠다고 제안한 것은 바로 이 '쥐들'인 것이다. 피리 부는 사람의 묘사는, 그의 이름 (Piper)의 이면에 있는 사회적 대의들을 고려해볼 때, 월러스가 그 이야기에 적용하고자 한 사회적 사실주의의 양식을 확대시킨다.

> 'Pied'는 '걸어서'(on foot)라는 의미를 가진 프랑스어 'a pied'의 전와(corruption)로 이해될 수 있는데, 이는 이 사람이 본래 여행자임을 가리킨다. 그것은 또한 그가 입고 있는 옷의 스타일, 재담꾼 또는 어릿광대를 연상시키는 밝고 대담한 종류의 색상으로 얼룩덜룩하거나 반점이 있는 것을 의미하는 'pied'를 의미할 수 있다. 최종적으로, 그 단어는, 특히 그 어원이 아라비아어라면, 교육받지 않은 독일인 화자가 발음하기 어려운 것으로, 그의 실제 이름의 전와일 수 있다. (Wallace 1998: 160)

여기서 내러티브는 정의와 설명을 제공하는 합리적, 과학적 시대의 논설적인 스타일과 겨루고 있다. 후반부 설명은 필경 동화, 민담과 동요 그리고 자장가에 관련된 장르를 형성하는 힘을 제공하는 사회적 그리고 계급 구조에 대한 문화적 인지를 드러낸다. 피리 부는 사람은 월러스의 평가에 의하면 17세기 유럽에 온 동양 이주 노동자, 즉 외부자이다. 이것은 많은 동화들이 내부자 또는 외부자, 다른 곳에서 온 사람 또는 피조물의 모습에 대한 뿌리 깊은 불안을 드러내 보인다는 사실을 말해준다. 예컨대, 〈룸펠슈틸츠킨〉(*Rumpelstiltskin*)과 같은 이야기에 대한 마르크스주의적 해석은 그 이야기가 중세 시대 여러 북유럽 마을에서 생산의 공통 수단인, 방직에 대한 위협을 통해 작동하고 있음을 시사한다. 어떻게 이 이야기가 21세기 이주 노동자와 피난처 요구자들을 둘러싼 유럽의 편집병(paranoia)의 분석 속에 재전개될 수 있는가를 간파하는 데는 상상력의 도약이 그다지 많이 필요하지 않다. 잭 집스(Jack Zipes)는 동화에 의하여 암시되는 "보편적 지역사회"에 대하여 언급하지만(1994: 5), 동화에 대한 그의 마르크스주의적 분석은 또한 그 이야기의 특정한 역사적 그리고 사회적 상황들을 강조한다. 집스에게 〈룸펠슈틸츠킨〉은 "린넨 제조업의 상인자본주의 강화와 [여주인공이] 그녀의 덕성을 정상적으로 성취하여 남자를 얻게 되는 생산 수단의 전용에 대한"(68) 이야기이다.

유사하게도, 윌러스의 피리 부는 사람의 신화에 대한 유물론적인 분석은 소설에서 두 번째 시기, 유럽 지역사회가 하멜린의 사회적 고난과 위협과 같은 종류의 다른 형태들을 직면하고 있는 제2차 세계대전이라는 시기에 조명을 비춘다. 윌러스는 이중적 시간 기획을 통해 두 갈등을 유비시킬 뿐 아니라 학구적인 아서 리(Arthur Lee)라는 그의 주체를 통해 20세기 전시 고문 실행에서 그 동화와의 문제적인 유비를 발견한다. 이러한 버전의 피리 부는 사람 전설에서 아이들은 유랑하는 음유시인이 연주하는 멜로디로 마을을 떠나도록 유인되지 않고 그 대신에 기근이라는 극심한 상황 속으로 환각에 빠진 마을 사람들에 의하여 잡혀 먹힌다. 그들은 굶주림으로 쥐의 상황으로 영락하게 된 사람들인 것이다. 이러한 이야기 속 어떤 변신도 환상적인 설명을 거부하고 그 대신 기아와 광기의 실제 상황과 연결될 수 있다. 또한 제2차 세계대전 동안 이웃하는 지역사회들에 가해진 잔혹들이 충격적인 초점으로 부각된다. 결국 끔찍한 사건들로 이야기를 짜고자 하는 우리의 욕구는 인간의 역사를 통해 뚜렷하게 지속되고 있는 것으로 보인다. 우리는 생존하기 위해, 그리고 우리 모두 내부에 잔혹의 역량이 존재한다는 참을 수 없는 진실을 피하기 위하여 실제를 대체하고자 한다. 우리의 상상력 속을 제외하고는 희생양이 될 수 있는 피리 부는 사람은 없다.

희생양이 된다는 말은 우리로 하여금 구조주의적 이론의 인류학적 뿌리와 관심사들에 대한 분석을 재도입시킨다. 셰익스피어와 신화에 대한 같은 종류의 방식으로, 동화를 다시-보고자 하는 충동은 특정한, 이론적인 운동들과 연결될 수 있지만, 동화는 20세기 학문으로써 인류학의 발생을 도표화할 뿐 아니라 심리학과 정신분석이라는 신흥 양식들이 부과하는 의미의 무게를 감당해낸다. 이에 관해서 초기 작업으로 브루노 베텔하임(Bruno Bettelheim)의 『마법의 사용: 동화의 의미와 중요성』(*The Uses of Enchantment: The Meaning and Importance of Fairy Tales*)이 1975년 처음 출판되었다. 프로이트와 또한 칼 융(Carl Jung)의 세계에 의하여 영향을 받은 베텔하임은 "민속 동화의 심리학적 의미"(1975: 5)를 탐구하였다. 월러스의 피리 부는 사람 이야기의 이론적 설명과 그 방법론을 상당히 공유하는 방식으로 베텔하임은 그러한 이야기들이 전염병, 기근과 전쟁과 같은 사회적 재해와 사춘기와 청년기의 성적 그리고 사회적 억압이 야기시키는 정신적 외상의 경험을 통과시키는 수단임을 시사한다. 동화의 얼마나 많은 주인공들이 유년기와 성년기 사이, 성적인 관점에서 순수함과 경험 사이의 문지방에 있는 자신들을 발견하고 있는가를 주목할 수 있다. 『백설 공주』, 『빨간 망토』(*Little Red Riding Hood*), 그리고 『잠자는 숲 속의 미녀』(*Sleeping Beauty*)는 모두 이러한 원형을 따르고 있다. 베텔하임이 주시했듯이, "동화는 상상적 그리고 상징적 형식으로 성장하는 그리고 독립적인 존재를 획득하는 근본적인 단계들을 묘사한다"(73). 페미니스트 작가들은 특히 이러한 이유로 동화에서 풍요로운 제재의 원천을 발견했다. 『인간 크로케』(*Human Croquet*)에서 케이트 앳킨슨의 자의식적인 화자가 초반에 그녀의 독자들에게 그날이 그녀의 생일임을 알려준다. 즉 "오늘은 4월의 첫 날이고 나의 생일, 나의 16번째 생일, 물레 굴대가 찌르고 청혼자들이 방문하고 갑자기 일련의 여러 상징적인 성적 이미지가 나타나기 시작하는 신비한 생일, 전설적인 생일, 전통적인 생일이다"라고 의미 있는 생일임을 알려준다(Atkinson 1997:23). 만우절(April Fool's Day) 날짜가 잠시 독자들에게 이소벨(Isobel)이 동화에 대하여 여러 읽기가 가능하다는 포스트모던적인 인식을 가지고 있으며, 또한 신뢰할 수 없는 화자일 수 있다는 생각을 하게 한다. 그럼에도 불구하고, 이러한 진술은 앳킨슨의 텍스트가, 4장에서 이미 지적했듯이, 셰익스피어, 오비디우스적인 신화와『잠자는 숲속의 미녀』부터『신데렐라』를 거쳐『빨간 망토』와『헨젤과 그레텔』(Hansel and Gretel)에 이르기까지의 동화들과 풍부한 상호텍스트적 관계에 개입하고 있는 다양한 방식들을 독자에게 일깨워준다.

앳킨슨은 동화가 가정을 하나의 이상이자 동시에 무시무시한 역기능 (dysfunctionality)이 가능한 존재의 예로 인용하고 있음에 특히 관심을 가진다. 그녀는 또한 셰익스피어 희곡들이 이러한 면에서 풍요로운 원천 구실을 한다는 것을 발견한다.『신데렐라』와『헨젤과 그레텔』과 같은 이야기에서 형제들 간의 경쟁과 의존의 상호작용은 그들의 어머니의 상실과 아버지의 일시적 부재를 직면한 이소벨과 찰스(Charles)의 관계 속에서 드러난다. 이것은 또한 동화 속에 등장하는 공통된 모티브로, 표면상으로는 상실에 관한 것인 반면에 '고아' 등장인물들에게 경험을 위한 자유로운 공간을 허락하는 것이 된다.『인간 크로케』는 계모들로 가득한 내러티브, 그들 모두가 원형적으로 사악한 사람들은 아니지만, 부모의 실패와 부재, 역기능적 가족 관계와 성적 위협이 가득한 내러티브이다. 소설의 초반 단계에 언젠가 돌아올 어머니의 발에 신겨질 신데렐라적 신발로 일부 이유가 시사되고 있듯이, 이소벨과 찰스는 그들의 어머니 엘리자(Eliza)가 살아 있을지도 모른다는 희망을 품고 있는 것으로 보인다. 그러나 후에 우리는 불행을 가져온 가족 피크닉에서 그들이 피 흘린 어머니의 시체를 숲 속에서 발견했다는 잔인한 사실을 억압하고 있었음을 알게 된다. 가장 잔인한 아이러니는, 아이들이 화합의 회복이라는 가망 없는 희망을 버리지 않는 그 신발의 다른 한 짝인 잃어버린 신발짝으로 엘리자가 살해되었다는 것이다. 따라서 엘리자의 귀환은 가장 큰 꾸며낸 이야기, 즉 가장 동화적인 것이다.

동화의 전개, 그리고 상당히 유사-셰익스피어적인 숲속이라는 배경은 앳킨슨의 복합적 내러티브에서 또 하나의 중요한 실마리가 된다. 이 지점에서 이소벨과 찰스는 『헨젤과 그레텔』의 "숲속의 풋나기들"이 된다: "그녀는 너무 배가 고파서 비록 그 결과를 알고는 있었지만, 진저브래드 타일 또는 줄무늬 캔디 창문틀 조각을 먹고 싶었을 것이다"(130-1). 이야기 요점은 이소벨이 그 결과(『헨젤과 그레텔』에서 마녀와 오븐과의 생명을 위협하는 조우)를 알고 있다는 것이며 그리고 결과로 알고 있는 그 내러티브가 내내 독자로서 우리로 하여금 행간 사이, 위, 아래, 통해서 읽도록 유도하고 있다. 그 동화는 이소벨이 우리에게 이야기하는 스토리의 이해를 위한 열쇠가 된다. "남자들은 여러 범주 가운데 하나에 맞아 떨어지는 것 같다―약한 아버지, 추한 형제, 사악한 악당, 영웅적인 나무꾼, 그리고 물론 잘생긴 왕자―그 어느 것도 어쨌든 전적으로 만족스러워 보이지는 않다"(75). 사춘기와 청년기 면에서 베텔하임이 설정하는 상황에 의하여 지적되는 많은 동화의 성적 서브텍스트는 『인간 크로케』에서도 반복되는데, 이소벨의 이웃인 박스터(Baxter) 가족을 통해 가장 문제적인 사례를 발견한다. 표면상, 비록 시대에 뒤떨어졌지만 그 가족은 교과서로, 어머니가 끊임없이 빵을 굽고 남편의 요구에 따라 시중을 드는 "행복한 가정"의 버전이다. 그러나 포스트모던 그리고 포스트 페미니스트 독자는 사건의 이러한 버전에 결코 만족하지 않을 것이다. 사실 박스터 가정의 심부에는, 어두운 심부를 가지고 있는 많은 동화에서처럼, 가정 폭력과 근친상간이 존재한다. 이것은 그 소설이 좋아하는 "외양은 기만적일 수 있다"라는 클리셰를 너무 사실적인 것으로 만든다. 앳킨슨은 다른 소설, 현대 탐정소설의 장르적 그리고 지형도적 관습들과 타락한 여자들이라는 동화 비유와 모티프를 연결시킨 그녀의 잭스 브로디(Jackson Brodie) 시리즈의 첫 작품인 『사례사들』(*Case Histories*, 2004)에서도 이러한 관심사들을 추구했다.

앳킨슨의 『인간 크로케』는 그것의 유비적 세계와 시간 여행 모티프들과 더불어, 셰익스피어, 오비디우스와 동화뿐 아니라 판타지와 SF 장르에도 많은 영향을 받고 있다. 그러므로 그녀의 내러티브 기교는 우리가 앞서 언급한 "마술적 사실주의"의 양식과도 많은 공통점을 지닌다. 그 장르는 20세기 후반부에 부상하여 현대 예술 규범에 정치적으로 저항하는 예들인 중남미 작가들의 작품, 동유럽 예술, 그리고 페미니스트와 탈식민주의적 텍스트 속에서 다양한 면모를 보였다. 4장은 이러한 상황 가운데 살만 루시디의 소설에서 신화의 취급을 논의하였는데, 마술적 사실주의의 루시디와 앳킨슨 버전에 가장 중요한 영향을 준 작가는 안젤라 카터였다. 카터가 그녀의 글에서 마술적 사실주의적인 충동에 대한 가장 중요한 원천 재료를 찾은 곳이 바로 동화 장르인 것이다(Bower 2004: 4).

> [그녀의 글쓰기가] 다른 곳에서 계발한 사실주의를 카터가 깨뜨린 것은 바로 동화 요소들의 사용을 통해서이다. 카터는 전통 동화가 다시 쓰이고 특정한 (특히 가부장적인) 사회적 코드들을 소중히 간직하기 위한 방법으로 산포될 수 있는 순응성을 가졌을 뿐 아니라 여성혐오주의를 내포하고 있음을 인식한다. 그러나 동화가 페미니스트 작가의 수단으로 재이용될 수 있음을 바로 이러한 인식을 통해서 카터는 주장한다. (Head 2002: 92)

동화는 내러티브 형식으로써 카터가 그것이 해주길 원하는 문화적인 작업에 순종적이다. 사라 갬블(Sarah Gamble)은 동화 장르가 어떻게 작동하고 있는가에 대한 카터의 개인적 정의를 언급하면서, 그녀에게 "전유와 각색은 사실 동화가 관여하는 모든 것이다"(1997: 67)라는 사실을 시사한다.

> 우리의 정보 제공자 그녀 자신이 그 이야기를 개인적으로 관객에게 . . . 또는 단순히 자신에게 맞도록 만들게 되기까지, 그 이야기는 대략 모든 종류의 하찮은 오래전 그리고 먼 곳의 다른 이야기들을 모아, 부분적으로 수선되고, 덧붙여지고, 또 유실되기도 하고, 다른 이야기들과 섞여져서, 그 형식 속에 조립되었을 것 같다. (Carter 1990: x)

물론 이것은 카터 자신의 전 작품에서 작용하고 있는 브리콜라주의 작동에 대한 훌륭한 요약이기도 하다.

그녀 자신과 그녀의 관객에게 맞게, 카터가 시도한 다시-보기 동화는 베텔하임과 같은 학자들이 확인한 동화 형식의 성적 저류에 대한 심층적인 관심을 드러내 보인다. 그녀의 『피로 물든 방』(*The Bloody Chamber*)이라는 1979년 모음집을 구성하는 10편의 이야기들의 모음은, 『미녀와 야수』, 『장화 신은 고양이』(*Puss in Boots*), 『빨간 망토』 그리고 〈푸른 수염의 성〉(Bluebeard's Castle) 이야기 (타이틀 이야기 속에 담긴)를 다시 쓴 것으로, 인간의 몸과 여성의 월경뿐 아니라, 카터에게는 전형적인 동화 방식에서 그녀의 등장인물들이 서있는 성의 문지방의 축도로 기능하는 성행위에 대한 묘사들이 넘친다. 예컨대, 「늑대의 혈족」("The Company of Wolves")에서 이름 없는 빨간 망토의 환유적인 주홍 숄은 독자에게 그녀의 전통적인 문학적 정체성과 유산을 의미할 뿐 아니라 그것의 성적 의미의 상징이 된다. 그것은 "양귀비 색깔, 희생의 색깔, 월경의 색깔"(Carter 1995 [1979]: 117)이다. 「늑대의 혈족」은 또한 동지라는 달력의 문지방에서 일어나고 있으며, 카터는 그녀의 다시 글쓰기에서 가능성의 공간으로 일 년 중 이러한 "경첩" 순간들을 전개하는 것을 좋아한다.

카터의『빨간 망토』버전의 여주인공은 그녀의 할머니가 당한 폭력적인 소비(잡아먹힘)를 직면하기보다는 여우와 고의적으로 성관계를 맺는 것을 즐기고 있다. 물론 여기에는 1960년대 이후 새로운 평등권 문제로 해방된 여성 세대에 관한 우화가 내포되어 있다(Teverson 2013: 138). 이것은 또한 캐롤 앤 더피(Carol Ann Duffy)가 그녀의 다시 쓰기『세상의 아내』(The World's Wife) 모음집에 실은 "유년기의 끝에"라는 자리배치 언급으로 시작하여 시인 아드리안 헨리(Adrian Henri)와의 자신의 경험에 관하여 악절을 반복하는(riff) 어두운 성년시「빨간 모자」("Little Red-Cap", 1999)에 관한 상황이기도 하다. 더피의 제목은 그림 형제에 의하여 처음 붙여진 제목을 그 이야기에 되돌려 놓은 것이다. 청년 관객을 분명하게 목표로 한 이야기의 각색들에서도 호기심을 자아내는 어떤 유비적인 충동들이 있어 왔다. 즉 스토리의 예상하지 못한 버전을 이야기하기 위해, 빨강, 검정과 흰색만을 사용한 마조레인 르레이(Marjolaine Leray)의 세련되게 축소된 그림 소설『빨간 두건』(Little Red Hood)은 삶을 긍정하는 예가 된다 (Leary 2011). 사실 이 특정한 이야기는 결코 할머니와 침대에 관한 스토리 부분에 도달하지 않고, 혈기왕성한 빨간 두건은 늑대를 지능 게임으로, 그 과정에서 그의 개인적인 위생까지 질문할 정도로 완전히 압도하며 그와 겨룬다. 이 그림 소설은 2014-15년에 각색의 역동적이고 진행적인 과정을 더욱 강조하는 퀘백 무용단 카스 퍼블릭(Cas Public)에 의하여 춤으로 재창조되었다. 그 이상의 유비들이 동화 전통의 그것들과는 아주 다른 권력 관계가 작동하고 있는 성인을 대상으로 한 삽화가 있는 폴라 레고의『빨간 두건 스위트룸』(The Little Red Riding Hood Suite, 2003)과 같은 작품들에서도 발견될 수 있을 것이다. 이러한 일련의 작품들 속에서 빨간 두건의 어머니는 늑대(포식성의 남성으로 묘사되는)를 정원용 갈퀴로 찌르고 자랑스럽게 그의 생가죽을 목도리로 감는다(Wullschlager 2008). 앤드류 테버슨(Andrew Teverson)이 적절하게 지적하듯이, 증식하는 이러한 예들은 일련의 각색의 연속으로 읽히는 것이 불가능할지라도 우리로 하여금 어떤 한 시점에서 우리가 이야기하는 것이 "어느" 빨간 두건인가를 묻도록 유도한다(2013:4), 또한 디지털과 게임 버전의 도래와 더불어, 우리는 린다 허천(Linda Hutcheon)이 각색의 "방계"(lateral) 과정 이라고 칭한 것(2013: xv)이 활동하고 있는 것을 목격하고 있다.

안젤라 카터는 비록 빨간 두건 스토리 과정에서, 그것이 죽음으로의 결말이든 정략결혼이든 간에, 그녀의 여주인공을 원작 이야기의 제한적인 궤도로부터 해방시키려고 하지만, 그녀는 성적 강압과 해방에서 문제가 되는 잠재성을 발견한다. 로나 세이지(Lorna Sage)가 그것을 웅변적으로 설명하고 있듯이, 카터의 손에서 "괴물들과 공주들은 옛 글에서의 그들의 위치를 상실한다" (1994: 39). 그러나 카터의 여성중심 이야기는 원천에서 억제된 여성주인공을 여성 영웅이라는 순진한 버전으로 대체하지 않는다. 그 많은 이야기들 속에서 여성 프로타고니스트들은 아무런 질문 없이 표면상 그들의 뒷, "결혼이라는 상상하지 못한 나라"로의 여행에 공모하고 있음이 증명된다(7). 예컨대, 「피로 물든 방」에서 여주인공-화자가 불가사의한 남편의 부에 의하여 그녀 자신이 유혹되었음을 깨닫게 되는 것이 그녀의 가파른 학습 곡선의 일부를 이룬다. 그러나 독자는 그의 개인 서재에 있는 포르노 문학이 제공하는 실마리들과 너무도 암시적인 열쇠들로부터 즉각 그가 살인적인 푸른 수염임을 간파하게 된다. 물론 여자에 대한 억압된 폭력을 다루는 이러한 스토리는 긴 각색의 역사를 가지고 있으며, 많은 페미니즘적 픽션에 늘 붙어 다닌다. 예컨대, 그 스토리는 20세기 마가렛 애트우드(Margaret Atwood)의 『푸른 수염의 알과 다른 단편들』(*Bluebeard's Egg and Other Short Stories*, 1983)과 앨리스 호프만(Alice Hoffman)의 『푸른 일기』(*Blue Diary*, 2001)에 영감을 주었고, 그리고 19세기 샬롯 브론테(Charlotte Brontë)의 『제인 에어』(*Jane Eyre*, 1847)의 표면의 저변에도 맴돌고 있다. 카터의 생생한 재창조에서

후작의 황금 욕조 꼭지와 신부의 옷장을 채운 고운 옷감들은 그의 이전 결혼에 대한 빈약한 증거 기록에 대하여 그녀가 의심할 수 있는 능력을 억제시키는 것으로 보인다. 카터가 그 이야기에 대한 17세기 프랑스 버전에서 샤를 페로(Charles Perrault)의 구세주 형제들을 의욕적으로 다시 젠더화하여 푸른 수염 신화의 핵심에 가장 극적인 페미니즘적 가필을 허용한 것은 바로 맨 마지막에 그녀의 딸을 구출한 불굴의 어머니라는 인물을 통해서이다.

카터는 페미니스트 출판사 비라고(Virago)에서 동화 모음집을 두 권 편집하였다(1990과 1992년). 1977년에 그녀는 페로의 유력한 모음집 『교훈이 담긴 옛날이야기 또는 꽁트』(Histories ou countes du temps passé, 1697)를 번역하였다. 동화의 각색자일 뿐 아니라 학자인 그녀에게 동화는 분명히 그녀의 작품의 패러다임적 장르로, 『마술 장난감가게』(The Magic Toyshop, 1967)를 비롯하여 소설 속에서 다양한 형태로 드러나고 있다. 도미니크 헤드(Dominic Head)에 의하면, 그녀의 『마술 장난감가게』에서 "동화에 대한 도전이 모호한 정신으로 수행되고 있다. 그림 형제 또는 페로의 동화가 성욕이라는 서브텍스트를 억누르고 있지만, 카터는 그녀의 15세 프로타고니스트 멜라니(Melanie)의 발현하는 성욕을 내러티브의 추진력으로 삼고 있다"(Head 2002: 92-3). 동화의 포스트페미니즘적 버전들은 또한 『불꽃놀이』(Fireworks, 1988)를 비롯한 그녀의 단편 모음집 그리고 사후 출판된 『미국 유령들과 구세계 불가사의들』(American Ghosts and Old World Wonders, 1994)에서 두각을 나타낸다. 후자는 신데렐라 스토리에 대한 하나가 아니라 세 개의 대체 버전들을 포함하고 있다. 「애쉬퍼틀, 또는 어머니의 유령, 하나의 스토리의 세 버전들」("Ashputtle, or The Mother's Ghost, Three Versions of One Story")의 분주하게 개입하는 화자는 신데렐라 신화에 대한 새로운 관점을 채택할 가능성을 논의한다. "애쉬퍼틀로부터 쉽사리 스토리를 빼앗아 절단된 자매들에게 중심을 둘 수 있다"(Carter 1994: 110). 카터는 일부러 이 이야기의 계모가 자신의 딸들의 발을 억지로 왕자가 발견한 신발에 맞추기 위해 절단하는 장면들로 그 스토리의 초기 버전의 폭력성을 복구한다. 상황 속 그 이미지는 혼란스러운 것으로, 현대 중국사회에서 소위 "잉여 여성" (leftover women)에 대한 논의에서 볼 수 있듯이, 오늘날에도 여러 사회에서 여성의 결혼 가능성을 둘러싼 절박감을 시사한다. 카터는 전족과 여성성기 절제와 같은 다른 역사적 그리고 오늘날 의식들과의 유비들을 끄집어낸다(110). 카터의 소설『서커스에서의 밤』(*Nights at the Circus*, 1984; 공연 2006)뿐 아니라 많은 동화와 민담을 그들의 모방할 수 없는 물리적 스타일로 무대를 위해 각색해온 콘월의 극단 니하이는 한스 크리스티안 안데르센(Hans Christian Anderson) 스토리에 근거하고 또한 1948년 파월(Powell)과 프레스버거(Pressburger)의 영화 버전의 도움을 받은『분홍신』(*The Red Shoes*)의 생생한 공연을 통해 그러한 이야기들 속의 폭력성에 대한 유사한 관찰들에 초점을 두고 있다. 2003년에 처음 무대에 올린 그러나 그 이후로 재상연된 이러한 상호-미디아적인 생산에 대하여 한 평론가는, "그것은 친숙한 것을 취하여, 그것을 초현실적인 그리고 정치적인, 잊히지 않는 용감한 것으로 만든다"(Mahoney 2010)고 설명한다. 이것은 페미니즘적 각색을 위한 하나의 선언문이 될 수 있을 것이다. 이러한 경험들에 있어서 다시 한 번 독자 또는 관객의 능동적인 역할에 대하여 우리는 상기하게 된다. 이러한 버전들의 새로운 의미를 생산하는 연쇄 반응을 착수시키는 것은 바로 친숙한 것들에 대한 그들의 유통인 것이다.

카터의 화자는 또한 신데렐라 신화에서 아버지가 가정에서 그의 두 번째 부인이 그의 딸에게 행하는 폭력에 직면하여 아무런 행동도 할 수 없는 것을 고려하면서, 만약에 세 딸 모두 생물학적 딸들로 만들었다면 상황이 달라졌을 것이라고 추측한다. "그러나 그것은 또한 스토리를 다른 것으로 변형시켰을 것이다. 왜냐하면 그것은 동기와 그 밖의 다른 것을 제공했을 것이고, 이는 또한 내가 모든 사람들에게 하나의 과거를 제공해야 한다는 것을 의미하는데, 그러면 나는 그들에게 삼차원을 마련해 주어야 할 것이다"(1994: 110). 카터는 여기서 일부러 유희적이다. 왜냐하면 우리가 이 장에서 셰익스피어, 신화와 동화의 재작업을 위한 중심 운전자로 본 것 그리고 카터 자신의 다시쓰기 충동의 열쇠가 분명히 되는 것은 바로 이전 역사와 동기의 공급, 삼차원으로의 복구이기 때문이다.

동화와 민담은 전승과 변형의 스토리의 일부로 인정할만한 인쇄 역사와 복합적인 관계를 가지고 있다. 페로, 그림 형제와 한스 크리스찬 안데르센의 이름들이 사실상 동화와 동의어가 된 반면, 이 작가들은 오랜 동안 구전과 대중문화의 일부로 회자되어 온 스토리들을 인쇄로 개인화된 또는 맞춤형 버전들로 발행하였다. 마리나 워너가 보여주었듯이 구전문화는 초기 인쇄산업사회보다 훨씬 더 여성중심적인 사회였다. 워너와 카터 모두 달노이 부인(Madame d'Aulnoy)의 『동화』(*Conte de Fées*, 1697-8)가 그들이 현대화시킨 동화의 초기 여성 인쇄 선례라는 사실을 알고 있다. 이 작품은 고도로 여성화된 지적 교환의 공간 자체인 프랑스 살롱 문화의 상황 속에 유통된 많은 스토리들을 인쇄 형태로 산포하였다(Zipes 1994: 20; Teverson 2013: 51-60). 달노이의 동물 신랑 이야기들은 카터가 반복적으로 관심을 갖는 〈미녀와 야수〉(*La Belle et la bête*) 스토리의 길을 열었다. 『피로 물든 방』(*The Bloody Chamber*)에는 늑대-신랑에 더하여 〈미녀와 야수〉 이야기의 두 개의 특정 버전들이 있다. 「라이온 씨의 구혼」("The Courtship of Mr Lyon")은 주인공들의 결혼이라는 자의식적으로 진부한 해결을 내포하고, 훨씬 더 어둡고 성적인 「호랑의 신부」("The Tiger's Bride")는 전유를 통한 반전의 전형적인 행동으로 카터의 미녀는 야수를 왕자라는 규범적인 비전으로 변형시키지 않는다. 오히려 호랑이-신랑이 그녀를 발로 차서 그녀의 피부를 몇 겹이나 벗겨내, 그녀 스스로 털가죽을 쓰게 된다. 카터의 많은 글들의 영화적 상호텍스트성, 그리고 하나의 형식으로써 동화에 대한 현대적 개입과 함께, 그녀의 이러한 스토리의 고딕적인 다시-보기들 또한 장 콕토의 유명한 영화 버전(1945)에 빚을 지고 있다.

동화의 플롯 라인과 패러다임의 전유에 대한 이러한 분석에서 환기된 몇몇 작가들 또한 셰익스피어에 대하여 활발하게 개입을 행사하고 있다는 사실이 주지되지 않을 수 없다. 특히 앳킨슨은 『인간 크로케』에서 희극들에, 그리고 카터는 그녀의 역작인 후기 소설 『현명한 아이들』(*Wise Children*, 1992)에서 전반적인 정전에 적극적으로 개입하고 있다. 비슷한 식으로 마리나 워너의 소설 『인디고』(*Indigo*)는 『템페스트』(*The Tempest*)에 대한 즉흥적인 접근을 취하고 있지만 또한 오비디우스적 신화와 동화에 깊이 침윤된 텍스트로, 2부의 세 장 모두를 연결시켜 준다. 이 소설은 유사마법적 등장인물인 세라핀 킬라브리(Serafine Killabree)의 스토리텔링을 틀로 하는데, 그는 내러티브의 여러 곳에서 무대밖에 있는 셰익스피어의 마녀 시코렉스(Sycorax)와 연결되어 있다. 세라핀이 이야기하는 첫 스토리는 왕, 모든 훌륭한 동화에서 그러하듯이 금발머리의 그의 아름다운 딸, 굴을 먹은 뚱뚱한 구혼자에 관한 것이다. 그 내러티브는 사물을 금으로 바꾸는 마이더스(Midas)의 오비디우스적인 변형 신화를 환기시키며 소설에서는 안소니 에버라드 경(Sir Anthony Everard)과 그의 버릇없는 딸 크산테(Xanthe)와 가족 소유의 카리브해 땅에서 굴 농장을 세운 그녀의 미래 남편 시 네브리스(Sy Nebris) 사이의 관계를 이해하는데 주형을 제공한다. 크산테라는 이름은 라틴어로 "금빛 나는 것"을 의미하며 흔히 밝고 어두운 머리 색깔의 스테레오타입으로 구분되는 '선한' 그리고 '악한' 자매들 사이의 경쟁에 대한 끝없는 이야기들뿐 아니라, 어린 곰의 죽을 먹어치운 이기적이고 탐욕스러운 골디록스(Goldilocks)를 비롯하여 몇몇 동화 패러다임들을 불러일으키는데, 그녀는 또한 소설에서 "골디"(Goldie)라는 별명으로 불리기도 한다. 크산테의 혼혈 의붓 자매

미란다(Miranda)는 그러한 문학 전통의 내러티브의 함의들로 인해 괴로워하는 것이 분명하다. 워너는 셰익스피어의 『템페스트』의 인어와 상전벽해와 전통적 동화의 그것들과의 상호텍스트적 짜기를 통해 여성중심의 내러티브를 확실하게 구축하고 있다. 그 소설은 세라핀이 마더 구스(Mother Goose)와 동화의 언어로 짠 옷의 방적공의 양식으로 이야기를 여전히 하고 다시 하는 것으로 끝이 나야 적절한 것으로 보인다. 워너 소설의 탈식민주의적 그리고 페미니즘적 관심사를 반영하면서, 세라핀이 이야기하는 신화와 스토리들은 잡아먹는, 죽음과 성 또는 그 밖의 소비의 스토리들을 포함하고 있으며, 그 스토리들은 새로운 상황 속에서 끊임없이 수정되고, 다시 쓰이고 다시 말해지고 있다. "그러나 이 야만스러운 스토리는 어린 영국 소녀들에게는 적당하지 않으며, 그래서 세라핀은 스토리텔러들이 그랬듯이, 그것을 각색했다"(Warner 1992: 224). 이것은 워너, 카터, 앳킨슨과 다른 여러 작가들의 자의식적인 전유의 기술이다. 잭 집스가 우리에게 상기시키듯이, 그들은 이것을 "서구 문화에서 하나의 정전 유형을 형성한 특권적 내러티브들에 대한 우리의 읽기를 변경하기 위하여" 실행하고 있다(1994: 157). 그러나 집스가 주지하듯이, 그들의 "포스트모던적 개정들은 . . . 그들이 파편으로 깨뜨린 동화를 하나의 새로운 전체로 재조립하지 않는다. 대신에 그들은 동화의 책략을 드러내 우리로 하여금 스토리를 형성하고 보는 다른 방식들이 있음을 인식하도록 만든다"(157). 결국, 이러한 개정 버전들에 의하여 가장 시끄럽게 부정되는 것은 또는 특히 자의식적으로 조작되는 것은 바로 동화의 규범적인 해피엔딩이다. 정전적 텍스트들이 문화와 시대의 전역에 걸쳐 작동하는데 있어 균형(stasis)을 지향하는 것이 신뢰할 수 없는 모델임을 다시 한번 증명한다. 이러한 "다른 버전들"은 "회복이 아니라 차별화, 새로운 규범의 확립이 아니라 모든 규범들에 대한 질문을 제공함으로써, 가능성을 차단하기보다는 열어 두고 있다"(Zipes 1994: 157-8; 또한 Zipes 1979: 177).

3부

대안적 관점들

6

대안적 관점 구성하기

각색과 전유의 논의에서 충분히 분명해진 것은 바로 이런 과정들이 대체로, 필연적이지는 않더라도, 정치적인 행위라는 사실이다. 「전통과 개인의 재능」("Tradition and the Individual Talent")에서 T. S. 엘리엇(T. S. Eliot)은 새로운 맥락에서의 재해석 행위를 필수적이고 매우 가치 있는 문학 창조의 양상으로 보고 있지만, 그는 「황무지」("The Waste Land")와 같은 시에서 인용과 인유의 문화적 브리콜라주를 반영하는 상호텍스트들 간의 관계 형식을 겉치레로만 논의했다. 그 1922년 시는, 방대한 많은 텍스트들과 영향들 가운데, 존 웹스터(John Webster)의 『하얀 악마』(*The White Devil*), 셰익스피어의 『앤토니와 클레오파트라』(*Antony and Cleopatra*), 오비디우스(Ovid)의 『변신 이야기』(*Metamorphoses*), 헨리 제임스(Henry James)의 소설과 샤를 보들레르(Charels Bauderlaire)의 시를 언급한다.

전유가 부분적인 인유를 넘어서 더욱 일관된 재작업과 개정으로 확대될 때, 상호텍스트와 참조적 과정 사이의 관계는 그 의미가 변한다. 만약에 독자가 엘리엇이 미학적 과정에 있어서 중요한 것으로 간주한 비교와 대조 관계에 주의를 기울인다면, 인용되거나 재작업된 텍스트가 잘 알려진 것일 필요가 있다는 것은 당연하다. 그 텍스트들은, 확인 가능한 상호관계와 상호작용과 이에 따른 독자와 관객들에게 요구되는 영향력을 위해, 지식의 공유된 공동체의 일부로 기능할 필요가 있다. 우리가 서론에서 논의했듯이, 이것이 왜 각색과 전유가 대체적으로 확립된 정전의 범주 내에서 작동하는 경향을 보이고 있는가에 대한 이유이다. 각색과 전유는 비록 수정된 상황 하에서이지만, 원작이나 원천 텍스트에 지속적 관심을 확보함으로써, 그러나 동시에 동일한 것의 역동적 재생 또는 "수선"을 확보함으로써, 정전 강화에 공헌한다(Sanders 2011: xii). 서론에서 언급된 데렉 애트릿지(Derek Attridge)의 현명한 공식화를 반복하자면, "어떤 정전의 영속은 후세 사람들에 의한 이전 사람들에 대한 언급에 부분적으로 의존한다. . ."(1996: 169). 때때로 이는 특정 시기에 정전을 강화할 뿐만 아니라, 그 경계를 조사하고 그리고 그 과정에서 통상적 독자층에서 사실상 떨어져 나갈 수도 있는 텍스트를 되살리고 되찾는 것에 관한 것일 수도 있다. 예를 들면, 2014년에 사스남 상게라(Sathnam Sanghera)의 『결혼상대자』(*Marriage Material*)는 3세대에 걸친 울버햄튼(Wolverhampton)에 있는 펀자브-시크(Punjabi-Sikh) 가족을 조사하기 위해서, 지금은 거의 읽히지 않는 아널드 베넷(Arnold Bennett)의 1908년 스톡온트렌트(Stoke-on-Trent) 소설 『늙은 아내의 이야기』(*The Old Wives' Tale*)에서 플롯과 등장인물을, 작가 자신의 표현을 빌면, "훔쳐왔다"고 한다. 베넷의 포목상점 배경은 1960년대와 1970년대 영국 이민자들이 운영한 구멍가게의 클리셰가 된다(그리고 언제나 클리셰에 도전한다). 베넷의 갇혀 속박된 여동생 콘스탄스(Constance)와 소피아(Sophia)

는 상게라(Sanghera)의 "리믹스"(이 또한 그의 표현)에서 쿠마자리트(Kumajalit)와 수린더(Surinder)가 된다. 그 작품은 본질적으로 도전적이고 코믹하고 감동적인 것으로, 21세기 영국의 지방에 나타난 다문화적 긴장에 대한 상게라의 예민한 검토를 이해하기 위해 베넷에게 돌아갈 필요는 없는 것 같다. 그러나 『늙은 아내의 이야기』와의 비교 읽기는, 두 곳의 스태퍼드셔(Staffordshire) 이야기를 풍요롭게 하고(울버햄튼은 공식적으로 미드랜드 도시로 지정되기 전에 스태퍼드셔 타운이었다), 우리로 하여금 두 소설을 상호적으로 정보를 제공하는 방식으로 시간을 가로질러 상업적 문화의 버전들로 읽도록 요구한다. 상게라의 내레이터 아르잔(Arjan)이 언급하듯이, "모든 것이 인구학과 일반론에 의해서 설명되어질 수 있는 것은 아니다"(2014: 112). 이러한 예시로, 우리는 각색이 만약 각색하지 않았다면 시야에서 사라졌을 수도 있는 원천 텍스트의 부활을 보장한다고 주장할 수 있다.

그러나 전파된 디지털 문화 시대에, 정전 자체의 개념은 이제 점차로 압박을 받고 있으며 애트릿지 같은 학자들이나 엘리엇 같은 작가들에 의해 형성된 고등교육 학문 맥락 밖 또는 그 근처에 자리한 회원들로 구성된 새로운 형태의 지식 공유 공동체가 각색학의 전망을 바꾸고 있다는 사실을 인정하는 것은 중요하다. 팬 공동체와 참여문화에 대한 헨리 젠킨스(Henry Jenkins)의 저서는 정전이 부분적으로 행사되고 전략적으로 유지되는 전통 교육 커리큘럼에 알려지지 않은 또는 인정받지 않은 텍스트와 상호텍스트들과 작업을 하는 의미의 생산자들에게 우리로 하여금 신선한 관심을 갖는데 도움을 준다 (Jenkins 1992: 3; Hutcheon 2013: xx).

"공유된다"는 것 또는 정말 친숙하게 된다는 것에 대한 우리의 개념은 우리가 글로벌 문화에서 지금 목격하고 있는 이런 종류의 플랫폼과 접근의 확산에 의해 정당한 도전을 받고 있다. 『스타트랙』(*Star Trek*)과 『닥터 후』(*Dr*

Who) 혹은 만화책 문화 팬 그룹은 종종 그들의 애정과 관심의 대상에 대하여 그 그룹 밖에 있는 사람들에 의해 쉽사리 공유될 수 없는 매우 난해하고 상세한 세부적인 지식을 발전시켜 나간다. 그러나 21세기에 이러한 현상은 학회와 학계 내에서의 셰익스피어에 대한 상세한 지식과 반드시 어떤 차이가 있는 것인가? 아마도 오늘날에는 다양한 "정전들"과 기반 지식이 가지각색인 공동체에 대해 말하는 것이 더 정확할 것이다. 그럼에도 불구하고 이 대안적인 사용자-제작자 공동체 내에 작동 규칙들은 우리가 정전 각색을 위해 정의하는 그것들과 유사하다. 새로운 작품들은 그것들이 구축된 기반에 대한 공유된 지식과 공통으로 알려진 또는 이해된 규범에 대한 대안들의 유통으로 번창한다. 젠킨스는 이러한 팬 하위문화와 "프로그램 선택, 정전 형성, 평가, 해석(종종 특정 젠더의)"을 포함하는 그들의 "해석적 실행들"을 "적극적 생산자와 의미 조정자"로 설명한다(1992: 2.23). 그리고 그는 또한 적극적 독서를 "밀렵"(poaching)의 행동으로 묘사한 마이클 드 세르토(Michael de Certeau)를 언급한다. 드 세르트에 의하면, 독자들은 여행자, "그들이 쓰지 않았던 분야를 가로질러 그들의 길을 밀렵하는 노마드"이다(2013 [1984]: 174). 젠킨스에게, 텍스트 밀렵은 예술 양식이 되고, 달리 말하면, 창조적인 활동으로써의 각색이 된다(Sanders 2011 참고).

각색의 작동 규칙은, 정전(들) 또는 더욱 특이한 대중문화현상에 반응하여 적용된 것이든 간에, 심지어 팬 공동체에 있어서도, 개정 텍스트나 재작업들이 문제 또는 논쟁 없이 선구적 텍스트를 단순히 받아들이거나 언급한다는 것을 의미하지 않는다. 지식은 질문하고 묻는 능력을 낳고, 확실히 학술적 맥락에서 각색 연구는 새롭고 개정된 관점에서 알려진 원작에 반응하고 되받아쓰는 전유의 인정된 능력에 의해 박차가 가해졌다. 이런 일련의 행동에 창조성의 잠재력이 존재한다. 각색과 전유들은, 전편, 후편, 연장, 확장 또는 대체이든, 종종 원작 내의 당혹스러운 간극, 부재와 침묵을 강조한다. 결과적으로 많은 전유들은 원작에서 억압되거나 억제되어 온 것으로 보이는 사건과 등장 인물들에게 목소리를 부여하는 것에 정치적·문학적 투자를 한다.

데렉 애트릿지는 전복적 또는 반문화적 전유가 이의를 제기한 바로 그 텍스트의 입지를 강화하는 결과를 초래하는 이중적 곤경에 대하여 우리의 관심을 유용하게 끌어 왔다. 그러나 돌이켜 볼 중요한 점은 우리가 독자나 청중으로 그러한 소설, 시, 극, 영화를 결코 같은 관점에서 다시 볼 수 없다는 것이다. 말하자면, 전유의 개입으로 얻게 된 새로운 지식을 없앨 수는 없다는 것이다. 샬롯 브론테(Charlotte Brontë)의 1847년 소설 『제인 에어』(*Jane Eyre*)는 탈식민주의와 페미니즘에 대한 필요한 통찰력이 없이는 21세기 관점에서 읽혀질 수가 없다. 우리가 이 장의 후반부에서 논의하겠지만, 그 점에서 하나의 주요 텍스트로는 수전 길버트(Susan Gilbert)와 산드라 구바(Sandra Gubar)의 페미니즘 비평서 『다락방의 미친 여자』(*The Madwoman in the Attic*, 1979)가 있는데, 심지어 이 책의 제목조차 취소될 수도 없앨 수도 없는 방식으로 브론테 소설에 대한 관심을 끈다. 마찬가지로, 진 리스(Jean Rhys)의 독보적인 전유 작품 『광막한 사르가소 바다』(*Wide Sargasso Sea*, 1966)를 만난 독자들은 브론테 소설에서 퇴장당한 또는 억압된 버사 로체스터(Bertha Rochester)의 이야기를 결코 똑같은 방식으로 볼 수는 없다. 물론 우리는 서양에서 그리고 아시아 대륙에서도 점차적으로 증가하고 있는 대중 고등교육이 우리가 공유된 지식으로 간주할 수 있는 것을 변화시키고 더 나아가 그런 텍스트들을 읽고 다시 읽는 과정에 참여하게 될 공동체의 종류에 대한 우리의 이해를 복잡하게 만들고 있는 방식을 또한 발견하고 있다.

여기에서 우리는 각색의 유효성이 특히 멀티미디어 상황에서 커져감에 따라, 제인 에어 또는 루이스 캐롤(Lewis Carroll)의 엘리스(Alice) 또는 셰익스피어의 줄리엣(Juliet) 이야기에 대한 독자 또는 관객의 첫 접촉과 진입 지점이 원작 또는 원천을 통해서가 아닐 수가 있으며, 동일한 장르로도 아닐 수 있다는 것을 보기 시작한다. 이는 이전 장들에서 살펴본 동화 이야기나 신화 같은 종류의 방계 각색에 의해 더 복잡하게 된다. 각색학(연구 분야로서 그것의 특별한 즐거움)은 우리가 도표화하기 시작한 것이 일련의 관계들, 정전적 스토리와 등장인물들에 대한 우리의 첫 만남 또는 진입 지점을 포착하고, 독서 또는 관람 관계를 추적하는 것이라고 할 정도로 고도로 주관적인 것이 된다(Bonner and Jacobs, 2011: 37-48). 만약에 우리가 이런 식으로의 우리 자신의 읽기를 적어본다면, 즉 비평적인 조우의 일기라고 일컬어질 수도 있는 것을 제공한다면, 우리는 어떻게 동일한 텍스트의 읽기들(우리의 읽기들)이 시간에 따라 그리고 다른 읽기들의 영향에 따라 변하고 있는지를 보기 시작할 수 있다. 텍스트의 숫자 그리고 텍스트들에 대한 우리의 접근 방식이 증식함에 따라, 이는 필자에게 문학과 영화 그리고 디지털 매체에 대한 매우 참되고 가치 있는 접근으로 보인다. 이는 또한 "공유된" 혹은 "친숙한" 것과 같은 용어들이 범세계통신망 www(world-wide web)의 맥락에서 의미할 수 있는 것(Massai 2005)과 "차용"의 행동이 의미할 수 있는 것을 이해함에 있어서 글로벌화(globalization) 대 지역화(localization)의 문제에 접근하는 한 방식일 수도 있다.

이러한 첫 조우의 견지에서 검토될 수 있고 그리고 각색과 전유의 새로운 글로벌 맥락에 유용한 방식으로 적용될 수 있는 연극적 실천은 상호문화적 공연이다. 패트리스 파비스(Patrice Pavis)에 의하면, "가장 엄격한 면에서 [상호문화적 연극]은 분명한 문화 영역을 추적할 수 있는 공연 전통에 대한 다소 의식적이고 자발적인 혼합에 의거한 혼종 형식(hybrid forms)을 창조한다"(Pavis 1996: 8). 이는 인도 서사극 카타칼리(Kathakali)의 영향을 받은 영국 감독 피터 브룩(Peter Brook)의 『마하바라타』(*The Mahabharata*)와 일본 전통가면극 노(Noh)

와 가부키(Kabuki)에서 영감을 받은 프랑스 감독 아리안 므누슈킨(Ariane Mnouchkine)의 셰익스피어 사극 버전과 같은 타문화 전통과 공연 기교에 의하여 변형된 서구 공연들을 의미할 수 있다(Kennedy 1993:279-88). 그것은 또한 서구 정전에서 유래한 텍스트들의 카타칼리 혹은 가부키 버전을 의미할 수도 있다. 이런 종류의 문화적 만남에서 항상 문제가 되는 것은 전유가 유래하는 방향에 따라 적대적이거나 단순히 추정적일 수 있다는 것이다. 사실, 부과되어야 할 질문은, "누가 누구를 어떤 조건으로 전유하고 있는가"이다. 상호문화적 공연 이론가들이 발생하고 있는 거래의 정치성에 대하여 걱정하고 있는 것은 당연하다. 왜냐하면 전유에는 제국주의적 접근을 채택하려는 위험이 항상 있기 때문이다. 그러나 마빈 칼슨(Marvin Carlson)의 사례에서처럼, 몇몇 사람들은 그것의 예술적 가능성을 위하여 그 실천을 강력하게 옹호한다. 예를 들면,

> 원천 문화가 수용하는 문화에 의하여 흡수되어지고 있는 반면에, 어떤 문화적 변형은 그 원천 문화를, 타자의 관점을 보존한다. 비록 원천 제재의 변형 또는 재구상이 일어나더라도, 이런 것들은 사실 상호문화적 재현의 표지들이다. 타문화로부터의 차용은 결코 순수하고 단순한 인용도 절대적인 복제도 아니다. (Pavis 1996: 12)

적어도 드 세르토의 견해로는, 이런 면에서 차용 혹은 심지어 밀렵은 상대의 단순 모방이라기보다는 오히려 다른 주체 입지들 사이의 보다 생산적인 문화적·상호문화적 대화와 순수한 거래적 조우, 즉 긍정적인 행동으로 보인다. 우리가 각색과 전유를, 특히 상호문화적 맥락에서 연구할 때, 그 과정에서 고려해야 할 완전히 새로운 일련의 용어들, 즉 보존, 흡수, 다시-구성, 복제, 그리고 아마도 가장 중요한 수용 등은 관객과 독자를 항상 이러한 과정의 일부로 염두에 두면서 유통된다.

가야트리 스피박(Gayatri Chakravorty Spivak)의 주장에 의하면, 탈식민주의
는 제스처와 정치적 입장을 취함에 있어서 본래 전유적인 것으로, "탈식민성에
서, 모든 본국적 정의는 제거된다. 탈식민적인 것의 일반 양식은 인용, 다시-각
인, 역사적인 것의 다시-편성이다"(1990: 41). 사스남 상게라의 『결혼 상대자』는
동시대 영국에 대하여 영국 국민이 쓴 것이지만, 일종의 탈식민주의적 소설로
이해되어질 수 있으며, 그의 아널드 베넷 소설의 다시-편성 또는 리믹스는 인
용만큼이나 제거하기이다. 스피박의 주장에 대한 유비적 주장으로, "페미니스
트 담론은 어떤 구성체 또는 담론적 실천의 주변에서 발견되기 마련이다"라
고 실비 마우렐(Sylvie Maurel)은 주장한다(1998: 50). 피터 위도우슨(Peter
Widdowson)은 다시-보기의 글쓰기를 문학적인 것의 "주요 구성요소"로 간주
하면서, 그것을 "역사적 텍스트들, 그리고 그것들을 구성하는 역사적 추론들
에 대한 "되받아 쓰기"(writing back)로 공인된 역사(Authorized History)를, 그것
의 거대서사들(master-narratives)을 수정하는 방식으로 다시 쓰는 동시대의 "상
상력의 반문화"의 재현이라고 주장한다(1999: 166). 이 장은 사례 연구 접근방
법을 통해 이러한 거대서사들과 그것들이 새로이 통합되고 재편성된 1960년
대와 1990년대 사이에 쓰인 소설들과의 횡단면을 검토하고자 한다. 이러한 거
대서사는 셰익스피어 드라마에서부터 18세기와 19세기에 저술된 소설과 20세
기 초 모더니즘의 사례에 이르기까지 분포되어 있다. 이러한 병치된 세밀한
읽기들에서 특별히 흥미로운 것은 이러한 전유들이 페미니즘에서 탈식민주
의와 퀴어 이론에 이르기까지 그 시기의 주어진 지적 그리고 사회적 운동의
견지로부터 그들의 원천을 다시 쓰는 방식이다. 그러한 과정에서 독자-수용과
조우의 문제를 염두에 두는 것이 중요하지만, 사례 연구는 그 자체의 비평적
맥락과 역사적 주체 입지로부터 생산된 하나의 해석을 제공한다. 개별 독자
들은 우리가 이미 논의했던 진입 지점과 주체의 입지의 문제들을 고려할 필

요가 있을 것이다. 아마도 이러한 맥락에서 도전하고자 하는 것은 일반적으로 문학 비평의 독자, 특히 이 책의 독자에게 행간의 의미를 읽도록 요청하는 것이고 "내가 이 책을 어떻게 읽는가? 나의 반응은 무엇인가?"를 묻도록 요청하는 것이 될 것이다.

진 리스의 『광막한 사르가소 바다』: "단지 또 하나의 각색"?

진 리스의 1966년 소설 『광막한 사르가소 바다』의 주인공 앙트와네트 메이슨(Antoinette Mason)이 어린 시절에 성이노샌츠도미니크회 수녀원(the Dominican Convent of Saint Innocenzia)에 살면서 교육을 받을 때, 그녀는 성자들의 삶을 읽는다. 그녀는 성녀 이노샌츠 자신은 이 간결한 책들에 스토리를 가지고 있지 않다는 것을 주목한다. "우리는 그녀의 이야기를 모르고 그녀는 그 책에 존재하지 않는다"(Rhys 1987[1966]:). 이 구절은 전체 내러티브에 대한 제사로 사용될 수 있을 것이다. 왜냐하면 리스의 소설이 성취한 것은 훌륭하게도 영국 문학의 정전적 작품에 나오는 주변적인 인물에게 복잡한 역사와 목소리를 제공한 것이기 때문이다. 패트리샤 워(Patricia Waugh)는 이러한 행동으로 리스가 정전에서 침묵을 강요당하거나 부재한 등장인물들에게 목소리를 부여하는 포스트모더니즘의 반복적 관심을 거의 예언적으로 창조했다고 주장한다. "예언적으로 그리고 예기적으로 그녀는 이후 25년에 걸쳐 지배적인 문학적 관심이 될 것을, 즉 억압된 "다락방의 미친 여자"라는 페미니즘적 주제를, "상호텍스트성"의 구조주의적 재발견을 포착했다 (1995: 203). 여기에서 워 자신의 참고문헌은 길버트와 구바의 『다락방의 미친 여자』이다(2000 [1979]). 이 텍스트는, 워가 제시한 것처럼, 리스의 소설 뒤에 나왔지만 『제인 에어』에서 침묵을 강요당한 여성 등장인물, 로체스터의 첫 번째 아내 버사에 대한 그녀의 관심을 요약하고 그리고 확대하고 있다.

리스의 소설에서 글자 뜻 그대로의 (그리고 문학적으로) "다락방의 미친 여자"는 자메이카(Jamaica) 출신의 버사 앙트와네트 메이슨(Bertha Antoinette Mason)이다. 브론테의 소설에서 버사는 바이런의 아류, 로체스터의 저택 손필드 저택(Thornfield Hall)의 위층에서 들려오는 미친 웃음소리로 축소된다. 유전적 정신병을 앓고 있어서, 그녀는 로체스터에 의해서 다락방에 감금되어, 하녀 그레이스 풀(Grace Poole)의 감시를 받으며 세상으로부터 숨겨져 있다. 버사는 텍스트에서 사회적으로 공간적으로 주변화되었다. 로체스터는 그 사실을 숨기고 제인과의 중혼을 치룰 채비까지 한다. 실제로, 바로 결혼식을 치루는 동안 그 진실이 공공연하게 밝혀진다. 리스는 『광막한 사르가소 바다』의 저술을 설명하는 서신에서 항상 부분적-크리올인(part-Creole) 버사의 주변화를 다루고 싶어했었다는 사실을 분명하게 밝힌다.

> 샬롯 브론테의 소설에서 크리올인은 인체 모형이다－혐오스러운, 그것은 문제가 아니다, 한 번도 살아 있지 않은, 그것이 문제이다. 그녀는 플롯에 필요하다, 그러나 항상 그녀는 비명을 지르고, 울부짖고 끔찍하게 웃으며, 누구나 할 것 없이 공격한다－**무대 밖에서**. 내게 있어(그리고 내가 바라건대 당신에게도) 그녀는 바로 **무대 위에** 존재해야만 한다. (Rys 1985:156)

이러한 접근에 있어서, 리스는 백인이자 서인도제도 사람으로 그녀가 살았던 사회에서 항상 이방인임을 의식했던 개인적인 입지를 투사하고 있다. 셰익스피어 텍스트의 다시-보기들에서 우리가 이미 탐구했던 것들과 유사한 움직임으로, 리스는 주변적 등장인물을 주변부에서 중심으로 이동시키고 있다. 이러한 면에서 인용된 서신에서 그녀의 무대 위, 무대 밖에 대한 환기는 시사하는 바가 매우 큰 것이다.

침묵당하고 억압받는 등장인물들에게 목소리를 부여하고자 하는 다른 문학적 전유들과 필적하는 방법으로, 리스는 『광막한 사르가소 바다』에서 일인칭 서술 방식으로 앙트와네트를 복원시키려는 목표를 달성한다. 그러나 리스는 소설에서 유일한 관점을 앙트와네트에게 허용하는 대신에, 그녀의 관점으로 서술되는 부분들을 추가된 목소리, 특히 그 소설의 "로체스터"라는 인물의 목소리에 의한 다른 부분들과 섞어 짜고 있다. 아이러니하게도 로체스터의 내러티브의 정상성은 지리적인 그리고 개인적 상황 모두에 대한 그의 편집증적인 반응으로 인해 흔들리고 혼란스럽게 된다. "그녀는 그 검은 머리를 풀어 헤치고 웃고 어르고 아첨할 것이다(미친 여자, 그녀는 그녀가 사랑하는 사람이 누구인지 신경 쓰지 않을 것이다)"(Rhys 1987 [1966]:135-6). 소설의 결정적인 마지막 부분에서, 마침내 우리가 영국으로 이송되었을 때, 글자 뜻 그대로 브론테의 텍스트 영역으로 진입할 때, 하녀 그레이스 풀과의 대화를 보고하는 한층 더 모호한 내러티브 목소리가 있다. 이 지점에 이르기까지 암시적으로 시사되었지만 결코 명확하게 밝혀지지 않았던 브론테의 소설에 등장하는 특정 등장인물에 대한 언급은 처음으로 의심의 여지없이 『제인 에어』의 세계에 친숙한 독자를 위치시킨다.

물론 『제인 에어』의 버사에게는 리스의 연극적 은유 "효과음(배경소음)"(*noises off*)을 강화시키는 동물적이고, 광적인 울부짖음을 제외하고 어떤 목소리도 허용되지 않는다. 버사를 손상시키고 경계 짓고 있는 로체스터의 묘사는 그녀를 존중감이라고는 거의 불러일으키지 못하는 사실상 "괴물"로 격하시키고 있다(Brontë 1985[1847]:336). "버사 메이슨은 미쳤고, 그녀는 3세대에 걸쳐 백치와 미치광이들이 나온 미친 가계 출신이었다. 크리올인 그녀의 어머니는 미친 여자이자 알콜중독자였다"(320). 『제인 에어』에서 버사의 전체적인 삶에 대한 스토리는 단 하나의 장(27장)으로 축소되었다. 이 하나의 장으로부터 리스는 전체 소설을 구상한 것이다. 낸시 해리슨(Nancy Harrison)은 이에 대하여, "리스는 어떻게 침묵당한 텍스트가 이전에 "지배적인" 텍스트'를 지배하는 것으로 드러내 보일 수 있는지를 우리에게 보여주기 위해 그녀의 소설을 구조화하고 있다"라고 설명한다(1988:252). 리스가 또한 앙트와네트에게 부여한 풍부한 문화적인 경험과 시적이며, 음악적이기까지 한 목소리로 드러낸 것은 브론테 소설과 문화에 내재된 인종주의와 편견이다. 명명법에 관한 논의는 중요한데, "버사"는 소설에서 로체스터를 대변하는 이름 없는 남성 인물, 자크 데리다(Jacques Derrida)의 용어(Derrida 1976:141-52)를 빌자면, 로체스터의 보충(supplement)에 의해 앙트와네트에게 부과된 이름이다. 이러한 재명명화는 그녀의 어머니 그리고 확대해서 추측되는 집안의 유전적 비정상과의 그녀의 유전적인 연결을 끊으려는 시도를 구성한다. 그것은 또한 에드워드 카마우 브라스와이트(Edward Kamau Brathwaite)가 19세기 자메이카에서의 "크리올화"(Creolization) 과정으로 묘사한 것을 재연한다. "크리올화는, 노예들이 낙인이 찍히고, 새로운 이름이 부여되고 크리올화된 노예로서의 도제가 되는 1년에서 3년 기간의 "익힘"(seasoning)으로 시작했다"(Ashcroft et al, 1995:203).

헬렌 카르(Helen Carr)는 『광막한 사르가소 바다』를 "영국 문화의 중심에서 제국주의에 대한 획기적인 분석"으로 묘사했다(1996:20). 뿐만 아니라 리스의 동기는 인종과 젠더에 동시적으로 연루되어 있다. 그녀는 영국 문학 정전의 억압된 스토리에 목소리를 부여하고, 이런 식으로 그녀의 소설은 그 자체로 정전이, 즉 위도슨이 다시 쓰기 실천에 중심적인 것으로 간주한 역담론(counter-discourse) 또는 반문화(counter-culture), 문학에 있어서 다시 쓰기 충동의 기준을 갖고 온 작품이 되었다. 『광막한 사르가소 바다』는 페미니즘과 탈식민주의 소설의 중심적인 사례를 대변한다. 물론 리스가 '또 다른 여성'이 쓴 정전 텍스트에 대하여 "되받아 쓰기"를 한 것은 흥미를 자아낸다. 그 과정에서 리스는 브론테가 출판을 해본 여성 작가로서, 그리고 『제인 에어』에서 자유로운 입지로부터의 노예와 속박의 개념을 어느 정도 탐구하고자 한 작가로서의 정체성으로 대변하고 있는 해방의 잠재성에도 불구하고, 그녀는 무엇보다도 중요한 정치적 태도에 있어서 여전히 제국주의 문화의 산물로 남아있음을 드러내 보인다(Spivak 1997[1989]: 148).

『광막한 사르가소 바다』가 문학적 선조와 함께 글자 뜻 그대로 공간을 공유한 것은 리스 소설의 후반부에 이르러서이다. 절망하고 혼란스러운 앙트와네트가 손필드 저택의 다락방에 갇혀있는 것은 바로 이름 없는 내레이터의 목소리로 시작하는 소설의 마지막 부분에서이다. 마치 그 소설은, 적어도 자각하고 있는, 즉 『광막한 사르가소 바다』의 읽기 내내 저류와 배경 스토리로 『제인 에어』를 의식하고 있는 독자들의 상상 속에서, 이 순간을 향하여 움직여온 것 같다. 왜냐하면 우리가 버사 로체스터의 맥락에서 앙트와네트의 이야기를 읽는다면, 우리는 다락방 속 그녀의 감금을 예견하고, 손필드 저택 방화 시도 후 그녀가 결국 죽게 될 것임을 기대하는 것은 불가피한 사실이기 때문이다. 리스는 『제인 에어』 전반에 걸친 브론테의 불의 상징적 사용을 전유함으로 이 기대를 고무시키고 발전시킨다. 『제인 에어』의 앞부분에서 어린 제인은 그녀가 함께 살고 있는 가족에 의해 처벌로 어떤 방에 부당하게 갇히게 된다. 그녀는 트라우마 상태에서 의식을 잃고, 그 방에 화재가 나서 깨어나고, 극적으로 구출된다. 이러한 경과로, 브론테는 소설의 많은 주요 모티브들, 특히 감금과 불을 설정한다. 『광막한 사르가소 바다』에서 리스는 앙트와네트 가족의 집이 불탈 때 그 제스처를 반복한다. 리스의 텍스트의 마지막 문장들에서 앙트와네트는 그녀가 쥐고 있는 촛불을 언급할 때, 각색임을 자각하는 독자는 이미 『제인 에어』에서 버사의 종말을 예견하고 있다. 브루스 우드콕(Bruce Woodcock)은 리스가 그 결말을 대안적인 읽기들에 열린 것으로 남겨두고 있음을 지적한다. "리스가 현재 시제를 채택하고 확실하지 않은 의도의 이러한 순간으로 소설을 끝내는 예술적 선택을 한 것은 또한 우리로 하여금 앙트와네트가 예정된 사건들의 고리를 벗어나 미래의 빈 페이지로 탈출하는 것을 상상하도록 허락한다"(2003:131). 그러나 리스 소설의 대부분을 해석하기 위한 구성적 힘이 『제인 에어』라면, 이러한 희망을 갖는 것이 너무 유토피아적인 것으로 보인다. 많은 독자들의 마음속에서, 앙트와네트는 브론테가 그녀를 위해 구상했던 비극적 결과를 반복할 운명이 지워진 것으로 보인다. 코라 카플란(Cora Kaplan)이 지적하듯이, 『광막한 사르가소 바다』는 버사의 배역을 "비극적 여주인공"으로 바꾸었다(2007:154). 2006년 텔레비전 각색 〈광막한 사르가소 바다〉(감독 브렌단 마허(Brendan Maher))는 이 순간을 전체 내러티브의 틀 짜기 장치로, 각색물의 엔딩뿐 아니라 시작으로 하여, 처음부터 비극적 결말을 완전히 시야에 머물게 함으로써, 이러한 해석을 더욱 강조한다. 이것은 흥미롭게도 비극적 신화의 영화 각색을 위한 감독 바즈 루어만(Baz Luhrmann)의 처방과 부합된다.

> 이런 종류의 스토리를 말하는 기본적인 방식들 중 하나가 청중은 시작부터
> 그것이 어떻게 끝나는지 알아야 한다는 것인데, 그래서 첫 십분 안에 당신은
> 그것이 어떻게 끝날지를 알지만, 그러나 당신은 생각하기를, 어떻게? . . . 그
> 것은 플롯의 폭로가 아니라, 그 스토리가 어떻게 말해지는 것인가이다.
> (Andrew 2001)

관련된 방식으로, 리스의 소설에서 로체스터가 저택의 그림을 그릴 때, 많은 독자들 마음속에서 그것은 손필드 저택이 되고, 이미 그 미래의 다락방에 앙트와네트를 가둔다. "나는 나무에 둘러싸인 어떤 집을 그렸다. 커다란 집. 나는 3층을 방들로 나누었고 하나의 방에 서 있는 여자를 그렸다"(Rhys 1987 [1966]:134). 앙트와네트 역시 그녀의 잠재의식 깊은 곳에서 이러한 결말을 예견

한 것으로 보인다. "왜냐하면 나는 춥고 그리고 내 것도 아닌 그 집, 내가 잘 그 침대는 빨간 커튼이 있는데, 오래 전에 거기서 잤던 것을 알고 있다"(92). 이것은 확실히 전유된 등장인물들, 스토리들 그리고 사건들의 관점이다. 그들의 결말은 선조 텍스트에 대한 사전 지식에 의해서 우리의 상상 속에 예정되어 있다. 앙트와네트는, 리스가 그녀에게 목소리, 기능, 그리고 역사를 부여하였지만, 이미 간주된 플롯의 궤도를 벗어날 수는 없다. "이제 마침내 나는 내가 왜 여기에 데려와졌는지 그리고 내가 무엇을 해야 할지를 안다"(155-6).

리스 자신은 그녀의 예술적 창조가 『제인 에어』에 의존하고 있는 정도에 대하여 고민을 했던 것 같다. 리스는 진심으로 자신의 소설이 "단지 또 다른 각색"으로 간주되는 것을 두려워했으며(Rhys 1985:159), 그녀의 편지에서 그 소설을 그것의 선조로부터 "떼어내는 것"을 숙고한다. 그러나 그녀는 곧장 그렇게 하지 않겠다고, "그 전체를 샬롯 브론테의 소설로부터 떼어내는 것은 가능할 수도 있을 것이지만, 나는 그렇게 하는 것을 원하지 않는다. 내가 쓰기를 원한 것은 다른 미친 크리올인들 중 여느 한 사람이 아니라 그 특정한 크리올에 관한 것이다"(153). 노예해방은 『광막한 사르가소 바다』를 구성하는 하나의 주제로, 첫 페이지에 영국 식민지에서 노예제도 폐지를 선포했던 법률이 언급되어 있다. 그러나 리스는 앙트와네트의 이야기를 버사 로체스터의 이야기에 그렇게 밀접하게 연결함에 있어서, 그것이 동시에 우리가 이미 묘사해 왔던 그 방식으로 그녀의 등장인물의 운명을 미리 예정함으로써, 그녀를 위한 가능성을 제한한다는 것을 인식하고 있다(Maurel 1998:133-4). 그녀는 버사에게 목소리와 스토리를 부여하고 있다는 의미에서 다락방으로부터는 그녀를 자유롭게 할 수 있지만, 정전적으로 인식하고 있는 독자의 기대로부터는 그녀를 결코 전적으로 해방시킬 수는 없는 것이다.

아마도 결국 그것이 우리가 전유 텍스트를 위해 기대할 수 있는 유일한 운명일 것이다. 탈식민주의가 문학적 그리고 이론적 관점에서 충분한 힘을 획득하기 위해서 식민주의의 이해에 의존하듯이, 『광막한 사르가소 바다』도 전적으로 그것이 다시 쓰려고 한 텍스트에 묶여 있다 (Savory 1998:293). 그러나 그 관계가 양방향이라는 사실에 어느 정도 보상이 있다. 즉 『제인 에어』는 결코 리스의 소설과의 만남 이후로 다시는 같은 방식으로 읽힐 수 없다. 정전 확립이 기초하고 있는 가치에 도전하고자 하는 역담론은 어떤 텍스트들의 입지를 다시 새길 수밖에 없지만, 새로운 그리고 새롭게 비평적인 맥락에서 그렇게 한다. 만약 발터 벤야민(Walter Benjamin)이 (「역사 철학에 관한 소고」("Theses on the Philosophy of History")라고도 알려진) 「역사의 개념」("On the Concept of History" 2003)에서 한 주장, "어떤 문화의 문서도 동시에 야만주의 (barbarism)의 문서가 아닌 것은 없다. 그리고 그런 문서가 결코 야만주의로부터 자유롭지 않듯이, 야만주의는 한 손에서 다른 손으로 그것이 전달되는 방식을 오염시킨다"(Benjamin 2002:4,392)는 주장이 옳다면, 『광막한 사르가소 바다』 같은 다시 보기 텍스트들은 『제인 에어』가, 더 나아가 19세기 사회가 억압했던 것을 드러내 보일 수가 있다. 성욕에 관한 억압적인 빅토리아 시대 담론에 대한 미셸 푸코(Michel Foucault)의 연구가 지적하듯이, 다시 방문하기의 과정은 해방적이며 단순히 귀납적인 것이 아니라는 것을 증명할 수 있다. 이 것은 우리가 이제 논의하고자 하는, 리스의 소설처럼 문화적 전유의 역담론 전략의 사례로, 그자체가 정전이 된, 존 맥스웰 쿠체(J. M. Coetzee)의 소설 『포』(Foe)에서도 확실히 사실이다.

J. M. 쿠체의 『포』와 거대텍스트

패러디의 원천들은 오래된 것이다. 그것은 대개 풍자적 효과 또는 목표를 위해 착수된 모사(imitation)의 한 형식이다(Dentith, 2000). 패러디처럼, 주로 스타일의 단계에서, 모사를 포함하고 있기 때문에 혼성모방이 종종 관련된 문학형식으로 간주된다. 그러나 가장 엄밀한 용법으로, 순수 미술과 음악의 영역에서, "혼성모방"은 더욱 특정하게 다른 스타일, 텍스트 혹은 저자에 대한 언급들의 메들리를 언급한다. 이것은 또한 앞에서 탐구된 용어 브리콜라주와 관련이 있는데, 혼성모방은 담론의 자연스러운 양식을 구성하는 것으로 보일 수 있다. 어떤 모사의 행위가 제기한 문제는 흉내(impersonation)가 찬양 또는 비판의 양식으로 수행된 것인가의 여부이다. 그러나 많은 경우에 사실은 양자의 더욱 복합적인 혼성체이다.

전유와 각색의 제작에 있어서 독자나 관객의 유사와 차이에 대한 인식을 작동시키기 위하여 문학적 정전에 의존한다는 것은 이 책에서 반복되는 주제로 다루어지고 있다. 그래서 아마도 영국 소설의 토대적인 텍스트로 종종 간주된 산문 서사, 다니엘 디포(Daniel Defoe)의 1719년 『로빈슨 크루소』(*Robinson Crusoe*)가 많은 재작업들의 초점이 되어 왔다는 사실은 놀랍지 않을 것이다. 『스위스 가족 로빈슨』(*The Swiss Family Robinson*)과 같은 무인도 표류자에 대한 텍스트에 대한 톡톡 튀는 유비적 텍스트들뿐 아니라 많은 다시 이야기하기 작품들은 원작의 이데올로기와 정치에 대한 의식적인 비평을 제공한다. 1921년에 장 지로두(Jean Giraudoux)는 『수전과 태평양』(*Suzanne et le Pacifique*)을 출판했는데, 이 작품은 여성 무인도 주인공을 등장시켜, 『로빈슨 크루소』의 가부장적이고 제국주의적인 가치들을 몹시 비난하였다. 제라르 주네트(Gérard Genette)는 이 텍스트를 디포 소설의 재작업이라기보다는 "반박"으로 묘사한다(1997 [1982]:303). 지로두의 관심은 『광막한 사르가소 바다』에서 리스가 『제인 에어』를 취급하는 방식과 유비적인 방식으로 원작의 문제적 정치성을 폭로하는 것이었다. 그의 소설은 제국주의적 야망의 기계론적인 부과에 반대하여 그 섬의 자연적 생산력을 찬양한다. 물론 지로두가 여성과 자연을 아무런 문제없이 동일시하고 있는 것, 그리고 그 섬의 자연스러움에 대하여 특권을 부여한 것에 대해서는 논란의 여지가 있다. 그러나 그것은 미셸 투르니에(Michel Tournier)의 1967년 소설 『방드르디, 태평양의 끝』(*Vendredi ou Les Limbes de Pacifique*)에서 반복되었던 접근법이다. 그 소설은 1984년 『프라이데이, 또는 다른 섬』(*Friday; or, The Other Island*)이라는 제목 (부제는 그 소설의 프랑스어 제사: "항상 또 다른 섬이 있다"(*Il y a toujours une autre ile'*)에 대한 언급이다)으로 영어 번역되었다. "그는 늪지로 돌아와 이성을 잃고, 옷을 찢어 버리고, 그의 몸이 미지근한 진흙에 빠지도록 내버려둘 지경에 이르렀다"(1984[1967]: 4), 즉 그 섬에서의 삶은 크루소에게서 기본적인 본능들을 끌어낸다. 투르니에의 프로이트식 재작업은 데포의 텍스트에 거의 전적으로 부재한 그의 주인공의 성적 욕구를 다룬다. 그 섬은 크루소의 성적 파트너가 되고, 이러한 결합의 산물로 섬 전체에 자라난 맨드레이크(mandrake)같은 생장물들은 변형적 효과와 식민주의적 활동의 영향을 상징하는 투르니에의 상징으로 기능한다. 이 소설은 삼인칭 내러티브이지만, 섬과 그것의 식물군과 동물군을 그의 지배 아래에 종속시키기 위해 크루소가 한 프라이데이의 마음과 몸의 전유에 관련된 것이다. 프라이데이의 관점은 디포의 텍스트를 재작업한 많은 20세기 탈식민주의적 작품들을 추동한 관심사이다. 모든 면에서 정신분석에 의하여 굴절된 투르니에 텍스트가 작품이 구성되는 때를 규정하는 이론적인 관심에 의해 형성된 다시 보기 작품의 또 하나의 예가 된다는 사실은 주목할 만한 가치가 있다.

이 책에서 몇몇 경우에 인용해온 주네트의 하이퍼텍스트 개념은 컴퓨터 과학 언어로 사용되는, 즉 독자로 하여금 문서들을 가로질러 읽고 (또는 스크롤하고) 상호 참조하는 것을 가능하게 해주는 스크린 상에 상호연결된 텍스트들과 그래픽들을 일컫는 용어로 더 많이 사용되고 있는 것으로부터 그 용어를 애써 빼내려고 하는 것으로 보인다. 텍스트들 사이 그리고 텍스트들과 이미지들 사이의 연결과 상호참조에 대한 개념, 즉 하이퍼텍스트성의 개념은 각색학의 맥락에서 여전히 유력한 것이다. 이 책에서 논의된 많은 텍스트들로부터 부상한 공통된 패턴은 하이퍼텍스트들이 토대가 되는 원천 뿐 아니라 그 텍스트에 대한 다른 잘 알려진 재작업들에 대한 인유적인 "하이퍼-하이퍼-텍스트들"이 된다는 것이다. 지로두와 투르니에의 텍스트 모두 『크루소』의 영향을 받은 하나의 특정한 내러티브, 그 자체가 정전이 된 J. M. 쿠체의 1986년 소설 『포』와 관련이 있다(Attridge 1996:169). 『수전과 태평양』처럼 『포』는 디포 소설의 여성화로, 내러티브의 중심 등장인물은 수전(Susan)으로 불리는 일인칭 내레이터이다. 이러한 상호텍스트적 반향은 우리가 수전 바톤(Susan Barton)이 또 다른 디포 소설, 18세기 창녀에 관한 『록사나』(*Roxana* 1974)에서 중심인물이라는 것을 인식할 때 더욱 확대된다. 층을 이루는 이러한 소설적 인용들은, 도미니크 헤드(Dominic Head)가 "텍스트적 탈식민화"로 유용하게 설명하고 있는, 이 소설에서 의도적으로 사용되고 있는 전략이다(1997: 14). H. 포터 애보트(H. Porter Abbot)는 우리가 무수히 많은 형식으로 거듭해서 말하는 스토리들을 묘사하기 위해 "거대텍스트(master texts)"라는 용어를 사용한다(2002: 42). 이러한 정의에 따르면, 여기에서 고려되는 많은 하이퍼텍스트들은 명백한 "거대텍스트"이다. 특히 『로빈슨 크루소』는 영국 소설의 시조로 왕위에 오름으로써(나는 이 표현을 고의로 사용하는데), 애프라 벤(Aphra Behn)의 작품을 포함하여 로맨스 계통의 초기 여성 산문 전통을 삭제시키고, 영국소설 전통의 선봉에 여성의 어떤 역할도 완전히 억압하는 내러티브로 등극하였다.

쿠체의 목표는 분명하게도 그의 메타픽션적 소설의 메커니즘을 통해 『로빈슨 크루소』의 거대텍스트의 토대를 무너뜨리는 것이다. 18세기 텍스트의 저자는 이 소설에서 단순히 "포"(Foe)로 알려져 있는데, 이 이름은 적 또는 적대자로서의 의미를 재미있게 살릴 뿐 아니라 실제 디포가 자신의 계급적 입지를 감추기 위해 필명을 사용한 것에 대하여 독자로서 우리의 관심을 끌기도 한다. 이 소설은 온통 위조, 사기, 가짜와 전유에 관련된 소설이다. 이외에도 초기 현대 문학에서 여성들이 종종 "포미닌"(foeminine)으로 언급되었다는 점에서, 젠더 이슈에 대한 내포된 언급이 있을 수 있다 (예를 들자면 에드먼드 스펜서(Edmund Spencer)의 16세기 서사시 『요정여왕』(*The Faerie Queene*)을 보라). 젠더는 쿠체의 데포 텍스트 "다시-보기"에 있어서 본질적인 것이기 때문에 이것은 매우 가능성이 높다. 이 소설은 대안적 관점, 결과와 해석을 끊임없이 제공하는 소설로, 그 제목의 다양한 가능성들 역시 예외는 아니다 (Head 2009:61-5).

쿠체의 텍스트는, 모든 종류의 방식으로, 문학적 "진실"과 진정성에 도전한다. 그 소설은 『로빈슨 크루소』을 읽는데 몰입한 독자가 크루소 자신의 독자가 되기를 기대할 수 있는 일인칭 관점, "마침내 나는 더 멀리 노를 저을 수가 없었다."(Coetzee 1987:5)로 시작한다. 그러나 그 내러티브 목소리는 이 특정 무인도의 뜨거운 모래 위로 난파되어 온 수전 바톤에게 속하는 것으로 드러난다. 그 주요한 기표는 그녀가 탈출할 때 가지고 나온 전부인 "페티코트"(petticoat)이다(5). 이처럼, 이 소설은 처음부터 독자의 기대를 의식하는 내러티브이다. "왜냐하면 여행자들의 이야기를 들으며 자란 독자들은 무인도(*desert isle*)란 단어에 표류자의 갈증을 풀어줄 개울이 흐르는 부드러운 모래와 그늘을 이루는 나무들이 있는 장소를 떠올릴 수도 있다. . . . 그러나 내가 표류되었던 섬은 아주 다른 장소이다"(7). 그 모든 것을 의미하는 "그러나"(But)는 원작 텍스트로부터 단호하게 돌아섬에 대한 신호를 보낸다.

비록 그의 이름이 쿠체의 책에서 다르게 표기되었고 (그 중요한 "e"가 빠졌다), 그가 디포 텍스트의 그 인물과는 뭔가 다르다는 것이 입증되더라도, 우리는 쿠체의 텍스트에서 "크루소"(Cruso)를 마주친다. 여기서 그는 횡설수설하는 정신과 모순된 기억을 가진 늙은이이다. 진실의 원천으로 크루소(Cruso)에 대한 비신뢰성은 디포의 텍스트와 전적으로 부합되지 않는 것은 아니다. 디포의 텍스트 역시 잉크가 다 떨어졌는데 바로 잠시 후에 크루소(Crusoe)가 그의 일기 쓰기를 계속하는 것과 같은 모순들로 가득 차 있는 것으로 유명하다. 그러나 쿠체의 크루소는 일기를 쓰지 않고, 원작의 또 다른 주요한 다시 구상하기로, 그런 창조의 행위는 수전 바톤에게 속한다. 일기는 그녀가 일단 그 섬에서 탈출하여 런던으로 돌아오고 나서야 쓴 것이다. 이 일기와 수전이 포가 런던을 떠나 브리스톨로 갔다고 믿어 그에게 쓴 (가끔은 부치지 않은) 편지들을 다시-창조하는 과정에서, 쿠체는 디포 자신의 의사-진본 일기와 "자서전"으로부터 사무엘 리처드슨(Samuel Richardson)의 서간체 모험담에 이르기까지, 18세기 문학의 여러 주도적인 산문 스타일에 대한 의식적인 혼성모방과 복화술로 대가적인 문학적 공연에 탐닉하고 있다. 『톰 존스』(Tom Jones, 1794)와 『조셉 앤드류스』(Joseph Andrews, 1742) 같은 텍스트에서 보여준 피카레스크 노상 소설(picaresque road-novel)에 대한 헨리 필딩(Henry Fielding)의 애호는 수전이 포를 찾아 브리스톨을 향해 출발한 소설의 지점에서 또한 잘 나타난다. 이때 포는 문학의 물질적 가치에 대한 매우 적절한 증거로 도중에 자신의 책을 팔고 있었다.

쿠체가 여기서 박식하게도 문제시하고 있는 것은 스토리의 판권, 소유권이라는 곤란한 문제이다. 어떤 페미니즘적 논쟁에서도, 그 섬 스토리는 수전의 스토리이며, 순전히 글을 써서 출판하기 위해 포에게 그것을 넘겨준 것이라고 주장하는 것은 합당할 수 있다. 그러나 계속되는 창조와 출판 행위에서 간과될 수 없는 지적 소유권의 포기가 또한 분명히 있다. 수전의 스토리가 소유된 적이 있었는가? 섬 스토리는 결국 공유된 것이고, 수전 자신이 제시하는 스토리는 크루소가 부재한 상황에서(이 버전에서 크루소는 집으로 돌아가는 항해에서 죽는다) 단순히 이야기를 하는 크루소의 스토리인 것이다. 스토리와 섬 모두에 대한 프라이데이의 권리에 관한 추가 질문이 우리가 답변할 질문이다. 왜냐하면 그 추가 질문은 내러티브의 핵심으로 퍼스트 네이션(First Nation, 원주민 단체) 권리의 문제를 필연적으로 내러티브의 중심으로 가져오기 때문이다. 수전이 섬에서 관계를 맺었던 죽은 크루소에게 충실성을 분명히 느끼지만, 그것이 수전의 스토리이거나 크루소의 스토리라고 할지라도, 그녀는 18세기 문학과 출판의 남성중심적 맥락에서 말할 채비가 된 사람은 아니다. 이를 위해, 수전은 포의 확고한 명성과 목소리에 의존한다. 따라서 그녀의 스토리를 넘긴다는 것은 수전에게 정체성의 상실에 대한 인식 초래라는 결과를 동반한다. 왜냐하면 그녀는 그 섬에서의 그녀의 시간에 대한 어떤 구체적인 기록도 없기 때문에 만약에 포가 그녀의 이야기를 하지 않으면 그녀는 "아무런 실체가 없는 존재, 유령"이 된다(Coetzee 1987: 51). 문학의 입증과 권한 부여 과정이 분명하게 환기되고 있지만, 다른 사람들의 스토리의 도둑, 다른 이름으로 표절자로서 (디)포((De)Foe)에 대한 시사 또한 그러하다. 저널리스트라는 그의 주된 직업은 그의 "픽션"을 위한 원천 자료와의 관계에 대한 우리의 이해를 더 복잡하게 만든다. 이러한 미묘하고 복잡한 방식으로 쿠체는 지적 제재의 소유권과 법적 판권에 대한 몇 백 년 된 논쟁에 다시 활기를 불어넣는다. 그는 인쇄된 형태의 그의 소설의 세심한 구두점에서도 그렇게 한다. 수전의 내레이터적인 설명은 줄곧 인용부호 안에 들어 있다. 이러한 사실은 그 단어들이 그녀에게 속한다는 것을 강조하지만, 또한 독자로 하여금 그것들의 회상적, 문학적 그러므로 구성된 속성에 대하여 내내 고통스럽게 인식하도록 만들어, 그것들을 문제시하고 있다. 인용부호는 독창성에 대한 주장인 동시에 인위적인 것에 대한 인정이기도 하다. 페이지에서 쿠체의 기교는 18세기 활판 인쇄를 복제하고 있어서 가정된 소유권과 원천에 대한 권리를 지향하는 움직임에서 우리는 수전의 단어들 또한 그 페이지의 문학적 공간에 양도되고 있음을 보게 된다. 인용부호의 법적 작동에 대하여 쓴 마가레타 드 그라지아 (Margreta de Grazia)는 "인용부호는 페이지를 제재 규약들로 강조하는 것으로, 공적인 사용에 사적인 자료들을 봉해 넣는다"(1994: 290)고 지적한다. 그런데 여기서 우리가 작동하고 있는 것을 목격하고 있는 사용은 누구의 것인가? 전반적으로 수전의 의도는 그 섬에서 그녀가 한 경험을 일반에게 알리는 것 같지만, 이러한 결과에 도달하기 위해서는 원재료를 포에게, 따라서 인쇄된 페이지에 양도하는 것은 불가피한 것으로 보인다.

이와 같이 수전의 "히스토리"(history), "허스토리?"(herstory?)에 대한 주장을 공적인 영역에서의 자산 또는 상품으로 읽는 것은 쿠체의 텍스트에서 다층적인 겹의 내적 상호텍스트적 언급에 의하여 더욱 복잡해진다. 왜냐하면, 이미 언급된 것처럼, 수전 바톤 자신은 또 다른 디포 소설에 등장하는 등장인물로, 허구적 구성체이다. 그렇다면, 한 가지 가능한 함축적 의미로, 포는 이득을 볼 수 있는 또 다른 "원작 소설"『록사나』(Roxana)의 기초 제재를 구성하기 위해 수전으로부터 그녀의 인생 스토리를 훔쳐 왔다고 볼 수 있다. 그리고 또 하나의 의미는 포가 수전에게 그녀 자신의 역사에 대한 거짓된 이해를 심어 주기 위해 그 허구적 내러티브를 훔쳤다는 것이다. 수전은 진실과 허구를 끝까지 구분할 수 없는 것 같고 아마 독자로서 우리도 이와 비교될 수 있는 입장에 있을 것이다. 수전은 그녀의 딸이라고 주장하는 젊은 여자를 포가 만든 허구적 창조물로 가정하는데, 물론 우리가 독자로서 특별한 상호텍스트『록사나』를 환기한다면, 그녀는 그렇다. 그 소설에서 수전 바톤의 오래전에 잃어버린 딸은 하녀 애미(Amy)에 의해서 잘못 판단된 충성심의 행위로 섬뜩하게도 살해되어서야 돌아오게 된다. 그러나 결국 이런 읽기는 『포』의 수전을 순전히 허구적 입지로 축소시킨다. 쿠체의 소설은 끝에 가서 이러한 해체적 가능성들을 더욱 가지고 노는 것으로 보인다. 수전의 일인칭 내레이션이 불확실한 내레이터의 그것으로 대체됨으로써 시간적 그리고 소설적 관점에서 내러티브를 더욱 불안정하게 만들고, 배로부터 미끄러져 나가는 시작의 행위가 반복되고 있다. 내레이터와 독자는 그 섬에 두 번째로 와서야 비로소, 내러티브 지연의 궁극적 사례로, 수전의 시체가 여전히 배위에 누워 있다는 사실을 발견한다. 이것은 우리가 지금까지 따라온 내러티브가 전적으로 허위였고 구체적인 사실에 전혀 근거하지 않은 것임을 시사한다.

수전 바톤의 섬 경험 내러티브에 대한 권리에 관한 모든 관심들 가운데, 그 경험을 공유하지만 목소리가 완전히 침묵화된 또 다른 등장인물, 프라이데이가 있다. 20세기 후반에 글을 쓰고 있는 남아프리카 사람인 쿠체 역시 표류자의 스토리에 대한 그의 버전을 쓸 때 역사란 종종 제국주의적 내러티브로 그 속에는 억압된 자 또는 정독된 자의 목소리들이 침묵화되고 있다는 사실을 너무도 잘 알고 있다. "모든 스토리에는 침묵이 있고, 감추어진 광경이 있고, 발화되지 못한 말들이 있다. . . ."(1987: 141). 앳트리지가 주시했듯이, "억압 받은 자들이 [정전적 문학에서] 들려지고 **있다면**, 그것은 지배적 언어 내에서 주변화된 방언으로써이다"(1996:184). 이 내러티브에서 프라이데이의 침묵화는 심리적일 뿐 아니라 글자 뜻 그대로이다. 그의 혀가 노예 상인들에 의해, 아마도 식민지 개척자 크루소에 의해 절단되었을 것이라고 텍스트에서 직감할 수 있다. 『광막한 사르가소 바다』에서 버사 로체스터에게 앙트와네트의 내러티브를 통해 목소리를 부여하고자 한 진 리스의 욕망과는 반대 방향으로 쿠체는 프라이데이의 침묵을 소설 마지막까지 유지한다. 도미니크 헤드가 지적한 것처럼, 이것은 "지배 담론에 대한 저항이자 그것의 산물이다"(1996:121). 비록 우회적이지만, 프라이데이는 쿠체가 출생한 남아프리카의 인종격리정책에 의한 만연한 침묵에 대한 암호가 된다. 소설 속 우회적 언급들은 역사적 픽션의 정치성 이해를 위한 이러한 동시대적 맥락을 우리에게 지적해준다. 『포』의 이상한 미해결의 마지막 장에서, 앞에서 언급된 이름 없고 신원이 확인되지 않은 내레이터가 런던 집에 들어와, 아마도 죽어서 침대에 누워있는 수전과 포를, 그리고 다락방 미친 여자 비유의 냉담한 변형으로 구석 벽돌 속에 갇힌 채 살아있는 프라이데이를 발견한다. 문에 귀를 갖다 대고 내레이터는 그 뒤에서 나오는 설명할 수 없는 일련의 소음들을 듣는다. "그의 입으로부터, 숨소리도 없이, 그 섬의 소리들이 나온다"(Coetzee 1987:154) 여전히 목소리로는 글자 뜻 그대로 침묵하는 프라이데이는 그의 침묵으로 그 섬과 디포의 "거대텍스트"와 확대해서, 식민주의적 관점에서 쓰여진 모든 스토리들 속에서 억압되고, 억제되고, 짓눌러진 것 모두의 의미론적 기표가 되거나 기표로 만들어진다.

카릴 필립스의 『피의 본성』: 섞어 짠 내러티브들과 순환 체계

3장에서 우리는 셰익스피어의 각색과 전유들이 『햄릿』의 거트루드(Gertrude)에서 『템페스트』(The Tempest)의 시코렉스에 이르기까지 그의 작품에서 희생되고 주변화된 또는 침묵당한 등장인물들에게 동기와 목소리를 부여하고, "무대 위로 데려오는데" 관심을 보이고 그것을 투자한 다양한 방법들을 살펴보았다. 제인 스마일리(Jane Smiley)의 『천 에이커의 땅』(A Thousand Acres)같은 소설은 셰익스피어 극을 1970년대 미국 중서부로 옮기는 과정에서, 『리어 왕』의 코네릴과 리건과 같은 비현실적인 악한들에게 상당한 부분에서 복잡한 심리적 동기 부여를 선택하였다. 카릴 필립스(Caryl Phillips)의 소설 『피의 본성』(The Nature of Blood, 1997)은 셰익스피어의 이미 중심적인 등장인물 오셀로에게 목소리를 부여함에 있어서 그의 내러티브와 비극적 궤도를 다시-검토하기에 맡긴다는 점에서 다소 다른 것을 하고 있다. 이것은 소설에서 병치된 일인칭과 삼인칭 내러티브라는 다양한 관점의 맥락과 디아스포라 또는 추방이라는 유사한 스토리를 형성하는 맥락에 의하여 성취된다. 이 소설은 일련의 사회적 외부자들의 경험을 섞어 짜고, 그리고 민족성과 종교를 토대로 한 그들의 박해 이야기들과 연결하는 식으로 구조화된다.

오셀로의 스토리는 역사적이고 지리적인 경계와 틀을 가로지르며 전개되는 소설 속에 내장된 몇 내러티브들 중 하나이다. 사실, 1604년 셰익스피어 극의 전유가 필립스의 텍스트를 인도하는 창조적 힘으로 보일 수 있다하더라도, 우리가 오셀로의 스토리라고 깨닫게 되는 것은 100쪽 정도가 지나서이고, 다루어지고 있는 그의 삶의 대부분의 사건들은 셰익스피어 극을 시작하는 행동 이전 또는 그동안에 일어나고 있다. 오셀로라는 이름에 강력하게 사로잡힌 소설에서, 비록 그의 내러티브 목소리로 된 부분의 마지막 단어가 "나의 이름"이지만, 아이러니하게도, 오셀로는 결코 직접적으로 지명되지 않는다(Phillips 1997:174). 많은 전유들이 어떤 등장인물들에게 적극적으로 목소리를 부여한다면, 필립스는 동등하게 셰익스피어 극에서 오셀로를 규정하고 조종하는 역할을 주로 맡고 있는 등장인물을 침묵시키지 않을 수 없다. 그 등장인물, 이아고(Iago)는『피의 본성』에서 단 한번 언급되는 노인(the Ancient)으로 키프러스로의 항해 동안 아프리카 장군의 베니스 아내를 돌보는 임무가 맡겨진다. 물론 독자는 알려진 이름들과 세부사항들로 공백을 채우고, 그 과정에서 묘사되고 있는 사건들에 비극적 불가피성을 적용하도록 요청을 받는다.『광막한 사르가소 바다』의 손필드 저택에서 앙트와네트 메이슨의 운명처럼, 우리는 키프러스 야영지에서 일어날 미래 스토리와 그것이 이 오셀로가 예견하는 "행복한 결말"과는 거리가 먼 뭔가를 실현할 것임을 너무 잘 알고 있다(174).

독자로서 우리가 또한 이 내러티브에서 인식하는 것은 비-셰익스피어적인 그러나 동등하게 비극적인 내용으로, 기차, 캠프, 샤워와 가스 등의 언급으로 제유적으로 가리키는 20세기 홀로코스트 스토리의 어휘적 기표들이다. 필립스는 초기 현대의 베니스적 요소들을 20세기 강제수용소에서의 장면들과 조심스럽게 섞어 짜기로 오셀로의 내러티브를 다른 이민자들, 외부인들과 난민들의 삶의 이야기의 렌즈를 통해 재방문할 필요에 기본적으로 관심을 갖고 있다. 그는 오셀로의 플롯 라인과 그 스토리의 다른 면들을 20세기 유대인의 경험과, 특히 문학적 반향과 유비의 전략을 통해, 병치한다. 예를 들자면, 현대 국가 이스라엘 형성 바로 직전 키프러스의 20세기 중반 난민 캠프에서 소설을 시작하는 스테판 스턴(Stephan Stern)은 새로운 조국에서의 삶을 위해 아내와 아이를 버렸다. 나치 강제수용소에서 겪은 에바 스턴(Eva Stern)의 고통은 15세기 베니스에서의 유태인의 처형과 직접적으로 유비된다. 처형과 대량학살의 불과 재는 여러 세기를 통틀어 출몰하는 연속성을 제공한다.

『피의 본성』은 다양한 구성 부분들과 역사적 시간 틀 사이에서 발견되는 유비과 유사를 수단으로 얻어지는 감정적 그리고 시적 영향으로 충만한 하나의 텍스트의 반향실임이 틀림없다, 우리는, 체계적이지 않은 것은 아니지만 고의적으로 안내가 없이, 유대인 공동체의 사람들이 기독교인 아이를 죽였다는 혐의로 부당하게 화형되었던 15세기 베니스와 오셀로가 살고 있는 16세기 후반 베니스 사이를 이동하면서, 거기서 우리는 오셀로가 밤에 까나레죠(Canareggio)의 유대인 게토, 키프러스와 이스라엘의 나치 유럽 강제수용소와 전후 난민 캠프를 방문하고 있는 것을 본다. 이 모든 이동들 가운데, 셰익스피어의 『오셀로』가 유일하게 유익한 상호텍스트는 아니다. 그 소설의 베니스 에피소드들은 인종적 편견에 대한 셰익스피어의 또 다른 베니스 극, 『베니스의 상인』을 시사하고 반향하고 있다. 정신적 외상을 입은 에바(스테판의 조카)의 일인칭 내러티브는 대량학살 문학의 정전 텍스트인 안네 프랑크(Anne Frank)의 『일기』(*Diary*)를 떠올린다. 필립스는 "역사는 반복한다"라는 옛 속담에 대한 문제적인 버전을 제공하고 있다. 이 소설에서 가장 혼란스러운 면모들 중 하나가, 앞선 세기들에서 박해받은 유대인들에 대한 감정이입을 불러일으키면서, 필립스가 다른 곳에서 언급했듯이, 그 내러티브가 "순수 혈통"을 오염시키는 것이 두려워 새로운 조국에서 피를 나눠주는 것이 허락되지 않을 이디오피아계 유대인 말카(Malka)라는 권리를 박탈당한 인물에 대한 현대 이스라엘의 역전된 편견의 반추로 마무리된다는 것이다(Ledent 2002: 138).

『피의 본성』은 피, 불, 연기, 재, 강, 음식과 같은 일련의 반복하는 이미지들과 문구들로 복잡하게 구조화되어 있다. 이러한 단어들과 생각들은 텍스트에서 반복 주제와 후렴으로 사용되고 있는데, 이러한 기교의 음악성이 베네딕트 레던트(Bénédicte Ledent)에 의하여 지적되어 왔다(2002: 160). 흥미롭게도, 소설의 대부분에서 가장 명백한 반향과 음악적 후렴구의 원천들인 셰익스피어의 비극의 대사들이 소설의 대부분에서 저지되고 있다. "오셀로" 인용의 사건들은 "그녀의 아버지는 나를 사랑했고, 자주 나를 초대하셨지. . . ."(1.3.127), "이런 것들을 듣는 /데스데모나는 진지하게 그럴 마음이 있었는데, . . ."(1.3.144-5)와 같은 셰익스피어 극의 시작에 묘사된 사건들과 명백한 연관 관계를 가지고 있기는 하다. 그러나 오셀로의 문장들 중에 오직 일부만이 필립스의 원천으로부터의 유명한 대사들을 적극적으로 떠올리게 한다. 예컨대, "나는 나에 관해 모든 것들이 말해지고 있는 언어에 대하여 단지 기본적인 파악만 할 뿐이었다"(1997:108)라는 문장은 1막 3장 81절에서 오셀로가 주장하는, "내 말이 너무 무례한가"라는 대사를 명백하게 시사한다. 그러나 이러한 말들은 직접적으로 181쪽에 이를 때까지는 사용되지 않았고, 그 때에도 아주 다른 등장인물의 입을 통해 사용되었다.

그래서 마치 당신이 흑인 톰 아저씨인 것처럼, 당신은 그녀가 움직일 때마다 붙어 다니고, 그녀의 변덕에 시중든다. 그를 위해 백인의 전쟁을 싸우며 / 베트남 군대에서 와이드 리시버 포지션 / 그 공화국의 씩 웃는 새치모는 그의 칼을 트럼펫처럼 올려들고 / 당신은 그들의 어깨장식을 단 유니폼 아래 당신의 검은 피부를 밀어 넣고, 그들의 단어들을 전유한다. (*내 말이 너무 무례한가*) (Phillips 1997:181)

이것은 중심적인 주인공들의 그것들과는 다른 목소리와 담론이 내러티브에서 들리는 몇몇 순간들 중 하나이다. 여기서 기표들은, "와이드 리시버"(wide receiver) "새치모"(Satchmo)라는 문구에서 알 수 있듯이, 분명하게 미국에서의 20세기 후반 목소리임을 가리킨다. "새치모"에 대한 언급은 (부정적으로) 재즈 명인 루이 암스트롱(Louis Armstrong)을, 이 운문의 배치는 재즈 가사와 셰익스피어극의 운문적 대사를, 최근 랩 음악의 리듬뿐만 아니라 모든 내재적으로 전유적이고 참조적인 형식들을 상기시킨다. 필립스가 다른 곳에서 베니스, 게토, 자살과 같은 그의 주요 주제와 초점들에 대한 백과사전적이고 사전적인 언급들을 포함시키고 있는 것이 그러하듯이, 이 문구에 "전유하다"라는 용어가 쓰이고 있다는 것이 필립스의 소설 기법에 관심을 끌게 한다. 이러한 것들은 셰익스피어가 그의 훌륭한 『오셀로』를 친찌오(Cinthio)의 단편인 이탈리아 원본에 대한 그 자신의 재작업으로 제작하고 있음을 강조하는 그 극작품에 대한 개입 방식을 포함하고 있다.

『피의 본성』에서 한 개인의 내러티브는 종종 예정된 종말 또는 종점(예컨대, 수용소로부터 에바의 해방)에서 시작해서, 시간 상 오로지 역행하여 움직인다. 그 소설의 서로 맞물려 있는 순환적 움직임들은 궁극적 비전이 희망적 또는 절망적인 것인지에 대한 질문을 열어 놓고 있다. 말카의 스토리는 역사란 단순히 일련의 실수들, 비극과 잔혹들을 반복하고 있는 것임을 시사하는 것으로 보인다. 그 소설은 결국 불가능한 포용의 이미지로 끝난다. 그러나 이런 움직임들은 또한 종점이나 종착역으로 나가고, 그래서 아마도 실제 대답은 순환성의 이미지 또는 개념 속에 놓여 있을 것이다. 그런 복잡한 주제에 대해서는 쉬운 대답이나 종결은 있을 수 없다. 기억과 망각에 대한 이런 미묘한 검토에서 독자는 어떤 사실에 대한 지식을 차단할 수 없다. 에바의 스토리가 수용소에서 해방되는 시점에서 끝날 수 없고, 끝나지도 않고, 그래서 독자들은 전후에 생존하려는 그녀의 고통스러운 노력, 영국으로의 여행의 실패, 그리고 결과적으로 그녀의 자살을 목격하도록 강요받듯이, 우리는 오셀로의 스토리가 키프러스의 해변에로의 행복한 도착의 순간에 끝나지 않는다는 것을 알고 있다. 필립스의 인유적 틀은 우리로 하여금 계속, 그 책을 넘어서까지, 읽도록 강요하고, 그 하나의 결과로 소설의 비극적 추진력은 불가피한 것으로 입증된다.

마이클 커닝햄의 『디 아워스』: 『댈러웨이 부인』에 대한 리핑

마이클 커닝햄(Michael Cunningham)은 그의 1998년 소설 『디 아워스』(*The Hours*)를, 삼중구조(tripthych)라는 개념을 이용해, 20세기 초 영국에서 1940년대 로스앤젤레스를 거쳐 1990년대의 뉴욕에까지 펼쳐 있는 여성 목소리들의 삼중구조를 통해 이야기되는 소설로, 즉 버지니아 울프(Virginia Woolf)의 『댈러웨이 부인』(*Mrs. Dalloway*)에 대한 "리프"(riff, 반복악절)로 그려냈다(Young 2003: 31). 울프의 1925년 소설은 1923년 여름 하루의 일로 한 무리의 런던 사람들의 스토리를 이야기한다. 커닝햄은 결코 직접적으로 이 사건들을 다시 말하거나 다시 쓰지 않지만, 『디 아워스』 도처에 이것들의 산만하고 유포된 존재가 감지될 수 있다. "디 아워스"는 울프 자신이 그녀의 단편소설 「본드 거리의 댈러웨이 부인」("Mrs Dalloway in Bond Street")을 발전시키고 확대해서 소설 길이의 형식으로 만들려고 노력하고 있던 작품의 가제였다. 이에 대한 울프의 1923년 8월 30일자 일기가 『디 아워스』의 제사로 사용되고 있다(Woolf 1981:263). 커닝햄 내러티브의 다양한 단계에서 우리는 버지니아 울프가 자신의 실험소설의 탄생을 생각하고 있음을 목격하고, 또한 우리는 그 소설을 읽음으로써 그녀의 지루한 일상으로부터 도피하고 있는 1949년 주부 로라 브라운(Laura Brown)을 보고, 그리고 1990년대 부분에서는 클라리사 본(Clarissa Vaughan)과 울프 소설에서의 그녀의 대응자(counterpart) 사이의 암시적인 연결이 분명하게 드러난다. 클라리사의 친구이며 작가인 리처드(Richard)는 농담으로 그녀를 "댈러웨이 부인"이라고 부르며, 그녀에게 반영을 강요한다. "너무 명백한 기호라서 무시할 수 없는, 그녀의 현재 이름에 문제가 있었다" (Cunningham 1998:10-11). 커닝햄은 여기에서 포스트모더니즘적 농담을 즐기고 있는데, 그의 상호텍스트적 혼성모방은 "너무나 분명해서 무시할 수 없는" 문학적 선조의 기호들과 기표들을 생각나게 한다. 이 소설 속 다른 이름들도 동등한 것을 말하고 있다. 로라 브라운의 이름은 의도적으로 울프의 매우 영향력 있는 에세이 「베네트씨와 브라운여사」("Mr Bennett and Mrs Brown")의 등장인물을 상기시킨다. 이 에세이는 부분적으로 픽션에 대한 새로운 접근의 선언문을 구성하며, 그녀 자신의 글쓰기를 아널드 베넷(Arnold Bennett), H. G. 웰스(H.G Wells)와 존 골즈워디(John Galsworthy)와 같은 동시대 작가들의 그것과 구별했다(Woolf 1988 [1923]).

커닝햄의 "리프"의 음악적 유사는 통찰력 있는 시도이다. 토리 영(Tory Young)이 주지하듯이, "그것[리프]의 새 작품 도처에 반향하고 있는 알려진 멜로디의 제시로, 이 음악적 정의는 비평가들이 그것을 설명하기 위하여 사용하곤 했던 "모사" 또는 "존경"과 같은 어떤 문학적 용어들보다 호소력이 더 강하다"(2003:33). 재즈 음악가들이 채택한 각색에 대한 접근―『옥스포드 영어 사전』(Oxford English Dictionary) 정의로 "리프"는 "재즈에서 짧은 반복되는 악절"

이다-과의 "리프"의 특수한 유사는 숙고할 가치가 있는 사안이다. 문학 비평가 테렌스 혹스(Terence Hawkes)는 서구 문화에서 셰익스피어에 대한 끊임없는 해석과 재해석과 재즈의 즉흥적인 배열들 사이의 시사적인 유비들을 끌어냈다(예컨대, Hawkes 1992 참조). 여기에서 커닝햄은 비록 『댈러웨이 부인』이 분명하게 그의 소설의 중심 상호텍스트일지라도 단일한 원천 텍스트에 대해서만 배타적으로 리프를 하지 않고, 울프의 픽션과 논픽션(편지, 에세이, 일기)과 그녀의 개인적 전기와의 공생적인 상호작용 속에 존재하는 하나의 텍스트를 창조한다. 댄스에서도 최근 안무가 웨인 맥그레거(Wayne McGregor)가 『댈러웨이 부인』, 『올란도』(*Orlando*), 그리고 『파도』(*The Waves*) 등의 삼부작에 근거하여, 또한 울프의 인생 스토리와 함께 섞어 짠 자신의 실험 발레 〈울프 작품들〉(*Wolf Works* 2015)을 만들었을 때, 유사한 것이 성취되었다. 그 발레에서 한 배우가 울프의 유서를 읽을 때 나이가 좀 더 많은 댄서가 무대에서 익사하는 그녀의 죽음을 공연하는 순간은 잊을 수가 없다. 커닝햄은 허마이어니 리(Hermione Lee)의 권위 있는 1996년 울프 전기에서 그의 창조적 영감을 얻었다고 종종 인정했는데, 그의 내러티브에서 플롯뿐 아니라 형식의 차원에서도 공생적 상호작용이 일어나고 있다. 『디 아워스』의 산문 스타일은 의식적으로 울프의 의식의 흐름(stream-of-consciousness) 수법을 모방하여, "뛰어 들다"(plunge)와 같은 『댈러웨이 부인』으로부터의 공명하는 단어와 문구를 반향하고 있다(Woolf 1992[1925]:3; Cunningham 1998:9). 커닝햄은 울프의 글쓰기 스타일의 혼성모방을 만드는 것을 좋아해서, 이러한 반향은 『댈러웨이 부인』에 국한되지 않고 울프의 다른 작품들까지 확장한다.

그러나 『디 아워스』의 사건들은 끊임없이 『댈러웨이 부인』의 사건들에 의하여 가려지고 그늘진다. 셉티무스 스미스(Septimus Smith)의 자살-그가 앓고 있는 1차 세계대전 때 참호에서의 직접 경험에 따른 외상 후 스트레스 장애에

무심하다고 그가 간주한 의사들에 의하여 추적을 당하자 그의 런던 집밖 난간에서 뛰어내려 죽게 되는—은 리처드가 뉴욕 아파트에서 뛰어내려 자살하는 것으로 재작업된다. 리처드는 그가 에이즈로 죽어가고 있기 때문에 죽음을 선택한다. 커닝햄의 명백한 페미니즘적 공감뿐 아니라 개인적인 성정치성은 이러한 특별한 전유를 설명해준다. 이러한 『댈러웨이 부인』은 페미니즘과 포스트모더니즘뿐만 아니라 20세기 후반의 퀴어 정치성에 의하여 형성된 것이다. 커닝햄의 특별한 "근접 이동"(Genette 1997[1982]: 304)은 20세기 초반부를 형성했던 에이즈와 전쟁의 공포와 같은 악성 전염병에서 2000년대의 등가물을 발견한다. 그러나 『디 아워스』는 어조 또는 접근에 있어서 전적으로 비극적이지는 않고, 소설의 중심에 게이 권리에 대한 해방적인 대우가 있어 낙관주의를 또한 더해준다. 커닝햄은 그의 일단의 등장인물들을 위해 이성애적 규범을 넘어서 존재하는 관계들의 자유를, 울프 자신의 매우 실험적인 블룸즈버리 공동체의 한계조차도 넘어서는 뭔가를 성취한다. 커닝햄의 스토리 버전에서 클라리사는 공공연한 게이인 리처드와 결혼하지 않고, 대신에 샐리 세톤(Sally Seton)과 풍요롭고 보람 있는 레즈비언 관계를 맺고 있다. 이것은 그 1925년 소설에서 숨겨진 단계로 단지 암시만 되었던 가능성을 구현하고 있으며, 또한 울프와 비타 색크빌 웨스트(Vita Sackville-West) 사이의 실제 관계를 재작업한 것이다.

커닝햄 소설의 삼중 시간대는 독자로 하여금 울프가 소설을 집필한 이래로 일어난 사회적 격변을 새기는 것을 돕는다. 로라 브라운과 그의 이웃 키티(Kitty) 사이의 긴장되고 자제하는 동성 키스는 20세기 대부분 동안 여성 성욕의 봉쇄, 그리고 1949년 미국에서 레즈비언 관계의 가능성을 억제하는 사회적 제한의 암시로써 기능한다. 그러나 소설의 1990년대 부분에서는, 커닝햄이 울프의 스토리를 그의 삼부작의 등장인물들과 내러티브의 병치된 공간들, 장소들과 시간들을 통한 연속적인 이동으로 현재로 가져오면서, 다양한 관계와 우정에 대한 충분한 잠재성이 실현된다. 1920년대의 런던은 1949년의 로스앤젤레스 그리고 1990년대의 뉴욕으로 대체된다. 『댈러웨이 부인』의 공간적 위치로 웨스트민스터(Westminster)는 지금 뉴욕의 웨스트 빌리지로 대체되는데, 그곳은 1960년대 광범위한 대도시 공동체 속에서 게이 권리 의식의 여명과 관련된 1969년 스톤월(Stonewall) 폭동의 중심부로 정치적인 명성의 장소이다. 이 소설은 그것의 음악과 움직임, 그것의 내러티브 안무, 전유 문학의 반복되는 특징인 전치와 전위로 만들어진 작품이다. 이런 연속의 이동으로, 어떤 장소나 스토리도 완전히 다른 것을 대체하지 않는다. 즉 삼중 스토리 구조에서 각 요소는 그 안에 다른 것과의 연결과 결합을 포함하고 있다. 이것은 아마도 리처드의 자살에 이어 그의 소원해진 어머니가 클라리사의 아파트에 도착한 소설의 마지막 순간에 가장 명백하게 드러난다. 뒤늦게 독자들은 토론토 사서가 리처드의 삶에서 부재함으로써 그를 압박하고 괴롭혔지만 또한 그녀의 책과 독서에 대한 사랑이 그로 하여금 작가로서 성장하는데 명백하게 영향을 준 소설의 LA 부분에 등장했던 로라 브라운이었다는 사실을 알게 된다. 마찬가지로, 1940년 울프의 익사에 의한 자살로 시작하는 소설은 리처드의 죽음으로 다시 원점으로 돌아오지만, 우리는 내러티브 초반 주요 순간에 『댈러웨이 부인』을 읽는 로라 자신의 죽음과 도주에 대한 꿈을 또한 떠올리게 된다.

순환적이고 반복적 움직임들은 이 소설의 구성의 핵심적인 면모이다. 그러나 이것은 우리가 이미 보았던 리스의 반복이 충만한 『광막한 사르가소 바다』에서, 수정된 상황이지만, 필립스의 『피의 본성』의 반복되는 사건들에서, 쿠체의 『포』의 내러티브 지연과 귀환에서, 작동하고 있는 방식이다. 『디 아워스』에는 세 목소리와 배경 사이의 그물망 같은 연결뿐만 아니라 그 자체로 순환적이거나 선회적인 그리고 언어적인 주악상(leitmotif), 즉 20세기 여성의 삶과 관계되는 컵, 그릇, 케이크, 일상적인 생활용품들의 내러티브를 형성하는 구절과 상징들의 다양한 반복들이 있다. 2002년 스티븐 달드리(Stephen Daldry) 감독이 각색한 커닝햄 소설의 영화 버전에서, 이러한 이미저리는 시각적 맥락에서 두 차례 유발되는데, 그 연결 조직은 필립 글래스(Philip Glass)의 강물처럼 굽이치는 훌륭한 피아노 선율에 의하여 제공된다.

〈디 아워스〉에서 이 독특한 음악 부분은 공간적일 뿐 아니라 시간적이다. 직선적 연결은 일부러 거부되고, 울프의 종말, 즉 그녀의 강변 자살로 시작하지만 그전의 시간으로, 『댈러웨이 부인』의 집필 전으로 돌아간다. 시간상, 앞으로뿐 아니라 뒤로 향하는 이러한 움직임들은 이 장에서 다루었던 필립스의 역사 중심 소설 『피의 본성』과 같은 다른 전유 소설들의 반-직선적 구조에도 중요한 것이다. 순환적이고 반-직선적 스타일을 여성의 글쓰기와 관련시키는 것은 아마도 보편적인 것이 되었다(Sanders 2001: 142). 그러나 그 스타일을 보다 일반적으로 분열시키는 또는 반-규범적인 입장과 관련시키는 것이 더 정확하다고 할 수 있다. 필립스의 소설은 인종적 정체성과 주변화의 문제에, 커닝햄의 소설은 게이 권리의 문제에 관여한다. 이러한 작가들 모두 어떤 영역과 의제를 묘사할 권리를 요구하고 있다(울프 자신이 했었던 것처럼). 다시 말하자면, 이것들은 일련의 매우 개인적이고 지역적 입지와 스타일적 효과를 매개로 수행된 정치적이고 이념적인 전략들이다. 『디 아워스』의 반복과 순환적인 것들은 그 정전적 원천을 되돌아보는 그리고 그 페이지들 안에 울프 자신의 매우 순환적이고 음악적인 창조의 텍스트 흔적들을 내포하고 있는 소설에서는 아마도 불가피한 것이다. 클라리사 본이 70년 전으로 거슬러 올라가 영국 소설에 등장하는 같은 이름의 여자의 행동을 다시-창조하고, 그 1920년대 소설의 바로 그 행동 또는 의도된 행동을 반복하는, 도심 산책 경험으로 1990년대 뉴욕의 거리풍경 속으로 발을 내딛으며 그녀 자신이 말했듯이, "사야 할 꽃들이 여전히 있다"(Cunningham 1998: 9).

"우리 '다른 빅토리안들'"
또는, 19세기를 다시 생각하기

전유에 대한 역사적 사실에 근거를 둔 고찰을 통해 명백해진 것은 전유에 대한 관심이 특정 작가와 텍스트를 중심으로 항상 밀집하고 있다는 것이다. 셰익스피어, 신화, 그리고 동화는 전유와 다시-보기에 숙달된, 그리고 점점 글로벌화되고 멀티미디어적인 맥락에서, 원형적 내러티브의 저장소로 이미 이 책에서 상술되었다(2부 참조). 데포(Defoe)의 『로빈슨 크루소』(*Robinson Crusoe*)와 샬롯 브론테(Charlotte Brontë)의 『제인 에어』(*Jane Eyre*)와 같은 특정 텍스트에 대한 관심 또한 부분적으로 정전이라는 측면에서 설명되었다. 즉 이러한 텍스트들이 무엇을 나타내고 있는지, 결과적으로 그 텍스트들에 대한 높은 수준의 접근은 어떤 것인가가 설명되었다. 찬탈 자부스(Chantal Zabus)가 언급했듯 "각 세기는 그 세기를 대표하는 이상적인 텍스트를 갖고 있다". 17세기를 대표하는 『템페스트』(*The Tempest*), 18세기의 『로빈슨 크루소』, 19세기의 『제인 에어』, 20세기 전환점의 『어둠의 심장』(*Heart of Darkness*)과 같은 텍스트를 그 예로 들 수 있다. "그러한 텍스트들은 다른 텍스트들의 선구적 텍스트로써 기능한다"(2002: 1). 데포의 소설은 그 형식에 있어 초기 실험으로 특별한 의미의 부담을 담고 있다. 『제인 에어』는 페미니즘에 의미를 부여하는 텍스트일 뿐만 아니라 고딕 로맨스와 같은 대중적인 장르들과도 흥미로운 연관성을 갖고 있다. 대중 문화적 상상 속에서의 강력한 존재성과 더불어 정전성은 각색과 전유를 위해 원작에 요구되어지는 하나의 특징으로 간주된다. 텍스트 간의 유사성과 차이점들을 평가하는 즐거움과 그 접근 방법에 있어서 원작을 얼마나 따라가고 수정하는가의 정도를 판단하는 즐거움은 그 작품들에 얼마나 동화되었고, 몰두했었고, 시대에 맞게 재구조화하고, 수정했는지에 대한 선지식을 요구한다.

그러나 전유의 역사적인 탐구를 통해 나타나는 사실은 각색 과정을 자극하고 촉발시키면서 계속 진화하는 역동적인 관심을 끌어내는 특정한 텍스트나 작가들뿐만 아니라 특정한 장르 혹은 아마도 특정 시대들에 대한 관심이다. 그러한 장르와 시대, 작가들은 특정한 순간에 문화적으로 가시화되고, 공유된 (재)창조적 충동의 초점이 된다. 이러한 것의 특정한 그리고 지속되는 예는 의심할 여지없이 빅토리아 시대(1837-1901)이다. 이 장에서 다루겠지만, 전유들은 등장인물, 줄거리와 총괄적인 관습들뿐 아니라 내러티브 어법과 스타일을 약탈하기 위해 19세기 중반의 장면으로 반복적으로 회귀하고 있다. 지금 우리가 살펴볼 것은 이러한 충동 이면의 동기들이다.

빅토리아 시대가 하나의 실천으로써의 각색에 있어서 그 스스로를 투자하고 있다고 말하는 것이 공정한 표현이다. 아드리안 폴(Adrian Poole)은 희곡에서 시 그리고 회화와 소설을 아우르는 그 시대의 예술적 생산품에서 셰익스피어의 우세성을 피력해왔다(Poole 2004). 조지 엘리엇(George Eliot), 토마스 하디(Tomas Hardy), 찰스 디킨스(Charles Dickens) 그리고 라파엘 전파 모두들 시인 셰익스피어를 언급했다. 그리고 이러한 재창조적 충동에 굴복했던 사람들은 이 전대의 작가들뿐만이 아니라, 디킨스 그리고 월터 스콧경(Sir Walter Scott)의 소설과 등장인물들 또한 그 시대의 공적인 무대 위에서 생생한 내세를 즐겼다. 심지어 디킨스는 그의 작품 『니콜라스 니클비』(*Nicholas Nickleby*, 1838-9)에서 니콜라스가 "247권의 소설이 나오자마자, 그것 중 어떤 것은 더 빨리 극화 작업을 했던 작가 신사"(Cox 2000: 136에서 인용)를 만났을 때 이러한 사실을 풍자하기까지 했다. 존 파울즈(John Fowles)도 빅토리아 소설의 포스트모더니즘적 다시-창조하기인 『프랑스 중위의 여자』(*The French Lieutenant's Woman*)에서 유사한 풍자를 이용하고 있다. 여기서 등장하는 하인 샘 패로우(Sam Farrow)는 『피크윅 클럽의 유문록』(*Pickwick Papers*)의 등장인물 샘 웰러(Sam Weller)와 비교되지만, 파울즈는 디킨스의 소설에서가 아니라 대중적인 무대 각색을 통해서 알고 있다는 것을 우리가 알게 되는 등장인물이다(Fowles 1996[1969]: 46). 디킨스가 그의 작품에 대한 드라마 각색, 적어도 몇몇 각색의 질에 대하여 이의를 제기한 것은 그 시대의 소위 상위문화와 하위문화의 산물 사이의 명백한 구분을 심화하여 드러내 보인 것이다. 고급예술에는 저자권과 독창성의 가치가 부여되었다면, 대중문화에는 각색의 뒤늦음(belatedness)이 스며 있다. 20세기에 문화 연구라는 새롭게 도입된 학문의 도래와 함께 스튜어트 홀(Stuart Hall), 레이몬드 윌리엄즈(Raymond Williams)와 같은 학자들은 대중문화의 형태로 각색하는 경향들을 찬미하는 것에 대하여 보다 더 많은 근거를 찾았다(Hall 1972: 96). 빅토리아 시대가 부분적으로 그 시대의 상위와 하위 예술 간의 상호교류와 교차생식 때문에 학문의 다시 보기 시대에 하나의 주제로서 호소력이 있었다는 것은 강조할 만한 가치가 있다.

19세기의 하위문화와 상위문화, 즉 엘리트 문화와 대중문화 간의 간극에 가교 역할을 한 문학 장르는 소설이다(Wheeler 1994 참조). 많은 소설들이 그 당시에 연재로, 즉 줄거리와 등장인물들에 대한 독자의 중독을 조장하여, 독자로 하여금 다음 연재물을 충실하게 기다려 구매하도록 유인하는 방식으로 고안된 손에 땀을 쥐게 하는 결말을 수단으로 서스펜스를 창조하는 작가의 기술을 연마하게 만드는 연재방식으로 출판되었다. 이러한 관행은 오늘날 라디오, TV, 스트리밍 사이트상의 연속극에서 여전히 사용되고 있다. 19세기는 소설장르 내부의 하위 장르들의 확산을 목격했다. 그들 가운데, 초기 실험들로 연재방식으로 소설을 분할하여 출간하는 경향에 의해 장려된 서스펜스 소설, 당대의 스캔들이 되었던 법정 재판에 대한 애호에서 기원한 그리고 특히 여성에 초점을 둔 등장인물이 등장하는 1860년대 정점에 달한 선정문학, 빅토리아 소설에서 범죄, 범죄학, 법의학에 대한 폭 넓은 관심과 연관해서 순전히 자력으로 하위 장르로 출현하기 시작한 추리소설, 그리고 토마스 하디(Tomas Hardy), 조지 엘리엇(George Eliot), 엘리자베스 케스켈(Elizabeth Gaskell) 등의 작가들에 의해 개척된 산업소설, 지역주의 소설 등이 있었다.

20세 후반 포스트모더니즘 운동이 메타픽션(metafiction)에 대한 관심을 갖게 됨에 따라 그리고 이전보다 더욱 명백하고 해체적인 양식으로 그 원천을 인정하는 글쓰기에 대한 관심을 발전시킴에 따라, 빅토리아 시대는 검토하고 전유하는 다양한 범주의 장르와 방법론을 제공하기에 이르렀다. 도미니크 헤드(Dominic Head)는 그레이엄 스위프트(Graham Swift)의 작품 『워터랜드』(*Waterland*)에서 이러한 충동을 간파했다. "스위프트의 자의식의 일부는 19세기 영국 소설에서 확인된 많은 소설 장르들을 활용하는 것이다. 왕조 대하소설, 고딕 소설, 탐정 스토리 그리고 가장 중요한 것으로, 그 환경과 밀접한 연관성을 맺고 있는 등장인물들이 등장하는 지역주의 소설"(Head 2002: 295). 헤드는 스위프트의 이러한 재작업이 패러디가 아니라 모더니즘과 포스트모더니즘의 굴절을 통해 성취된 소생시킴의 과정이라고 강조한다(205). 주제들은 현대 심리학적, 과학적 지식에 의해 구체화되고, 묘사들은 성욕과 정체성에 대한 더욱 관대하고 자유방임적인 접근의 결과로 채워진다. 그 충동은 공유된 제재에서 새로운 발견이나 혹은 통찰을 가능하게 하는 새로운 맥락 내에서의 확장이나 변경과 함께, 인용과 다시-창조하기를 지향한다.

빅토리아 소설의 가장 잘 알려진 현대적 "다시-창조하기"의 다수 작품들은 자의식적으로 그들 스스로를 19세기의 대중적 하위 장르와의 연관성 속에 위치시키고, 단순한 모방이라기보다는 그러한 형태들의 비평적 재평가에 개입한다. 존 파울즈의 『프랑스 중위의 여자』라는 작품은 그 핵심 속에 미스터리 소설과 과학적 논문의 흔적들을 담고 있는 로맨스이다. A. S. 바이어트(A. S. Byatt)의 『포제션』(Possession)은 탐정 소설의 한 형태로, 문학 비평 행위 자체에 대한 자의식적인 재작업이다. "문학 비평가들은 타고난 탐정들이 된다" (1991: 237). 우리는 의도적으로 더욱 전통적인 각색학 형식 또는 상당히 비방을 받는 충실성에 기반을 둔 비평을 지지하는 일대일 관계를 지양해왔다. 대신 우리가 다루고 있는 것은, 그레이엄 앨런(Graham Allen)이 만든 "트랜스텍스트성(transtextuality)"의 한 형식을 통해, 그들 자신의 시대에 대하여 말하기 위한 수단으로 전체 시대를 다시 형성하고 있다는 사실을 의식하고 있는 작가들이다. "소설들은 앤 레드클리프(Ann Radcliffe)의 고딕 소설 『우돌포의 비밀: 로맨스』(The Mystery of Udolpho: A Romance)처럼 부제를 포함시킴으로써, 특정 장르, 하위 장르 또는 관습과의 그들의 아키텍스트적(architextual) 관계를 푯말로 표시할 수 있다"(Allen 2000: 102). 바이어트의 작품 『포제션: 로맨스』 (Possession: A Romance)는 이러한 패턴들을 반복하여, 그녀의 내러티브와 로맨스 장르와의 연관성을 표시할 뿐 아니라 레드클리프에 대한 직접적인 인유가 될 수 있다. 파울즈와 바이어트의 텍스트는 모두 19세기 소설을, 특히 엘리엇과 하디의 소설을 연상시키는 방식으로 인쇄된 페이지 상에, 방대한 문학의 인용문들, 파울즈의 경우에는, 각 장에 제사를 제공하는 사료편찬적인 인용문들과 함께 배열되어 있다. 이러한 점에서 그것들은 모든 파라텍스트적(paratextual) 제재들로 미학적으로뿐 아니라 물질적으로 빅토리아 소설의 양식을 재창조하고 있다.

『프랑스 중위의 여자』의 경우, 이러한 인용들이 실제의 그리고 확인된 19세기 원천들로부터 기인한 것이지만 또한 에이서 브릭스(Asa Briggs)와 G. M. 영(G. M. Young)의 작품과 같은 "역사적" 다시-창조하기로부터 기인하고 있다. 여기에 역사의 텍스트성과 텍스트 또는 내러티브로써 역사의 입지에 대한 흥미로운 인식이 함축되어 있다. 헤이든 화이트(Hayden White)는 『메타역사』(Metahistory)에서 여느 역사 작품은 여느 소설 작품처럼 수사학적 구성의 작품이며, 역사적 내러티브들을 가로지르는 수사학적 표면들의 작용은 자세히 얘기되는 사건 또는 "사실들"만큼이나 독자들에게 영향을 미친다는 유명한 주장을 한다(1973: 3). 이러한 근거로, 역사는 관점의 문제라는 것이다. 역사는 역사가의 주제를 보는 관점과 이데올로기에 의해 영향을 받고 형성된다. 우리가 여기서 다루고 있는 19세기를 재방문하여 주변화된 또는 억압된 그룹의 목소리를 찾고자 하는 몇몇 각색들은 "숨겨진 역사들", 사실과 소설의 출판된 작품들의 행간에 있는 스토리들을 드러내고자 하는 그들의 탐색에 있어서 유사한 무엇인가를 제시한다. 메타픽션과 메타역사는 텍스트들의 구조화된 특성에 대한 이러한 자의식의 과정 속에서 흥미롭고 도발적인 방식으로 충돌한다.

바이어트의 『포제션』에서 그녀가 제공하는 각 장의 제사들은 그녀가 전유하고 있는 시기로부터 한 단계 더 떨어진 곳에 위치하고 있다. 왜냐하면 그 제사들은 작가가 19세기의 "실제" 문학작품을 단순히 닮게 만든 창조물들이기 때문이다. 롤랜드 미첼(Roland Michell)과 모드 베일리(Maud Bailey)라는 현대적 대응관계를 가지는 등장인물들의 학술적 연구의 주제로, 빅토리아 시인들 랜돌프 애쉬(Randolph Ash)와 크리스타벨 라모트(Christabel Lamotte)의 운문을 (재)창조함에 있어서, 바이어트는 로버트 브라우닝(Robert Browning), 크리스티나 로제티(Christina Rossetti), 에밀리 디킨슨(Emily Dickinson)과 같은 19세기 시인들의 실제 작품을 언급한다. 애쉬의 작품은 그의 작품 속의 일종의 시적 복화술과 특히 그의 드라마적 독백에서 실제와 허구의 개인적 목소리를 창조하고 다시-창조하는 능력으로 칭송을 받았던 브라우닝과 특별한 유비를 제공한다. 그 소설의 주요 등장인물 중 한 사람인 모르티모 크로퍼(Mortimer Cropper)가 쓴 애쉬의 전기에는 『위대한 복화술사』(*The Great Ventriloquist*)라는 제목이 붙어져 있다. 이는 마치 이 소설의 과정에서 페미니즘과 포스트모던적 문학비평의 어조와 용어뿐 아니라 빅토리아 시대로부터의 편지, 저널과 시 등을 혼성모방한 바이어트 자신의 글쓰기 안에서 이러한 양식에 대하여 관심을 끌어들이기 위한 것처럼 보인다(Hurbert 1993: 56).

"나의 스토리의 시대에"

"다시-창조하기" 픽션은 결코 순수한 복화술이 아니다. 그것은 다른 시대라는 유리한 시점에서 읽고 있다는 것에 대한 독자의 인식에 의존한다. 바이어트는 그의 작품 『포제션』에서 19세기와 20세기의 유비적인 로맨스와 이중적인 스토리라인을 섞어 짬으로써 이러한 고의적인 불연속을 확보했다. 파울즈는 더 나아가 현대적인 용어의 메타픽션적 인식을 그의 포스트모던적 내러티브로 짜넣고 그의 역사적 등장인물들과 주제에 대한 그와 우리의 반응을 이해하고 결정하고 있다. 『프랑스 중위의 여자』에서 "우리는 여기에서 만난다, 다시 한 번, 두 세기 사이의 논쟁의 이러한 뼈대"(1996 [1969]: 52)와 같은 구절은,

그 악명 높은 장에서 객차에서의 작가와 그의 등장인물의 조우가 그러하듯이, 그 두 시대의 사고방식 사이의 조우에 대한 관심을 끌어낸다. 파울즈의 방법은 빅토리아 내러티브 스타일의 일괄적인 복화술을 거부하는 것인데, 대신에 그는 이미 우리가 전유 방식에서 동력으로 확인한 병치, 비교, 대조에 의존을 한다. 예컨대, 그는 자신이 19세기 소설에 대해 많은 것을 기억할 수 있는 전지전능한 내레이터가 아니라고 주장한다. "만약 내가 지금까지 내 등장인물의 마음과 내밀한 사고에 대해 알고 있는 척 해왔다면, 그것은 내가 나의 스토리의 시대에 보편적으로 받아들여질 수 있는 관습(의 어휘와 "목소리"를 내가 취해왔던 것처럼) 안에서 쓰고 있기 때문일 것이다. 소설가는 신 옆에 서있는 것이다"(97). 대조적으로 그의 시대는 1960년대이고, 성적으로 해방된 시대이며, 후기 구조주의의 시대이다. "나는 알랭 로브그리예(Alain Robbe-Grillet)와 롤랑 바르트(Roland Barthes)의 시대에 살고 있다"(97). 사실, 『프랑스 중위의 여자』의 13장에서 파울즈의 신은 실존주의적 창조물로 입증되고 있다. 이것은 저자권의 해체라기보다는 그것의 명백한 거부를 의미하는 것이며, 롤랑바르트의 이론적인 저서 속에 나타난 독자의 "자유"에 대한 주장들에 대한 흥미로운 반향을 제공하는 것이다. 그러나 파울즈에게 그 자유는 작가가 존경하도록 강요받았다고 주장하는 소설의 등장인물의 자유로 근본적으로 다시 상상되고 있다. 바로 여기에 재스퍼 포드(Jasper Fforde)의 현대 소설과의 흥미로운 접점이 존재하는데, 포드의 소설에서 문학적 고전으로 여겨질 수 있는 텍스트들, 즉 정전적 텍스트들로부터 유래한 소설 등장인물들은 고의적으로, 계획적으로 그들의 원천으로부터 떨어져 나가서 자유로워지고, 완전한 독립이 허용된다. 예컨대, 포드의 작품『제인 에어 납치 사건』(*The Eyre Affair*, 2005)에서 문학적인 탐정, 써스데이 넥스트(Thursday Next)는 샬롯 브론테의『제인 에어』와 연관이 있는 미스터리를 풀고 있다. 제인 오스틴(Jane Austen)의『오만과 편견』(*Pride and Prejudice*)에서부터 리치멀 크롬튼(Richmal Crompton)의 저스트 윌리엄(Just William) 소설까지와 일련의 상호텍스트들인 후기 소설들에서도 일익을 담당하고 있다.

제임스 윌슨(James Wilson)의『더 다크 클루』(*The Dark Clue*)는 빅토리아 소설의 전유라는 메타픽션적 측면에 대해서는 덜 명시적인 반면에, 1860년대에 정점을 찍었던 양식, 즉 19세기 선정소설의 스타일을 혼성모방함으로써 파울즈와 바이어트의 소설들과 유사한 무엇인가를 성취하고 있다(Pykett 1994: 1). 윌슨은 일인칭 내러티브로 유사-법률적 목격자 진술로 된 세심한 선정소설의 복원을 다시-창조하는 반면, 그는 또한 윌키 콜린스(Wilkie Collins)의 1860년대 소설『흰옷을 입은 여인』(*The Woman in White*)이라는 특정한 정전적 텍스트를 암시하고 있다. 콜린스의 이 소설은 선정소설이라는 특별한 장르의 시조로뿐만 아니라 하나의 장르로써 범죄소설, 그리고 그 후의 텍스트인『월장석』(*The Moonstone*, 1868)에서 더 완전하게 구체화된 탐정소설이라는 특정 양식의 선구로 유명하다. 또한 윌슨은『더 다크 클루: 서스펜스 소설』(*The Dark Clue: A Novel of Suspense*)이라는 소설의 부제로, 그리고 편지, 업무일지와 법적 증언들의 조합을 통해 구성된 내러티브에 대한 콜린스 자신의 탐닉의 혼성모방으로, 미스터리와 범죄소설이라는 빅토리아 시대의 하위장르를 재방문하는 것에 대한 자신의 관심을 표시한다. 린 파이킷(Lyn Pykett)은 콜린스의 소설이 그 당시 멜로드라마라는 대중적이고, 인기 있는 무대에 얼마나 많은 빚을 지고 있는지에 대해 지적했으며(1994: 4), 윌슨은 내러티브에서 한때 희곡의 혼성모방을 포함시켜 이것을 인정하는 것으로 보인다.

당대의『흰옷을 입은 여인』이 갖는 의미는 다양한 무대 각색들과 관련 상품들까지 있을 정도였다(Collins 1999 [1860]: vii). 이러한 문화적 잠재력은 그것이 뮤지컬과 텔레비전 각색의 주제가 되는 오늘날까지 계속되어, 그 소설의 멜로드라마에 대한 창조적 근접성을 또 다시 인정하게 된다. 윌슨의 소설은 『흰옷을 입은 여인』의 두 주인공, 화가인 월터 하트라이트(Walter Hartright)와 그의 이복누이 마리안 할콤(Marian Halcombe)을 소생시켜, 다시-목소리 내기를 시킨다. 이 어울리지 않는 커플은 악랄한 남편, 퍼시벌 글라이드 경(Sir Percival Glyde)에 의해 가짜 신분으로 정신병원에 사실상 감혀 있게 된 마리안의 언니 로라(Laura)의 허위 죽음에 관한 콜린스의 스토리에서의 원래 미스터리를 해결했다. 『더 다크 클루』에서 월터와 마리안은 다시 한 번 아마추어 탐정 역할을 수행한다. 그러나 이번에 그들에게 부여된 임무는 화가 J. M. 터너(J. M. Turner)의 후기 인생을 연구하는 것이고, 하트라이트는 그에 관한 전기를 쓰는 일을 맡았다. 바이어트와 파울즈의 "다시-창조(re-creations)"에 대한 유비적 양식으로, 윌슨은 여기에 그 시대의 허구적 그리고 실제 인물들을 합병시킨다. 그 과정에서 그가 또한 할 수 있는 것은 후 세대의 소설 비평가들과 학자들에 의해 확실히 밝혀질 콜린스의 텍스트에 단지 암시만 되어 있는 많은 성적 긴장들을 명시적인 것으로 만드는 것이다. 예컨대, 존 서덜랜드(John Sutherland)는 마리안과 전형적인 멜로드라마적 이탈리아 악당, 포스코 백작(Count Fosco) 사이의 대결에서 『흰 옷을 입은 여자』의 성적 저류를 찾아낸다. 그러나 월터가 마리안의 전통적으로 더 아름다운 이복 자매와 결혼함에도 불구하고 마리안과 월터 사이에도 성적인 끌림이 분명히 있다. 윌슨은 소설의 후반부에서 주인공들 사이에 문제의 소지가 있는 성적 조우가 발생할 때 이러한 면에서 독자의 기대를 만족시키고 있는 것으로 보인다.

『더 다크 클루』텍스트의 이러한 성적으로 적극적인 요소는 빅토리아 시대의 성적 저류와 억압 탐구에 대한 소설의 더욱 폭넓은 투자의 일부이다. 이것이 월터가 그의 연구 과정에서 밝혀내는 터너의 삶의 숨겨진 많은 미스터리들을 구성한다(흥미롭게도 이 주제는 2014년에 마이크 리(Mike Leigh)가 감독한 최근의 전기영화, 〈미스터 터너〉(*Mr. Turner*)에서 차용되었다). 바이어트의 『포제션』의 그것과 유비적인 방식으로, 그 전기 작가의 기교는 탐정 혹은 법의학자의 그것과 비교된다. 그 과정에서 월터는 그 자신의 인격의 더욱 어두운 면들과 조우해야 하고, 나아가 콜린스의 다소 너무 완벽한 위인에 대한 묘사를 복잡하게 만든다. 하트라이트를 매료하기 시작한 터너의 화가로서의 묘사 기교의 특징 중 하나가 『옥스퍼드 영어 사전』(*Oxford English Dictionary*)에서 다양한 방식으로 정의하고 있는 명암법(chiaroscuro)에 대한 그의 전개이다. 우선, 미술 용어로 그 단어는 "드로잉과 그림에서의 빛과 명암의 처리"이다. 이것은 터너의 스타일에서 쉽게 식별 가능한 요소이며, 하트라이트가 필적하고자 추구하는 요소이다. 그 소설은 터너의 그림들을 사건들이 어떻게 그리고 왜 그런 식으로 전개되는지를 해독하는 수단으로 줄곧 강력하게 인식할 것을 조장한다. 그러나 명암법은 "문학에서의 대비의 사용"을 의미할 수 있는데, 이는 각색의 매력을 묘사하는데 사용될 수 있다. 마지막으로, 그 용어는 "절반의 드러냄"(*chiaro* = clear, *oscuro* = dark/obscured)이라는 이탈리아의 어원을 통해 그 의미를 유추할 수 있다. 윌슨의 제목은 이러한 생각의 번역(transliteration)이며, 그러나 그것은 또한 그레이엄 스위프트(Graham Swift)가 『백일하에』(*The Light of Day*)에서 알고 있는 모험을 탐정소설 형식 속에 넣은 것에서 우리가 앞서 입증했던 것(4장 참조)을 드러내 보이는데 탐정소설을 투입하고 있음을 강조해준다. 숨겨진 혹은 어두운 것들에 대한 이러한 주목은 또한 우리로 하여금 소설에 드러난 빅토리아 문화의 더 어두운 면들, 즉 터너의 삶이 교차되는 그리고 글자 뜻 그대로 월터를 어두운 뒷골목으로 끌고 가는 포르노그래피와 매춘의 세계와 같은 어두운 이면들을 고찰하도록 유도한다. 이와 같은 빅토리아 사회에 대한 어두운 저류는 『프랑스 중위의 여자』에서 이중적 관점으로 독자로서 우리에게 빅토리아 사회에 내재하는 불일치와 모순들을 인식하도록 가르친 파울즈를 난처하게 만든다. "우리가 19세기에 직면했던 것은 무엇인가? 여성들이 두려워했던 시대, 몇 파운드로 13세의 소녀를 살 수 있었던 . . . 이 나라의 전체 역사를 통틀어 어느 때보다 더 많은 교회들이 지어졌던, 그리고 런던의 60개의 집 중 한 곳이 매춘을 하는 집이었던 곳"(1996 [1969]: 258). 독자는 이러한 종류의 층을 이루고 있는 소설을 조우할 때, 단서들을 해독하고, 유비관계를 파악할 뿐 아니라 소설에서 성취된 19세기의 해석과 최근 맥락의 해석 사이의 의미 있는 차이들을 기입하는, 일종의 탐정으로 행동하게 된다. 이것은 각색에 의해 고무되는 하나의 특별한 독해력이며, 토마스 레이치(Thomas Leitch)가 "각색을 통한 다시 읽기"라고 명명한 과정을 의미한다(2007: 303).

인상적인 표면적 성취들뿐 아니라 동시에 활발한 암흑가와 하위문화들을 이루었던 빅토리아 시대는 각색 작품이 강조하고자 추구할 수 있는 문화적 모순들에 대한 특별한 예시들을 제공해준다. 이는 종종 그렇게 불러지는 "네오-빅토리아주의"(Neo-Victorianism)에 대한 계속되는 매력을 부분적으로 설명할 수 있을 것이다(Kaplan 2007; Helmann and Llewellyn 2010; Boehm-Schnitker and Gruss 2014). 그것에 대한 예술적 개입에는 미래 기술과 산업 시대를 혼합하는 스팀펑크(Steampunk)의 과학 소설 하위 장르와의 명백한 연관성이 또한 있다. 빅토리아 시대와 더불어 그리고 통하여 사고하는 것은 런던에서부터 상해까지 이르는 글로벌적인 도시화에 대하여 숙고하는 것을 가능하게 하며, 제국과 제국주의뿐 아니라 계층과 위계질서의 문제들을 확실히 부각시킨다. 가야트리 스피박(Gayatei Chakravorty Spivak)이 언급했듯이, "영국의 사회적 미션으로 이해되었던 제국주의가 영국인들에게 영국의 문화적 재현의 주요한 일부였다는 것을 기억하지 않고서는 19세기 영국 문학을 읽는 것은 가능하지 않다"(1997 [1989]: 148). 이러한 모든 것들은 현대에 소설, 영화, 그리고 다른 매체들을 통해 빅토리아 소설의 관심사들을 재작업하고 재언급하는 것에 대한 지속적인 관심을 강력하게 설명해준다. 그러나 이러한 관심에 대한 동기가 더욱 탐구할 가치가 있는 것이다.

빅토리아 시대 전체뿐만 아니라 1860년대라는 특정 10년 동안에 대한 관심이 부상하고 있다. 이 시기는, 이미 언급되었듯이, 선정소설의 시기이고, 탐정소설과 살인 미스터리와 같은 소설 장르가 출현한 시기이다. 이 장에서 우리가 지금까지 초점을 맞추고 있는 모든 전략들은 그 뿌리를 이 시기에 두고 있다. 찰스 디킨스의 『위대한 유산』은 그 행위의 배경은 몇 년 전이지만 1860년대에 출판되었고, 그 관심을 반영하는 글쓰기의 새로운 모델의 유행뿐만 아니라 범죄에 대한 당대의 관심의 흔적들을 담고 있다. 소설에서 범죄학과 범죄문학에 대한 연구물로 채워진 웨믹(Wemmick)의 개인 서재는 이러한 관계성에 대한 단지 하나의 명백한 기표이다. 그러나 이 소설이 가지고 있는 정평이 난, 고도로 발전된 자연과 양육의 이론에 대한 관심사가 시사하듯이(Dickens 1994 [1861]: ixv), 1860년대는 빅토리아 시대의 사회적, 문화적 가치들의 더욱 심원한 맥락에서 빅토리아 소설과 그 뿌리들을 포스트모던적으로 재구상함에 있어서 결정적 전환을 대변하는 시기였다. 이는 다윈의 진화론 형성에서 세계와 정체성의 종교적 이해에 대한 최대의 도전들을 목도한 시기였다. 1859년 『종의 기원』(The Orgin of Species)의 출간과 이 책의 환경적 적응이라는 내러티브의 영향은 그레이엄 스위프트의 소설 『에버 애프터』(Ever After) 속에 이미 기재되었다는 것을 3장에서 논의 했다. 그러나 그것은 또한 세계를 이해하고 바라보는 관습적인 빅토리아 방식에 대하여 다윈이 제기한 과학적 도전들에 열려있는 지질학자를 중심 등장인물로 등장시킨 파울즈의 『프랑스 중위의 여자』(또 하나의 스위프트의 상호텍스트)의 많은 제문들을 제공한다. 칼 마르크스(Karl Marx)의 『자본론』(Das Kapital)의 첫 권이 1867년에 출판되었다는 사실은 1860년대를 신기원의 변화 시기로 생각하는 것에 신빙성을 부여한다.

『위대한 유산』은 정기간행물 『일 년 내내』(*All the Year Round*)에 1860년 12월에서 1861년 8월에 걸쳐서 일 년 동안 분할 연재 형식으로 처음 출판되었다. 1860년에 이 정기 간행물은 적응, 변형, 생존의 다윈의 이론에 대한 에세이 형태의 두 개의 중요한 부록판, 6월에 「종」("Species"), 7월에 「자연선택」("Natural Selection")을 출판했다. 핍과 에스텔라 두 사람의 플롯 궤도를 통해 생물학적인 기원은 우리의 복잡한 사회적, 환경적 구성의 일부일 뿐이라고 주장하는 디킨스의 소설에도 이러한 영향력이 과소평가될 수 없다. 길른 비어(Gillian Beer)는 『다윈의 플롯』(*Darwin's Plots*)에서 다윈의 산문은 여러 학문 분야에 걸쳐 독서한 정보로 충만하며 그는 그의 과학적 발견들을 설명할 때 특히 유익한 유추의 문학적 비유를 찾았다고 주장했다(1983: 80). 문학적 각색의 과정에 관여한 소설들도 그 문화적, 지리학적, 역사적 맥락을 따라 그들 자신의 유사와 변형을 창조함에 있어서 다윈의 이론에 당연히 이끌렸다는 것 또한 적절한 것으로 보인다.

빅토리아 시대는 포스트모던 시대의 많은 압도적인 관심사들, 즉 정체성, 환경적 유전적 조건들, 억눌리고 억압당하는 성욕의 양식들, 범죄와 폭력, 도시주의에 대한 흥미와 새로운 기술의 잠재성과 가능성, 법과 권위, 과학과 종교, 그리고 제국의 탈식민주의적 유산 등의 문제를 부각시키고 있기 때문에, 전유하기에 매우 원숙한 시대로 입증된다. 19세기 소설에서 유행한 전지적 내레이터를, 우리가 전유적 픽션에서 하나의 유형으로 인식한 신뢰할 수 없는 내레이터로 때로 대체된 그/그녀의 다시쓰기에서, 포스트모던 작가들은 자신들만의 창의적인 작가적 충동들을 반영하는 유용한 메타픽션적 방법을 발견한다. 앞서 살펴보았듯이, 세밀한 읽기와 사례 연구가 각색학의 유일한 방법론이 결코 될 수는 없지만, 그러한 방법은 유사의 기능과 토마스 레이치와 같은 비평가들이 우리에게 환기시켰던 현대의 새로운 다중모드의 독해력 또는 독자와 청중의 잠재력을 주목하는 비교 읽기를 실행하는데 적절한 수단이 된다 (2007: 3). 그러므로 이제 위에서 언급한 충동들을 체현한 하나의 특정한 당대 소설로 찰스 디킨스의 『위대한 유산』을 고의적으로 전유한 호주 소설가 피터 캐리(Peter Carey)의 『잭 매그스』(Jack Maggs, 1997)에 대한 세밀한 읽기를 하고, 그리고 아서 코난 도일 경(Sir Arthur Conan Doyle)의 원형적인 탐정 셜록 홈즈 (Sherlock Homes)의 풍요로운 내세와 개선에 대한 고찰로 이 장의 끝을 맺는다.

유령들의 커밍아웃: 피터 캐리의 『잭 매그스』

이 책에서 인용된 많은 작가들과 창의적인 각색들과 전유들처럼, 피터 캐리의 전유에 대한 관심은 그의 전 작품세계에 있어서 한 작품에만 제한되지 않는 다. 존 파울즈나 존 멕스웰 쿠체(J. M. Coetzee)와 유사한 방식으로 그는 매우 상호텍스트적이며 그의 시대의 정치성에 상당한 관심을 가진 작가로 인식되 고 있다. 『사기꾼』(Illywhacker, 1985)과 『오스카와 루신다』(Oscar and Lucinda, 1988)와 같은 소설들은, 몇몇만 열거해도, 19세기 글쓰기, 특히 찰스 디킨스의 작품, 남아메리카의 마술적 사실주의 텍스트, 베르너 헤어조크(Werner Herzog) 의 영화와 연관성을 가진다(Woodcock 2003: 82). 플리머스 형제단(Plymouth Brethren)에서 자란 오스카의 양육을 묘사하는 『오스카와 루신다』의 시선을 사로잡는 오프닝 시퀀스와 금지된 자두 푸딩 에피소드는 에드먼드 고스 (Edmund Gosse)의 회고적인 빅토리아 시대의 자서전 『아버지와 아들』(Father and Son, 1907)에 빚을 많이 지고 있다. 아마도 계획적인 부정직한 행위로, 캐 리는 『오스카와 루신다』를 쓸 당시 그가 디킨스를 읽었다는 사실을 부정하고 있지만(Woodcock 2003: 58), 『위대한 유산』의 직접적인 전유인 1997년 소설 『잭 매그스』를 쓸 쯤에는 빅토리아 소설가의 작품에 대한 그의 열중에 대해서 의

심할 여지가 없을 것이다. 캐리의 제목 "잭 매그스"는 디킨스의 죄수 아벨 매그위치(Abel Magwitch)에 대한 그의 탈식민주의적 재작업으로, 핍 피립(Pip Pirrip)을 "위대한 유산"의 신사로 만드는 과정에 그의 뉴사우스웨일즈 재산을 투입한 남자이다. 케이트 플린트(Kate Flint)가 주장했듯이, 디킨스의 텍스트가 귀환 또는 적어도 귀환을 시도하는 모티프로 고취된 것이라면(Dickens 1994 [1861]: vii), 캐리의 소설은 이중으로 그러하다. 그는 매그위치의 스토리로 귀한하고 그리고 여기에서는 좀 더 비난을 받을 만한 인물로 확고해진 헨리 핍스(Henry Phipps)로 등장하는 그의 "양자" 핍을 만나기 위해 런던으로 가는 죄수의 귀환으로 귀환한다. 그 과정에서 캐리는 그 스토리에 정치적 가치와 관심들이라는 탈식민주의적 배경을 분명하게 부과한다. 『제인 에어』에 내포된 제국주의를 『광막한 사르가소 바다』(Wide Sargasso Sea)를 통해 진 리스(Jean Rhys)가 폭로한 것처럼, 브루스 우드콕(Bruce Woodcock)은 캐리가 디킨스의 창작과 빅토리아 문화의 근간에 있는 편견을 폭로하고 있음을 지적한다:

> 『잭 매그스』는 제국주의 이상의 표면 아래에 놓인 끔찍한 사회적 폭력을 드러내기 위해 숨겨진 것과 가시적인 것을 병치한다. . . . [그것은 피터 캐리의 『광막한 사르가소 바다』로, 선조 문화에 반하는 탈식민주의적 보복의 행위이다. 진 리스의 소설처럼, 그것은 문화적 헤게모니가 삭제하거나 억압했던 숨겨진 대안적 역사를 드러내기 위해 영국 문학 전통의 심장으로부터 정전 텍스트의 요소들을 다시 쓰고 있다. (Woodcock 2003: 120)

만약 디킨스의 소설이 아벨 매그위치를 거의 완전히 핍의 눈을 통해 그리고 부분적으로 일인칭 시점의 내레이션을 통해 보고 있다면, 캐리는 우리가 매그스의 관점에서 사건을 보도록 하기 위해 그 관점을 뒤집고 있다. 그 소설은 범죄자 식민지인 뉴사우스웨일즈로부터 돌아온 매그스의 관점에서 시작된다.

캐리는 글자 뜻 그대로 그 소설의 맥락 내에서 조건적 사면을 그에게 실행했다. 캐리는 명백한 디킨스의 하이포텍스트(hypotext)뿐 아니라, 마커스 클락(Marcus Clarke)의 『그의 자연 생활』(*His Natural Life*, 1885)이 주요 사례가 되는 호주 범죄문학 장르를 재작업했다. 2장에서 논의했던 토마스 케닐리(Thomas Keneally)의 『플레이메이커』(*The Playmaker*)도 유사한 텍스트적 구조 내에서 작동하고 있다. 캐리와 케닐리는, 자의식적인 탈식민주의적 입지에서, 죄수 유형의 중심 내러티브와 호주에서의 영국 범죄자 식민지의 창조에 대한 "되받아 쓰기"(writing back)로 글을 쓰고 있다. 케닐리의 글쓰기는 더 나아가 토착 원주민 공동체에 초래한 피해에 대하여 공명을 가지고 있다.

호주 문화 속의 제국의 문제들에 대한 캐리의 반응에 영향을 준 것은 탈식민주의적 맥락에서 『위대한 유산』을 직접적으로 논의한 역사학자 로버트 휴즈(Robert Hughes)가 1988년 출판한 『운명의 해안』(*The Fatal Shore*)이다. 『문화와 제국주의』(*Culture and Imperialism*, 1993; xvi-xvii)의 서론에서 캐리를 탈식민주의적 저자로 꼽은 문구에서 에드워드 사이드(Edward Said)가 이 책에 대하여 언급하고 있다는 사실은 문학적 그리고 영화적 전유에 대한 이론과 비평의 직접적인 영향을 또한 증명해준다. 사이드는 『위대한 유산』에서 수송되어 온 죄수 매그위치가 영국과 영국의 식민적 소산 사이의 관계를 위한 은유로 기능한다고 주장했다. "매그위치의 귀환에 부과된 금지는 형벌일 뿐만 아니라 제국적인 것이다. 국민들은 호주와 같은 곳으로 보내질 수는 있지만, 수도로의 "귀환"은 허가될 수 없는데, 모든 디킨스의 소설이 증명하듯이, 이는 세심하게 계획되고 옹호되고 있다"(xvii). 캐리는 소설의 맥락에서 매그위치에게 귀환을 허락하는데, 이는 이 장에서 논의되는 많은 19세기 소설의 각색들처럼, 런던이라는 수도 공간이 갖는 깊은 매력을 증명해준다.

『잭 매그스』에서 캐리는 핍의 팔에 안겨서 매그위치가 죽는 디킨스의 소설에서의 그의 특별한 운명뿐 아니라 관습적인 죄수의 결말을 다시 쓰고 있다. 캐리는 매그스에게 그의 호주 "가정"과 가족으로의 추가적인 "귀환"을 허락한다. 이는 처음 보기보다는 이 소설이 더 복잡한 다시쓰기임을 증명하는데, 그 이유는 내러티브를 통틀어 매그스는 그의 호주인으로서의 정체성을 부정하고 그의 범죄적 과거 속에 유산된 아이와 "입양된" 핍스에 대한 강박적인 관심으로 인해 그곳의 그의 가족들을 거부하기 때문이다. 메르 니 프라투인(Máire ní Fhlathúin)은 이 소설이 1860년대 선정소설의 포괄적인 관습들을 모방하고, 특히 죽어가는 윌리엄 4세(King William IV)의 인물을 통해 실패한 부모 자식 관계의 비유를 반복한다고 지적했다. 이 소설은 병든 군주와 빅토리아 여왕의 취임 목전인 1837년에 시작한다. 니 프라투인은 캐리가 그의 소설이 비판하고 있는 제국주의적 버전을 이상화된 호주 가부장제로 단순히 대체하고 있기 때문에, 그가 폭로하려고 했던 그 패러다임을 완전히 벗어나지 않았다고 주장한다. 독자에게 주어진 뉴사우스웨일즈로 귀환한 매그위치의 최종적 이미지는 그의 가정 체제와 지역 크리켓 클럽이라는 함축하는 바가 있는 장소 양자에 내재한 제국주의적 다시-창조하기의 이미지이다(ní Fhlathúin 1999: 90). 캐리의 탈식민주의적 관점의 한계들은 텍스트로부터 호주 원주민의 목소리가 부재한 것에 의해서 뿐 아니라, 아마도 여기에서도 드러난다. 그러나 재산과 소유권에 대한 소설의 확장된 논의가 그의 동시대 호주에서의 토지 소유권의 법률적 담론에 대한 간접적인 개입이듯이, 캐리의 매그스의 "행복한 결말"에 대한 접근 방식은 더욱 심화된 분석을 할 가치가 있다. 그 소설이 출판된 당시 많은 비평가들은 결말의 위압적인 유사-제국주의적 행위에 불만족스러움을 명백히 표현했지만, 아마도 그들은 너무 피상적으로 그 내러티브를 읽고 있었던 것이다.

그에 앞선 파울즈처럼, 캐리는 결말의 상징성에 대하여 매우 자의식이 강하다. 『프랑스 중위의 여자』에서 파울즈는 "빅토리아 소설의 관습이 허락한, 허락했던 적이 없는 열린, 확정이 안 난 엔딩"(1996 [1969]: 38)임을 인정하지만, 세 가지 대안적인 결말들을 독자에게 제공했다. "허락한, 허락했던"(allow, allowed)"이라는 과거형으로의 원숙한 미끄러짐은 파울즈가 과거의 문학적 관습에서 탈주할 수 있고, 탈주할 것이라는 것과 그 자신의 맥락에서 글쓰기를 할 것이라는 사실을 강조한다. 『잭 매그스』도 그 개념적 결말에 이르기까지의 대안적 엔딩들의 가능성을 내포하고 있다고 필자는 주장하고자 한다. 흥미롭게도 『위대한 유산』은 현재 대안적 엔딩을 가진 현대판으로 출판되고 있다. 첫 번째 판은 그의 편집자 불워 리튼(Bulwer Lytton)에 의해 디킨스에 부과된 유사 전통적 해피엔딩으로, 핍과 에스텔라가 부부로서 그 이후에 행복하게 살았을 것이라는 강력한 단서가 제공되는 결말이다. 두 번째는 단절과 이별에 강조점이 주어진 상당히 암울한 엔딩으로, 작가에 의해 처음 선호되었던 것이다. 따라서 캐리의 메그스를 위한 해피엔딩, 그와 메리 라킨(Merry Larkin)이 호주에서 다시 새로운 삶을 만들어 간다는 이야기를 둘러싼 허위 의식에는 분명히 디킨스의 선례가 있다(Porter 1997: 16; cited in ni Fhlathuin 1999: 91). 우드콕이 살펴보았듯이, 행복한 가족과 지역 이웃과의 자족에 대한 목가적 묘사로 이 부분에는 "동화, 일부러 비현실적인 분위기"가 있는데(2003: 137), 소설에서 이것보다 선행하는 어떤 부분도 이러한 종류의 결과를 이끄는 것으로 보이지 않는다. 의도적인 불확실성 그리고 비현실성의 분위기는 머시(Mercy)의 매그스에 관한 토비아스 오츠(Tobias Oates) 소설 초판본 수집을 언급하는 전체적인 엔딩에 의해 가중된다(캐리의 소설 중심에, 소설 속 소설, 즉 그 자체로 다양한 반복을 하는 소설이 존재하며, 오츠는 디킨스 자신의 각색된 버전이다). 이러한 내러티브 순환성의 행위로, 이 엔딩은 소설에서 퍼시 버클(Percy Buckle)의 개인 서재에서 책을 다루고 있는 머시를 우리가 처음 보았던 때로 돌아가 연결된다. 이러한 엔딩에는 의식적으로 예술적, 허구적, 문학적 측면이 존재하며, 이 엔딩은 박식한 독자들에게 행간에 추가적인 의미를 부여하며 읽도록, 즉 대체로 각색을 읽는 행위와 유비적인 방식으로 읽도록 요구한다. 『매그스의 죽음』(*The Death of Maggs*)에서 버클에 대한 아첨이 철철 넘치는 인쇄된 헌사는 우리가 이전에 읽었던 것의 관점에서는 거짓으로 보인다. 텍스트는 거짓말을 할 수 있고, 오도할 수 있으며, 캐리의 소설은 그 내러티브 전반에 걸쳐 이러한 가능성을 가지고 놀면서 그것의 결말에 이르기까지 불안정한 텍스트성에 대한 회의적인 인식을 유지하고 있다.

캐리의 『위대한 유산』의 전유는 디킨스의 정전 소설의 사건들을 다시쓰기 했을 뿐만 아니라 작가 자신의 버전을 소설의 중심으로 가져감으로써 한 단계 더 나아가고 있다. 오츠는 후원과 성공에 대하여 불안해하는 소설 쓰기 경력의 초기 단계의 저널리스트로 디킨스의 전기의 면모들을 약하게, 은근하게 변주한 인물이다. 케이트 플린트(Kate Flint)는 디킨스가 그 자신의 인생에서 특별히 곤란한 시기에 『위대한 유산』을 썼다는 것을 주목했다. 1861년 3월 11일에 그는 친구인 W. H. 윌스(W. H, Wills)에게 그가 "꽤 마음이 무겁고, 중압감을 느끼며, 인생에 묶여있는 것처럼" 느끼고 있다고 썼다(Dickens 1994: x; Dickens 1938: 212). 그는 1858년에 아내와 헤어졌고, 여배우 엘렌 (넬리) 테르난(Ellen (Nelly) Ternan)과의 염문으로 상당히 유명한 스캔들의 대상이 되었다(Kaplan 1988: 416-17). 그 관계, 그리고 그것이 디킨스의 도덕성과 가정적인 남자로서의 명성에 던진 의문스러운 각광은 후일 랄프 파인즈(Ralph Fiennes)가 2013년에 감독한 〈인비저블 우먼〉(*The Invisible Woman*)이라는 제목의 영화에서 묘사되었다. 이 영화는 "넬리"(Nelly)가 핍과 에스텔라를 헤어지게 만드는 『위대한 유산』의 엔딩에 대하여 디킨스를 칭찬하는 잊지 못할 시퀀스를 포함하고 있다. 디킨스의 소설에 대한 다윈의 진화 이론의 중요성은 이미 언급되었고,

1861년은 미국 시민전쟁의 발발과 같은 일들을 목도하게 되는, 세계무대의 불안정한 시기였다. 캐리의 소설은 디킨스의 문제가 있는 가족생활에 대하여 관심이 있는데, 테르난과의 관계보다는 작가의 초기 경력에서 그의 아내의 자매, 메리 호가스(Mary Hogarth)에 대한 강박과 집착으로 변한 애정의 암시에 더 관심을 가지고 있다. 메리는 17세의 나이에 일찍 비극적인 죽음을 맞이했다. 비록 디킨스는 그녀의 죽음으로 괴로웠지만, 그 죽음에 대한 그의 설명에 드러난 자만심은 냉랭하다. "하나님, 감사합니다. 그녀가 제 품안에서 죽었습니다. . . . 그리고 그녀가 속삭인 마지막 말은 저에 관한 것이었습니다"(Ackroyd 2003 [1990]: 226).

『잭 매그스』에서 토비아스 오츠는 자만심이 강하고, 상당히 비난받을 만한 등장인물로, 윤리적 책임감이 결여되어 그의 소설의 소재로 그 주변의 사람들을 이용할 뿐 아니라 그의 개인적인 사생활은 그의 아내 메리 (메리 호가스의 이름이 오츠의 아내의 이름으로 슬그머니 사용된 것은 확실히 캐리에게는 의도적인 것이다)와 그의 자매 리지 워린더(Lizzie Warrinder)를 그의 자만심의 희생물로 만들어 버린다. 캐리의 디킨스의 허구적 다시-창조하기는 피터 액크로이드(Peter Ackroyd)가 쓴 디킨스의 기념비적인 자서전에 의해 묘사된 똑똑하지만, 자만심에 찬 인물에게 많은 빚을 지고 있는 것으로 보인다(2003 [1990]). 오츠의 삶과 디킨스에 대하여 알려진 것 사이의 명백한 유비뿐 아니라, 『잭 매그스』는 외부와 내부 모두의 일련의 유비과 반향을 둘러싸고 구조화 되었다. 『위대한 유산』과의 몇몇 텍스트적인 유사한 것들이 있고 또한 폭넓은 디킨스 정전의 내적 반향이 있다. 예컨대, 매그스가 어릴 적 아이로 처하게 된 도둑 공동체는 『올리버 트위스트』(Oliver Twist)의 페이긴(Fagin)의 아이 도적단 공장의 한 버전이다. 그리고 오츠는 후일 쓴 몇몇 소설에서 매그스라는 인물을 사용한다. "드디어 그들이 잠들었다, 그리고 토비아스 오츠가 기어 나왔다. 이 장면은, 또는 이 무대의 구체적인 것들은 『매그스의 죽음』과 『마이클 아담스』에서뿐 아니라 토비아스가 지금까지 쓴 거의 모든 것에서 재등장한다"(Carey 1997: 197).

『위대한 유산』은 사물과 사람 사이의 연관성에 기반을 둔 내러티브이다. 켄트 습지가 도시 신사로서의 그의 새로운 존재를 위태롭게 할 것이라고 느낀 핍은 대장장이 조 가저리(Joe Gargery)가 런던으로 그를 방문하러 왔을 때 당황하며, 그의 삶을 구성하는 요소들과 전기를 분리시키기 위해 더욱더 노력한다. 그러나 핍이 깨닫지 못한 것은 그의 새로운 인생이 매그위치의 부와 베풂에 의해 가능하게 된 것처럼 그것은 "그 그물들"(DIckens 1994 [1861]: 222) 내에서 그의 경험들과 얼마나 긴밀하게 연관되어 있는가이다. 매그위치의 최대 라이벌 콤페이손(Compeyson)이 하비샴(Havisham)을 그들의 결혼식 날에 버렸던 신랑과 동일 인물이라는 것과 에스텔라가 실제로 매그위치의 자녀였다는 것을 우리가 알게 될 때, 다른 실마리들도 그 소설 속에서 마침내 서로 연결된다. 캐리의 소설의 연결성은 하이포텍스트와 하이퍼텍스트 사이의 관계성을 통해서 그리고 디킨스의 인생 스토리에서 확인되는 유비들을 통해서 성취되지만, 문체적인 단계에서는 『위대한 유산』을 반향하며, 내러티브 자체 내에 수많은 연결들이 존재한다. 오츠는 매그스의 그림자이자 대응자, 아마도 캐리의 19세기 소설의 또 다른 유명한 인물의 배치, 즉 도플갱어(*Doppelganger*) 또는 더블이 된다. 두 사람의 인생의 사건들은 충격적인 파동으로 서로 비추고 맞물려 있다. 마 브리튼(Ma Britten)의 집에서 매그스의 아이를 낙태시키는 소피아의 참혹한 이야기는 내러티브 속에서 플래시백으로 전달되는데, 그 자체가 디킨스 소설의 내러티브 구조와 형식의 텍스트적 반향으로, 서로 모른 채, 끔찍한 결과를 초래하게 된, 토비아스와 메리가 리지(Lizzie)에게 실시한 약물에 의한 유도된 낙태를 반영한다. 매그스의 명령으로 태운 매그스의 인생 스토리에 느슨하게 기반을 둔 오츠의 계획된 소설 원고는 리지의 고통스러운 죽음 이후, 그녀의 침대 시트의 태움을 예상한다. 또한 그것으로 낙태된 태아와 그녀와 오츠와의 관계에 대한 증거를 파괴하고, 소설가의 다양한 불운한 창조적 후손 사이의 어두운 유비를 이끌어낸다.

오츠는 범죄자 매그스 만큼 내러티브에 의해서 범죄자로 변한다; "도둑", "범죄자", "작가"와 같은 라벨들이 그 소설의 과정 속에서 교묘하게 얽혀 있는데, 그것들은 매그스 혹은 오츠에게 적용될 수 있다. 그 텍스트 속에 삽입된 몇몇 내러티브들은 핍스에게 줄 그의 이야기를 쓰고자 하는 동명 소설 주인공의 충동의 산물인데, 텍스트의 확실성을 지연시키며, 매그스는 오츠 그리고 어떤 의미에서는 캐리가 그에게 부여했던 "호주인"이라는 라벨을 적극적으로 피하고 있다(Acrey 1997: 212-13). 매그스가 도둑질을 하는 아이로 훈련받으면서 훔친 순도가 검증된 은 대신에, 오츠는 그의 소설을 위해서 "실제" 삶들을 약탈했다. 매그스는 몽유병의 첫 에피소드 후에 "도둑을 당했던" 것에 대한 그의 기분을 묘사하는데, 그동안 오츠는 죄수 유형지에서의 그의 삶에 대하여 돌아온 범죄자의 분노의 폭발을 조심스럽게 전시한다. "그는 도둑질을 당했고, 약탈당했고, 그리고 그는 그것을 용납하지 못할 것이다"(32). 또한 그 소설 속에, 남성과 여성의 억누른 강간 경험과 연관이 있다는 것 역시 의도적으로 혼란스러운 것이다.

그의 디킨스적 선구자와의 더욱 직접적인 유비로 오츠는 범죄자 심리의 작동에 매료되었고 그리고 최면술이라는 19세기 유사과학의 옹호자이다 (Ackroyd 2003 [1990]: 448-51). 최면술은 종종 하나의 학문으로써 현대 심리학의 선조로 간주되며, 이러한 방식을 통해 캐리는 디킨스의 등장인물들을 심리학적으로 설명해내는 그의 현대적 방법뿐 아니라 제국주의적 이데올로기에 내재된 전유와 도둑의 행위 또한 유비시킨다.

그 소설의 메타픽션적 전략들은 식민적 망상을 폭로하는데 필수적이다. 그들은 픽션의 발명의 과정에 대해 주의를 환기시킨다. . . . 전유, 도둑질로서. 영국이 매그스의 생득권을 그를 도둑으로 만듦으로써 도둑질하듯이, 토비아스 오츠는 매그스의 삶을 그의 소설을 위해 훔침으로써, 그 자신의 창조적 목적을 위해 매그스를 식민지화 한다. (Woodcock 2003; 129)

『광막한 사르가소 바다』의 독자들에게 있는 것처럼, 『잭 매그스』의 독자들에게는 압도적인 불안이 있다. 주인공들은 그들의 이름과 문학적 대응자들로 인해 그들에게 결정된 플롯 궤도를 피할 수 없을 것임을 증명하고 있으며, 사실 우리는 이미 엔딩을 알고 있다. 『위대한 유산』에서 매그위치가 범죄자로서의 최초 정체성을 결코 벗어날 수 없다는 핍의 의식은 대장간에서 조와의 그의 삶에서 벗어나기 위한 자신의 시도에 대한 명백한 함의를 가진다.

그에게 옷을 더 입힐수록, 그에게 더 좋은 옷을 입힐수록, 더욱 더 그는 습지대의 구부정한 도망자처럼 보였다. 나의 불안한 상상에 대한 이러한 효과는 의심할 여지없이 그의 늙은 얼굴과 태도가 나에게 더욱 친근해진다는 것과 일부 관련이 있었다. 그러나 나는 마치 쇳덩어리가 여전히 놓여 있는 것처럼 그가 그의 한쪽 다리를 끌고 있으며, 머리부터 발끝까지 그 사람의 바로 살결 속에 죄수가 있다고 또한 믿었다. (Dickens 1994 [1861]: 333)

원작 소설에서 비유적 족쇄로써 내러티브의 용도를 고려하기보다는 캐리는 자신의 운명을 다시 쓰는 그의 등장인물의 능력에 대한 고려를 즐기는 것처럼 보인다. 『프랑스 중위의 여자』에서 기차 객실에서 작가와 주인공이 만나는 포스트모던 문학적 조우라는 파울즈의 독창적인 순간을 의도적으로 상기시키는 중요한 장면으로, 말이 끄는 움직이는 마차에서의 조우에서 캐리는 매그스가 오츠를 마주하여 그가 쓰고 있는 소설에 대하여 대화를 나누도록 설정한다.

그 귀환자는 그의 인생 스토리를 기반으로 한 등장인물에 대해 작가가 염두에 두고 있었던 보복을 하려는 결말에 이의를 제기한다. 우리가 이미 살펴보았듯이, 캐리 또한 매그위치의 결말을 다시 쓴다. 호주에서의 노년의 매그스의 임종장면은 『위대한 유산』에서의 임종장면과 오츠가 구상한 화재에 의한 매그스의 죽음에 대한 자의적 대응물로 기능한다. 화재에 의한 죽음은 오츠가 초기 저널리스트로서의 실제 경험과 캐리가 디킨스 원작에서 미스 해비샴의 사망을 소설 속에 재작업한 것이다. 그러나 이미 논의되었던 매그스의 엔딩의 환상 요소, 그것의 명백한 텍스트성은 우리로 하여금 여전히 그의 텍스트적 족쇄를 완전히 벗어날 수 있는 그 범죄자의 능력을 의심하게 만든다.

캐리가 이 등장인물을 위해 성취한 것은 내러티브가 핍의 관점에서의 단호한 목소리로 전개되는 『위대한 유산』에서는 그가 결코 그럴 수 없었던 방식으로 이 소설에서는 그를 중앙 무대에 위치시킨 것이다. 캐리의 소설은 의도적으로 그의 주인공으로 이름 붙여지고, 캐리가 정기적으로 그의 접근을 은유적으로 재현하기 위해 텍스트 자체에 배치한 이미지는 매그스를 어둠 밖으로 데려가는 것이다. 많은 19세기 소설과 "네오빅토리안"(Neo-Victorian) 전유들에서 우리가 고찰했듯이, 『잭 매그스』에서 런던이라는 도시는 활기차지만 이중적인 면모를 가진 존재이다. 가스 불빛과 뒷골목의 대도시(가스 불빛은 소설의 시작에서 1937년 매그스가 런던으로 돌아왔을 때의 새로운 신기술을 표시하는 변화의 상징이다), 좋은 집들과 동시에 뒷골목과 위협적인 사건들이 펼쳐지는 이면이 있는 도시, 불이 켜진 그리고 꺼진 도시, 보이는 면과 그리고 보이지 않는 면을 가진 도시이다. 매그스가 자주 잠복하고 있는 것으로 묘사되는 곳은 바로 불이 꺼진 장소들이다. 그러나 캐리는 그의 전유에서 글자 뜻 그대로 그의 등장인물과 그의 주변화된 경험들을 어둠으로부터 끌어내 빛으로 이동시킨다. 물론 다른 부분에서 이 소설은 또한 서브텍스트들과 지하의 진실들, 그것들 중 많은 것들인 성적으로 폭력적인 종류의 진실들에 관심을 갖고 있다. 머시는 버클에 의해서 아동 성매매라는 끔찍한 사건으로부터 구출되지만, 여전히 그들의 관계에는 권력 역학관계의 심각한 비도덕성이라는 문제가 남아있다. 핍의 어두운 대응자, 혹은 『잭 매그스』에서의 도플갱어인 헨리 핍스는 종복 에드워드 컨스터블(Edward Constable)과 폭력적인 성교를 하고 그래서 컨스터블의 배우자를 자살하게 만든 죄를 범한다. 다른 방식으로 오츠는 소설가의 흡혈귀 같은 예술의 고딕적 재현 속에서 매그스의 삶과 생각에 폭행을 가한다. 캐리는 이러한 방식으로 "그의 스토리의 시대에" 암시적으로 빅토리아 소설에서 함축된 의미로만 존재할 수 있는 것을 명백하게 드러낸다. 말하자면, 이러한 식민주의는 성적 억압 또는 폭력이라는 것이다. 이러한 방식으로, 캐리의 내러티브는 빅토리아 소설의 세계와 디킨스의 표현방식을 훌륭하게 "배출"(vent)했지만, 그의 주제에 대하여 그가 가져온 빛은 필연적으로 현대적인 것이다.

탐정 주목하기: 셜록 홈즈의 내세

이 책에서 다룬 주네트(Genette)의 "근접 이동"의 수많은 예시들은 오래된 제재에 새로운 흔히 동시대적 맥락에 따라 사건들을 최신화함으로써 현대적 관점을 가져오는 각색의 방법들을 보여주었다. 영화와 텔레비전 매체는 이러한 작업 양식에 특히 잘 맞추고 있는 것으로 보인다. 이들은 더 많은 접근과 친숙함을 통해 새로운 관객들을 끌기 위해 또한 이러한 현대화된 시점에서 원작에 대하여 도전하는 질문들을 던지기 위해, "클래식한" 혹은 잘 알려진 이야기들을 새로운 지리적 혹은 사회적 설정 속에 재배치한다. 정전적인 희곡들에 현대 옷을 입힌 무대 공연들은 이러한 주제에 대한 일반적인 변형이다. 이러한 특정 경향의 예들로는 알폰소 쿠아론(Alfonso Cuarón)이 감독한 1998년 영화 〈위대한 유산〉, 켄트 습지대와 런던을 각각 플로리다 해안과 맨하탄 예술 공동체로 눈앞의 현재 속에 재배치한 영화, 그리고 2012년 스콧 맥게히(Scott McGehee)와 데이비드 시걸(David Siegel) 감독이 1897년 이혼과 가족 문제를 다룬 헨리 제임스(Henry James)의 소설을 현재 뉴욕에 가져와 다시 만든 〈메이지가 알고 있었던 일〉(*What Maisie Knew*)이라는 또 다른 변형이 있다. 두 영화는 이러한 종류의 현대화 재작업의 기초로 19세기 소설에 계속적인 관심을 두고 있다. 21세기 초기에 이러한 종류의 주요한 글로벌 문화 현상은 2009년에 영국에서 첫 에피소드를 개봉한 BBC 텔레비전 시리즈 〈셜록〉(*Sherlock*)이다.

〈셜록〉은 56개의 셜록 홈즈(Sherlock Holmes) 스토리를 쓴 아서 코난 도일 경(Sir Arthur Conan Doyle)의 탐정 소설 시리즈를 유비쿼터스 컴퓨터 장비들이 범죄 해결을 돕는 현대적 맥락으로 최신화한 것이다. 베네딕트 컴버배치(Benedict Cumberbatch)가 명석하고 카리스마를 가졌지만 동시에 다소 자폐적인 성향을 가진 인물로 연기한 홈즈와 그의 조수 존 와슨(John Watson)은 모바일 기술, 스마트폰, GPS와 블로깅을 사용한다. 이러한 활용은 위트 있게 스크린 상에 참신한 비주얼로 재현되는데, 코난 도일의 내러티브에서의 전보는 스마트폰 문자로 대체되고, 홈즈 또한 마찬가지로 최신 기술에 상당히 잘 대응하며, 촬영한 액션을 다양하게 의미화하는 폰트들로 오버레이한다. 우리는 아마도 첫 홈즈 소설이 또한 탐정 활동을 위한 도구로 확대경을 활용한 최초의 범죄 소설이었다는 사실을 주목하게 될 것이다. 텔레비전 시리즈의 런던은 19세기 후반의 안개의 수도, 레스토랑 랑데부, 어두운 뒷골목, 그리고 다소 묵시록적인 장소의 매력적인 혼종이다(cf. O'Rourke 2010). 홈즈는 221B 베이커 스트리트(Baker Street) 문 앞에서 대기하는 파파라치를 피하기 위한 시도를 할 때, 혼성모방으로 사냥 모자를 착용하지만, 그의 빅토리안 파이프는 흡연 습

관을 치료하기 위한 니코틴 패치로 대체된다. 따라서 하나의 범죄가 "세 개의 패치 문제"로 표현된 것은 『붉은 머리 연맹』(*The Red Headed League*, 1891)에서 홈즈의 "세 개의 파이프 문제"를 반향하고 있음을 알 수 있다. 이 시리즈는 코난 도일의 "원작들"과 셜록 홈즈 스토리들이 누려왔던 각색의 긴 내세, 둘과의 관계에 있어서 교활하다고 할 정도로 상당히 자의식적이다. 일찍이 1900년에 소설들은 단편 무성영화 버전으로 각색되었고, 1930년대와 1940년대에 만들어진 배질 래스본(Basil Rathbone)의 14개 영화 시리즈는 1, 2차 세계대전 사이에 일어난 것으로 스토리의 무대를 설정하여, 현대화의 추세를 준비하였다. 그 이후로 라디오, 노래, 인형극, 그림소설, 만화, 보드게임, 컴퓨터 게임, 소설 형태로 각색되어 왔다. 이들 중 눈에 띄는 것은 티베트 작가 잠양 노르부(Jamyang Norbu)에 의해 각색된 〈셜록 홈즈의 만다라: 잃어버린 여러 해〉(*The Mandala of Sherlock Holmes: The Missing Years*, 2000)이다. 이 영화는 영국 제국주의 시기로의 "되받아 쓰기"의 절묘한 형식을 생산하기 위해, 셜록이 스위스의 라이엔바흐 폭포에서 죽음을 무릅쓰고 물속으로 뛰어든 이후에 그의 "잃어버린 세월"의 재평가를 루디야드 키플링(Rudyard Kipling)의 『킴』(*Kim*)의 등장인물들과 주제와 함께 통합시킨 것이다. 전기 이론에 의거하여, 노르부의 소설은 내레이터가 발견했던 "진짜의"(authentic) 원고로 주장된다. 홈즈의 소위 잃어버린 세월에 대해 설명함으로써, 그 내러티브는 그의 삶을 허구적인 것이라기보다는 "실제적"인 것으로 만들어 윌리엄 셰익스피어의 "잃어버린 세월"에 대한 학술적인 추측과의 흥미로운 유비를 부추긴다. 셜록 홈즈 문화적 유산에 관한 현대화와 재배치의 충동들은 현대 뉴욕에 스토리 라인을 설정하고, 홈즈를 회복중인 마약 중독자로, 루시 리우(Lucy Liu)가 연기한 여성 인물 조안 와슨 박사(Dr Joan Watson)로 등장하는 미국 텔레비전 시리즈 〈엘리멘트리〉(*Elementary*)라는 최신 작품에까지 이른다.

BBC 시리즈의 첫 에피소드인 〈핑크의 연구〉("*A Study in Pink*")는 축소판으로 이러한 현대화된 홈즈가 상호작용을 하는 시청자로 하여금 19세기와 현재 사이를 오가는 것을 가능하게 하는 방법에 대한 통찰력을 우리에게 제공한다. 마틴 프리만(Martin Freeman)의 존 와슨(John Watson)은 아프가니스탄에서 군의관으로 복무한 이후 외상후 스트레스 장애로 고통을 받고 있다. 우리는 처음부터 그가 심리치료를 받는 것을 목격한다. 이후 홈즈에게 일반 대중과 그가 소통하는 수단으로써의 블로그는 일종의 치료의 형태이며, 그의 스토리를 쓰기 위한 것임이 명백해진다. 깔끔한 트릭을 통해 BBC는 그 에피소드의 첫 방영 이후 배우로 하여금 회사의 웹사이트 상에서 등장인물로 팬들과 온라인으로 소통하도록 만들어, 코난 도일이 즐겼을 것 같은 방식으로 소설과 현실 사이의 경계를 허문다. 이러한 면에서, 〈주홍색 연구〉("*A Study in Scarlet*")의 시작 부분에서 와슨이 제2차 영국-아프가니스탄 전쟁(1878-80)에서 상이군인으로 전역을 한 이래 하이포텍스트와의 강력한 연관성이 존재하게 된다. 이 소설은 홈즈와의 첫 만남과 그들의 첫 사건에 대한 와슨의 회상, "최근까지 근무했던 육군 의무부, 존 와슨 군의관의 회상으로부터 재판을 낸 것임"(Conan Doyle 2011 [1887]: 1)이라는 텍스트-속-텍스트로 시작한다. 이 시리즈에는 원작 소설과의 상호참조에 대한 이러한 의도적인 순간에 대한 모든 종류의 예시들이 있다. 예컨대, 후기 에피소드들에서 코난 도일이 수치스럽게도 그의 가장 성공적인 문학 창작물을 죽여 버린 것으로 보이는 앞서 언급한 라이엔바흐 폭포 에피소드가 영국의 성바르톨로뮤 병원(St Bartholomew's Hospital, 흔히 바츠(Barts)로 알려진)으로 변형되었다. 그러나 그 재배치는 〈주홍색 연구〉의 시작부에서 와슨의 작업 공간과 연결되고, 홈즈가 존의 모바일폰과 같은 새로운 매체에 대하여 착수하는 분석적 해부는 『네 사람의 서명』(*The Sign of Four*, 1890)에서 그가 와슨의 포켓 시계를 해체한 것에 소급되어 연결된다.

이러한 정교한 의도적인 충돌들로, 현대 런던의 실제 장소와 인공물들이 소설의 세계와 지리로 서서히 변해감에 따라, 1880년대와 21세기 런던 사이의 유사와 차이를 깨뜨리고 전개하는 것을 우리는 목격하게 된다. 이 방법은 홈즈를 잘 알고 있는 팬과 홈즈 소설의 세부 내용을 전혀 모르는 사람들 모두가 전적으로 새로운 지점에서 진입하는 것을 가능하게 할 뿐 아니라 텔레비전 시청 경험을 통해 그 연결들을 소급하여 추적하도록 유도한다. 이것은 크리스틴 게러티(Christine Geraghty), 린다 허천, 토마스 레이치와 같은 학자들이 (Geraghty 2008; Hutcheon 2006, 2013; Leitch 2007) 제시한 성숙한 각색 산업에 의하여 가능해진 새로운 연결 형식에 대한 하나의 완벽한 실행 예시로, 각색 과정에 대한 우리의 사고와 쓰기 방식을 변화시킬 수 있을 것이다. 짐 콜린스 (Jim Collins)가 언급했듯이, 우리는 "각색을 구현하는 다양한 결정 조건들과 그 각색들이 원작 텍스트에 익숙하지 않는 사람들에게도 제공하는 다양한 즐거움들"에 대하여 감안할 필요가 있다(2010: 130).

셜록 홈즈 전통으로의 이러한 다른 루트와 진입 단계들은 영화 학자 토마스 레이치의 "디킨스 진입 단계"("Entry Level Dickens")에 대한 작업과 중요한 방식으로 또한 연결된다(2007: 66). 레이치는 정전 텍스트에 대한 접근을 가능하게 하는 첫 조우로써, 주요 텍스트와 코퍼스와의 관계 발전의 기본적인 플랫폼으로, 아이들을 위한 각색 버전이 갖는 의미에 대한 도발적인 사례를 제시한다. 그의 예시는 브라이언 헨슨(Brian Henson)이 연출한 〈머펫의 크리스마스 캐롤〉(*The Muppet Christmas Carol*, 1992)로, 이 작품은 노래하는 개구리, 쥐, 돼지, 식물을 매개로 1843년 디킨스의 짧은 소설 『크리스마스 캐롤』(*Christmas Carol*)을 유쾌하게 재상상한 것이다. 〈셜록〉의 경우는 특히 다음과 같은 면에서 많은 것을 말해주는 사례이다. 그것은 일련의 방계적 그리고 비위계적인 예술과 대중문화 참여를 통해 코난 도일의 텍스트와의 관계를 발전시킬 뿐 아니라(네트워크화된 문화에 대한, Bruhn et al. 2013 참조) 동료 마니아들과 온라인 네트워크를 통하여 그들의 애정의 대상을 적극적으로 재구성함에 있어서 극도로 도전적인 글로벌 팬 공동체를 확산시킨 예시를 제공한다. 예를 들자면, BBC 시리즈의 인기가 2014년 영국 수상의 방문을 포함하여 외교적 상황에까지 그 영향이 미칠 정도가 된 현대 중국의 경우보다 더 명백한 사례는 없을 것이다. 그 당시 인기 있는 소셜 미디어 사이트인 시나 웨이보(Sina Weibo)가 중국 국가주석 시진핑(Si Jinping)이 참여한 가운데 실시한 중국 국민과의 온라인 토론에서 다른 어떤 주제보다 인기 있는 텔레비전 시리즈에 대한 질문들이 더 많이 나왔다. 아마도 더욱 중요한 것은, 숨어 있는 그리고 온라인 기반의 팬을 가진, 홈즈와 와슨은 중국어 별명, "곱슬머리 후와 땅콩"("Curly Fu and Peanut")으로 사랑을 받고 널리 알려져 있으며, 다양성과 정체성이라는 당대 문제를 말하기 위해 창의적으로 전유되고 있다는 것이다(Jones 2015). 테어도어 아도르노(Theodor Adorno)와 막스 호르크하이머(Max Horkheimer)가 "문화 산업"(culture industry) 이론을 제시한(1944) 이래로 수십 년 만에, 우리는 이러한 사례들에서 그들이 설명하고자 한 정전에 대한 대중 매체와 자본주의의 영향력이 유발되고 있다는 사실을 목도한다. 셜록 소설들을 둘러싼 팬 문화 현상에 대한 책의 편집자들이 지적했듯이, "팬 픽션, 소셜미디어, 전자상거래의 새로운 시대가 권고하는 것은 수동적으로 소비하는 것이 아니라 능동적으로 참여하는 것이다"(Ue and Cranfield 2014: 6). 홈즈 산업은 이러한 생각을 글로벌 무대에서 유발시키고 있으며 19세기가 그 시대를 살았던 사람들이 거의 상상하지 못했을 방식으로 계속해서 관련성을 가지고 있음을 입증하고 있다.

8

역사 가공하기
또는 사실을 전유하기

"저자는 허구적 목적에 맞춰 한두 번 역사를 가공했음을 기꺼이 인정한다."
—피터 캐리의 『잭 매그스』 "작가 노트"에서

지금까지 우리는 주로 텍스트가 다른 텍스트를 채택해 개작하는 상호텍스트 틀 안에서 각색과 전유에 대해 논했다. 다음 두 장은, 『언어의 욕망』(*Desire in Language*, 1980)에서 크리스테바(Kristeva)가 제시한 상호텍스트성 이론을 따라, 논의의 변수를 확대해 회화와 음악이라는 동반 예술형식까지 포함시킬 것이다. 그러나 예술이 아니라 역사 사건과 인물의 '실제' 사실을 원재료로 사용하는 흡사한 추가 전유 방식이 있다. 그럼 허구적 목적으로 '인수한' 대상이 실제 존재하거나 존재했을 때 그 전유 과정은 어떻게 될까?

이러한 제목 하에 우리가 살펴볼 문학 종류는 흔히 '역사소설'이나 '현실 드라마' 또는 영화학 맥락에서 '실화'나 하위 장르인 '전기 영화' 등의 범주로 분류된다(Bingham 2010; Brown and Vidal 2013). 이들은 알려지거나 알려지지 않은 '과거'에 설정된 소설, 희곡 또는 영화를 망라할 만한 포괄적 용어로, 하나의 인증전략으로서 그 과거의 맥락 관련 세부정보를 제공한다. 이 경우 그 설정이 매우 정확히 묘사되거나 상상되기 때문에 우리가 그 소설이나 드라마 속 사건의 존재를 '믿고' 또는 지지하게 된다. 물론 역사소설과 역사극 쓰기 이면의 더 많은 충동에 대한 별도의 연구도 있었지만(예를 들어, De Groot 2009, 2015 참조), 이 책에서 더 시급한 관심사는 작가나 극작가 또는 영화 제작자가 허구나 예술작품을 창조하기 위해 특정 사건이나 인물의 삶에 대해 알려진 사실들을 의식적으로 전용하는 텍스트들이다. 그 행위의 동기는 크게 다를 수 있다.

경우에 따라, 친숙한 유추 작용이 발생한다. 역사적 사건은 그 자체의 풍부한 문학적, 창의적 내용뿐 아니라, 그 사건이 작가에게 불러일으킬 수 있는 당대 시사문제와의 비교를 위해 묘사되고 전개된다. 가장 유명한 연극 고전 중 일례는 아서 밀러(Arthur Miller)의 1953년 희곡 『시련』(The Crucible)이다. 이 극은 1692년 매사추세츠 주 세일럼의 뉴잉글랜드 청교도 식민지에서 발생했던 마녀사냥을 둘러싼 사건을 묘사한다. 이 극은 한 마을의 여러 여성들과 마침내 남성들까지 마법을 사용했다는 맹렬한 비난을 받게 하고 그 결과 일련의 잔인한 공개처형을 유발한 개인 경쟁 심리와 심리 장애를 다룬 공감할 만한 탐구다. 그러나 밀러가 이러한 구체적 역사의 순간을 자신의 극 초점으로 택한 목적은 이중적이다. 그는 세일럼 처형을 야기했던 집단광증과 종교적 광신에 분명 관심 있었지만, 또한 자신이 태어난 미국에서 1950년대 조 매카시(Joe McCarthy) 상원의원과 그의 정부위원회에 의해 행해진 소위 '공산주의'

동조자들을 색출해낸다는 동시대 '마녀사냥' 간에 직접적 비교를 시도했다. 미 의회의 하원반미활동위원회 기제를 통해, 이 집단은 미국 사회의 좌익 정치요소들을 적발하기로 작정했다. 공연예술 종사자들, 그 중에도 배우, 연출자, 극작가들은 특히 감시와 고발의 초점이었고, 다수의 여론 조작용 공개재판으로 절정에 이르렀다. 이때 각 개인은 동료들 관련 정보를 제공하도록 촉구되고 강요받았다. 밀러 역시 하원반미활동위원회에 정보 제공을 거부하여 1957년 감옥행을 선고 받지만, 후에 선고가 철회되긴 했다(Bigsby 1997: 3). 『시련』의 극 대본 어디에도 이 같은 현대적 유사성을 명시한 곳은 없다. 밀러는 자신의 관객들이 스스로 결론을 도출하리라 믿는다. 물론, 오늘날 관객들은 그 역사적 정치적 인유에 대한 사전지식을 가지고 이 극 공연을 관람할 가능성이 높지만, 『시련』은 역사적 과거가 문학 맥락에서 비록 완곡하더라도 현재의 정치체제를 비판하는 수단으로 어떻게 환기될 수 있는지 보여주는 매우 효과적 사례로 남아 있다.

밀러의 시도가 여러모로 새로운 건 아니다. 근세 극작가 윌리엄 셰익스피어(William Shakespeare)와 벤 존슨(Ben Jonson)도 17세기에 무척 유사한 성과를 거두었는데, 『코리올레이너스』(Coriolanus, 셰익스피어 1605-8) 또는 『세제너스』(Sejanus, 존슨 1603) 같은 극에서 그들은 검열을 피하면서 동시에 당대 정부 정책과 결함들을 비판하는 수단으로 고대 로마의 배경이나 스토리들을 전개했다. 로넌 베넷(Ronan Bennett) 역시 그의 소설 『대혼란 3년째』(Havoc in Its Third Year, 2004)에서 17세기 사회와 종교적 광신, 근본주의 분위기를 환기시켰다. 영국 청교도혁명 발발 직전 10년간인 1630년대 북부 잉글랜드를 배경으로 한 이 소설에서 베넷은 어느 소도시에서 자유를 구속하는 청교도 지도층이 피해망상증과 감시 세계를 조성해 이웃끼리 대항하고 흔히 치명적 결과를 초래하는 모습을 묘사한다. 소설에서 그린 세계와 20세기 초 특히 9/11 사태

여파로 인한 종교적 근본주의 부상과의 대비가 독자와 평자들 모두에게 분명하게 드러났다. 또한 베넷은 20세기 후반 아일랜드 분쟁에 종교적 뿌리를 둔 작가로서 매우 개인적 공감대를 가졌는데, 그가 한몫한 정치 사건도 있었고 두 차례의 투옥도 경험했다.

그렇다면 역사는 비교대조 목적으로 자주 환기될 수 있지만, 피터 위도우슨(Peter Widdowson)이 강조하듯, "문학이 역사를 사용하는 방식, 그리고 그 목적은 많다"(1999: 154). 힐러리 맨텔(Hilary Mantel)의 『울프 홀』(*Wolf Hall*, 2009)과 그 후편 『시신을 내 놓으라』(*Bring Up the Bodies*, 2012)는 정식 전유로 분류되는 경우는 드물지만, 역사소설의 목적으로 토마스 크롬웰(Thomas Cromwell)의 삶에서 잘 알려진 (학술적 논란은 있는) 사실들을 각색한다. 16세기에 대해 쓰면서 두드러진 '역사적 현재' 버전을 활용해, 맨텔은 말 그대로 우리를 크롬웰의 입장이 되어 보게 하는 동시에 현시점과 맞닿아 있다는 사실도 깨닫게 만든다. 『울프 홀』을 시작하는 문장들을 보라.

> 쓰러뜨려져, 멍하게, 소리 없이, 그는 넘어졌다. 타격을 받아 큰 댓 자로 자갈길 바닥에 드러누웠다. 그는 머리를 옆으로 돌린다. 누군가 와서 도와줄지도 모른다는 듯, 그의 눈은 문 쪽으로 향한다. 한번만 제대로 타격하면 이제 그를 죽일 수도 있다. 그의 머리 쪽 상처의 피는-그의 아버지가 처음으로 힘을 들여 때린 여파였고-얼굴 쪽으로 흐르고 있다. (Mantel 2009: 1)

이 책 여러 지점에서, 우리는 과거와 소위 역사적 '사실'의 지위에 대한 포스트모더니즘의 심문에 대해 고찰했다. 진 리스(Jean Rhys)는 영국 제국주의 시대 및 문학에 담긴 인종차별을 드러내기 위해 『광막한 사르가소 바다』(*Wide Sargasso Sea*)에서 샬롯 브론테(Charlotte Brontë)의 『제인 에어』(*Jane Eyre*)를 전유했다. 피터 캐리(Peter Carey)는 디킨스 작품의 간극과 부재뿐 아니라 더 나아가 빅토리아 시대 지배하에 도외시되거나 홀대 받은, 특히 죄수 유배지인 호주로 수송된 인물들을 강조하기 위해, 『잭 매그스』(*Jack Maggs*)에서 디킨스의 『위대한 유산』(*Great Expectations*)을 다시 쓴다. 역사는 그것이 문학적이든 아니든 이러한 사례들에서 재배치되어, 이전에는 역사가 알려지지 않았던 공동체들, 즉 리스의 앙트와네트(Antoinette) 또는 캐리의 매그스, 또는 쿠체(Coetzee)의 『포』(*Foe*)에서 이중으로 침묵 당한 프라이데이(Friday)로 대표되는, 주변화된 권리 박탈자들의 존재를 나타내준다. 돈 디릴로(Don DeLillo)는 소설 『리브라』(*Libra*, 1988)에서 1963년 댈러스에서의 존 F. 케네디 대통령 암살이라는 상징적 역사 사건을 암살범인 리 하비 오스월드(Lee Harvey Oswald)의 시각뿐 아니라 오스월드 인생에 있는 다른 인물들의 내적 목소리와 사고방식 등의 관점에서 바라봄으로써 연관된 효과를 얻는다. 이 과정에서 드러나는 것은 심한 빈곤과 사회 불평등의 세계로, 이는 그 총격에 대한 음모설 위주 설명에는 대개 전적으로 부재한다.

잃어버린 목소리 또는 상실된 역사 되찾기는 지금까지 살펴본 많은 전유 사례에서 공통으로 확인된 모티프다. 산문소설에서 셰익스피어 극 다시-보기가 이루어진 경우, 예컨대, 마리나 워너(Marina Warner)의 『인디고』(*Indigo*)에서의 『템페스트』(*The Tempest*), 또는 제인 스마일리(Jane Smiley)의 『천 에이커의 땅』(*A Thousand Acres*)에서의 『리어왕』(*King Lear*)처럼, 둘 다 1인칭 서술을 효율적으로 사용해, 주변화되거나 배제된 등장인물들에게 목소리를 내게 하고 더 나아가 동기를 부여하려는 의식적 노력을 한다. 1인칭 서술기법을 활용하는 다수 포스트모던 역사소설에서−역사기술 메타픽션으로도 불림−같은 목적이 발견된다. 예컨대, 피터 캐리의 『켈리 일당의 실화』(*True History of the Kelly Gang*, 2000)는 복화술의 주목할 만한 성과로 높이 평가되었다. 물론, 캐리는 이디엄, 슬랭, 특이한 구두법을 생생하게 재창조해 우리가 네드 켈리

(Ned Kelly)의 목소리를 중재 없이 수신한다고 설득시키려 한다. 이 소설은 켈리가 딸에게 쓴 일련의 편지로 구성된다. 그는 자신의 삶에 대해 편향된 관점에서 글을 쓸지도 모를 타인들의 이야기뿐 아니라 자신의 스토리를 딸이 직접 듣도록 보장하려 한다. 이런 이유로, 이 자의식적 소설에서 편지 '꾸러미'가 장을 대체한다. 캐리는 개별 '꾸러미'를 소개하는 액자 같은 서두 부분에 "8절판 59쪽으로 목재 펄프 함량 높고 갈색으로 변색. 접힘, 변색, 얼룩짐, 사소한 찢김 있음"(2000: 73)과 같이 보관자료 세부정보 기록 방식을 대담하게 활용한다. 이러한 프레임 내용은 소설의 서사 내부에서 두 가지 상충되는 목적을 달성한다. 이것은 실재 인증으로 작용해, 우리 독자는 이러한 방식으로 목록화된 역사적 증거나 아카이브 자료를 신뢰하도록 훈련된다. 그러나 이 프레임은 켈리 자신 외의 다른 역사 해석자들을 상기시키는 역할도 한다. 이 방법을 통해 포스트모더니즘이 선호하는 신뢰할 수 없는 서술자 전략이 네드의 경우에 적절할 수 있음을 상기하게 된다. 그가 호주 역사책에서, 가난한 아일랜드계 남성으로 심한 인종차별을 당하면서 여러 대담한 습격과 포위 공격으로 당국에 맞섰다는, 호주 판 로빈 후드 전설로 신화화된 만큼, 켈리 역시 어쩌면 자신의 역사를 다시 쓰면서, 특정 '사실'을 검열 삭제하거나 자신의 딸이라는 의도된 청중을 감안해 다른 사람들의 스토리를 미화시킬 수도 있다.

캐리의 소설 제목은 비슷한 기술을 부린다. 『켈리 일당의 실화』는 언뜻 보기에는 켈리 일당의 관점에서 전해지니까 그 스토리 버전의 진실성을 강조하는 듯하다. 그러나 캐리는 여기서 정관사 사용을 의식적으로 피하므로, '그'(the) 실화 또는 스토리는 아니다. 이러한 부재를 식별할 수 있음은 우리가 독자로서 그 제목의 구절에 의문을 가져야 함을 시사한다. 기민한 독자라면 '실제 역사'(true history)라는 용어에 담긴 의도적 모순어법도 의심스러울 것인데, 그 이유는, 20세기 후반 많은 학문 이론들이 지적하기에 부심했듯이, 역사 그 자체가 흔히 사건에 대한 어느 한 역사학자의 해석이며, 가용한 또는 잔존 문서와 증거 흔적들로부터 구성된 평가이고, 따라서 필연적으로 편파적이기 때문이다. 예컨대, 네드 켈리의 직계 가족처럼, 문맹으로 인해 자신들의 실재에 대한 설명을 남길 능력이 줄어들거나 박탈될 때 그러한 흔적들은 어떻게 될까? 역사가 어떻게 그들을, 또는 그들에 대해, 대변할까? 캐리는 이전의『잭 매그스』경우처럼 그들의 잃어버린 목소리를 분명히 표현하는 데 관심 있다. 브루스 우드콕(Bruce Woodcock)의 지적처럼, 그의 소설에는 "사이의 공간이나 주변부에서 지내는 혼종적 등장인물들이 거주한다"(2003: 1). 그의 부언대로, "그들은 주변화된 등장인물, 아웃사이더, 무법자의 스토리를 . . . 재창조된 목소리로 다시 말한다"(138). 우드콕은 이 기술을 노골적 복화술보다는 "거주, 점유 수행행위"(138)라고 인상적으로 묘사했다. 켈리의 인생 스토리 전유를 통해, 캐리는 '점유' 또는 '인수' 과업을 완수함으로써, 전유의 의미론적 뜻을 실행하지만 이는 적대 행위는 아니다. 그는 역사 기록에서 그리고 그 기록에 의해 외면된 가난한 사람들의 삶에 목소리를 부여하기를 갈망한다. 이에 대한 그의 모델은 분명 이 소설 서두에 적힌 "과거는 죽지 않았다. 아직 지나가지도 않았다"라는 경구를 제공한 미국 작가 윌리엄 포크너(William Faulkner)다.

캐리가 다시 말하기뿐 아니라 역사를 재창조한다는 점을 이해하는 것이 중요하다. '실제 역사'라는 문구는 그의 작업을 학문 분야로써의 역사 연구 외에 소설쓰기 예술과도 연결한다. 17세기 많은 산문 중편소설과 공상소설이 이처럼 '실화'(true histories)라고 공언하며, 로맨스 소설의 관례를 동시에 이용했으며(Woodcock 2003: 142 참조), 애프라 벤(Aphra Behn)의 『오루노코』(Oroonoko, or The Royal Slave, 1688)와 『불행하고 행복한 여인: 실화』(The Unfortunate Happy Lady: A True History, 1698)가 유용한 예가 된다. 벤은 '히스토리'라는 단어와 프랑스어로 '스토리'나 '허구'를 뜻하는 '이스뜨와'(histoire) 사이의 어원학적 연결 고리를 이용하는데, 이러한 방식은 역사학에 대한 포스트모더니즘의 유희적 대면을 대체로 예시하고 선점한다. 편지로 구성된 소설을 고안하여, 캐리는 역사적 양식의 전기 글쓰기와 가상의 스토리를 동시에 연상시킨다. 소설에 대한 그의 영감은 켈리가 쓴 진본 문서를 직접 목격한 것에서 비롯되었고, 이는 결국 상응하는 전기 장르를 떠올려 준다. 이미 살펴보았듯이 전기에 영향 받은 전유의 경우, 커닝햄(Cunningham)의 『세월』(*The Hours*)에서 〈셰익스피어 인 러브〉(*Shakespeare in Love*)에 이르기까지 텍스트에 대한 관심은 언제나 그 텍스트 뒤의 작가에 대한 관심으로 이어진다. A. S. 바이어트(A. S. Byatt)의 『전기 작가 이야기』(*The Biographer's Tale*, 2001)는 한 개인의 삶을 복구하고 진짜와 꼭 같게 모사하려는 그러한 시도의 복잡성을 포착한 소설로, 어느 무명 전기 작가의 인생 스토리를 포착하려는 대학원생 주인공에게 초점을 맞추는데, 이러한 방식은 결국 칼 린네(Carl Linnaeus)와 헨릭 입센(Henrik Ibsen)과 같은 실제 역사적 인물에 대한 연구와 연관되게 된다. 물론 존 매든(John Madden) 감독의 〈셰익스피어 인 러브〉(1998) 경우도 똑같이 다층위적이다. 톰 스토파드(Tom Stoppard)의 영화각본은 표준 전기가 아닌 카릴 브람스(Caryl Brahms)와 S. J. 사이먼(S. J. Simon)의 『베이컨이 차지할 침대 없음』(*No Bed for Bacon*, 1941)이라는 다른 소설을 기반으로 하며, 이 과정에서 셰익스피어 텍스트와 영향력에 대한 극작가로서의 스토파드 자신의 관계를 다루게 된다.

소설 작가에 대한 소설이라는 진정한 하위 장르는 최근 수십 년 동안 서양의 서적 목록을 지배해왔다. 몇 가지 예로, 콤 토이빈(Colm Tóibín)의 『더 마스터』(*The Master*, 2004)는 헨리 제임스(Henry James)가 『가이 돔빌』(*Guy Domville*)을 런던 무대에 올리려다 실패한 모험을 반추한다. 패트리샤 던커(Patricia Duncker)의 『소피와 여사제: 빅토리아풍 로맨스』(*Sophie and the Sibyl:*

A *Victorian Romance*, 2015)는 신빅토리아풍 패스티쉬를 통해 조지 엘리엇 (George Eliot)의 삶 그리고 작품에(특히『다니엘 드론다』(*Daniel Deronda*)) 관여한다. 피터 액크로이드(Peter Ackroyd)는『오스카 와일드의 마지막 증언』(*The Last Testament of Oscar Wilde*, 1983)에서 파리에서의 오스카 와일드의 최후의 나날을 가늠했다. 그리고『잭 매그스』를 매개체로 캐리가 찰스 디킨스와 직접 실랑이를 벌인 것은 7장에서 살펴보았다. 캐리의 소설 속 켈리는 엄밀한 의미에서 고전작가는 아니지만, 호주의 역사 기록에 포함된 그의 기록물의 실재를 볼 때 그 나라의 문화적 상상 속에서는 이에 필적할 만한 의미를 그에게 제공한다. 하지만 전기와 회고록 외에 캐리에게 영향을 준 문학 모델은 18세기 서간체 소설과 피카레스크 악한소설임이 자명하다. 역사는 이렇게 자의식적으로 문학에 적용됨으로써 무효화되지는 않지만 역사의 안정성은 실질적으로 도전받는다. 린다 허천(Linda Hutcheon)이 관측하듯, "포스트모더니즘은 [역사를] 부정하는 것이 아니라 . . . 단지 과거의 실제 사건들을, 그 흔적, 텍스트, 우리가 구성하고 의미를 부여하는 그 사실을 통한 것을 제외하고는, 현재에 우리가 어떻게 알 수 있는가에 의문을 제기한다"(1988: 225). 캐리는 이러한 흔적과 구성물을 숙지하고 있고 우리가 그들을 복합적 탐문방식으로 다루어야 함을 예리하게 인식하고 있는 듯하다.

이는 1980년대, 1990년대 영화에서 특히 "실화를 토대로 한"이란 명칭을 붙이던 동향을 반추한 토마스 레이치(Thomas Leitch)의 의견과 흥미롭게 연관된다. 마틴 스콜세지(Martin Scorsese)와 스티븐 스필버그(Stephen Spielberg)의 작품과 함께 올리버 스톤(Oliver Stone)의 작품들을 (예컨대, 〈살바도르〉 (*Salvador*)[1986], 〈JFK〉[1991], 〈월드 트레이드 센터〉(*World Trade Center*)[2006]) 인용하면서, 레이치는 이렇게 제안한다. "이 구절은 원작 소설이나 희곡, 또는 스토리의 권위를 모두 지닌 마스터 텍스트의 권위에 호소하되 결점은 전혀 없다"(2007: 289). 여기서 "결점"은 영화에 제시된 역사 수정주의의 일관성 또는 정확성 확인에 사용가능한 "원천"일 것인데, 특히 스톤 감독의 경우 이들은 흔히 "기록 바로잡기"(289) 의도로 만들어진 영화이기 때문이다. 그러나 이 영화들은 각색과 허구화 과정을 통해 "역사 가공하기"와 동시에 유효한 증거 자료와의 관계를 나타내는 일반적 방식을 사용한다. 예컨대, "영화 〈JFK〉를 시작하는 텔레비전 영상의 몽타주"(294)를 보자. 이는 시청자들이 스톤 감독의 맞춤형 사건 서사를 신뢰하고 받아들이도록 유도한다. 이는 다시 한 번 관객들에게 매우 능동적 의식과 비판적 태도를 요구한다. 이와 관련해 전기 영화의 한계를 시험하고 있는 실험적 감독으로 스티브 맥퀸(Steve McQueen)이 있는데, 그는 2008년 '역사드라마' 〈굶주림〉(Hunger)에서 1981년 북아일랜드 벨파스트의 메이즈 교도소에서 벌어진 단식투쟁 사건을 재작업했고, 〈노예 12년〉(Twelve Years a Slave, 2013)에서 1840년대 자유인 상태에서 납치되어 노예로 팔린 솔로몬 노섭(Solomon Northup)의 스토리도 각색했다. 맥퀸의 영화에서 우리는 이 책에서 고찰한 다른 소설 각색, 즉 원작 텍스트에서 잃어버린 목소리 또는 억압된 역사를 되찾기를 기대하는 것과의 유사성을 찾을 수 있다. 2014년 1월 『가디언』(Guardian) 신문과의 인터뷰에서 예술가-감독이 직접 한 말에 따르면, 이는 "들어본 적이 없는 스토리를 들려주는 것"이다.

역사적 거리나 근접성의 범위가 어떠하든 과거의 사건, 과거의 삶과의 연계는 극적 또는 영화적 각색을 통한 텍스트화 과정을 거치면서 당대의 시사현안을 숙고하는 수단으로 기능할 수 있다. 그러한 사건들이 매우 최근의 일이라면 때때로 청중에게 불안한 영향을 줄 수 있고, 실제 영감을 준 인물이나 사건을 무대 위 등장인물이나 사건과 대비해 어떻게 읽어야 하는가라는 의문을 품게 한다. 알려진 사실에서 벗어나 추측 영역으로의 진입은 어느 지점에서 비윤리적이거나 도덕적으로 모호하게 될까? 아니면 예술적 자유의 개념을 늘 실행하며 관객에게 그들이 보고 있는 것은 모든 의도와 목적에 있어 각색이라고 인식하도록 그저 요구해야 할까? 2015년 극작가 스티브 워터스(Steve Waters)는 2011년 10월 런던에서 촉발된 사건을 바탕으로 『성전』(*Temple*)이라는 극을 창작했는데, 당시 점거농성 시위 캠프가 근접해오자 세인트 폴 대성당이 신자들과 일반 대중에게 문을 닫는 상황이 초래되었고, 뒤이어 합법적으로 시위자들을 퇴거시키려는 시도가 교회 고위인사들의 사임으로 이어졌다. 극은 실명을 거론하지 않으며 2011년 사건을 '토대로 한' 것이지 축소적 다시 말하기는 아니다. 작가 스스로 강조하듯이, "이 극은 허구이며, 사실에 근거한 상황에 영향을 받은 허구"다. 그렇더라도, 실제 인물들이나 장소에 대한 언급은 거의 불가피하며, 극이 의도적으로 이를 불러들임으로써 교회, 현재 영국 정치의 현주소, 그리고 워터스의 말처럼 "작품에서 우리가 어떻게 살아 숨 쉬어야 하는가"(Waters 2015)에 대한 광범위한 고찰을 자극한다. 이런 방식으로 중요한 사건을 각색할 때의 윤리성에 대해 많은 논쟁이 있지만, 실제로 이는 전혀 새로운 실천은 아니다. 어떤 의미에서 1590년대 셰익스피어의 역사극 장르를 견인한 충동과 매우 흡사하다. 존 플레처(John Fletcher)와 공동 집필한 『헨리 8세』 (*All Is True, or Henry VIII*)(1613년 경) 같은 극 텍스트는 당시 통치한 군주 엘리자베스 1세의 최근 가족사를 이야기했고, 일부 공연에서는 그녀의 아버지 헨리 왕과 첫 번째 부인 아라곤의 캐서린 여왕(Katherine of Aragon)의 이혼 청문회가 블랙프라이어스(Blackfriars)에서 벌어지는 장면들도 상연했는데, 그 곳은 그와 같은 법적 소송이 일어난 현장이었다(Dillon 2012: 77-9). 우리는 이 모든 예에서 작가와 연출 감독이 어떻게 역사를 가공하여 과거에 대한 개인적, 집단적 관계 맺기 및 일상과 지금 여기에 대한 중요한 윤리적 의문을 제기하는지 인식하기를 바랄 수도 있다. 이처럼 우리는 레이치가 미래 각색학의 중심점으로 촉구했던 "다시 쓰기의 제도적 실천"에 주목하게 된다(Leitch 2007: 303).

    네드 켈리의 처형에 뒤따르는 사건에 대한 3인칭 서술 장치의 틀과 케리의 원고에 대한 책임을 위임 받은 남성의 반응에 목소리를 부여함으로써 피터 캐리는 『켈리 일당의 실화』에서의 방식대로 역사와 '사실'을 전유하는 자신의 개인적 동기 하나를 내비치는 듯하다. 커나우(Curnow)는 부러운 듯 이렇게 묻는다. "우리 호주사람들은 왜 이러지, 정말? . . . 우린 뭐가 잘못되었지? 제퍼슨 대통령같은 인물이 없기라도 해? 디즈레일리 총리 같은 인물도? 말 도둑, 살인자보다 더 나은 위인을 찾을 수 없단 말이야? 왜 우리의 당혹스러운 수치를 항상 드러내는 거야?"(Carey 2000: 419). 호주에서 켈리의 상징적 명성은 그가 죽음을 맞은 방식과 태도, 그리고 그 순간에 대한 무수한 문화적 재현에서 비롯되는데, 이는 시드니 놀란(Sydney Nolan)의 호기심을 자극하는 회화에서부터 영화로 이어지는데 (1906년 [찰스 타이트(Charles Tait) 감독] 〈켈리 일당 이야기〉(*Story of the Kelly Gang*)에서부터 켈리의 삶을 또 다시 재해석한 로버트 드루(Robert Drewe)의 1991년 소설 『우리 햇살』(*Our Sunshine*)을 각색한 2003년 영화[그리고 조단(Gregor Jordan) 감독]에 이르기까지), 이것은 장 보드리야르(Jean Baudrillard)의 주장, 즉 현대에 와서 역사는 신화로 변화되었고 특히 때 이른 죽음은 두드러진 일종의 신화적 차원을 축적한다는 것을 확인해 주는 듯하다(Innes, 2008). 보드리야르는 이 이론을 뒷받침하기 위해 마릴린 먼로(Marilyn Munroe), 제임스 딘(James Dean), 그리고 존 F. 케네디의 사례를 인용한다(1981: 24). 그는 이렇게 선언한다. "역사는 우리가 상실한 참조대상 즉, 우리의 신화다"(43). 여기에 다시 한 번 올리버 스톤 감독의 걸작들과 겹침이 인식되는데, 그는 베트남 전쟁에서부터 존 F. 케네디 암살, 그리고 9/11 테러로 인한 뉴욕 트윈타워의 붕괴에 이르는 미국 대중 역사상의 준-신화적 사건들에 반응하고 (적어도 개인화된 시각으로) 많은 측면에서 다시 쓰기하며 그의 작품 세계에 노력을 들였다.

캐리는 소설의 메커니즘을 통해 현대의 신화화 경향에 대해 의문을 제기하지만, 이 점에서 냉소적 커나우의 편에 있는 것은 아니다. 『위대한 유산』에 대한 그의 탈식민주의적 개정이 뉴사우스웨일즈(New South Wales)의 재소자 공동체에 대한 상당한 공감을 찾은 것과 같은 방식으로, 이 작품에서도 그는 독자로부터 켈리의 삶과 행동에 대한 동기, 이유, 이해를 구하고자 한다. 고전 소설의 전유가 취한 자세 및 개정의 성과를 최대한으로 인식하려면 원작에 대한 사전 지식이 필요하듯, 『켈리 일당의 실화』에서 켈리의 삶에 대한 다시 말하기 역시 개략적으로라도 그의 삶과 이를 둘러싼 신화에 대한 독자의 인식을 필요로 한다. 캐리는 소설에서 이를 사용해 예정설과 숙명론의 느낌을 조성하는데, 이는 고전 문학작품에서 줄거리의 궤적과 대단원을 알고 있는 것과 매우 흡사하다. 어떤 면에서 독자인 우리와 캐리의 소설에서 자신의 역사를 쓰는 켈리 모두 결말이 어떻게 될지 안다. 배경 지식이 없는 사람들에게도 이것이 해당되도록 캐리는 소설의 첫 장면을 켈리의 체포와 결국 처형으로 이어지게 된 악명 높은 총격전으로 시작한다. 그의 수제 방탄복의 상징적 기표와 '모니터'(Monitor)라는 가장된 페르소나는 (이 이름은 호주의 열대 우림과 아웃백 오지에서 서식하는 큰 도마뱀인 왕도마뱀(monitor lizard)에서 유래한다) 즉시 독자를 역사적 기록에 위치시킨다. 리스의 앙트와네트처럼, 네드의 삶은 그의 최후를 아는 우리의 의식에 의해 형성된다. 우드콕이 논평하듯, "네드는 숙명론과 운명적 느낌에 사로잡혀 있다. 잭 매그스와는 달리 캐리의 네드 켈리는 역사가 그를 위해 써둔 대본에 갇혀있는 것 같고, 앞으로 미국에서 딸과 함께 자신의 스토리를 읽을 수 있을 것이라는 그의 희망에도 불구하고, 다가오는 자신의 운명에 대해 너무나 잘 알고 있다"(2003: 150).

역사적 인물과 신화를 전유하고 그야말로 주인공의 비극적 종말로 시작하는 또 하나의 소설은 조이스 캐롤 오츠(Joyce Carol Oates)의 『금발』(Blonde)인데, 이는 "판타지 전기"다(힐러리 만텔이 사용한 이 문구는 소설의 문고판에서 인용된다). 『금발』은 마릴린 먼로라는 예명으로 더 잘 알려진 영화계 아이콘 노마 진 베이커(Norma Jeane Baker)의 삶에 대해 이야기한다. 이미 언급했듯이 먼로의 삶은(그리고 때 이른 죽음은) 신화적 지위를 달성한 것이라고 보드리야르가 『시뮬라크라와 시뮬라시옹』(*Simulacra and Simulation*, 1981)에서 선정했고, 오츠는 자신의 소설과 그 결과 효과를 구성함에 있어 이 도상학적 지위에 대한 독자의 공유된 인식을 분명 필요로 한다. 저자 서문에서 오츠는 "『금발』은 허구의 방식으로 철저히 '삶'의 정수를 추출한 것이며, . . . 제유가 전유의 원칙이다"(2000: ix)고 단언한다. 소설의 영국 첫 문고판 표지는 오츠의 의견을 강조하는 것 같았다. 그 표지는 많이 재현되어 온 먼로의 사진 일부를 묘사하는데, 실제로 소설의 한 장에서 자세하게 그려지기도 한 이 사진은 영화 〈버스 정류장〉(*Bus Stop*)(조슈아 로건(Joshua Logan) 감독, 1956) 홍보용으로 촬영된 스틸 사진이다. 해당 장은 "'미국의 사랑의 여신, 지하철 환풍구 철망 덮개 위.' 1954년 뉴욕시"라고 제목을 붙였다.

> 육체미의 전성기에 풍만한 몸매를 지닌 아가씨. 팔과 어깨를 드러낸 조젯 크레이프 직물로 된 상아색 여름용 원피스에 목 뒤에서 끈을 묶는 상의가 옷을 부드럽게 주름지게 해 가슴을 모아준다. 그녀는 뉴욕 지하철 환풍구 철망 덮개 위에서 맨 다리를 벌리고 서있다. 상향 바람이 플레어스커트를 가득 들어올리자 그녀의 금발 머리는 기가 막히게 뒤로 젖혀진다. (Oates 2000: 201)

소설의 소비자인 우리에게 주어진 책 표지의 이미지 파편은 먼로의 연한 금발 머리를 얼핏 보이게 한다. 제목의 '금발'은 마릴린의 스토리 전말, 그 원피스, 그 이미지, 그 신화를 암시하는데 충분해 보인다. 물론 그 금발 머리는 할리우드에 의한 그녀의 이미지 창조와 조작이라는 맥락에서 구축된 정체성, 가짜와 가장 행위라는 사실에서 아이러니가 더해진다. 오츠는 이 과정에서 전유에 대한 중대한 요점을 포착한다. 즉 전유에서는 훨씬 더 큰 이야기를 하기 위해 간단하거나 정제된 기표들에 의존한다는 면에서 제유가 전유 형식의 원칙이 **된다**. 과산화수소수로 만든 금발 머리카락 한 줌은 먼로의 신화와 도상성 및 수반되는 그녀의 인생 비극을 암시하는데 충분하다. 이 방식은 캐리의 소설에서 네드 켈리의 수제 '모니터 왕도마뱀' 방탄복이 한 인생 스토리를 상기시키는 것과 같다. 6장에서 살펴보았듯이, 리스의『광막한 사르가소 바다』에서는 영국 대저택과 촛불만으로도『제인 에어』에서의 손필드 저택 방화와 뒤따르는 일들을 암시하기에 충분하다.『금발』에서 오츠의 의식적 명명법은(또는 그것의 전략적 결핍은) 먼로의 삶과 연관된 '사실'에 대한 독자의 지식 및 서사의 틈을 채울 수 있는 독자의 능력을 필요로 한다. 그녀의 인생 스토리에서 이름을 안 밝혀도 알만한 몇몇 행위자들이 우리에게 소개된다. '전 운동선수'는 유명 야구선수 조 디마지오(Joe DiMaggio)를 나타내고, 성적으로 압제적인 '대통령'은 존 F. 케네디다(흥미롭게도 1900년대 후반 빌 클린턴의 모니카 르윈스키 스캔들 사건과 시사적 공명이 있기도 하다). '오'는 로렌스 올리비에(Laurence Olivier)고, '극작가'는 아서 밀러다. 포스트모던 독자는 이러한 기표들의 작동, 영향을 준 원천의 드러남과 실제 인물에 대한 단편적 연상을 둘러싼 보충 또는 증폭 사이의 의미론적 상호작용을 깨닫는다.

캐리의『켈리 일당의 실화』와 마찬가지로, 오츠의『금발』도 끝에서 시작되는데, 수십 년 동안 먼로의 죽음이라는 사건을 둘러싼 음모설이 소용돌이처럼 맴돌았다. 거듭 독자의 사전지식과 기대의 기능이 이 서사의 역학과 목적을 구축하는데 중요한 요소임이 입증된다. 우리는 전유행위에 참여하게 되고 매우 능동적 방식으로 행간의 뜻을 읽는다. 실제 역사 사건에 반응하며 상응 효과를 달성한 오츠의 또 다른 소설은 한 번 더 미국의 케네디 왕조와 연관되었다.『블랙 워터』(*Black Water*, 1993)의 사실에 근거한 하이포텍스트(hypotext)는 에드워드 케네디(Edward Kennedy) 상원 의원과 관련된 스토리인 차파퀴딕(Chappaquiddick) 비극이다. 1969년 발생한 이 실제 사건에서 메리-조 코페크니(Mary-Jo Kopechne)는 케네디가 운전한 자동차에서 익사했다. 후에 그는 사고 현장을 떠난 것에 대해 유죄 판결을 받았지만, 코페크니의 정확한 사망원인에 관해서는 지금까지도 많은 의문이 남아 있다. 분명한 것은 당의 대선후보 지명을 확보하려는 케네디의 희망도 이 사건 발생 전까지는 고조되는 듯했으나 7월의 그날 밤 케이프 코드 늪지에서 침몰했다. 오츠의 소설에서 사건은 1990년대 메인 주로 옮겨진다. 이 역사적 배경은 1988년 아버지 조지 부시에 맞선 마이클 듀카키스(Michael Dukakis)의 대통령 선거운동 실패에 대한 논의에서 주의 깊게 전달된다. 그렇더라도, 서사에 드러난 권력에 굶주린 '상원의원'에 대한 설명, 켈리 켈러허(Kelly Kelleher)의 우발적 익사, 그리고 상원의원의 대선 희망을 지키기 위해 뒤따르는 사건 은폐는 명백하게 차파퀴딕 사건을 상기시킨다. 밀러의『시련』과 마찬가지로, 오츠는 실제 상대인물이 누구인지 독자들이 식별하기를 기대한다. 문고판 표지도 차파퀴딕에 대한 구체적 암시 없이 "미국의 신화가 된 충격적인 스토리"라고 언급함으로써 이 관계를 재삼 강조하는데, 이는 제유의 작동이라 말할 수 있다.

　『블랙 워터』의 서사 구성은 뛰어나며, 켈리가 익사하는 몇 분 동안—아니 몇 시간일까? 이 소설에서 시간은 의도적으로 모호하기 때문이다—그녀의 머릿속에서 일어나는 내적 독백에 의해 그 긴장이 가중된다. 우리는 켈리가 침몰된 자동차에서 에어포켓을 발견한 것을 알고 있지만, 죽기 몇 초 전에 그녀의 인생이 눈앞에서 주마등처럼 지나가는 것을 느꼈을 가능성이 남아 있다. 최소한의 구두점 또는 문장부호 없이 쇄도하는 말로 나타나는 서사 부분이 이 끔찍한 가능성을 강조한다. 오츠의 프로젝트에 드러난 다시 쓰기 및 대안적 가능성에도 불구하고, "자동차가 급히 도로를 벗어나기 직전에"그리고 "검은 물이 그녀의 폐를 가득 채우면서 그녀가 죽었다"는 말의 반복은 피할 수 없는 종말을 더욱 강조하는 역할을 한다.

이 프로젝트는 캐리의 『켈리 일당의 실화』와 비교될 수 있는데, 오츠가 차파퀴딕 사건 스토리를 전유해, 역사를 허구로 변화시킴으로써 침묵 당한 메리-조 코페크니에게 목소리와 역사를 되돌려주려고 노력한다는 의미에서 그러하다. 잃어버린 역사를 되찾고 그녀의 삶을 케네디 가족 스토리의 부속물이나 부차적 존재가 아니라 그 자체의 본질적 가치로 보려는 의식적 노력이 있다. 켈리는 서사 과정에서 자신의 스토리를 전하지 못하리라고 의심한 적이 없었던 점에 대해서도 반추하는 반면, 죽음의 순간에 이 권리가 그녀로부터 제거됨을 깨닫는다. 오츠는 이 소설이 역사 기록에서 말해주지 않은 켈리/메리 조를 대변하도록 허용한다. 이 책에서 다룬 수많은 사례들 그리고 이 장에서도 살펴보았듯이, 역사라는 분야는 사실상 텍스트성의 역사이며, 특정 이념과 견해에 따라 특정 이야기꾼에 의해 말해진 이야기의 역사다(White 1987 참조). 이러한 의미에서, 역사는 소설 그리고 '스토리'로 각색되기에 숙성한 원천임이 입증된다. 차례대로, 사실은 각색되고 전유되어 해석의 문제가 된다.

맞춤형 내러티브
기술 재현성 시대의 저작권과 예술작품

문학은 문학뿐 아니라 고전으로 여겨지는 예술작품에서도 무한한 영감을 얻는다. 트레이시 슈발리에(Tracy Chevalier)의 『진주 귀고리를 한 소녀』(*Girl with a Pearl Earring*, 1999)는 요하네스 베르메르(Johannes Vermeer)의 1665년 동명의 비범한 그림에 등장하는 수수께끼 여인의 역사를 다루고 있고, 같은 작가는 『레이디와 유니콘』(*The Lady and the Unicorn*, 2003)에서도 유사한 방법으로 클루니 중세박물관에 소장된 유명한 중세풍 태피스트리에 얽힌 스토리를 소설로 풀어낸다. 줄리언 반스(Julian Barnes)는 『10 1/2장으로 쓴 세계 역사』(*A History of the World in 10 ½ Chapters*, 1989)에서 노아의 방주와 대홍수라는 성서비유들과 함께 제리코(Gericault)의 유화 〈메두사호의 뗏목〉("The Raft of the Medusa," 1989)을 영감의 발판으로 사용한다. (7장에서 논의된) 소설 『더 다크 클루』(*The Dark Clue*, 2001)에서 제임스 윌슨(James Wilson)은 터너(Turner)의 특정 작품에 대한 언급을 사건 내에 끼워 넣는다. 이들 모두는 우리가 많은 각색 글쓰기 실천에서 보았던 행간의 뜻을 읽고 간극을 메우려는 충동의 연장선상에 있다. 각각의 예에서 작가는 내러티브의 폭넓은 의미를 발산하기 위해 언급된 예술작품에 대한 독자의 지식을 필요로 한다.

마이클 프레인(Michael Frayn)의 『곤두박질』(*Headlong*, 1999)은 '이카루스의 추락'에 대한 피터 브뤼겔(Pieter Breughel)의 비범한 그림을 더욱 내장적으로 배치함으로써 비슷한 효과를 얻는데, 자체로도 신화 각색인 이 그림에는 잘 알려진 대로 이카루스의 몰락이 중심에 위치하지 못하고, 화가에 의해 프레임의 구석으로 주변화되어 있다. 브뤼겔 연구자의 지식과 탐정 소설 전통을 결합해, 프레인은 미술품 매매업자 주인공이 자신에게 부를 확보해줄 분실된 그림을 발견했다고 (잘못) 생각하게 만든다. 도중에, 프레인은 자만하다가는 낭패 보기 쉽다는 속담을 원용하며 이 우쭐대는 서술자를 이카루스의 운명과 동일시하며 엄청난 재미를 얻는다. 물론 이 특정 미술품이 대안적 문학 장르나 매체에서 '재구성'된 것은 이것이 처음은 아닌데, W. H. 오든(W. H. Auden)이 1943년 시 「미술관」("Musée des Beaux Arts")에서 바다에서의 이카루스 추락과 상관없이 계속되는 육지의 일상을 묘사한 그 그림을 설명하며 그림이 지나친 야망의 원형신화를 탈중심화한 점을 멋지게 포착했기 때문이다.

전유는 분명 다른 텍스트를 각색해 새 문학작품을 창작하는 것 훨씬 너머로 확대되며, 8장에서 살펴보았듯이, 역사적 인물의 삶과 사건 그리고 회화와 같은 동반 예술 형식도 그 과정에 동화되게 한다. 여기서 전유를 단순 각색과 구분해주는 점은 재해석 행위 이면의 구체적 의도다. 회화, 초상화, 사진, 영화 그리고 음악 작곡 모두 각색자에게 가용한 풍부한 '텍스트' 보물 창고 일부가 된다. 이는 엄밀한 의미에서 새로운 건 아니며, 수세기 동안 진행되어 온, 문화경계를 넘어 지속되는 과정이다. 그렇더라도, 이것이 특별한 상상력을 구매한 것은 20세기 후반 포스트모더니즘 이론의 결과며, 이는 우리에게 기존 예술 형식에 관여하는 모든 개입과 해석 과정을 강렬하게 인식하도록 했다. 포스트모더니즘은 복제에 의한 '진짜'의 대체에 대해 분명 고민했다. 사물과 예술 형식, 그리고 이제는 인체의 조직까지도 복제하고 재생산할 수 있는 우리의 더욱 숙련된 역량과 더불어, 입체 프린팅과 적층 가공 기술의 출현으로 더욱 복잡해진 세계에서, 대량 생산 시대의 모사는 '과도현실'(hyper-real)의 특성을 얻는다. 이미 지적한 대로, 보드리야르(Baudrillard)가 현대의 시뮬라크르(simulacra)와 시뮬라시옹(simulation)을 설명하며 이 주제에 대한 가장 광범위한 이론적 성찰을 제공하지만(Baudrillard 1981), 발터 벤야민(Walter Benjamin)의 영향력 있는 에세이 「기술적 재현성시대의 예술작품」("The Work of Art in the Age of Its Technological Reproducibility")(Benjamin 2002 [1935]: 4.252)은 여전히 중요하다. 「기술 복제시대의 예술작품」("The Work of Art in the Age of Mechanical Reproduction")이라는 제목으로 더 잘 알려진 이 에세이는 현대의 복제와 클로닝 시대에 원작 예술작품의 "아우라" 상실이 발생했음을 시사했다. 벤야민은 이를 반드시 부정적 결과로 간주하지는 않는다. 실제로, 그는 각색 과정에 대한 우리의 설명과 연관된 공식에서, 수반되는 '아우라'의 해체는 여러 면에서 그 대상들을 독창성의 속박에서 해방시켰다고 시사했다(Eagleton, 1994 [1981]: Ferris 2004: 47). T. S. 엘리엇(T. S. Eliot)에서 해롤드 블룸(Harold Bloom)에 이르는 문예 평론가들, 법률 이론가들, 그리고 저작권 전문가들에게도 문제시되었던 독창성과 반복의 이분법적 관계에 대한 그의 생산적 도해는 (Gaines 1991: 64 참조) 이 책의 앞선 그리고 이어질 논의에서 모두 중요하다.

벤야민의 이론에 비추어 엘리엇의 전통과 개인의 재능 개념으로 되돌아가서, 우리는 작가의 독창성을 가치 결정의 기준으로 삼는 개념에서 탈피해 예술과 의미의 생산을 보다 공동적이고 사회적으로 이해하는 패러다임의 전환을 이

룰 필요가 있다. 네트워크화된 커뮤니티와 개방형 소스의 디지털 시대에 이러한 요구는 더욱 두드러진다. 리처드 파워스(Richard Powers)는 1985년 소설 『댄스파티 가는 세 농부』(*Three Farmers on Their Way to a Dance*)에서 벤야민의 이론에 뒤이은 신기술에 대한 반응을 제시했다. 사진과 영화가 대중에게 순간을 선택하고 기록할 수 있는 힘을 부여함으로써 공동체적이고 민주화된 형식의 역사에 접근 가능케 하는 능력을 파헤치면서, 파워스가 그 소설에서 예기 능력을 발휘해 관찰한 것은 실질적으로 웹2.0 세계의 일상 작업 관행이 되었다.

> 이미 우리에게 제공되고 있는 신기술은 보통 사진촬영을 훨씬 넘어 능력을 확장한다. 모든 가정이 편집 스튜디오로 변모될 것이고 책, 인화물, 필름, 테이프 등이 새 시대 시청자에게 1차 편집본과 같은 역할을 하며 이들은 조립되어 맞춤형 내러티브로 확장될 것이다. 복제는 작품의 창작과 감상을 진정 상호작용하게 만들 것이다. (Powers 2001 [1985]: 260)

여기서 파워스가 찬연하게 예견한 것은 온라인 공간과 미디어 기술에 의해 촉진된 21세기 초 현재의 콘텐츠 큐레이션과 조립의 순간이다. 독창적이고 개인화된 콘텐츠를 업로드하는 '앱'과 유튜브(YouTube), 유쿠(YouKu), 비메오(Vimeo), 기타("대중 큐레이터"(popular curatorship)에 대해서는 Collins 2010: 29, 35 참조) 특정 플랫폼의 세계다. 이는 디지털 시대와 새로운 전달 체계가 제공한, 짐 콜린스(Jim Collins)가 상기시키며 언급한 "무한한 개인화 능력"(2010: 9)이지만, 각색과 전유와의 관계에서도 특별한 문화적 통용성을 지닌다.

이 책에서 수행된 모든 분석들에서 가장 강조되고 드러나는 것은 분명 전유 예술의 상호작용적 특징이며, 이는 결국 포스트모더니즘 예술에서 단지 모사적이거나 반복되는 특성 때문에 의미가 제거된다고 하는 어느 단조로운 설명에도 의문을 제기하는 기능을 한다. 앤디 워홀(Andy Warhol)의 예술 생산물은 파생 예술품이 가져오는 의미의 공백이라는 논의에서 중요한 시금석으로 자주 사용되었다. 엘비스 프레슬리(Elvis Presley)와 마오쩌둥(Mao Zedong)부터 마릴린 먼로(Marilyn Monroe)에 이르기까지 20세기 아이콘의 이미지를 반복적으로 스크린 인쇄한 그의 '증식' 아트는 흥미로운 사례 연구다. 워홀의 예술품에 드러난 복제적, 각색적 요소는 도상성, 즉 기술 복제시대에서의 그러한 ('글로벌 브랜드') 이미지들의 복제 가능성을 강조하게 되었지만, 그렇다고 해서 그 과정에서 자동으로 그의 작품이 완전히 무의미해진다는 뜻은 아니다. 그 '증식' 아트는 현대 유명 인사와 명성이 가진 힘과 매력뿐 아니라 그 명성의 조작된 본질에 대해서도 논평한다. 더 나아가, 먼로의 이미지 같은 것을 8장에서 자세히 다루고 논한 조이스 캐롤 오츠(Joyce Carol Oates)의 『금발』(Blonde)에서와 같은 일종의 제유적 전유로 만든다. 1962년 제작된 〈캠벨 수프 깡통〉("Campbell's Soup Cans")과 같은 특정 작품은 브랜딩과 상품화에 대한 강력한 표현이며, 마릴린 먼로의 스크린샷 옆에 이를 배치하면 그녀의 '삶'과 이미지 역시 일련의 유사한 탐문의 대상이 된다.

먼로의 이미지는 최근 몇 년간의 많은 각색 논의에 배경을 제공한 저작권 및 소유권에 수반되는 문제를 제기하기 때문에 흥미로운 사례다. 법률 이론가인 로즈메리 쿰(Rosemary Coombe)은 팝 가수 마돈나(Madonna)가 법원에서 자신의 이미지에 저작권을 부여하려는 시도를 검토했다. 수많은 경우에 먼로의 영화 경력과 외모를 상기시키는 마돈나 자신의 이미지의 암시적이고 지시적 특징 때문에 어려움이 발생한다. 예컨대 마돈나는 자신의 노래 〈머티리얼 걸〉("Material Girl") 뮤직비디오에서 (하워드 혹스(Howard Hawkes) 감독의 1953년 영화) 〈신사는 금발을 좋아해〉(Gentlemen Prefer Blondes)에서 〈여자와 가장 친한 친구는 다이아몬드〉("Diamonds are a Girl's Best Friend") 노래를 부른 먼로의 모습을 의식적으로 모사한다. 마돈나가 이러한 방식으로 자신의 외모를 상표 등록해 향후의 각색 가능성을 실질적으로 종결시킨다면, 그 법적 함의는 무엇일까? 쿰의 논쟁은 이러하다.

> 만약 마돈나의 이미지가 이전의 은막의 여신, 종교적 상징주의, 페미니스트 수사학, 가학피학성 변태 성욕적 판타지의 모습을 전유해 현대의 성적 열망과 불안을 이야기한다면, 그 이미지의 가치는 그녀 자신의 개인적 노력만큼이나 그녀가 모사한 집단 문화유산에서 비롯되는 것일 수 있다. 그러나 만약 마돈나에게 그녀 이미지의 독점권을 인정하면, 동시에 다른 사람들이 새로운 목적을 위해 동일한 그 자원들을 전유하는 것을 어렵게 만들고, 마돈나 별자리 자체를 고정시키게 된다. (Coombe 1994: 107-8)

계약법의 관점에서, 쿰은 예술 형식에 대한 우리의 접근 방식의 유연성 향상을 주장하면서, 특정 개인의 저작권 지정에서 벗어나 예술적, 지적, 과학적 과정의 핵심 부분이 각색, 전유, (재)해석, 개선, 반복이라는 사실을 수용하는 방향으로의 전략을 제안했다. 제인 게인즈(Jane Gaines)는 자신의 저서 『이미지 다툼』(Contested Images)(1991: xvi)에서 "우상 유사성"에 대한 비슷한 주장을 진전시킨다. 이 같은 사고는 디지털 창조 공간의 오픈 액세스 출판 쪽으로의 움직임과 '크리에이티브 커먼즈'(저작물사용 허가표시)에 대한 개념 이면에도 놓여있다. 이러한 유연성이 없다면, 공유 영역 내에서의 접근은 동의의 필요성에 의해 막히게 될 것이고, 창의성과 실험을 통한 노골적 수익 창출은 결과적으로 발견과 지적 진보를 저지할 것이라고 논하고 있다(Lessig, 2008).

3장은 각색과 전유 반응의 원천이 되는 셰익스피어의 특수한 문화 가능성을 고찰했는데, 이 현상의 배경이 된 실질적 경제적 동기를 인정해야 마땅하다. '저작권 만료' 작가인 셰익스피어 작품은 글로벌 공동체가 훌륭한 재창조를 위해 사용할 수 있는 하나의 오픈 엑세스 콘텐츠 형태가 되었다. 생존 작가나 공연자가 작품을 '소유'하는 경우에는 재작업의 파급 효과가 더 복잡하지만, 희극적 패스티쉬가 일부 각색 작품에 합법적 탈출구를 제공할 수 있다. 아티스트 신디 셔먼(Cindy Sherman)은 르네상스 시대 대표 그림들을 사진 재작업하여 의도적으로 독창성, 정통성, 지적 재산권 논쟁을 일으켰다(Cruz et al. 1997). 예를 들어, 〈도마뱀에 물린 소년〉("Boy Bitten by a Lizard") 그림을 재구성해 자신을 카라밧지오(Caravaggio) 그림의 대상 위치에 두고 찍은 사진에는 충실성과 불충실성이 동시에 작용한다. 이 작품에서 그녀는 미술에서 사진으로의 장르 변화를 가져오며, 다양한 방법으로 이것이 의식적 재구성이라는 신호를 보낸다. 따라서 이는 표절로 간주될 수 없다. 그리고 비록 그것이 '모방'의 영역에 해당된다고 이해될지라도, 원작에 대한 단순 복제가 아닌 자신의 현대적 버전을 통해, 카라밧지오의 소년 모델에 대한 시각적 대안으로 자신을 삽입함으로써 그녀는 젠더와 재현의 쟁점을 제기한다. 이 작품이 의문을 제기하고, 원작에 대한 그녀의 예술적 개입에 전적으로 의존하는 응용의식을 고취하는 한 '그녀의 것'이다. 그러나 또한 이 작품의 관람자들의 시선과 원작에 대한 그들의 기억을 통해, 그리고 새로운 문화적 상황과 맥락에 의해, 중첩되는 의미를 가져오는 장소가 된다는 면에서, 아무리 간단한 의미에서도 이 작품이 오로지 셔먼에게만 속한 것으로 저작권 소유가 될 수도 없다.

이와 흡사한 이중성이 톰 헌터(Tom Hunter)의 작품을 고수하는데, 그의 사진은 "옛 거장들의 그림을 인용하든 버려진 창고를 인용하든 과거에 대한 언급을 포함하면서 세심하게 연출되어, 런던을 지속적이고 살아 있는 팔림세스트로 떠오르게 한다"(Rhodes 2012: 214). 〈해크니에서의 삶과 죽음〉(*Life and Death in Hackney*) 작품집의 일련의 사진 중 하나인 〈집으로〉(*The Way Home*, 2000)에서, 그 "시각적 인용"(215)의 대상은 라파엘 전파(Pre-Raphaelite) 화가인 존 밀레이(John Everett Millais)가 익사한 오필리아(Ophelia)를 묘사한 1851-2년 그림인데, 이 그림 자체도 셰익스피어의 『햄릿』(*Hamlet*)에 나오는 무대 뒤 장면의 재창조다. 이제 그 사건은 명백히 현대 복장이며(헝겊 조각을 덧댄 청바지가 물을 통해 보인다) 셰익스피어의 극에서 서술되었던 그 에피소드는 현대 해크니 수로로 재배치되는데, 이 과정에서 이안 싱클레어(Iain Sinclair) 같은 동시대 작가들이 제시한 런던의 심리지리학적 공간을 공유한다. 이 이미지는 모사와 독창성에 대한 단순 이론에 도전하는 방식으로 원작을 "고수함과 벗어남"(215) 모두 실천한다. 이보다 앞선 〈무명의 사람들〉("Persons Unknown," 1997)이라는 일련의 작품에서 헌터는 요하네스 베르메르의 회화 여러 점을 재연출해 현재의 빈곤층 삶의 어려움을 묘사했다. 〈편지를 읽는 여인〉("Woman Reading a Letter," 1663-4)은 〈퇴거 통지서를 읽는 여인〉("Woman Reading a Possession Order")이 되고, 일상과 관료집단의 세계와 고전 예술작품이 극명한 병치를 가져다준다. 헌터의 전유 행위는 분명 매우 정치적이고 정치화된 것이며, 의지를 가진 재활용 형식이지만 그 과정에서 지적 재산권에 대한 어떠한 깔끔한 법률적 정의에도 도전한다.

이런 움직임에서, 말하자면 크리에이티브 커먼즈 세계에서, 역사적 '회귀'가 발생한다고 할 수 있고, 이는 셰익스피어와 그의 동시대 작품들에서 관찰된 모사, 차용, 동화하기, 브리콜라주의 자유로운 사용으로 우리를 인도한다. 교육 그리고/또는 비상업적 목적으로는 텍스트나 아이디어 사용을 허락하는 (2002년 처음 개발된) 크리에이티브 커먼즈 라이선스(저작물사용 허가표시)와 같은 발전에 힘입어, 우리는 표절과 저작권 침해에 대한 순수한 법률적 정의에서 벗어날 기회를 얻는데, 이는 여전히 서구세계, 이제는 점점 더 아시아 세계의 법정을 지배하고 있다. 예컨대, 중국에서는 소위 '모조품 문화'(특히 활기차고 역동적인 모방품 제조 형태)가 제시한 기회에 관심이 많으며, 저작권 침해와 불법 복제에 대한 이전의 평판을 버리고 "독창성과 모방 사이의 밀접한 연관성"(Pang 2012: 26)을 인정하는 창조적 혁신과 재창조를 택한다. 지적 재산권의 기풍을 거부하고 오픈 액세스 세계를 선호하는 이 발상은 물론 논쟁과 다툼의 여지가 있지만, 글로벌 사회가 숙고해야 마땅할 창조적 자유에 대한 핵심 개념들을 분명 제기한다.

작가의 기능을 논하면서, 미셸 푸코(Michel Foucault)는 창작 과정에서 "(원)저자"에 부여된 가치는 결국 상호텍스트성을 부정하거나 금지하게 되는 경향이 있다고 제시했다(1979: 20). 특정 이미지, 개념, 또는 포즈에 대한 "개인 권리" 또는 소유권과 맞서 벌이는 어떠한 주장에서도 생산과 재생산 모두 보다 공동의, 사회관계로 이해하는 것이 필요하다. "바로 이 (원)저자 개념은 작품을 개인이 아닌 사회의 산물로 표시하는 포괄적, 관례적 후은을 무효로 만든다"(Gaines 1991: 77). 이와 근접한 전통 민요의 경우, 그 노래는 어떤 개인이나 집단이 소유한 것이 아니지만, 개인의 편곡은 일종의 소유권이나 인정을 받으며 존중될 수 있다. 파워스가 『댄스파티 가는 세 농부』에서 심문하는 것이 바로 이 문화적 의미의 공동생산이며 특히 역사의 실천에 있어서는 더욱 그러하다. 이 소설은 하나도 아닌 두 개의 암시적 예술품을 시야에 두고 시작한다. 디에고 리베라(Diego Rivera)가 헨리 포드(Henry Ford)의 의뢰로 디트로이트에 그린 벽화들은, 파워스가 읽기에는 기계화 시대에 대한 오마주일 뿐만 아니라 섬뜩한 묘사이기도 하다. 마을 댄스파티에 가는 듯한 세 명의 젊은 농부를 포착한 암시적이고도 불가사의한 아우구스트 잔더(August Sander)의 사진은 1914년 촬영된 것으로 이때 유럽은 1차 세계 대전의 끔찍한 집단적 외상에 직면해 변화의 위기에 처해 있었다. 파워스의 소설과 서술자는 사진이 찍히고 몇 달 안에 프러시아 군대에 징집되었을 가능성이 있는 이 세 명의 무명 남자들에 대한 역사와 배경 이야기를 그리고자 한다. 우리가 이전에 살펴보았던 '잃어버린' 목소리를 되찾고자 노력했던 저자들과 흡사한 창작 움직임에서, 파워스는 이 사진 이미지에 대해 알려진 몇 안 되는 사실을 통해 제공된 역사적 간극과 빈틈 속으로 스토리를 쓰고 있다. 이 사진에 대한 개인적 연관성을 발견하게 되는 미국 정보통신 직원에 대한 제3의 서사를 포함함으로써 (또한 그렇게 하여 소설에서 컴퓨터 과학을 하나의 학문으로 소개하면서), 파워스는 그 수용, 그리고 학자들뿐 아니라 일반 대중 구성원들에 의해 읽혀지는 의미에 대해 반추한다. 그럼으로써 그는 의미의 공동생산에 대한 논거의 정당성을 강력하게 입증하면서, "어디서 지식이 중단되고 개입이 시작되는지 아는 것의 불가능성"(2001 [1985]: 206)을 강조한다. "묘사와 변화는 동일한 과정의 불가분한 두 부분이다"(206)고 성찰하면서, 파워스는 "참여 없는 해석은 있을 수 없다"(207)고 역설한다. 필자가 각색과 전유의 개념과 과정을 뒷받침한다고 제안하고 싶은 것이 바로 이 사회적, 문화적, 윤리적 참여라는 필수 관념이다.

예술과 문학 간의 영향력이 단일 방향이라고 암시한다면 오산일 것이다. 회화와 사진은 오랫동안 문학 텍스트와 암시적 상호텍스트적 관계를 즐겼다. 19세기 라파엘 전파 회화는 셰익스피어 극의 장면과 이미지를 끊임없이 재작업 했고), 예컨대 『햄릿』의 4막 7장 138-55행에서 거투르드(Gertrude)가 묘사한 오필리아의 꽃으로 장식된 익사와 같이 극중 무대 뒤에서 일어난 사건들을 시각적으로 자주 표현했다. 이 순간은 이 장에서 이미 논의되었듯이 밀레이의 영향력 있는 그림 〈오필리아〉에서 정교하게 실현되었으며, 안젤라 카터(Angela Carter)가 여러 소설과 단편 소설에서 오필리아의 죽음을 다시 논의한 것은 이 그림 덕분만큼이나 셰익스피어의 극적 운문 자체에 의한 것으로 귀속되어 왔다(Sage 1994: 33). 조나단 베이트(Jonathan Bate)는 배우 겸 연출가인 로렌스 올리비에(Laurence Olivier)가 1948년 흑백으로 촬영한 프로이트식 영화 해석에서 이 그림을 의식적으로 언급한 점에 대해서도 논평했다(Bate 1997: 266). 라파엘 전파 예술은 교대로 줄리아 마가릿 캐머런(Julia Margaret Cameron)의 연극조의 사진 장면 재현에 영향을 주었고, 그녀의 작품은 버지니아 울프(Virginia

Woolf)의 소설, 특히 1941년 소설 『막간에』(*Between the Acts*)에 영향을 주었는데, 이는 일단의 배우들이 한 지방의 마을 무대에서 역사적 광경을 재현하는 것을 보여준다. 물론 반전을 더하며 동일한 라파엘 전파 이미지, 특히 밀레이의 〈오필리아〉는 유튜브, 유쿠에서 수십 명의 전문가와 아마추어 연출가들에 의해 영화와 셰익스피어풍의 형식으로 활발히 복귀하고 있는데, 이들은 자신들의 영화 및 비디오 형식 제작물에서 이 그림을 다른 그림들과 함께 (흔히 극보다 훨씬 더 명시적으로) 지시하면서, 표면상 셰익스피어 극의 각색이라고 홍보한다(Peterson and Williams 2012: 3-4). 이런 유형의 연관성과 상호연관성이 우리의 논의와 새로운 디지털 환경에서 확산됨에 따라, 오래된 해롤드 블룸의 모델이 제시하는 영향력 면에서보다는 오히려 인유의 망과 네트워크라는 면에서 사고할 필요가 있다. 이 모델들은 구조에 있어 명백히 위계가 덜하며 영향과 창의성 면에서 큰 상호성을 허용한다.

음악 역시 유명 문학작품에서 주요 참고점을 발견했다. 1장에서 언급했듯이, 오페라, 발레, 뮤지컬은 다른 원천 중에서도 셰익스피어 고전, 동화, 신화에서 나름대로의 창작물을 위한 줄거리와 소재를 찾고자 했다. 음악학은 각색과 전유의 실천에 오랫동안 관심을 가졌으며, 문학적 각색을 논할 때 사용했던 버전, 해석, 복제, 모사, 변주와 같은 용어의 상당 부분이 이 맥락에서 다시 드러난다. 그러나 언급되어야 할 약간의 미묘한 의미론적 차이가 있다. 음악적 맥락에서는, 엄밀한 문학영역에서 변화 없는 노골적 모방이라고 규정될 법한 어휘들이, 사용역의 변화를 겪으면서 그 대신 동시해석행동을 뜻하게 되는데, 이는 파워스가 제안한 예술에 대한 독자, 관객, 청중의 진정한 반응 방식이다. 음악학에서, 예컨대, 모사는 기존의 곡이나 음조 패턴의 단순 복제가 아니라 기존 음조의 위아래 한 옥타브 이상에서의 반복을 의미한다. 음악적 '버전'은 기존의 음악 및 기타 형식에 가하는 인정된 '변이'다. 그리고 '모사'는 문학적 맥락에서 흔히 추정되는, 문제시 하지 않는, 무비판적 모사를 의미하지 않고, 음악 구절이 음높이를 달리해 반복되는 것을 의미한다. 각색 과정을 논할 때 음악학 용어 사용이 가치 있음을 이 책의 다른 곳에서 강력하게 주장한 바 있는데, 문학적 적용에서 무의미하거나 명시적으로 고정된 어구에 대해 이러한 역동적 정의를 사용하면 재차 큰 도움이 된다.

음악도 마찬가지로 풍성하고 유익한 방식으로 소설 지면에 반영되었다. E. M. 포스터(E. M. Forster)의 소설 『하워즈 엔드』(Howards End)의 핵심부에 베토벤 교향곡 5번이 환기되는 것이 딱 들어맞는 사례다. 이 곡은 말 그대로 소설의 서사에서 슐레겔(Schlegel) 자매와 빈곤한 레오나드 바스트(Leonard Bast)가 참석한 연주회 형식으로 체험되지만, 포스터의 텍스트 전반을 통해 중심 은유와 형상 악장의 역할을 해준다. 헬렌 슐레겔(Helen Schlegel)은 독자이자 교향곡의 해석자인 우리에게 "마귀를 해치웠다고 생각했는데 그들이 돌아오는 부분을 조심해요"(Forster 1985 [1910]: 46)라고 일찌감치 경고하며, 포스터는 이 음악적 구성의 "마귀 발소리"를 소설의 서사 내에도 조성한다. 4장에서 리처드 파워스의 소설 『오르페오』(Orfeo), 오르페우스와 에우레디케(Orpheus and Eurydice) 신화, 그리고 특히 오페라 내세(afterlife)와의 관계를 탐구했지만, 소설전체가 독특한 음악 구성과 제작을 통해 작업되었으며, 그 중 다수는 작곡가인 주인공 피터 엘스(Peter Els)를 포함하고, 어쩌면 더욱 중요하게, 연주자뿐 아니라 청중과 관객의 음악 **체험**에 대한 설명을 포함한다. 창작과정의 참여 측면이 다시 한 번 주목된다. 파워스는 초기 소설 『딱정벌레 변이』(The Gold Bug Variations)에서 바흐의 〈골드베르크 변주곡〉(The Goldberg Variations)을 유사하게 사용했는데, 이 음악 시퀀스는 각색 과정을 예술형식으로 만든 아주 좋은 예로 이 책의 다른 곳에서 상기되었다. 흥미롭게도, 이 바흐 곡에 대한 가장 유명한 현대적 해석 중 하나인 피아니스트 글렌 굴드(Glenn Gould)

의 연주는 두 개의 뚜렷한 버전으로 남아있고, 역사적 시간과 연주 시간에 의해(1955년과 1981년) 구분되어, 언제나 가용한 다른 버전이 있는 듯하다.

파워스의 소설은 바흐의 음악만 전유한 것은 아니다. 소설 제목은 유명한 바흐 곡 제목 외에 에드가 앨런 포우(Edgar Allan Poe)의 1843년 단편 「딱정벌레」("The Gold Bug")에 대한 동음이의어 말장난이기도 하다. 그 스토리의 중심에는 풀려진 암호 또는 해독된 미스터리가 있는데, 이는 차례로 파워스의 소설에 드러난 그의 과학적 관심사와 연결된다. 『딱정벌레 변이』는 20세기 초기 디엔에이 유전자 암호 해독 경쟁을 살펴본다. 그렇다면 그의 소설은 변이를 핵심 주제로 삼는다. 표면상 두 개의 사랑 이야기로 엮어진 서사 구조는 디엔에이 이중나선 구조의 얽힌 모양을 의도적으로 모사한다. 이 과정에서 파워스의 글은 과학적, 예술적 패러다임을 지속적으로 엮고 연결시켜준다. 프란시스 크릭(Francis Crick)과 제임스 왓슨(James Watson)에 의한 실제 암호 깨기, 미스터리의 해독, 그리고 그에 대한 에세이 형태 출판은 소설에서 "그 글은 그를 통렬하게 가슴 아프게 한다. 20세기 후반 멋진 순례자의 서사다—밖으로 확장되는 주해"(Powers 1991: 481)라며 시적으로 매우 아름답게 묘사된다.

디엔에이 이론은 일치와 조화에 관한 것이지만, 더 중요한 건, 파워스가 여러 측면에서 바흐의 골드버그를 위한 작곡의 변주 패턴과 이중나선 스토리인 유전적 적응 패턴과의 연관성을 발견한다는 점이다. 7장에서 다윈의 환경 적응 모델을 문학적 각색 실천에 대한 하나의 중요한 유사로 발전시켰지만, 파워스는 이중나선에서 20세기 과학적 등가물을 발견한다. 이렇게 함으로써, 그는 '번역'과 같은 용어에 대한 확대된 해석, 더 나아가 각색에 대한 우리의 해석에 대해 찬성론을 편다. "원천을 확장하는 것이 아니라 목표대상을 넓히고, 이전보다 더 많이 수용하는 것을 지향한다. . . . 변이는 새로운 언어에서 증가한다"(491). 번역학은 이런 이유로 각색학의 주요 연관 분야이며, 수잔 바스넷(Susan Basnett)의 지적처럼, "21세기는 번역의 위대한 시대"이며, 이주, 이동, 난민, 전자디지털매체의 급부상으로 촉진된 새로운 글로벌 국제공간 시대로 인식되기 때문에(Basnett 2014: 1), 그저 출발어에서 도착어로의 텍스트 이동이라는 기존의 번역 개념이 압박받고 있다. 번역 또한 다시 쓰기의 한 형태이고, 각색과 변이의 변형 행위이며, 무엇을 "원작"으로 여기는가에 대한 개념이 점점 불명확해지면서 이제는 새로운 문해성을 요구한다(Basnett 2014: 177).

파워스의 설명에 의하면, 과학과 마찬가지로 예술은 그 내재적 상호텍스트성에도 불구하고 반향, 반복, 재표현 그 **자체가** 아니며, 실제로 이것이 핵심으로 느껴져도 그보다는 공유 코드와 가능성을 뜻한다는 점이다. 바즈 루어만(Baz Luhrmann)은 우리가 이 책에서 여러 차례 상기시킬 명분을 준 영화감독으로, '코드화'의 중요성을 내적 항행이자 그 자체로 창조행위라고 명시했다. 그의 획기적 세익스피어 극 각색인 〈로미오 + 줄리엣〉(*William Shakespeare's Romeo + Juliet*, 1996)에서 스파게티 서부극부터 프랑코 제피렐리(Franco Zeffirelli)의 영화를 거쳐 커트 코베인(Kurt Cobain)의 음악에 이르는 코드와 장르를 자의식적으로 언급한 점을 설명하면서, 그는 "코드화와 참조는 그 자체로 새로운 작품 제작뿐 아니라 관객의 상황 이해를 도와준다"(Andrew 2001)고 강조한다. 이때 코드의 발견은 친숙성과 인식에 따라오는 만족스러운 배치를 제공하지만 또한 새로운 맥락에서 무한한 (재)창조적 행위를 가능하게 해준다. 과학적 발견과 독서 행위는 이 깨달음의 순간에 아름다운 발레 또는 그 나름대로의 이중나선으로 합쳐진다.

이 책의 원래 여정의 일부는 문학 및 예술 과정으로서의 각색과 전유를 논의하고 해석하되 이 분야의 기존 연구를 지배해온 원천과 영향에 대한 다소 고정된 논의를 초월할 수 있는 방식의 수단을 찾는 것이었다. 그러한 미묘한 작업이 이제는 만족스럽고 순조롭게 진척되고 있는데, 각색학이 학술 연구의 한 형태로 신뢰를 얻었다는 점과, 영화와 관련 매체 그리고 유튜브, 유쿠, 비메오 같은 사이트와 플랫폼의 온라인 커뮤니티의 동시대 관객들 모두가 그러한 과정을 이해하고 채택하는데 굉장히 능숙한 것으로 입증됨에 따른 것이다. 인용, 인유, 오마주, 패러디, 다시-보기, 패스티쉬가 많은 대중문화 맥락에서 지배적 양식이며, 텔레비전 프로그램인 〈심슨 가족〉(The Simpsons), 〈사우스 파크〉(South Park), 또는 〈빅뱅이론〉(The Big Bang Theory)에서부터, 컴퓨터 게임과 그래픽 소설을 거쳐, 급증하는 온라인 팬-픽션(fan-fiction) 작품에 이른다. 즉, "팬-픽션, 소셜미디어, 그리고 전자상거래의 새 시대가 내린 요구는 그저 수동적으로 소비하는 것이 아니라 오히려 창의적 참여자가 되라는 것이다"(Ue and Cranfield 2014: 6). 물론 각색은(아마 문학과 영화도 일반적으로) 항상 이처럼 능동적 관객을 추정한다고 주장할 수도 있지만, 이제는 독자층이 온라인(그리고 오프라인) 검색 기술이 능숙해 그들이 받는 거의 모든 유형의 자료에 대한 폭넓은 틀과 맥락을 얻는다는 것을 감안할 때, 결국 우리는 이러한 반응 과정을 설명하고 이해하며, 그야말로 집결시킬 수 있는 보다 더 민첩한 이론적 비평적 어휘를 개발해야 한다.

소위 "탈-문학 시대"에서 (예를 들어, Leitch 2007: 257-8, Collins 2010: 2 참조) 각색 형식을 연구할 '새로운 비평 언어'를 제공하고자 더 역동적인 모델과 용어를 탐색하는 과정에서, 음악학은 바로크 양식의 주제에 의한 변주곡, 즉흥 재즈와 현대 디지털 샘플링 기법에서의 리프(반복악절) 같은 다양하고 암시적 본보기를 제공하면서 특히 유용한 하나의 학문 분야로 입증되었다. 과학 또한, 특히 멘델(Mendel), 다윈(Darwin), 그리고 크릭과 왓슨의 이론을 사용한 사람들이 설명한 적응설은, 동일한 효력의 참조점으로 드러났다. 따라서 바흐의 〈골드베르크 변주곡〉의 반복적이지만 혁신적인 패턴과 디엔에이의 이중 나선 구조를 깊이 염두에 두고 결론을 향해 나아가는 것이 적합할 듯하다.

후기
다른 버전들

"고전은 누군가를 위해 뭔가를 하기 때문에 위대하다."
―짐 콜린스, 『모두를 위한 책 가져오기』

로이드 존스(Lloyd Jones)의 소설 『미스터 핍』(*Mister Pip*, 2006) 서사에서, 찰스 디킨스(Charles Dickens)의 『위대한 유산』(*Great Expectations*)은 신비한 존재감을 지닌다. 1인칭 화자 마틸다(Matilda)는 태평양 어느 외딴 섬에서의 자신의 극적 인생 스토리를 펼치는데, 핍(Pip)의 초반부 서사처럼 어린이의 관점에서 말해진 이 스토리는 옹졸한 잔혹 행위들, 교육적 영감, 이민의 여러 유형 등을 다룬다. 전반적으로, 마틸다의 인생이야기는 특히 디킨스 소설과 일반 독서와의 관계로 정해지기 시작한다. 그녀는 섬 학교의 개성 강한 와츠(Mr Watts) 선생님에 의해 소설 텍스트에 처음 소개되며, 같은 학급의 많은 아이들처럼, 자신과는 너무도 다른 세상을 차지하고 있는 그 어린 소년, 켄트 습지에서의 삶, 죄수 매그위치(Magwitch)의 스토리에 도취된다.

> 와츠 선생님이 1장 끝 부분에 이르렀을 때, 이 소년 핍이 내게 얘기한 것처럼 느껴졌다. 만질 수는 없지만 듣고 알게 된 이 소년. 난 새 친구를 발견했던 것이다. (Jones 2006: 20)

같은 반 아이들이 스토리를 분할해서 탐구하면서, 상황은 매우 다르지만 디킨스의 1860년 소설 출판의 연재물 형식 역사를 재창조하며, 아이들은 스토리를 머릿속에 두고 집에 가서 부모에게 다시 말한다. 수많은 방식으로, 디킨스 스토리의 다른 버전들이 등장하기 시작하며, 어떤 의미에서 이는 독서가 주는 매우 효과적인 집단적, 개인적 본질뿐 아니라 유사, 비교, 개인화된 반응의 힘도 나타낸다. 마틸다는 자신이 잘 아는 세상과 풍경을 통해, '집'이라는 개념을 통해 소설에 대한 반응을 여과시킨다.

> 이제 나는 책에 나오는 대장간의 중요성을 이해했다. 그 대장간은 집이었다. 그것은 생명체에 형상을 부여하는 모든 것을 포용했다. 나에게, 그건 덤불 숲 길, 우리를 지켜보는 산, 때때로 우리로부터 멀어졌던 바다를 의미했다. (Jones 2006: 46)

마틸다는 물론 글을 읽고 쓸 수 있게 되며, 독서 내용 패턴 찾기의 즐거움을 깨닫고 결국 자신도 작가가 된다. 이 책의 다른 부분에서 논의된 『포』(Foe) 같은 소설에서 우리가 익숙해진 순환 구조를 통해, 우리가 읽은 이 소설의 첫 줄을 텍스트 후반부에 마틸다가 쓰는 것을 알게 된다. 그러나 마틸다는 각색

과정에 대해서도 배우고 있다. 마을을 점령한 반란군 병사들의 무자비한 잔혹행위를 본 후, 섬에서 구할 수 있는 『위대한 유산』의 단일 사본이 불타게 되자, 와트 선생님은 놀라운 감정적 회복을 보이면서 자신이 읽어주었던 텍스트를 반 학생들이 공동으로 기억하고 그 기억을 통해 스토리를 재-창조해 "우리가 『위대한 유산』을 되찾을 거야"(108)라고 격려한다. 선생님은 아이들의 리메이크 과정에 상당한 자유를 준다.

> 와츠 선생님은 우리에게 자유롭게 상상하라고 했다. 스토리를 순서대로 기억하거나 실제 일어난 대로 기억할 필요도 없었다. . . . 우리가 부분들을 다 모아, 그 스토리를 만들 거야. 그건 새것이나 다름없을 거야. (Jones 2006: 108-9)

그러면 이 소설은 텍스트의 내세, 개인화된 독서 체험의 힘, 그리고 정전 텍스트, 역사, 실제 인물의 '다른 버전'의 존재에 대한 확장된 철학적 탐구가 된다. 마틸다는 와츠 선생님이 학생들에게 읽어준 디킨스의 소설 버전이(그리고 그들의 재구성 노력의 중심이었던 그 버전이) 1861년 판과 똑같은 버전이 아니라는 것을 후에 발견한다. 컴페이슨(Compeyson) 같은 더 복잡한 스토리라인을 생략하고 그의 어린 청중에게 맞도록 언어를 요약하여, "와츠 선생님은 디킨스의 명작을 다시 썼다"(193). 그 결과 그녀는 처음에는 배신감을 느꼈지만 이 "『위대한 유산』의 태평양 버전"(149)을 기념하고 기리게 된다. 그녀의 인생 이야기 자체도 회귀와 연결의 스토리가 되어, 디킨스 스토리의 핵심 부분들을 재연하며, 그 과정에서 독자인 우리는 다른 버전과 다른 맥락에서의 텍스트 읽기와 재탐색의 흥취에 진입하게 된다. 『미스터 핍』과 문학정전 텍스트 『위대한 유산』 간에 내장된 일대일 관계가 펼쳐지지만, 로이드 존스의 소설을 이해하는데 있어 특정 등장인물이나 줄거리의 각색보다 더 중요한 점은 토마스 레이치(Thomas Leitch)가 제안한 "텍스트화 . . . 이 과정을 통해 일부 상호텍스트는 다른 텍스트와 달리 신성화된다"(2007: 302)는 것일지도 모른다. 그러한 신성화는 문화적, 경제적 또는 상당히 개인적 이유가 결합되어 일어날 수 있으므로, 레이치의 표현대로 우리는 "각색을 통한 다시-읽기"(293)를 새롭게 읽고 보고 마주친다.

문학 각색과 전유의 탐구는 필연적으로 영화와 음악에서부터 과학 영역에 이르기까지 많은 동반 매체와 예술 형식에 의존해왔는데, 특히 19세기 유전 형질과 환경적응 이론들의 덩굴손은 유전 공학 및 변형에 관한 지속적 논쟁이 있는 21세기로 상당히 진출했다(Tudge 2002). 현대 과학은 멘델의 유전이론 및 다윈의 다양성과 변이 개념의 현대적 통합을 신다윈주의에서 이야기하는데, 이러한 통합 관념은 분자생물학 및 디엔에이 연구 분야에서 진정한 결과를 가져왔다. 문학적 텍스트적 각색과 전유 과정을 다루는 책에서는 그러한 복잡한 사고를 은유와 연상 수준에서만 전개할 수 있다는 것을 기꺼이 인정하지만, 멘델-다윈 통합이 명시적으로 전유 문학, 어쩌면 모든 문학에 드러난 영향과 창의성, 전통과 개인의 재능, 부모의 영향과 자손의 행복한 결합에 대한 유용한 사고방식을 제공하는 것도 여전히 사실이다. 다윈은 그의 자서전에서 "우리가 매일 접하는 끊임없는 훌륭한 적응"(Beer 1983: 39 재인용)에 대해 반추했는데, 이 책에서 그려진 미학적 그림도 그 훌륭함, 풍부함, 잠재력에 비견될 만하기를 바랄 뿐이다.

이 후기는 깔끔한 종결이나 요약을 목표로 하지 않고 대신 미래의 가능성과 계속되는 텍스트화 과정을 향하는 몸짓이라는 점을 깊이 인식하고 있다. 필자가 '후기'(Afterword)라는 제목을 선택함으로써, 많은 전유 사례들이 '뒤에'(after) 온다는 개념, 다른 사람들의 뒤에, 영향 아래, 족적을 따라, 또는 전례를 따른다는 개념을 통해 원작과의 관계에서 스스로를 어떻게 위치시켜왔는지도 인식하고 있다. 존 그로스(John Gross)는 『애프터 셰익스피어』(*After*

Shakespeare, 2002)라는 셰익스피어 전유 선집을 편저했다. 패트릭 마버(Patrick Marber)가 아우구스트 스트린드베리(August Strindberg)의 1888년 자연주의 비극『미스 줄리』(*Miss Julie*)를 영국으로 재배치한 극은 전후 영국 노동당의 압도적 선거 승리를 뒤이은 1945년을 선택함으로써, 원작 극의 계급 중심 성정치성에 대한 매우 효과적 변주를 가능하게 하는데,『애프터 미스 줄리』(*After Miss Julie*, 1996)라고 제목 붙였다. 셰어드 익스피어리언스(Shared Experience) 극단을 위한 폴리 틸(Polly Teale)의 극은 소설가 진 리스(Jean Rhys)의 삶을 탐구했는데, 그녀의 중요한 전유 작품인 (6장에서 자세히 논의된)『광막한 사르가소 바다』(*Wide Sargasso Sea*)와『제인 에어』(*Jane Eyre*) 다시-보기를 극의 제목『애프터 로체스터 부인』(*After Mrs Rochester*, 2003)에서 암시했다. 틸은 이전에『제인 에어』를 무대극으로 각색했기 때문에 이러한 '후기들'에서도 다층 텍스트 관계가 유발된다. 그렇다면 '애프터'는 그저 시간상의 연대기적 관계를 나타낼 뿐 뒤늦음의 태도를 지지할 필요가 없을 뿐더러, 새로운 형식의 창의성을 나타낼 수도 있다. 무언가를 '뒤쫓는'(go after) 것은 어떤 목적을 가지고 원작을 추적하는 능동적 방식을 시사한다. 이 책에서 살펴본 많은 전유의 원동력은 분명 정전에 속하거나 손꼽히는 특정 작품들을 '뒤쫓아 가서,' 이전의 가부장제 또는 제국주의 문화 맥락의 근거나 토대를 문제시하는 것이며, 이는 단순 모사 행위 훨씬 너머로 우리를 움직이게 하는 중요한 문제제기 행위다.

그러나 20세기 후반, 21세기 초반 일부 포스트모더니즘의 설명에서는 우리의 뒤늦은 상황에서 어떤 것도 전적으로 새롭거나 독창적일 가능성이 없다는 이유로 모든 예술적 시도는 '나중에' 온 것으로 본다. 이 버전에서 우리는 너무 늦게 무대에 도착해서 완전히 새롭거나 독창적인 것은 성취할 수 없으며, 이 맥락의 '애프터' 개념은 가치 감소나 저하를 나타내는 기호가 된다. 힙합 음악이나 디지털 샘플링의 지시적 특징을 공격하거나, 대중음악의 커버 버전의 인기를 한탄하거나, 어떤 영화 각색도 책보다 '더 나을' 수 없다고 주장하는 사람들은 모두 이 포스트모더니즘의 다소 답답한 해석을 보여준다. 그레이엄 스위프트(Graham Swift)의 소설 『마지막 주문』(*Last Orders*)을 공격하면서 작품이 '포크너를 본 딴'(after Faulker) 이유로 문학상 수상자격이 없다고 주장한 사람들은 (실제로 '초서를 본 딴'(after Chaucer), 'T. S. 엘리엇을 본 딴'(after T. S. Eliot), '포웰과 프레스버거를 본 딴'(after Powell and Pressburger) 것이기도 하다(자세한 논의는 2장 참조)) 비슷한 논점에 탐닉하고 있었다. 디지털 시대 복제의 용이성도 이 버전에서는 독창성이 막다른 골목에 이르렀음을 의미할 수 있고 그저 같은 내용을 약간 다른 형식으로 끊임없이 재활용하는 것으로 보일 수도 있다.

그러나 마틸다가 『미스터 핍』에서 설명한 읽기, 다시-읽기, 재창조의 본능적 흥취가 분명히 해주듯, '애프터'는 순전히 부정적 의미의 뒤늦음을 뜻할 필요는 없다. 뒤를 잇는다는 것은 소위 익숙한 것에서 새로운 시각과 새로운 진입점을 발견하는 것을 의미할 수도 있다. 학자로서 우리는 영향을 인식하되, 원천을 속박으로 상정하거나 각색 또는 전유 텍스트와 체험에 접근할 수 있는 유일한 여과장치로 가정하지 않는 방식의 각색과 전유 문학 논의 방법을 더욱 더 발견하고 있다. 이는 선행 작품의 지시보다는 그로 인해 활성화된 가능성을 찾도록 우리를 이끈다. 각색과 전유 예술은 이제 영향력과 나름의 형상 효과 잠재력을 가진 것으로 인정받고 있다.

찰리 카우프만(Charlie Kaufman)의 메타픽션, 메타시네마 영화각본인(스파이크 존즈(Spike Jonze) 감독, 2002) 〈어댑테이션〉(*Adaptation*)은 각색의 과정과 함정을 상당히 공공연하게 맞서는데, 그는 냉혹한 아이러니를 통해 (수잔 올린(Susan Orlean)이 쓴) 『난초 도둑』(*The Orchid Thief*, 2000)이라는 인기 논픽션 작품을 만족스럽게 영화화하는데 거듭되는 실패를 분석한다. 카우프만의 플롯은 어떠한 각색 과정에서도 불가피한 부분인 가필, 변경, 상상의 쟁점을 적극 탐구한다. 그러나 그 영향이 오직 한 방향으로 유발되는 것은 아니라는 점 역시 중요하다. 전유가 발생하면 어떤 식으로든 각색에 영감을 준 그 텍스트를 개조시킨다. 마틸다가 태평양 섬의 맥락에서 『위대한 유산』에 대한 와츠 선생님의 각색을 기념하게 되고 그가 '그녀의' 디킨스임을 알게 되었을 때 깨달은 것이 바로 이것이다. 진 리스의 『광막한 사르가소 바다』를 알고 있는 독자들은 이제 페미니즘과 탈식민지주의 여과장치를 통해 『제인 에어』를 접근하게 되고, 그 텍스트의 '다락방의 미친 여자'를 능동적으로 찾아낼 수 있게 된다. 마이클 워튼(Michael Worton)과 쥬디스 스틸(Judith Still)이 주목하듯, "모든 문학적 모사는 원작을 완성하고 대체하려는 보충이며 때때로 나중의 독자들에게 '원작'의 전-텍스트(pre-text) 기능도 한다"(1990: 7). 여기서 "보충"이 데리다의 아류 의미로 원작에 대한 가상의 대체물로 작동한다면(Derrida 1976: 141-57), 이 책에서 다른 각색 작품들을 통해 논의된 많은 전유의 여과하기와 매개화는 수월한 직선 구조와 간단한 일대일, 일방적 '영향' 읽기를 저항하는 이 상호텍스트성의 연결망을 더욱 더 입증해준다.

각색 문학의 '뒤늦음'을 한정된, 배제적 의미로 인식하면 전유가 자체의 텍스트 힘으로 능동적으로 기능하는 능력을 제한한다. 힐리스 밀러(J. Hillis Miller)는 피그말리온(Pygmalion) 신화의 여러 버전에 대한 연구에서 보다 긍정적 접근 방식을 제시한다. 이러한 버전들의 "끊임없이 계속되는 뒤늦음"을 인정하면서, 밀러는 그렇더라도 그들이 "긍정적, 생산적, 처음이며 . . . 그들은 문화적 역사적 세계에 들어와 그 신화를 변화시키고 계속 전진하며 견디게 한다"(1990: 243)고 강조한다. 이 긍정적 움직임의 강력한 예가 필립 풀먼(Philip Pullman)의 청소년 독자들을 위한 소설집 『황금 나침반』(*His Dark Materials*, 1995-2000)이다. 이 삼부작은 존 밀턴(John Milton)의 17세기 서사시 『실낙원』

(*Paradise Lost*)에 입은 후은을 제목에서 인정하는데, 이는 밀턴의 선행 작품에서 직접 따온 인용이다. 두 병존 세계, 데몬(*daemons*), 더스트(Dust)에 대한 풀먼의 세속화된 서사는 18세기 밀턴 해설자이자 각색자인 시인 겸 삽화가 윌리엄 블레이크(William Blake)에 크게 빚지고 있는데, 그는 『천국과 지옥의 결혼』(*The Marriage of Heaven and Hell*)에서 밀턴이 부지불식간에 사탄의 편에 서 있었다고 언명했다(Squires 2002). 블레이크나 풀만에게 뒤늦음의 조건을 탓할 사람은 거의 없겠지만, 두 작가 모두 이처럼 기꺼이 그리고 의도적으로 '밀턴을 본 딴'(after Milton) 것은 분명하다.

'밀턴을 뒤쫓아' 왔지만 그 자체의 무수한 여과하기와 연상효과를 실행하는 또 다른 작품은 제프리 힐(Geoffrey Hill)의 비범한 시집 『코머스의 장면』(*Scenes from Comus*, 2005)이다. 이 시는 표면상으로 밀턴이 1634년 브릿지워터(Bridgewater) 백작의 추밀원 의장 취임을 기념하며 쓴 가면극에 대한 현대적 사색이지만(힐은 "그 스토리를 보완하지 않았다"[21]고 강조한다), 또한 가면극 공연, 음악, 덧없음, 노화에 대한 깊은 성찰이기도 하다. "그것이 있던 곳엔 아무것도 없다/ 러들로우의 잠깐의 신기루"(62). 작곡가 휴 우드(Hugh Wood)의 70세 생일을 기념해 헌정된 이 시는 제목과 헌정에서 모두 우드의 암시적 교향곡 〈코머스의 장면〉(*Scenes from Comus*)을 상기시키는데, 1965년 처음 공연된 이 교향곡 역시 밀턴의 가면극을 기반으로 한다. 각색의 과정은 그 제스처와 효과가 다층위적이고 끊임없이 다원적임이 거듭 입증되며, 감히 제안하건대, 루이스 맥니스(Louis MacNeice)의 시 「눈」("Snow," 1935)이 말한 "사물의 취기가 다양함"(drunkenness of things being various)의 한 버전이라 하겠다.

이와 유사하게 상상력과 창의성의 부족을 둘러싼 제한적 주장이 영화적 맥락에서 리메이크 문화를 자주 에워싼다. 거스 반 산트(Gus Van Sant)가 알프레드 히치콕(Alfred Hitchcock)의 영향력 있는 〈사이코〉(*Psycho*, 1960)를 1998년

한 쇼트씩 '리메이크'한 것은 히치콕의 편집 및 카메라 앵글을 재창조했는데, 많은 사람들이 장르, 언어, 미학의 변화 없이 단지 현재로의 근접 이동만을 수반한 각색 사례에서 뭐가 새롭고 목적의식이 있는가에 의문을 제기하며 눈살을 찌푸렸다. 토마스 레이치는 이 리메이크를 히치콕 원작영화에 대한 "쌍둥이"로 여겨야 한다고 주장했는데, 이는 각색 언어에 "쌍둥이형성"(twinning) (Leitch 2013: 73)이라는 또 하나의 개념을 도입한다. 히치콕 자신도 로버트 블로흐(Robert Bloch)의 1959년 동명 소설을 각색했고, 블로흐는 그의 서사를 '실화에' 기반을 두었기 때문에, 여기서도 해석의 고고학이 작용하고 있다는 것을 주목할 필요가 있다.

스파이크 리(Spike Lee)가 박찬욱(Park Chan Wook)의 한국 스릴러영화 〈올드 보이〉(*Old Boy*)를 2003년 리메이크 또는 '쌍둥이' 영화로 만든 것에도 동일한 비평적 반발이 있었는데, 아마 이 리메이크는 극찬을 받은 그 영화를(원래 만화 원작의 각색) 비영어권 영화 자막을 거부하는 목표 관객들에게 접근하기 쉽게 만들었을 것이다. 최근 수십 년 동안 확실히 비영어권 영화와 텔레비전 시리즈들이, 가령 코펜하겐에서 시애틀로 옮겨진 〈살인〉(*The Killing*)을 비롯해, 의식적으로 재배치된 경우가 몇몇 있었는데, 어쩌면 이들이 우리가 이 책에서 논하고 있는 많은 텍스트처럼 얽힌 방식의 각색은 아닐 수 있지만 상당히 흥미로운 방향으로의 이동, 텍스트의 영화적 텍스트적 이동의 증가를 나타낸다. 새로운 글로벌 영화산업의 맥락에서, 변형 창조 행위로서의 번역의 중요성이 이제 학문적 측면에서도 공고히 확립됨에 따라, 리메이크 역시 분명 미묘한 차이를 가진 범주로 점차 고찰 대상이 되고 있다. 각색 과정의 진입 지점이 점차 다양해지고 확산 분산되는 유비쿼터스 컴퓨팅 시대에, 우리는 이 후기의 제명을 형성한 짐 콜린스의 진술에 주의를 기울여야 한다. 고전은 회사 본부에 앉아 있는 경영진에 의해 규정되는 것이 아니라 그것이 세상에서

하는 일, 그것이 주는 즐거움에 따라 규정된다. 어떤 텍스트나 이벤트는 누군가를 위해 무엇인가를 하기 때문에, 그 사람에게 뭔가를 **의미하기** 때문에, 중요하게 여겨진다.

그렇다면 우리는 각색과 전유가 지닌 창의성, 논평, 비판 능력을 진정으로 기념하고 이해하며 이를 회복시킬 필요가 있다. 『미스터 핍』에서 마틸다가 수업시간에 『위대한 유산』을 들으며 드러내듯, 각색과 전유, 그리고 거기에 영향을 준 다양한 원천 사이의 상호텍스트적 관계를 발견하는, 패턴을 인식하는 그 즐거움의 측면은 결국 그 과정의 주요 부분이다. 영문학은 탐정처럼 암호와 암호문을 해독하는 방식으로 쉽게 축소될 수 없고 그렇게 해서도 안 되지만, 그렇더라도 끊임없이 계속되는 '나란히 읽기,' 비교와 대조, 관심과 유추를 발견하는 실천에 의해 번창하고 활성화된다. 대개 이는 매우 개인화된 맥락과 체험을 통해 나타나며, 이 책에서 수행한 연구의 핵심이기도 하다.

이 책의 초판이 출간된 이후 학문 분야로서 각색학은 분명히 그늘에서 벗어났다. 이제는 많은 학술 서적들이 다양한 장르에 초점을 맞추어 각색을 과정으로 연구하고 있고, 이를 주제로 한 전문학술지들도 생겨난 반면, 공유 영역에서는 각색하고 전유한 영화, 만화, 게임, 노래, 소설, 시, 극의 인기가 지속되고 있는 듯하다. 따라서 각색을 그 자체의 독창적 작품으로 가치 평가해야 한다는 필자의 이전의 분명한 메시지는 이 버전에서는 그 자체의 다시 쓰기를 거쳤다. 이제는 이들이 뒤늦거나 독창성이 없는 실천이 아니라 오히려 지극히 창조적이며, 점점 더 다양해지는 맥락과 커뮤니티에 새로운 문화 콘텐츠를 제공한다는 것을 이해하는데 훨씬 더 유리한 입장이 되었다. 각색과 전유는 마땅히 그 자체로도 영향력과 의제 설정능력을 가진다고 여겨져야 하며, 그 과정에서 문학과 예술의 핵심적인 측면, 즉 문학과 예술의 충동은 생각, 연상, 관계를 촉발시키고 정서적 반응을 야기하는 것임을 인정한다.

앞서 언급된 데리다의 인용문으로 돌아간다면, "쓰고자 하는 욕망이란 우리에게 되돌아오는 것을 가능한 많은 형태로 되도록 많이 내보내려는 욕망이다"(1985: 157-8). 여기서 데리다는 100년 전 다윈의 자연계 관측, "그러나 환경은 단일체가 아니며 안정적이지 않다. 그것은 가능성의 매트릭스이며, 유기체 간, 물질 내의 다중 상호작용의 결과다"(Beer 1983: 23 재인용)에 반응하는 듯하다. 데리다와 다윈을 뒤좇아 이를테면 보충하고 보완해 덧붙인다면, 각색과 전유는 다중 상호작용과 가능성의 매트릭스, 다른 버전들을 뜻한다. 각색과 전유는 우리에게 사물을 다르게 보여주는, 무한한 그리고 놀라운 잠재력을 지니고 있다.

용어 해설

가필(interpolation) 단어, 구, 등장인물, 플롯 줄거리를 텍스트에 삽입하는 것.

개정(revision) 수정 또는 재탐색 행위나 사례를 의미하지만, 이 말은 에이드리언 리치(Adrienne Rich)에 의해 '다시-보기'(re-vision, 1992 [1971])라는 구체적인 페미니즘 정치성이 부여됨.

근접(proximation) 주네트(Genette)의 표현이며(1997 [1982]: 304) 독자나 관객의 문화적, 시간적 맥락에 보다 근접하기 위해 배경을 최신화하거나 문화적으로 재배치하는 것.

낯설게 하기(defamiliarization) 구조주의와 러시아 형식주의이론에서 자주 사용되는 용어로, 특히 문학에서 무언가를 낯설게 만드는 과정을 묘사한다. 베르톨트 브레히트(Bertolt Brecht)의 '소격효과'(alienation effect)(Counsell 1996: 103) 이론의 연극적 작용을 묘사하는데 흔히 사용된다. 지그문트 프로이트(Sigmund Freud)의 '이상한, 묘한' 또는 '낯설게 익숙한'(1963 [1919]) 개념과도 연관된다.

리프(riff, 반복악절) 재즈 음악에서 짧거나 반복된 악절로, 흔히 즉흥 연주를 위한 기반이다.

모사(imitation) 모방, 모조. 음악에서 이 용어는 다른 음조로 악절을 반복하는 광의의 의미를 가진다. 고전 문화와 초기 근대 문화에서 이 용어는 비하의 의미 없이 사용되었지만 포스트모던 이론에서는 순전한 파생물을 지칭할 수 있다.

몽타주(montage)　영화에서, 별개의 영화 부분을 선택, 편집 또는 결합해 연속성을 가진 전체를 형성하는 프로세스 또는 기술로, 특히 20세기 세르게이 아이젠슈타인(Sergei Eisenstein)의 작업과 관련된다. 하지만 보다 광범위하게 쓰면, 합성물, 혼합물 또는 접속곡 또는 다양한 요소들, 패스티쉬(혼성모방 pastiche)를 의미한다. 이 용어는 힙합과 DJ역할에서 '컷 앤 믹스'와 샘플링을 통해 기존의 노래와 음악을 전유하는 것을 묘사하는 데도 사용된다.

문화상호간의(intercultural)　원래 아티스트의 문화가 아닌 다른 문화의 전략, 참조, 그리고/또는 기술을 사용하고자 하는 텍스트와 퍼포먼스를 설명하는 용어.

미메시스(mimesis)　모사 또는 재현. 보통 아리스토텔레스의 모방, 재현 이론과 연관된다. 인류학을 변형한 르네 지라르(René Girard)의 모방론(1988) 역시 참조.

버전(version)　어떤 상황을 특정 관점에서 설명한 것. 공연되거나 각색된 형태 또는 변이.

변주(variation)　연속적으로 바뀌는 행위 또는 사례. 이전의 또는 정상 상태에서 벗어난 것. 음악에서 이것은 변화되거나 정교한 형식으로 하나의 주제를 반복하는 것을 지칭한다.

변환(transformation)　변이의 행위 또는 사례. 변신, 변화.

보충(supplement)　책에 추가된 부분. 자크 데리다(Jacques Derrida)는 『서기법 연구』(Of Grammatology)에서 보충성(supplementarity) 개념을 논하는데, 불어에서 '보충'(supplement)은 대체물 또는 교체를 의미할 수도 있기 때문이다(1976: 141-57).

복제(replication)　모방 행위. 음악에서 이는 기존 음조의 위아래 한 옥타브 이상을 반복하는 것을 의미한다.

브리콜라주(bricolage)　문학적 맥락에서, 새로운 창작 작업의 맥락에서 다른 인유, 인용, 참고문헌의 콜라주 또는 모음. 신화의 변형(2001 [1978])과 포스트모더니즘을 연구한 클로드 레비스트로스(Claude Lévi-Strauss) 같은 구조 인류학자들의 작업과 흔히 연관된다(Barry 1995: 83). 이 용어는 손수제작(DIY)을 뜻하는 불어에서 유래한다.

상호매체성(intermediality)　서로 다른 매체와 장르 간의 연관 또는 개입.

상호텍스트성(intertextuality)　다른 텍스트에서 유래한 발화와 기호학적 기표에 의한 텍스트 치환을 일컫는 줄리아 크리스테바(Julia Kristeva)의 용어(1980). 이제 이 용어는 보다 광범위하게 사용되어 문학 텍스트와 다른 텍스트 또는 문화적 지시대상 사이의 관계를 나타낸다(자세한 논의는 알렌(Allen 2000) 참조).

샘플링(sampling)　음악학에서, 녹음 음악의 일부를 다른 음악의 맥락에서 변경하거나 재사용하는 것. 특히 힙합 장르에서 널리 사용된다.

어포던스(affordances)　인지심리학자 제임스 J. 깁슨(James J. Gibson (2014 [1986]))의 조어로, 어떤 객체에게 상호 작용능력을 제공해주는 객체와 환경 간의 관계를 지칭한다. 각색학에서는 특히 텍스트와 디지털 정보감각을 지칭한다.

원형(archetype)　원작, 모델 또는 전형. 문학에서는 반복되는 상징 또는 모티프를 지칭하기도 한다.

유사(analogue)　유사 텍스트 또는 상응 텍스트.

유추(analogy)　텍스트, 모티프 또는 사물 간의 상응이나 부분 유사성.

융합 문화(convergence culture, 컨버전스 컬처)　매체에 대한 다양한 형식의 접근과 소비가 늘어나면서 문학, 영화, 인터넷을 포함한 다양한 형식의 테두리와 경계가 모호해진다는 개념을 지칭한다. (이를 통해 조성되는 상호 작용 및 참여 관객에 대해서는 젠킨스(Jenkins) 2006 참조).

인용(citation)　인용된 구절, 권위 있는 저작물 언급이라는 법적 의미를 담고 있다.

인유(allusion)　간접적 또는 지나가는 언급.

재매개화(remediation)　전통적 용어로는 무언가를 교정하거나 개선한다는 개념이 있지만 각색 이론에서는 어떤 것이 관련된 새로운 매체 형식이나 신기술로 활발히 옮겨지는 것을 나타낸다(Bolter and Grusin 2000).

제유(synecdoche)　부분이 전체를 대표하는 비유적 표현.

즉흥(improvisation)　대본 없는 음악이나 운문의 구성 또는 연주로, 전유에서 이 용어는 원천 텍스트를 자유 형식으로 각색하는 저작물로 확장된다. 사회적, 극적 맥락의 즉흥에 관해서는 그린블라트(Greenblatt)(1980: 227-8) 참조.

패로디(parody)　작가, 작품 또는 문체를 유머러스하고, 흔히 과장되게 모방한 것 (자세한 내용은 덴티스(Dentith 2000) 참조).

패스티쉬(pastiche, 혼성모방)　불어에서 파생된 용어로, 음악에서 여러 가지를 뒤섞은 접속곡, 조각들이 함께 결합된 음악 작곡을 가리킨다(Dentith 2000: 194). 포스트모더니즘 이론과 실천의 중심을 차지하며(Barry 1995: 83 참조), 보다 광범위한 예술과 문학 영역에서 패스티쉬의 지시대상에 더 많은 변화가 생겨, 어느 한 예술가 또는 작가의 스타일을 확대 모방하는 작품을 일컫는데 대부분 적용된다.

하이퍼텍스트(hypertext)　제라르 주네트(Gerard Genette)의 용어(1997[1982]: ix)로 전유 또는 각색 텍스트를 의미('하이포텍스트'(hypotext)도 참조).

혼종성(hybridity)　문학에서 언어와 형식의 수준에서 영향의 혼합, 융합 또는 복합을 기술하기 위해 사용된 용어. 평론가들이 문화 간 조우를 지칭할 때 자주 사용되며, 긍정적 부정적 편향성을 모두 포함한다(Bhabha 1995: 206-9 참조).

환유(metonymy)　구체적으로 하나의 대상 또는 행위를 나타내는 단어를 그와 관련된 속성을 나타내는 단어로 대체하는 행위지만, 광의의 의미로 사용되어 다른 대상의 대체물 또는 상징으로 사용된 단어나 사물을 의미한다. 은유(metaphor)와 자주 대조된다.

희화화(travesty)　무언가를 우스꽝스럽게 와전하거나 모방한 것.

참고문헌

Abbott, H. Poter (2002). *The Cambridge Introduction to Narrative*, Cambridge: Cambridge University Press.

Ackroyd, Peter (1983) *The Last Testament of Oscar Wilde*, Harmondsworth: Penguin.

Ackroyd, Peter (2002) *Dickens: Public Life and Private Passion*, New York: Hylas.

Ackroyd, Peter (2003 [1990]) *Dickens*, London: Sinclair-Stevenson.

Adorno, Theodor and Horkheimer, Max (1997 [1944]) *Dialectics of Enlightenment*, London: Verso.

Allen, Grham (2000) *Intertextuality*, London: Routledge.

Andreas, James R. Sr (1999) 'Signifyin' on The Tempest in Gloria Naylor's Mama Day', in Christy Desmet and Robert Sawyer (eds) *Shakespeare and Appropriation*, London: Routledge.

Andrew, Geoff (2001) 'Baz Luhrmann (I)', *Guardian*, 7 September.

Ashcroft, Bill, Griffiths, Gareth and Tiffin, Helen (eds) (1995) *The Postcolonial Studies Reader*, London: Routledge.

Atkinson, Kate (1997) *Human Croquet*, London: Black Swan.

Atkinson, Kate (2002) *Not the End of the World*, London: Doubleday.

Atkinson, Kate (2004) Case Histories, London: Doubleday.

Attridge, Derek (ed.) (1990) *The Cambridge Companion to James Joyce*, Cambridge: Cambridge University Press.

Attridge, Derek (1996) 'Oppressive Silence: J. M. Coetzee's Foe and the Politics of Canonisation', in Graham Huggan and Stephen Watson (eds) *Critical Perspectives on J. M. Coetzee*, Basingstoke: Macmillan.

Baker, Jo (2013) *Longbourn*, London: Transworld Digital [e-book edition].

Bakhtin, Mikhail (1984 [1968]) *Rabelais and His World*, trans. Hélène Iswolsky, Bloomington, IN: Indiana University Press.

Barry, Peter (1995) *Beginning Theory: An Introduction to Literary and Cultural Theory*, Manchester: Manchester University Press.

Barnes, Julian (1989) *The History of the World in 10½ Chapters*, London: Picador.

Barnes, Roland (1981) 'Theory of the Text', in R. Young (ed.) *Untying the Text: A Post-structuralist Reader*, London: Routledge.

Barnes, Roland (1988) 'The Death of the Author', in David Lodge (ed.) *Modern Criticism and Theory: A Reader*, London: Longman.

Barnes, Roland (1993 [1972]) *Mythologies*, trans. Annette Lavers, London: Vintage.

Basnett, Susan (2014) *Translation*, London: Routledge.

Bate, Jonathan (1993) *Shakespeare and Ovid*, Oxford: Clarendon.

Bate, Jonathan (1997) *The Genius of Shakespeare*, London: Picador.

Baudrillard, Jean (1981) *Simulacra and Simulation*, trans. Sheila Faria-Glaser, Ann Arbor, MI: University of Michigan Press.

Bazin, André (2000) 'Adaptation or the Cinema as Digest', in James Naremore (ed.) *Film Adaptation*, London: Athlone Press.

Beckett, Sandra (2008) *Red Riding Hood for All Ages: A Fairy Tale Icon in Cross-Cultural Contexts*, Detroit, MI: Wayne State University Press.

Beckett, Sandra (2009) *Recycling Red Riding Hood*, London: Routledge.

Beckett, Sandra (2013) *Revisioning Red Riding Hood around the World: An Anthology of International Retellings*, Detroit, MI: Wayne State University Press.

Beer, Gillian (1983) *Darwin's Plots: Evolution Narrative in Darwin, George Eliot, and Nineteenth-Century Fiction*, London: Ark.

Benjamin, Walter (2002 [1935]) 'The Work of Art in the Age of Its Technological Reproducibility', in Howard Eiland and Michael W. Jennings (eds) *Selected Writings, Volume 3: 1935-1938*, Cambridge, MA: Harvard University Press.

Benjamin, Walter (2003 [1940]) 'On the Concept of History', in Howard Eiland and Michael W. Jennings (eds) *Selected Writings, Volume 4: 1938-1940*, Cambridge, MA: Harvard University Press.

Bennett, Arnold (2007 [1908]) *The Old Wives' Tale*, Harmondsworth: penguin.

Bennett, Ronan (2004) *Havoc in Its Third Year*, London: Bloomsbury.

Bettelheim, Bruno (1975) *The Uses of Enchantment: The Meaning and Importance of Fairy Tales*, London: Thames and Hudson.

Bhabha, Homi K. (1995) 'Cultural Diversity and Cultural Differences', in Bill Ashcroft, Gareth Griffiths and Helen Tiffin (eds) *The Post-Colonial Studies Reader*, London and New York: Routledge.

Bigsby, Christopher (ed.) (1997) *The Cambridge Companion to Arthur Miller*, Cambridge: Cambridge University Press.

Bingham, Dennis (2010) *Whose Lives Are They Anyway?: The Biopic as Contemporary Film Genre*, New Brunswick, NJ: Rutgers University Press.

Bloch, Robert (2013 [1959]), *Psycho*, London: Robert Hale.

Bloom, Harold (1973) *The Anxiety of Influence: A Theory of poetry*, Oxford: Oxford University Press.

Boehm-Schnitker, Nadine and Gruss, Susanne (eds) (2014) *Neo-Victorian Culture: Immersions and Revisitations*, London: Routledge.

Boitani, Piero and Mann, Jill (eds) (1986) *The Cambridge Chaucer Companion*, Cambridge: Cambridge University Press.

Bolter, Jay David and Grusin, Richard (2000) *Remediation: Understanding New Media*, Cambridge MA: MIT Press.

Bonner, Frances and Jacobs, Jason (2011) 'The First Encounter: The Many Adaptations of the Lewis Carroll Alice Books', *Convergence* 17(11): 37-48.

Bouret, Jean (1968) *Toulouse-Lautrec*, London: Thames and Hudson.

Bowers, Maggie Ann (2004) *Magic(al) Realism*, London: Routledge.

Bowlby, Rachel (1997) *Feminist Destinations and Further Essays on Virginia Woolf*, Edinburgh: Edinburgh University Press.

Brahms, Caryl and Simon, S. J. (2000 [1941]) *No Bed for Bacon*, London: Akadine Press.

Brontë, Charlotte (1985 [1847]) *Jane Eyre*, Harmondsworth: Penguin.

Brown, Tom and Vidal, Belén (eds) (2013) *The Biopic in Contemporary Film Culture*, London: Routledge.

Bruhn, Jorgen, Gjelsvik, Anne and Hanssen, Eirik Frisvold (eds) (2013) *Adaptation Studies: New Challenges, New Directions*, London: Bloomsbury.

Bruns, Axel (2008) *Blogs, Wikipedia, Second Life and Beyond: From Production to Produsage*, New York: Peter Lang.

Bullough, Geoffrey (1957-1975) *Narrative and Dramatic Sources of Shakespeare*, 8 vols, London: Routledge.

Burnett, Mark Thornton (2012) *Filming Shakespeare in the Global Marketplace*, Basingstoke: Palgrave.

Burnett, Mark Thornton (2013) *Shakespeare and World Cinema*, Cambridge: Cambridge University Press.

Byatt, A. S. (1991) *Possession: A Romance*, London: Vintage.

Byatt, A. S. (2001) *The Biographer's Tale*. London: Chatto and Windus.

Calbi, Maurizio (2013) *Spectral Shakespeares: Media Adaptations in the Twenty-First Century*, Basingstoke: Palgrave.

Cardwell, Sarah (2002) *Adaptation Revisited: Television and the Classic Novel*, Manchester: Manchester University Press.

Carey, Peter (1985) *Illywhacker*, London: Faber.

Carey, Peter (1988) *Oscar and Lucinda*, London: Faber.

Carey, Peter (1997) *Jack Maggs*, London: Faber.

Carey, Peter (2000) *True History of the Kelly Gang*, London: Faber.

Carr, Helen (1996) *Jean Rhys*, Plymouth: Northcote House.

Carter, Angela (1967) *The Magic Toyshop*, London: Virago.

Carter, Angela (1990) *The Virago Book of Fairy Tales*, London: Virago.

Carter, Angela (1992) *Wise Children*, London: Vintage.

Carter, Angela (1994) *American Ghosts and Old World Wonders*, London: Vintage.

Carter, Angela (1995 [1979]) *The Bloody Chamber*, London: Vintage.

Carter, Angela (2001 [1988]) *Fireworks*, London: Virago.

Cartmell, Deborah and Whelehan, Imelda (eds) (1999) *Adaptations: From Text to Screen, Screen to Text*, London: Routledge.

Chaucer, Geoffrey (1986) *The Canterbury Tales*, in *The Complete Works of Geoffrey Chaucer*, F. N. Robinson (ed). Oxford: Oxford University Press.

Chedgzoy, Kate (1995) *Shakespeare's Queer Children: Sexual Politics and Contemporary Culture*, Manchester: Manchester University Press.

Chevalier, Tracy (1999) *Girl with a Pearl Earring*, London: HaperCollins.

Clark, Sandra (ed.) (1997) *Shakespeare Made Fit: Restoration Adaptatons of Shakespeare*, London: Everyman.

Clarke, Marcus (1997 [1885]) *His Natural Life*. Graham Tulloch (ed.) Oxford: Oxford University Press [World's Classics].

Coetzee, J. M. (1987) *Foe*, Harmondsworth: Penguin.

Collins, Jim (2010) *Bring on the Books for Everybody: How Literary Culture Became Popular Culture*, Durham, NC: Duke University Press.

Collins, Wilkie (1999 [1860]) *The Woman in White*, John Sutherland (ed.), Oxford: Oxford University Press [World's Classics].

Collins, Wilkie (1999 [1868]) *The Moonstone*, John Sutherland (ed.), Oxford: Oxford University Press [World's Classics].

Conan Doyle, Sir Arthur (2011 [1887]) *A Study in Scarlet*, Harmondsworth: Penguin.

Connor, Steven (1996) *The English Novel in History 1950-1995*. London: Routledge.

Coombe, Rosemary (1994) 'Authorizing the Celebrity: Publicity Rights, Postmodern Politics, and Unauthorized Genders', in Martha Woodmansee and Peter Jaszi (eds) *The Construction of Authorship: Textual Appropriation in Law and Literature*, Durham, NC: Duke University Press.

Cooper, Pamela (2002) *Graham Swift's 'Last Orders'*, New York and London: Continuum.

Corcoran, Neil (2010) *Shakespeare and the Modern Poet*, Cambridge: Cambridge University Press.

Counsell, Colin (1996) *Signs of Performance: An Introduction to Twentieth-Century Theatre*, London: Routledge.

Coupe, Laurence (1997) *Myth*, London: Routledge.

Cox, Philip (2000) *Reading Adaptation: Novels and Verse Narratives on the Stage, 1790-1840*, Manchester: Manchester University Press.

Crimp, Douglas (1982) 'Appropriating Appropriation', in Paula Marincola (ed.) *Image Scavengers: Photographs*, Philadelphia: Institute of Contemporary Art.

Cruz, Amada, Jones, Amelia and Smith, Elizabeth T. (eds) (1997) *Cindy Sherman: Retrospective*, London: Thames and Hudson.

Cunningham, Michael (1998) *The Hours*, London: Fourth Estate.

Darwin, Charles (1988 [1859]) *The Origin of Species*, Jeff Wallace (ed.), Ware: Wordsworth.

De Certeau, Michel (2013 [1984]) *The Practice of Everyday Life*, trans. Steven F. Rendell, 3rd edn, Berkeley, CA: University of California Press.

De Grazia, Margreta (1994) 'Sanctioning Voice: Quotation Marks, the Abolition of Torture, and the Fifth Amendment', in Martha Woodmansee and Peter Jaszi (eds) *The Construction of Authorship: Textual Appropriation in Law and Literature*, Durham, NC: Duke University Press.

De Groot, Jerome (2009) *The Historical Novel*, London: Routledge.

De Groot, Jerome (2015) *Remarking History: The Past in Contemporary Historical Fictions*, London: Routledge.

Defoe, Daniel (1985 [1724]), *Roxana*, David Blewitt (ed.), Harmondsworth: Penguin.

Defoe, Daniel (1986 [1719]), *Robinson Crusoe*, J. Donald Crowley (ed.) Oxford: Oxford University Press [World's Classics].

DeLillo, Don (1988) *Libra*, Harmondsworth: Penguin.

Dentith, Simon (1995) *Bakhtinian Thought: An Introductory Reader*, London: Routledge.

Dentith, Simon (2000) *Parody*, London: Routledge.

Deppman, Jed, Ferrar, Daniel and Gordon, Michael (eds) (2004) *Genetic Criticism: Texts and Avant-textes*, Philadelphia: University of Pennsylvania Press.

Derrida, Jacques (1976) *Of Grammatology*, trans. Gayatri Chakravorty Spivak, Baltimore, MD: Johns Hopkins University Press.

Derrida, Jacques (1985) *The Ear of the Other: Otobiography, Transference, Translation*, New York: Schocken Books.

Derrida, Jacques (1992) 'Aphorism Countertime', trans. Nicholas Royle, in Derek Attridge (ed.) *Acts of Literature*, London: Routledge.

Desmet, Christy (2014) 'YouTube Shakespeare, Appropriation and Rhetorics of Invention', in Daniel Fischlin (ed.) *Outerspeares: Shakespeare, Intermedia, and the Limits of Adaptation*, Toronto: University of Toronto Press [e-book edition].

Desmet, Christy and Sawyer, Robert (eds) (1999) *Shakespeare and Appropriation*, London: Routledge.

Di Pietro, Cary (2006) *Shakespeare and Modernism*, Cambridge: Cambridge University Press.

Dickens, Charles (1938) *The Letters of Charles Dickens: Volume 3*, Walter Dexter (ed.), London: Nonesuch Press.

Dickens, Charles (1994 [1861]) *Great Expectations*, Kate Flint (ed.), Oxford: Oxford University Press [World's Classics].

Dickens, Charles (1999 [1846]) *Oliver Twist*, Oxford: Oxford University Press [World's Classics].

Dillon, Janette (1993) *Chaucer*, Basingstoke: Macmillan.

Dillon, Janette (2012) *Shakespeare and the Staging of English History*, Oxford: Oxford University Press.

Dionne, Craig and Kapadia, Parmita (eds) (2008) *Native Shakespeares: Indigenous Appropriations on a Global Stage*, Basingtoke: Palgrave.

Duffy, Carol Ann (1999) 'Little Red-Cap', in *The World's Wife*, London: Picador.

Duncker, Patricia (2015) *Sophie and the Sibyl: A Victorian Romance*, London: Bloomsbury.

DuPlessis, Rachel Blau (1985) *Writing beyond the Ending: Narrative Strategies of Twentieth-Century Women Writers*, Bloomington, IN: Indiana University Press.

Dyas, Dee (2001) *Pilgrimage in Medieval English Literature, 700-1500*, Cambridge: D. S. Brewer.

Eagleton, Terry (1994 [1981]) *Walter Benjamin, Or Towards a Revolutionary Criticism*, London and New York: Verso.

Eliot, T. S. (1969) *The Complete Poems and Plays*, London: Faber.

Eliot, T. S. (1984) 'Tradition and the Individual Talent', in Frank Kermode (ed.) *Selected Prose of T. S. Eliot*, London: Faber.

Elliot, Kamilla (2003) *Rethinking the Novel/Film Debate*, Cambridge: Cambridge University Press.

Ellis, John (1982) 'The Literary Adaption: An Introduction', *Screen* 23(1): 3-5.

Erickson, Peter (1996) 'Shakespeare's Naylor, Naylor's Sheakespeare: Shakespearean Allusion as Appropriation in Gloria Naylor's Quarter', in T. Mishkin (ed.) *Literary Influence and African-American Women Writers*, New York: Garland.

Farquhar, George (1988 [1706]) *The Recruiting Officer*, London: Methuen.

Faulkner, William (1996 [1930]) *As I Lay Dying*, London: Vintage.

Ferris, David S. (ed.) (2004) *The Cambridge Companion to Walter Benjamin*, Cambridge: Cambridge University Press.

Fforde, Jasper (2005) *The Eyre Affair*, London: Hodder and Stoughton.

Fischlin, Daniel (ed.) (2014) *Outerspeares: Shakespeare, Intermedia, and the Limits of Adaptation*. Toronto: University of Toronto Press [e-book edition].

Fischlin, Daniel and Fortier, Mark (eds) (2000) *Adaptations of Shakespeare: A Critical Anthology of Plays from the Seventeenth Century to the Present*, London: Routledge.

Forster, E. M. (1985 [1910]) *Howard's End*, Oliver Stallybrass (ed.) Harmondsworth: Penguin.

Foster, Hal (1988) 'Wild Signs: The Breakup of the Sign in 70s' Art', in Andrew Ross (ed.) *Universial Abandon?: The Politics of Postmodernism*, Edinburgh: Edinburgh University Press.

Foster, Hal (1997) 'Death in America', in Colin MacCabe, with Mark Francis and Peter Wollen (eds) *Who is Andy Warhol?*, London: British Film Institute.

Foucault, Michel (1979) 'What Is and Author', *Screen* 20: 13-33.

Foucault, Michel (1984 [1978]) *The History of Sexuality: An Introduction*, trans. Robert Hurley, Harmondsworth: Penguin.

Fowles, John (1996 [1969]) *The French Lieutenant's Woman*, London: Vintage.

Frayn, Michael (1999) *Headlong*, London: Faber and Faber.

Freud, Sigmund (1963 [1919]) 'The Uncanny', in Philip Rieff (ed.) *Studies in Parapsychology*, trans. Alix Strachey, New York: Collier Books.

Frow, John (1988) 'Repetition and Limitation −Computer Software and Copyright Law', *Screen* 29: 4-20.

Gaines, Jane M. (1991) *Contested Culture: The Image, the Voice, and the Law*, Chapel Hill, NC and London: University of North Carolina Press.

Gamble, Sarah (1997) *Angela Carter, Writing from the Front Line*, Edinburgh: Edinburgh University Press.

Garber, Marjorie (1987) *Shakespeare's Ghost Writers: Literature as Uncanny Causality*, London: Methuen.

Gates, Henry Louis Jr (1988) *The Signigying Monkey: A Theory of African-American Literature*, New York and Oxford: Oxford University Press.

Gay, John (1986 [1728]) *The Beggar's Opera*, Harmondsworth: Penguin.

Genette, Gérard (1997 [1982]) *Palimpsests: Literature in the Second Degree*, trans. Channa Newman and Claude Doubinsky, Lincoln, NE: University of Nebraska Press.

Geraghty, Christine (2008) *Now a Major Motion Picture: Film Adaptations of Literature and Drama*, New York and London: Rowman and Littlefield.

Geraghty, Christine (2009) 'Foregrounding the Media: *Atonement (*2007) as an Adation', *Journal of Adaptation in Film and Performance* 2(2): 9-109.

Gere, Anne Ruggles (1994) 'Common Properties of Pleasure: Texts in Nineteenth-Century Women's Clubs', in Martha Woodmansee and Peter Jaszi (eds) *The Construction of Authorship: Textual Appropriation in Law and Literature*, Durham, NC: Duke University Press.

Gibson, James J. (2014 [1986]) *The Ecological Approach to Visual Perception*, London: Psychology Press.

Gilbert, Sandra M. and Gubar, Susan (2000 [1979]) *The Madwoman in the Attic: The Woman Writer and the Nineteenth-Century Literary Imagination*, 2nd edn, New Haven, CT: Yale University Press.

Girad, René (1988) *'To Double Business Bound': Essays on Literature, Mimesis, and Anthropology*, London: Athlone Press.

Gordon, John (1981) *James Joyce's Metamorphoses*, New York: Barnes and Noble.

Gosse, Edmund (1989 [1907]) *Father and Son: A Study of Two Temperaments*, Peter Abbs (ed.) Harmondsworth: Penguin.

Greenblatt, Stephen (1980) *Renaissance Self-Fashioning: From More to Shakespeare*, Chicago: University of Chicago Press.

Greene, Graham (2001 [1951]) *The End of the Affair*, London: Vintage.

Greer, Germaine (2008) *Shakespeare's Wife*, London: Bloomsbury.

Gross, John (ed.) (2002) *After Shakespeare: An Anthology*, Oxford: Oxford University Press.

Hall, Stuart (1972) 'The Social Eye of *Picture Post*', *Working Papers in Cultural Studies* 2: 71-120.

Hansen, Adam and Wetmore, Kevin (eds) (2015) *Shakespearean Echoes*, Basingstoke: Palgrave.

Handon, Lawrence and Hanson, Elizabeth (1956) *The Tragic Life of Toulouse-Lautrec*, London: Secker and Warburg.

Hardie, Philip (ed.) (2002) *The Cambridge Companion to Ovid*, Cambridge: Cambridge University Press.

Hardy, Thomas (2008 [1874]) *Far From the Madding Crowd*, Linda Shires (ed.), Oxford: Oxford University Press [World's Classics].

Harrison, Nancy R. (1988) *Jean Rhys and the Novel as Women's Text*, Chapel Hill, NC: University of North Carolina Press.

Hassall, Anthony J. (1997) 'A Tale of Two Countries: *Jack Maggs* and Peter Carey's Fiction', *Australian Literary Studies* 18: 128-135.

Hawkes, Terence (1992) *Meaning by Shakespeare*, London: Routledge.

Head, Dominic (1997) *J. M. Coetzee*, Cambridge: Cambridge University Press.

Head, Dominic (2002) *The Cambridge Introduction to Modern British Fiction, 1950-2000*, Cambridge: Cambridge University Press.

Head, Dominic (2009) *The Cambridge Introduction to J. M. Coetzee*, Cambridge: Cambridge University Press.

Heilmann, Ann and Llewellyn, Mark (2010) *Neo-Victorianism: The Victorians in the Twenty-First Century 1999-2009*, Basingstoke: Palgrave.

Hermans, T. (ed.) (1983) *The Manipulation of Literary Studies in Literary Translation*, London: Croom Helm.

Hesmondhalgh, David (2000) 'International Times: Fusions, Exoticism, and Antiracism in Electronic Dance Music', in Georgina Born and David Hesmondhalgh (eds) *Western Music and Its Others: Difference, Representation, and Appropriation in Music*, Berkeley, CA: University of California Press.

Hill, Geoffrey (2005) *Scenes from Comus*, Harmondsworth: Penguin.

Hoesterey, Ingeborg (2001) *Pastiche: Cultural Memory in Art, Film, and Literature*, Bloomington, IN: Indiana University Press.

Hofman, Michael and Lasdun, James (eds) (1994) *After Ovid: New Metamorphoses*, London: Faber.

Holderness, Graham (ed.) (1988) *The Shakespeare Myth*, Manchester: Manchester University Press.

Huang, Alexa and Rivlin, Elizabeth (eds) (2014) *Shakespeare and the Ethics of Appropriation*, Basingstoke: Palgrave.

Huggan, Graham (2002) 'Cultural Memory in Postcolonial Fiction: The Uses and Abuses of Ned Kelly', *Australian Literary Studies* 20: 142-154.

Hughes, Robert (1988) *The Fatal Shore: A History of the Transportation of Convicts to Australia*, 1787-1868, London: Pan.

Hulbert, Ann (1993) 'The Great Ventriloquist: A. S. Byatt's *Possession: A Romance*', in Robert E. Hosmer Jr (ed.) *Contemporary British Women Writers*, Basingstoke: Macmillan.

Hulme, Peter and Sherman, William H. (eds) (2000) *'The Tempest' and Its Travels*, London: Reaktion.

Hutcheon, Linda (1985) *A Theory of Parody: The Teaching of Twentieth-century Art Forms*, London and New York: Methuen.

Hutcheon, Linda (1988) *The Poetics of Postmodernism: History, Thory, Fiction*, London: Routledge.

Hutcheon, Linda (2006) *The Theory of Adaptation*, London: Routledge.

Hutcheon, Linda (2013) *The Theory of Adaptation*, 2nd edn, London: Routledge.

Innes, Lyn (2008) *Ned Kelly: Icon of Modern Culture*, London: Helm.

Iser, Wolfgang (1971) 'Indeterminacy and the Reader's Response in Prose Fiction', in J. Hillis Miller (ed.) *Aspects of Narrative*, New York: Columbia University Press.

Iser, Wolfgang (1972) 'The Reading Process: A Phenomenological Approach', *New Literary History* 3(2): 279-299.

Iser, Wolfgang (2001) 'Interaction between Text and Reader', in Colin Counsell and Laurie Wolf (eds) *Performance Analysis: An Introductory Coursebook*, London: Routledge.

Isler, Alan (1996) *The Prince of West End Avenue*, London: Vintage.

James, Henry (1984 [1880]) *Washington Square*, Harmondsworth: Penguin.

James, Henry (2010 [1897]) *What Maisie Knew*, Christopher Ricks (ed.), Harmondsworth: Penguin.

James, Henry (1992) *Textual Poachers: Television Fans and Participatory Culture*, London and New York: Routledge.

James, Henry (2006) *Convergence Culture: Where Old and New Medias Collide*, New York: New York University Press.

Jones, Lloyd (2006) *Mister Pip*, London: John Murray.

Jones, Ross (2015) 'Sherlock Facts: 21 Things You Didn't Know', *Telegraph*, 25 Aprill.

Joyce, James (1986 [1922]) *Ulysses*, Harmondsworth: Penguin.

Kaplan, Cora (2007) *Victoriana: Histories, Fictions, Criticism*, Edinburgh: Edinburgh University Press.

Kaplan, Fred (1988) *Dickens: A Biography*, London: Hodder and Stoughton.

Keen, Suzanne (2003) *Romances of the Archive in Contemporary British Fiction*, Toronto: University of Toronto Press.

Keneally, Thomas (1987) *The Playmaker*, London: Sceptre.

Kennedy, Dennis (1993) *Looking at Shakespeare: A Visual History of Twentieth-Century Performance*, Cambridge: Cambridge University Press.

Kidnie, Margaret Jane (2008) *Shakespeare and the Problem of Adaptation*, London: Routledge.

Knight, Stephen (2003) *Robin Hood: A Mythic Biography*, Ithaca, NY: Cornell University Press.

Krauss, Rosalind (1985) *The Originality of the Avant-Garde and Other Modernist Myths*, Cambridge, MA: MIT Press.

Kristeva, Julia (1980) 'The Bounded Text', in *Desire in Language: A Semiotic Approach to Literature and Art*, trans. Thomas Gora, Alice Jardine and Leon S. Roudiez, Leon S. Roudiez (ed.), Oxford: Blackwell.

Kristeva, Julia (1986) 'Word, Dialogue and Novel', in Toril Moi (ed.) *The Kristeva Reader*, trans. Sean Hand and Leon S. Roudiez, Oxford: Blackwell.

Ledent, Bénédicte (2002) *Caryl Phillips*, Manchester: Manchester University Press.

Lee, Hermione (2003) 'Someone to Watch over You', Review of Graham Swift's *The Light of Day*, *Guardian*, 8 March.

Leitch, Thomas (2007) *Film Adaptation and Its Discontents: From 'Gone with the Wind' to 'The Passion of Christ'*, Baltimore, MD: Johns Hopkins University Press.

Leitch, Thomas (2008) 'Adaptation Studies at a Crossroads', *Adaptation* 1: 63-77.

Leitch, Thomas (2009) 'Twelve Fallacies in Contemporary Adaptation Theory', *Criticism* 45(2): 149-171.

Leitch, Thomas (2013) 'The Ethics of Infidelity', in Christa Albrecht-Crane and Dennis Cutchins (eds) *Adaptation Studies: New Approaches*, Lanham, MD and Plymouth: Fairleigh Dickinson University Press.

Leray, Marjolaine (2011) *Little Red Hood*, London: Phoenix Yard Books.

Lessig, Lawrence (2008) *Remix: Making Art and Commerce Thrive in the Hybrid Economy*, London: Bloomsbury.

Levine, Jennifer (1990) 'Ulysses', in Derek Attridge (ed.) *The Cambridge Companion to James Joyce*, Cambridge: Cambridge University Press.

Lévi-Strauss, Claude (2001 [1978]) *Myth and Meaning*, London: Routledge.

MacCabe, Colin, Murray, Kathleen and Warne, Rick (eds) (2011) *True to the Spirit: Film Adaptation and the Question of Fidelity*, Oxford: Oxford University Press.

McCarthy, Tom (2011) 'My Desktop', *Guardian*, 24 November.

McClary, Susan (2001) *Conventional Wisdom: The Content of Musical Form*, Berkeley, CA: University of California Press.

McEwan, Ian (2002 [2001]) *Atonement*, London: Vintage.

McEwen, John (2008) *Paula Rego: Behind the Scenes*, London: Phaidon.

McKendrick, Walter M. (1998) 'The Sensationalism of *The Woman in White*', in Lynn Pykett (ed.) *Wilkie Collins: A Casebook*, Basingstoke: Macmillan.

McLuskie, Kate and Rumbold, Kate (2014) *Cultural Value in Twenty-First Century England: The Case of Shakespeare*, Manchester: Manchester University Press.

MacNeice, Louis (1966) *Collected Poem*, London: Faber.

Mahoney, Elizabeth (2010) 'Review of *The Red Shoes*', *Guardian*, 3 August.

Mantel, Hilary (2009) *Wolf Hall*, London: Fourth Estate.

Mantel, Hilary (2012) *Bring Up the Bodies*, London: Fourth Estate.

Marber, Patrick (1996) *After Miss Julie*, London: Methuen.

Marsden, Jean I. (ed.) (1991) *The Appropriation of Shakespeare*, Hemel Hempstead: Harvester Wheatsheaf.

Martin, Cathlena (2009) 'Charlotte's Website: Media Transformation and the Intertextual Web of Children's Culture', in Rachel Carroll (ed.) *Adaptation in Contemporary Culture: Textual Infidelities*, London and New York: Continuum.

Martindale, Charles (ed.) (1988) *Ovid Renewed: Ovidian Influences on Literature and Art from the Middle Ages to the Twentieth Century*, Cambridge: Cambridge University Press.

Massai, Sonia (ed.) (2005) *World-Wide Shakespeares: Local Appropriation in Film and Performance*, London: Routledge.

Mathieson, Barbara (1999) 'The Polluted Quarry: Nature and Body in A Thousand Acres', in Marianne Novy (ed.) *Transforming Shakespeare: Contemporary Women's Re-visions in Literature and Performance*, Basingstoke: Macmillan.

Maurel, Sylvie (1998) *Jean Rhys*, Basingstoke: Macmillan.

Miles, Geoffrey (ed.) (1999) *Classical Mythology in English Literature: A Critical Anthology*, London: Routledge.

Miller, Arthur (2000 [1953]) *The Crucible*, Harmondsworth: Penguin.

Miller, J. Hillis (1990) *Versions of Pygmalion*, Cambridge, MA: Harvard University Press.

Milner, John (1988) *The Studios of Paris: The Capital of Art in the Late Nineteenth Century*, New Haven, CT: Yale University Press.

Miola, Robert (1992) *Shakespeare and Classical Tragedy: The Influence of Seneca*, Oxford: Clarendon Press.

Morris, Meaghan (1988) 'Tooth and Claw: *Tales of Survival and Crocodile Dundee*', in Andrew Ross (ed.) *Universal Abandon: The Politics of PostModernism*, Minneapolis: University of Minnesota Press.

Mullan, John (2003a) 'Elements of Fiction: Clichés', *Guardian*, 12 April, 'Review': 32.
Mullan, John (2003b) 'Elements of Fiction: Dialogue', *Guardian*, 15 April, 'Review': 32.
Mullan, John (2003c) 'Elements of Fiction: Interior Monologue', *Guardian*, 19 April, 'Review': 32.
Murray, Simone (2012) *The Adaptation Industry: The Cultural Economy of Contemporary Literary Adaption*, London: Routledge.
Naremore, James (ed.) (2000) *Film Adaptation*, London: Athlone Press.
Naylor, Gloria (1992) *Bailey's Cafe*, New York: Vintage.
Naylor, Gloria (1993 [1988]) *Mama Day*, New York: Vintage.
ní Fhlathúin, Máire (1999) 'The Location of Childhood: *Great Expectations* in Postcolonial London', *Kunapipi* 21: 86-92.
Norbu, Jamyang (2000) *The Mandala of Sherlock Holmes: The Missing Years*, London: John Murray.
Novy, Marianne (ed.) (1999) *Transforming Shakespeare: Contemporary Women's Re-Visions in Literature and Performance*, Basingstoke: Macmillan.
O'Neill, Stephen (2014) *Shakespeare and YouTube: New Media Forms of the Bard*, London: Arden/Bloomsbury [e-book edition].
O'Rourke, James (2010) *Rethinking Shakespeare through Presentist Theory*, London: Routledge.
Oates, Joyce Carol (1993) *Black Water*, New York: Plumo/Penguin.
Oates, Joyce Carol (2000) *Blonde*, London: Fourth Estate.
Orlean, Susan (2000) *The Orchid Thief*, London: Vintage.
Ovid (1987) *Metamorphoses*, trans. A. D. Melville, Oxford: Oxford University Press.
Patterson, Annabel (1987) 'Intention', in Frank Lentricchia and Thomas McLaughlin (eds) *Critical Terms for Literary Study*, Chicago: University of Chicago Press.
Pang, Laikwan (2012) *Creativity and Its Discontents: China's Creative Industries and Intellectual Property Rights Offences*, Durham, NC: Duke University Press.
Pavis, Patrice (ed.) (1996) *The Intercultural Performance Reader*, London: Routledge.
Peterson, Kaara L. and Williams, Deanne (eds) (2012) *The Afterlife of Ophelia*, Basingstoke: Palgrave Macmillan.
Phillips, Caryl (1997) *The Nature of Blood*, London: Faber.
Phillips, Caryl (2015) *The Lost Child*, London: Oneworld.
Phillips, Helen (2000) *An Introduction to The Canterbury Tales: Reading Fiction, Context*, Basingstoke: Macmillan.
Poe, Edgar Allen (1998 [1843]) 'The Gold-Bug', in David Van Leer (ed.) *Selected Tales*,

Oxford: Oxford University Press [World's Classics].

Poole, Adrian (2004) *Shakespeare and the Victorians*, London: Thomas Learning/Arden Shakespeare.

Porter, Peter (1997) 'Jack Maggs', *Guardian*, 18 September.

Powers, Richard (1991) *The Gold Bug Variations*, New York: HarperCollins.

Powers, Richard (2001 [1985]) *Three Farmers on Their Way to a Dance*, New York: Perennial.

Powers, Richard (2014) *Orfeo*, London: Atlantic Books.

Putz, Adam (2013) *The Celtic Revival in Shakespeare's Wake: Appropriation and Cultural Politics in Ireland, 1867-1922*. Basingstoke: Palgrave Macmillan.

Price, Monroe E. and Pollak, Malia (1994) 'The Author in Copyright: Notes for the Literary Critic', in Martha Woodmansee and Peter Jaszi (eds) *The Construction of Authorship: Textual Appropriation in Law and Literature*, Durham, NC: Duke University Press.

Pullman, Philip (2001) *His Dark Materals*, 3 vols, London: Scholastic.

Pykett, Lyn (1994) *The Sensation Novel from 'The Woman in White' to 'The Moonstone'*, Plymouth: Northcote House.

Pykett, Lyn (ed.) (1998) *Wilkie Collins: New Casebook*, Basingstoke: Macmillan.

Rhodes, Kimberly (2012) 'Double Take: Tom Hunter's *The Way Home* (2000)', in Kaara L. Peterson and Deanne Williams (eds) *The Afterlife of Ophelia*, Basingstoke: Palgrave.

Rhys, Jean (1985) *Letters, 1931-1966*, Francis Wyndham and Diana Melly (ed.), Harmondsworth: Penguin.

Rhys, Jean (1987 [1966]) *Wide Sargasso Sea*, Harmondsworth: Penguin.

Rich, Adrienne (1992 [1971]) 'When We Dead Awaken', in Maggie Humm (ed.) *Feminisms: A Reader*, Hemel Hempstead: Harvester Wheatsheaf.

Ricoeur, Paul (1991) 'Appropriation', in Mario Valdes (ed.) *A Ricoeur Reader*, London: Harvester Wheatsheaf.

Ridout, Nicholas (2009) *Theatre and Ethics*, London: Routledge.

Roe, Sue (1982) *Estella, Her Expectations*, Hemel Hempstead: Harvester Wheatsheaf.

Roemer, Danielle M. and Bacchilega, Cristina (eds) (2001) A*ngela Carter and the Fairytale*, Detroit, MI: Wayne State University Press.

Rothwell, Kenneth (1999) *A History of Shakespeare on Screen*, Cambridge: Cambridge University Press.

Rushdie, Salman (1991) *Imaginary Homelands: Essays and Criticism, 1981-1991*, New York and London: Granta.

Rushdie, Salman (1998 [1988]) *The Satanic Verses*, London: Vintage.

Sage, Lorna (1994) *Angela Carter*, Plymouth: Northcote House.

Said, Edward (1983) 'On Originality', in *The World, the Text, and the Critic*, Cambridge, MA: Harvard University Press.

Said, Edward (1993) *Culture and Imperialism*, London: Vintage.

Sale, Roger (1978) *Fairy Tale and After: From Snow White to E. B. White*, Cambridge, MA: Harvard University Press.

Sanders, Julie (2001) *Novel Shakespeares: Twentieth-Centrury Women Novelist and Appropriation*, Manchester: Manchester University Press.

Sanders, Julie (2011) 'Preface: Dynamic Repairs: The Emerging Landscape of Adaptation Studies', in Tricia Hopton, Adam Atkinson, Peta Mitchell and Jane Stadler (eds) *Pockets of Change: Adaptation and Cultural Transition*, Lexington, KY: Lexington Books.

Sanghera, Sathnam (2014) *Marriage Material*, London: Windmill Books.

Sanjek, David (1994), '"Don't Have to DJ No More": Sampling and the "Autonomous" Career', in Martha Woodmansee and Peter Jaszi (eds) *The Construction of Authorship: Textual Appropriation in Law and Literature*, Durham, NC: Duke University Press.

Savory, Elaine (1998) *Jean Rhys*, Cambridge: Cambridge University Press.

Schumacher, Thomas G. (1995) '"This Is a Samplin Sport": Digital Samplin, Rap Music, and the Law in Cultural Production', *Media, Culture, and Society* 17: 253-273.

Seare, Djanet (2000 [1997]) *Harlem Duet*, in Daniel Fischlin and Mark Fortier (eds) *Adaptations of Shakespeare: A Critical Anthology*, London: Routledge.

Sellars, Susan (2001) *Myth and Fairytale in Contemporary Women's Fiction*, Basingstoke: Palgrave.

Shakespeare, William (1998) *The Complete Works*, Stanley Wells and Gary Taylor (gen. eds), Oxford: Oxford University Press.

Showalter, Elaine (1991) *Sister's Choice: Tradition and Change in American Women's Writing*, Oxford: Oxford University Press.

Sim, Stuart (ed.) (2001) *The Routledge Companion to Postmodernism*, London: Routledge.

Smiley, Jane (1992) *A Thousand Acres*, London: Flamingo.

Spivak, Gayatri Chakravorty (1990) 'Reading The Satanic Verses', *Third Text* 11: 41-60.

Spivak, Gayatri Chakravorty (1991) 'Theory in the Margin: Coetzee's *Foe*. Reading Defoe's *Crusoe/Roxana*', in Jonathan Arac and Barbara Johnson (eds) *Consequences of Theory*, Baltimore, MD and London: Johns Hopkins University Press.

Spivak, Gayatri Chakravorty (1997 [1989]) 'Three Women's Texts and a Critique of Imperialism', in Catherine Belsey and Jane Moore (eds) *The Feminist Reader: Essays in Gender and the Politics of Literary Criticism*, 2nd edn, Basingstoke: Macmillan.

Squires, Claire (2002) *Philip Pullman's 'His Dark Materials' Trilogy*, New York and London: Continuum.

Stam, Robert (2000) 'Beyond Fidelity: The Dialogics of Adaptation', in James Naremore (ed.) *Film Adaptation*, London: Athlone Press.

Stam, Robert (2005) *Literature through Film: Realism, Magic and the Art of Adaptation*, Oxford: Blackwell.

Stam, Robert and Raengo, Alessandre (eds) (2009) *Literature and Film: A Guide to Theory and Practice of Adaptation*, Oxford: Blackwell.

Stoppard, Tom (1990 [1967]) *Rosencrantz and Guildenstern Are Dead*, London: Faber.

Swarup, Vikas (2005) *Q & A*, London: Black Swan.

Sweeney, Susan Elizabeth (2003) 'The Magnifying Glass: Spectacular Distance in Poe's "Man of the Crowd"', *Poe Studies/Dark Romanticism* 36: 3-17.

Swift, Graham (1983) *Waterland*, London: Picador.

Swift, Graham (1992) *Ever After*, London: Picador.

Swift, Graham (1996) *Last Orders*, London: Picador.

Swift, Graham (2003) *The Light of Day*, London: Hamish Hamilton.

Teale, Polly (2003) *After Mrs Rochester*, London: Nick Hern.

Terry, Philip (ed.) (2000) *Ovid Metamorphosed*, London: Chatto and Windus.

Teverson, Andrew (2013) *Fairy Tale*, London: Routledge.

Thième, John (2001) *Postcolonial Con-Texts: Writing Back to the Canon*, New York: Continuum.

Thorpe, Michael (1990) 'The Other Side: Wide Sargasso Sea and *Jane Eyre*', *Ariel* 8: 99-110.

Thorpe, Vanessa (2009) 'Margate's Shrine to Eliot's Muse', *Observer*, 12 July.

Tiffin, Helen (1987) 'Postcolonial Literatures and Counter Discourse', *Kunapipi* 9: 17-34.

Todorov, Tzvetan (1990) *Genres of Discourse*, trans. Catherine Porter, Cambridge: Cambridge University Press.

Tóibín, Colm (2004) *The Master*, London: Picador.

Tomalin, Claire (2012 [1990]) *The Invisible Woman: The Story of Nelly Ternan and Charles Dickens*, Harmondsworth: Penguin.

Tournier, Michel (1984 [1967]) *Friday; Or, the Other Island*, Harmondsworth: Penguin.

Tudge, Colin (2002) *In Mendel's Footnotes*, London: Vintage.

Ue, Tom and Cranfield, Jonathan (2014) *Fan Phenomena: Sherlock Holmes*, London:

Intellect.

Updike, John (2000) *Gertrude and Claudius*, New York: Alfred Knopf.

Vidal, Belén (2013) 'Introduction', in Tom Brown and Belén Vidal (eds) *The Biopic in Contemporary Film Culture*, London: Routledge.

Virgil (1983) *The Eclogues and The Georgics*, trans. Cecil Day-Lewis, Oxford: Oxford University Press.

Wallace, Christopher (1998) *The Pied Piper's Poison*, Woodstock and New York: Overlook Press.

Warner, Marina (1992) *Indigo, of Mapping the Waters*, London: Vintage.

Warner, Marina (1994) *From the Beast to the Blonde: On Fairy Tales and Their Tellers*, London: Chatto and Windus.

Waters, Steve (2015) *Temple*, London: Nick Hern.

Waters, Steve (2015) 'Interview on Temple', *Independent*, 16 May.

Waugh, Patricia (1995) *The Harvest of the Sixties: English Literature and Its Background 1960-1990*, Oxford: Oxford University Press.

Webb, Diana (2000) *Pilgrimage in Medieval England*, London and New York: Hambledon Continuum.

Webb, Diana (2002) *Medieval European Pilgrimage, c. 700-1500*. London: Palgrave.

Weimann, Robert (1983) 'Appropriation and Modern History in Renaissance Prose Narrative', *New Literary History* 14: 459-495.

Weimann, Robert (1988) 'Text, Author-Function, and Appropriation in Modern Narrative: Toward a Sociology of Representation', *Critical Inquiry* 14: 431-447.

Wertenbaker, Timberlake (1991 [1988]) *Our Country's Good*, London: Methuen.

Wheeler, Michael (1994) *English Fiction of the Victorian Period, 1830-1890*, 2nd edn, London: Longmans.

White, Gareth (2013) *Audience Participation in Theatre: Aesthetics of the Invitation*, Basingstoke: Palgrave.

White, Hayden (1973) *Metahistory: The Historical Imagination in Nineteenth-Century Europe*, Baltimore, MD: Johns Hopkins University Press.

White, Hayden (1987) *The Content of the Form: Narrative Discourse and Historical Representation*, Baltimore, MD: Johns Hopkins University Press.

Widdowson, Peter (1999) *Literature*, London: Routledge.

Willett, John (ed. and trans.) (1992 [1964]) *Brecht on Theatre: The Development of an Aesthetic*, New York: Hill and Wang.

Williams, Tennessee (2001 [1957]) *Orpheus Descending*, in *'The rose Tattoo' and Other Plays*, Harmondsworth: Penguin Modern Classics.

Wilson, James (2001) *The Dark Clue: A Novel of Suspense*, London: Faber.

Woodcock, Bruce (2003) *Peter Carey*, 2nd edn, Manchester: Manchester University Press.

Woodmansee, Martha and Jaszi, Peter (eds) (1994) *The Construction of Authorship: Textual Appropriation in Law and Literature*, Durham, NC: Duke University Press.

Woolf, Virginia (1981) *The Diary of Virginia Woolf: Volume 2, 1920-24*, Anne Olivier Bell (ed.), Harmondsworth: Penguin.

Woolf, Virginia (1988 [1923]) 'Mr Bennett and Mrs Brown', in Andrew McNeillie (ed.) *The Essays of Virginia Woolf: Volume 3, 1919-1924*, London: Hogarth Press.

Woolf, Virginia (1992 [1925]) *Mrs Dalloway*, Claire Tomalin (ed.), Oxford: Oxford University Press [World's Classics].

Woolf, Virginia (1998 [1941]) *Between the Acts*, Frank Kermode (ed.), Oxford: Oxford University Press [World's Classics].

Worton, Michael and Still, Judith (eds) (1990) *Intertextuality: Theories and Practices*, Manchester: Manchester University Press.

Wullschlager, Jackie (2008) 'Not So Happily Ever After', *Financial Times*, 20 December.

Young, Tory (2003) *Michael Cunningham's 'The Hours'*, London and New York: Continuum.

Zabus, Chantal (2002) *Tempests after Shakespeare*, Basingstoke: Palgrave.

Zipes, Jack (1979) *Breaking the Magic Spell: Radical Theories of Folk and Fairy Tales*, London: Heinemann.

Zipes, Jack (1983) *Fairy Tales and the Art of Subversion: The Classical Genre for Children and the Process of Civilization*, London: Heinemann.

Zipes, Jack (1994) *Fairy Tale as Myth: Myth as Fairy Tale*, Lexington, KY: Universtiy of Kentucky Press.

FILMS

Adamson, Andrew and Jenson, Vicky (dirs) (2001) *Shrek*.

Adamson, Andrew, Asbury, Kelly and Vernon, Conrad (dirs) (2004) *Shrek 2*.

Almereyda, Michael (dir.) (2000) *Hamlet*.

Blake-Nelson, Tim (dir.) (2001) '*O*.

Boyle, Danny and Tandan, Loveleen (dirs) (2008) *Slumdog Millionaire*.

Branagh, Kenneth (dir.) (1996) *Hamlet*.

Branagh, Kenneth (dir.) (1999) *Love's Labour's Lost*.

Camus, Marcel (dir.) (1959) *Black Orpheus (Orfeo Negro)*.

Chan-Wook, Park (dir.) (2003) *Oldboy*.

Cheah, Chee Kong (dir.) (2000) *Chicken Rice War.*

Cocteau, Jean (dir.) (1945) *La Belle et la bête.*

Cocteau, Jean (dir.) (1950) *Orphée.*

Coppola, Francis Ford (dir.) (1979) *Apocalypse Now.*

Cuarón, Alfonso (dir.) (1998) *Great Expectations.*

Daldry, Stephen (dir.) (2002) *The Hours.*

Diegues, Carlo (dir.) (1999) *Orfeu.*

Fiennes, Ralph (dir.) (2013) *The Invisible Woman.*

Greenaway, Peter (dir.) (1991) *Prospero's Books.*

Heckerling, Amy (dir.) (1995) *Clueless.*

Henríquez, Leonardo (dir.) (2000) *Sangrador.*

Henson, Brian (dir.) (1992) *The Muppet Christmas Carol.*

Hitchcock, Alfred (dir.) (1960) *Psycho.*

Hughes, Ken (dir.) (1955) *Joe MacBeth.*

Jarman, Derek (dir.) (1979) *The Tempest.*

Jonze, Spike (dir.) (2002) *Adaptation.*

Kurosawa, Akira (dir.) (1954) *The Seven Samurai.*

Kurosawa, Akira (dir.) (1960) *The Bad Sleep Well.*

Kurosawa, Akira (dir.) (1961) *Yojimbo.*

Lee, Spike (dir.) (2013) *Oldboy.*

Leigh, Mike (dir.) (2014) *Mr Turner.*

Leone, Sergio (dir.) (1964) *A Fistful of Dollars.*

Leone, Sergio (dir.) (1965) *A Few Dollars More.*

Luhrmann, Baz (dir.) (1996) *William Shakespeare's 'Romeo + Juliet'.*

Luhrmann, Baz (dir.) (2001) *Moulin Rouge.*

Lumet, Sidney (dir.) (1959) *The Fugitive Kind.*

Lyne, Adrian (dir.) (1987) *Fatal Attraction.*

McGehee, Scott and Siegel, David (dirs) (2012) *What Maisie Knew.*

McQueen, Steve (dir.) (2008) *Hunger.*

McQueen, Steve (dir.) (2013) *Twelve Years a Slave.*

Madden, John (dir.) (1998) *Shakespeare in Love.*

Marshall, Rob (dir.) (2014) *Into the Woods.*

Miller, Chris and Hui, Raman (dirs) (2007) *Shrek the Third.*

Miller, George (dir.) (1979, 1981, 1985) *Mad Max 1-3.*

Olivier, Laurence (dir.) (1948) *Hamlet.*

Powell, Michael and Pressburger, Emeric (dirs) (1944) *A Canterbury Tale*.
Powell, Michael and Pressburger, Emeric (dirs) (1948) *The Red Shoes*.
Reilly, William (dir.) (1990) *Men of Respect*.
Robbins, Jerome and Wise, Robert (dirs) (1961) *West Side Story*.
Rozema, Patricia (dir.) (2000) *Mansfield Park*.
Schepisi, Fred (dir.) (2001) *Last Orders*.
Schlesinger, John (dir.) (1967) *Far From the Madding Crowd*.
Sidney, George (dir.) (1953) *Kiss Me Kate*.
Stone, Oliver (dir.) (1986) *Salvador*.
Stone, Oliver (dir.) (1991) *JFK*.
Stone, Oliver (dir.) (2006) *World Trade Center*.
Sturges, John (dir.) (1960) *The Magnificent Seven*.
Van Sant, Gus (dir.) (1991) *My Own Private Idaho*.
Van Sant, Gus (dir.) (1998) *Psycho*.
Vinterburg, Thomas (dir.) (2015) *Far from the Madding Crowd*.
Welles, Orson (dir.) (1966) *Chimes at Midnight*.
Winterbottom, Michael (dir.) (2001) *The Claim*.
Wright, Joe (dir.) (2007) *Atonement*.
Zeffirelli, Franco (dir.) (1960) *Hamlet*.

TELEVISION
Maher, Brendan (2006) *Wide Sargasso Sea*, BBC.
Moffatt, Steven and Gatiss, Mark (2010) 'A Study in Pink', *Sherlock*, BBC, Series 1,
    Episode 1.

MUSIC
L'Arpeggiata and Christina Pluha, *All'Improvviso: Ciaccone, Bergamasche, et un po' di
    Follie* . . . , Alpha 512.
Ellington, Duke (1999 [1957]) *Such Sweet Thunder*, Sony/Columbia Legacy CD CK 65568.
Gould, Glenn (2002) *A State of Wonder: The Complete Goldberg Variations 1955 & 1981*,
    Sony Classical CD, SM3K 87703 [sleeve notes by Tim Page.]
Quadriga Consort (2003) *Ground: Ostinate Variationen*, HARP Records CD, LA73002
    [sleeve notes by Elisabeth Kurz].
Wood, Hugh and BBC Symphony Orchestra (2001) *Symphony and 'Scenes from Comus'*,
    NMC D070.

찾아보기

ㄱ

가부키Kabuki ― 163

『가이 돔빌』Guy Domville ― 230

각색학adaptation studies ― 24, 39, 41, 48, 63, 103, 159, 162, 196, 205, 253, 264, 269

개스켈, 엘리자베스Gaskell, Elizabeth ― 52

갬블, 사라Sarah Gamble ― 146

거슈인, 조지와 이라Gershwin, George and Ira ― 42

〈거지 가극〉 The Beggar's Opera ― 60, 61

『거투르드와 클로디우스』Gertrude and Claudius ― 94, 96

게러티, 크리스틴Geraghty, Christine ― 221

게이, 마빈Gaye, Marvyn ― 74

게이, 존Gay, John ― 60

게이츠 주니어, 헨리 루이스Gates Jr, Henry Louis ― 29, 73, 88, 112

게인즈, 제인Gaines, Jane ― 245

『겨울 이야기』The Winter's Tale ― 91, 93

『결혼 상대자』Marriage Material ― 158, 164

『고도를 기다리며』Waiting for Godot ― 92

고스, 에드먼드Gosse, Edmund ― 206

『곤두박질』Headlong ― 241

〈골드베르크 변주곡〉 The Goldberg Variations ― 72, 251, 254

골딩, 아서Golding, Arthur ― 80

골즈워디, 존Galsworthy, John ― 187

『광막한 사르가소 바다』Wide Sargasso Sea ― 82, 161, 165~173, 180, 182, 190, 207, 215, 226, 238, 259, 261

『교훈이 담긴 옛날이야기 또는 꽁트』 Histories ou countes du temps pass ― 150

구로사와, 아키라Akira Kurosawa ― 90, 112

구바, 산드라Gubar, Sandra ― 161

굴드, 글렌Gould, Glenn ― 251

〈굶주림〉 Hunger ― 232

그라마티쿠스, 삭소Grammaticus, Saxo ― 95

그로스, 존Gross, John ― 258

그리너웨이, 피터Greenaway, Peter ― 44

그리어, 저메인Greer, Germaine ― 23

그린, 그레이엄Greene, Graham ― 67, 133

『그의 자연 생활』His Natural Life ― 208

근접proximation ― 18, 39, 43, 44, 54, 267

글래스, 필립Glass, Philip — 191

글루크, 크리스토프Gluck, Christoph — 123

『금발』Blonde — 235~237, 244

길거드, 존Gielgud, John — 89

길버트, 수전Gilbert, Susan — 161

깁슨, 멜Gibson, Mel — 43, 89

ㄴ

〈나쁜 놈일수록 잘 잔다〉The Bad Sleep
  Well — 90

『난초 도둑』The Orchid Thief — 260

『남과 북』North and South — 52

『내가 죽어 누워 있을 때』As I Lay Dying
  — 63, 65, 69~72

『네 사람의 서명』The Sign of Four — 220

네스빗, E.Nesbit, E. — 108

네일러, 글로리아Naylor, Gloria — 29, 30

넬슨, 팀 블레이크Nelson, Tim Blake — 86

노Noh — 162

노르부, 잠양Norbu, Jamyang — 219

〈노예 12년〉Twelve Years a Slave — 232

『노이즈 오프』Noises Off — 58

노터봄, 세스Nooteboom, Cees — 107

놀란, 시드니Nolan, Sydney — 234

〈누가 백만장자가 되고 싶은가?〉"Who
  Wants to Be a Millionaire?" — 123

「눈」"Snow," 1935 — 262

「늑대의 혈족」"The Company of Wolves" — 147

『늙은 아내의 이야기』The Old Wives' Tale
  — 158, 159

니 프라투인, 메르Ní Fhlathúin, Máire — 209

니르바나Nirvana — 124

『니콜라스 니클비』Nicholas Nickleby —
  46, 194

니하이 연극 극단Kneehigh Theatre Company
  — 138

ㄷ

『다니엘 드론다』Daniel Deronda — 231

『다락방의 미친 여자』The Madwoman in
  the Attic — 161, 165

다문화주의multiculturalism — 38

다시 쓰기rewriting — 14, 21, 24, 68, 82,
  85, 94, 140, 148, 168, 253

다시-보기re-vision — 25, 27, 39, 94, 147,
  164, 176, 227

다윈, 찰스Darwin, Charles — 31, 51, 98

『다윈의 플롯』Darwin's Plots — 205

『닥터 후』Dr Who — 159

〈닥터 후〉Dr Who — 89

달노이 부인Madame d'Aulnoy — 152

달드리, 스티븐Daldry, Stephen — 46, 49, 191

〈닭볶음밥 전쟁〉Chicken Rice War — 48

대버넌트, 윌리엄Davenant, William — 78

『대혼란 3년째』Havoc in Its Third Year — 225

『댄스파티 가는 세 농부』Three Farmers on
  Their Way to a Dance — 243, 248

『댈러웨이 부인』Mrs Dalloway — 46, 186,
  188~191

『더 다크 클루: 서스펜스 소설』The Dark
  Clue: A Novel of Suspense — 200

『더 마스터』The Master — 230

〈더 클레임〉 *The Claim* — 47

더피, 캐롤 앤Duffy, Carol Ann — 107, 108, 148

던커, 패트리샤Duncker, Patricia — 230

데리다, 자크*Derrida, Jacques* — 14, 56, 168, 261, 65, 268

데스멧, 크리스티*Desmet, Christy* — 82

〈도마뱀에 물린 소년〉 "Boy Bitten by a Lizard" — 246

〈도망자〉 *The Fugitive Kind* — 120

도일, 아서 코난 경Doyle, Arthur Conan — 206, 218~221

도플갱어*Doppelganger* — 213, 217

독자반응비평reader-response — 99

『동백꽃 여인』*La dame aux Camelias* 또는 *The Lady of the Camellias* — 127

『동화』*Conte de Fées* — 152

되받아 말하기talking back — 79, 85

『두 사촌 귀족』*The Two Noble Kinsmen* — 80

둘리틀, 힐다Doolittle, Hilda, H. D. — 134

뒤마 피스, 알렉상드르Dumas fils, Alexandre — 127

듀프레시스, 레이첼 블라우DuPlessis, Rachel Blau — 134, 135

드 그라지아, 마가레타de Grazia, Margreta — 179

드 모라이스, 비니시우스de Moraes, Vinicius — 118

드 벨포레스트, 프랑수아de Belleforest, François — 96

드 세르토, 마이클de Certeau, Michael — 160, 163

드루, 로버트Drewe, Robert — 234

『디 아워스』*The Hours* — 186~191

〈디 아워스〉 *The Hours* — 46, 191

디릴로, 돈DeLillo, Don — 227

디마지오, 조DiMaggio, Joe — 237

디에구스, 카를로스Diegues, Carlos — 122

디즈니, 월트Disney, Walt — 17, 138

디지털 인문학digital humanities — 40, 79

디킨스, 찰스Dickens, Charles — 43, 46, 52, 194, 204, 206, 231, 255

디킨슨, 에밀리Dickinson, Emily — 198

디포, 다니엘Defoe, Daniel — 21, 33, 82, 110, 173

딘, 제임스Dean, James — 234

『딱정벌레 변이』*The Gold Bug Variations* — 72, 251, 252

「딱정벌레」"The Gold Bug" — 252

ㄹ

〈라 보엠〉 *La Bohème* — 126~129

라이스, 팀Rice, Tim — 49

라이트, 조Wright, Joe — 45

『라인 오브 뷰티』*The Line of Beauty* — 52

라인, 애드리안Lyne, Adrian — 43

라일리, 윌리엄Reilly, William — 47, 90

라파엘 전파Pre-Raphaelite — 88, 194, 246, 249, 250

래스본, 배질Rathbone, Basil — 219

러너, 앨런Lerner, Alan — 49

레고, 폴라Rego, Paula — 138, 148

레던트, 베네딕트Ledent, Bénédicte — 184

레드클리프, 앤Radcliffe, Ann — 196

『레미제라블』Les Misérables — 49

레비스트로스, 클로드Lévi-Strauss, Claude
— 14, 15, 139, 269

레빈, 제니퍼Levine, Jennifer — 22

레오네, 세르조Leone, Sergio — 112

『레이디와 유니콘』The Lady and the Unicorn
— 240

레이치, 토마스Leitch, Thomas — 103, 203,
205, 221, 231, 233, 257, 258, 263

로건, 조슈아Logan, Joshua — 236

〈로미오 + 줄리엣〉William Shakespeare's
Romeo + Juliet — 42, 127, 253

로브그리예, 알랭Robbe-Grillet, Alain — 199

로빈스, 제롬Robbins, Jerome — 48

『로빈슨 크루소』Robinson Crusoe — 21,
82, 173, 175, 176, 192

로이드 웨버, 앤드류Lloyd Webber, Andrew
— 49

『로잘린드』Rosalynd — 79

로제마, 패트리샤Rozema, Patricia — 44

로제티, 크리스티나Rossetti, Christina — 198

『로젠크란츠와 길덴스턴은 죽었다』
Rosencrantz and Guildenstern Are Dead
— 92~94, 101

로지, 토마스Lodge, Thomas — 65, 79

『로터스 클럽』The Rotters' Club — 52

『록사나』Roxana — 175, 179

『롱본』Longbourn — 93, 94

루멧, 시드니Lumet, Sydney — 120

루시디, 살만Rushdie, Salman — 106, 107,
110~114, 138, 146

루어만, 바즈Luhrmann, Baz — 42, 49, 86,
106, 124~129, 170, 253

〈룸펠슈틸츠킨〉Rumpelstiltskin — 141, 142

르레이, 마조레인Leray, Marjolaine — 148

리, 마이크Leigh, Mike — 201

리, 스파이크Lee, Spike — 263

리, 허마이어니Lee, Hermione — 188

리메이크remake — 42, 51, 112, 113, 120,
257, 262, 263

리믹스remix — 15, 18, 159, 164

리베라, 디에고Rivera, Diego — 248

『리브라』Libra — 227

리스, 진Rhys, Jean — 82, 161, 165, 180,
207, 226, 259, 261

『리어왕』King Lear — 82, 83, 93~95, 102,
138, 227

리처드슨, 사뮤엘Richardson, Samuel — 177

리치, 아드리엔Rich, Adrienne — 25, 27

리쾨르, 폴Ricoeur, Paul — 25

리튼, 불워Lytton, Bulwer — 210

리프riff, 반복악절 — 73, 187, 188, 254

린네, 칼Linnaeus, Carl — 230

릴케, 라이너 마리아Rilke, Rainer Maria —
114, 129

ㅁ

마게이트 부두Margate Pier — 64, 69, 71

마돈나Madonna — 124, 244, 245

마르케즈, 가브리엘 가르시아
Marquez, Gabriel Garcia — 107

마르크스, 칼Marx, Karl — 142, 204

마버, 패트릭Marber, Patrick — 259

『마법의 사용: 동화의 의미와 중요성』The Uses of Enchantment: The Meaning and Importance of Fairy Tales — 143

마샬, 롭Marshall, Rob — 138

『마술 장난감가게』The Magic Toyshop — 150

마술적 사실주의magic realism — 107, 111, 124, 139, 146, 206

마스덴, 진Marsden, Jean — 80

마우렐, 실비Maurel, Sylvie — 164

〈마이 페어 레이디〉My Fair Lady — 49

『마지막 주문』Last Orders — 63~72, 74, 260

마틴, 캐트리나Martin, Cathlena — 50

『마하바라타』The Mahabharata — 162

마허, 브렌단Maher, Brendan — 170

『막간에』Between the Acts — 250

「말, 대화, 소설」"Word, Dialogue and Novel" — 37

『말괄량이 길들이기』The Taming of the Shrew — 49, 56, 57

『말놀음하는 원숭이』The Signifying Monkey — 29

〈말놀음하다〉"signify", 〈말놀음하기〉"signifyin" — 29, 73

말콤 엑스Malcolm X — 87

맞춤형 제작customization — 15

〈매그니피센트 7〉The Magnificent Seven — 112

〈매드 맥스〉Mad Max — 43

매든, 존Madden, John — 58, 230

매쉬업mash-up — 15, 18

매카시, 조McCarthy, Joe — 224

매카시, 톰MaCarthy, Tom — 16

매큐언, 이언McEwan, Ian — 45

맥그레거, 웨인McGregor, Wayne — 188

맥과이어, 그레고리Maguire, Gregory — 49

맥니스, 루이스MacNeice, Louis — 262

『맥베스』Macbeth — 47, 48

맥퀸, 스티브McQueen, Steve — 232

『맨스필드 파크』Mansfield Park — 44

맨텔, 힐러리Mantel, Hilary — 226

머레이, 시몬Murray, Simone — 85, 103

「머리채의 강탈」"The Rape of the Lock" — 23

〈머티리얼 걸〉"Material Girl" — 244

〈머펫의 크리스마스 캐롤〉The Muppet Christmas Carol — 221

먼로, 마릴린Monroe, Marilyn — 234, 236, 244

멀리건, 캐리Mulligan, Carey — 45

메데아Medea — 80

〈메두사호의 뗏목〉"The Raft of the Medusa" — 240

〈메이지가 알고 있었던 일〉What Maisie Knew — 218

『메타역사』Metahistory — 197

메타연극metatheatre — 56, 57, 93

멕게히, 스콧McGehee, Scott — 218

멘델, 그레고어Mendel, Gregor — 31, 38, 254, 258

『모두를 위한 책 가져오기』Bring on the Books for Everybody — 255

『몰피 공작부인』The Duchess of Malfi — 61

몽타주montage — 42, 90, 232, 268

무대 뒤 드라마backstage drama — 58

〈무명의 사람들〉"Persons Unknown" — 247

「묶인 텍스트」"The Bounded Text" — 15, 37

문화상호간의intercultural — 268

『문화와 제국주의』Culture and Imperialism — 208

문화횡단적transcultural — 48, 77

〈물랭 루주〉Moulin Rouge — 124, 126~129

므누슈킨, 아리안Mnouchkine, Ariane — 163

『미국 유령들과 구세계 불가사의들』American Ghosts and Old World Wonders — 150

〈미녀와 야수〉Beauty and the Beast — 139

〈미녀와 야수〉La Belle et la bête — 152

미메시스mimesis — 268

「미술관」"Musée des Beaux Arts" — 241

『미스 줄리』Miss Julie — 259

〈미스터 터너〉Mr. Turner — 202

『미스터 핍』Mister Pip — 255, 257, 260, 264

밀러, 아서Miller, Arthur — 224, 237

밀러, 조지Miller, George — 43

밀러, 힐리스Miller, J. Hillis — 19, 261

밀레이, 존Everett Millais, John — 246

밀턴, 존Milton, John — 110, 116, 261, 262

ㅂ

바르트, 롤랑Barthes, Roland — 14, 16, 104, 139, 199

바바, 호미Bhabha, Homi — 38

바스넷, 수잔Basnett, Susan — 24, 252

바스의 아낙네Wife of Bath — 69

바움, L. 프랭크Baum, L. Frank — 49

바이만, 로버트Weimann, Robert — 14, 33, 40, 65

바이어트, A. S.Byatt, A. S. — 107, 196~ 198, 200~202, 230

바일, 쿠르트Weil, Kurt — 61

바쟁, 앙드레Bazin, André — 50

바흐, 요한 세바스찬Bach, Johann Sebastian — 72, 96, 251, 252, 254

바흐친, 마하일Bakhtin, Mikhail — 118

박찬욱Park Chan Wook — 263

반 산트, 거스Van Sant, Gus — 90, 262

반스, 줄리언Barnes, Julian — 63, 240

『방드르디, 태평양의 끝』Vendredi ou Les Limbes de Pacifique — 174

〈백설공주와 일곱 난장이들〉Snow White and the Seven Dwarves — 138

『백일하에』The Light of Day — 67, 129, 202

버넷, 마크 손턴Burnett, Mark Thornton — 47, 48, 86

버몬지Bermondsey — 68

〈버스 정류장〉Bus Stop — 236

버질Virgil — 115, 130, 134

버클리, 버스비Berkeley, Bubsy — 124

버튼, 리처드Burton, Richard — 89

번스타인, 레너드Bernstein, Leonard — 48

번역학translation studies — 24, 37, 40, 252

「베네트씨와 브라운여사」"Mr Bennett and Mrs Brown" — 187

베넷, 로넌Bennett, Ronan — 225

베넷, 아널드Bennett, Arnold — 158, 164, 187

『베니스의 상인』The Merchant of Venice
— 94, 183

베르디, 주세페Verdi, Guiseppe — 127

베르메르, 요하네스Vermeer, Johannes —
240, 247

베이시, 카운트Basie, Count — 29, 73

베이커, 조Baker, Jo — 93

베이트, 조나단Bate, Jonathan — 249

『베일리스 카페』Baileys Cafe — 30

베케트, 사무엘Beckett, Samuel — 92

베텔하임, 브루노Bettelheim, Bruno — 143,
145, 147

벤, 애프라Behn, Aphra — 175, 229

벤야민, 발터Benjamin, Walter — 24, 172,
242, 243

『변신 이야기』Metamorphoses — 49, 79,
106, 108, 110, 131, 157

『변신한 오비디우스』Ovid Metamorphosed
— 107

변주variation — 32, 47, 71~73, 77, 96, 211, 259

보드리야르, 장Baudrillard, Jean — 234, 236,
242

보들레르, 샤를Bauderlaire, Charels — 157

보르헤스, 호르헤 루이스Borges, Jorge Luis
— 24

보스, 히에로니무스Bosch, Hieronymus — 125

보웬, 엘리자베스Bowen, Elizabeth — 45

보위, 데이비드Bowie, David — 124

보일, 대니Boyle, Danny — 123

본드 거리의 댈러웨이 부인」"Mrs Dalloway
in Bond Street" — 186

『분홍신』The Red Shoes — 151

『불꽃놀이』Fireworks — 150

『불만의 함성』A Chorus of Disapproval —
60, 61

불충실성infidelity — 41, 246

『불행하고 행복한 여인: 실화』The Unfortunate
Happy Lady: A True History — 229

『붉은 머리 연맹』The Red Headed League
— 219

브라우닝, 로버트Browning, Robert — 116, 198

브래너, 케네스Branagh, Kenneth — 42,
49, 89, 95

브레히트, 베르톨트Brecht, Bertolt — 61, 267

브론테, 샬롯Brontë, Charlotte — 19, 33,
82, 149, 161, 166~171, 192, 199, 226

브룩, 피터Brook, Peter — 162

브룬스, 액셀Bruns, Axel — 17

브뤼겔, 피터Breughel, Pieter — 241

브리콜라주bricolage — 20, 21, 26, 38, 66,
147, 157, 173, 247, 268

브리튼, 마Britten, Ma — 213

브리튼, 벤자민Britten, Benjamin — 62

브릭스, 에이서Briggs, Asa — 197

블라이턴, 에니드Blyton, Enid — 108

『블랙 워터』Black Water — 238

블레이크, 윌리엄Blake, William — 262

블로프, 제프리Bullogh, Geoffrey — 79

블로흐, 로버트Bloch, Robert — 263

블룸, 해롤드Bloom, Harold — 242, 250

『블리크 하우스』Bleak House — 52

비어, 길른Beer, Gillian — 205

〈빅뱅이론〉The Big Bang Theory ― 254

빈터부르크, 토마스Vinterburg, Thomas ― 45

〈빌리 엘리어트〉Billy Elliot ― 49

『빨간 두건 스위트룸』The Little Red Riding Hood Suite ― 148

『빨간 두건』Little Red Hood ― 148

『빨간 망토』Little Red Riding Hood ― 143, 144, 147, 148

「빨간 모자」"Little Red-Cap" ― 148

ㅅ

『사기꾼』Illywhacker ― 206

〈사랑스런 천둥〉Such Sweet Thunder ― 73

『사랑의 종말』The End of the Affair ― 67, 133

『사랑의 헛수고』Love's Labour's Lost ― 57, 98

〈사랑의 헛수고〉Love's Labour Lost ― 42, 49

〈사우스 파크〉South Park ― 254

사이드, 에드워드Said, Edward ― 14, 208

〈사이코〉Psycho ― 262

사진photography ― 90, 131, 236, 241, 243, 246, 248, 249

산젝, 데이비드Sanjek, David ― 74

〈살바도르〉Salvador ― 231

〈살인〉The Killing ― 263

상게라, 사스남Sanghera, Sathnam ― 158, 164

〈상그라도〉Sangrador ― 48

상호매체성intermediality ― 269

상호텍스트성intertextuality ― 13~16, 37, 66, 124, 130, 165, 223, 261

새치모Satchmo ― 185

색크빌 웨스트, 비타Sackville-West, Vita ― 189

샘플링sampling ― 20, 32, 74, 254, 259, 268, 269

생태페미니스트eco-feminist ― 84, 94

샤록, 알리슨Sharrock, Alison ― 107

『샬롯의 거미줄』Charlotte's Web ― 50

서덜랜드, 존Sutherland, John ― 201

『서커스에서의 밤』Nights at the Circus ― 151

『서푼짜리 오페라』Threepenny Opera ― 61

〈석양의 건맨〉A Few Dollars More ― 112

『성난 군중으로부터 멀리』Far from the Madding Crowd ― 44

성장소설Bildungsroman ― 43

『성전』Temple ― 233

『세상의 끝이 아닌』Not the End of the World ― 37, 109

『세상의 아내』The World's Wife ― 148

『세월』The Hours ― 230

세이지, 로나Sage, Lorna ― 149

세일즈, 로저Sales, Roger ― 93

『세제너스』Sejanus ― 225

셔먼, 신디Sherman, Cindy ― 246

〈셜록 홈즈의 만다라: 잃어버린 여러 해〉 The Mandala of Sherlock Holmes: The Missing Years ― 219

〈셜록〉Sherlock ― 89, 218, 221

〈셰익스피어 인 러브〉Shakespeare in Love ― 58, 230

셰익스피어, 윌리엄Shakespeare, William ― 24, 30, 41~44, 47~48, 53~58, 73, 77~103, 108, 109, 138, 144, 153, 157, 181~185, 225,

227, 233, 245, 247, 249, 250

〈셰익스피어를 다시 공부합시다〉"Brush Up Your Shakespeare" ― 57

소셜미디어social media ― 222, 254

소여, 로버트Sawyer, Robert ― 82

『소피와 여사제: 빅토리아풍 로맨스』Sophie and the Sibyl: A Victorian Romance ― 230

『속죄』Atonement ― 45

손드하임, 스티븐Sondheim, Stephen ― 48, 138

손수제작DIY ― 20, 269

손필드 저택Thornfield Hall ― 169, 170, 182, 237

쇼, 조지 버나드Shaw, George Bernard ― 49

『수전과 태평양』Suzanne et le Pacifique ― 173, 175

〈숲속으로〉Into the Woods ― 138

〈슈렉〉Shrek ― 138

슈발리에, 트레이시Chevalier, Tracy ― 240

슐레진저, 존Schlesinger, John ― 45

스마일리, 제인Smiley, Jane ― 82, 83, 94, 95, 181, 227

스와루프, 비커스Swarup, Vikas ― 123

『스위스 가족 로빈슨』The Swiss Family Robinson ― 173

스위프트, 그레이엄Swift, Graham ― 63~72, 74, 97~99, 106, 129~131, 133, 135, 195, 202, 204, 260

스콜세지, 마틴Scorsese, Martin ― 231

스콧, 월터Scott, Walter ― 194

『스타트랙』Star Trek ― 159

스토파드, 톰Stoppard, Tom ― 91~95, 97, 101, 230

스톤, 올리버Stone, Oliver ― 231, 234

스트린드베리, 아우구스트Strindberg, August ― 259

스틸, 쥬디스Still, Judith ― 261

스펜서, 에드먼드Spencer, Edmund ― 176

스피박, 가야트리Spivak, Gayatei Chakravorty ― 164, 203

스필버그, 스티븐Spielberg, Stephen ― 231

〈슬럼독 밀리어네어〉Slumdog Millionaire ― 123

시걸, 데이비드Siegel, David ― 218

〈시러큐스에서 온 형제들〉The Boys from Syracuse ― 48

『시련』The Crucible ― 224, 225, 238

『시뮬라크라와 시뮬라시옹』Simulacra and Simulation ― 236

『시신을 내 놓으라』Bring Up the Bodies ― 226

시어즈, 자네트Sears, Djanet ― 87, 88

시코렉스Sycorax ― 44, 80, 84, 153, 181

〈신데렐라〉Cinderella ― 139

〈신사는 금발을 좋아해〉Gentlemen Prefer Blondes ― 244

『신화학』Mythologies ― 104, 139

『실낙원』Paradise Lost ― 111, 262

〈실수연발〉The Comedy of Errors ― 48

『심벌린』Cymbeline ― 138

〈심슨 가족〉The Simpsons ― 254

심슨, 오 제이Simpson, O. J. ― 87

〈심야의 종소리〉Chimes at Midnight ― 90

『10 1/2장으로 쓴 세계 역사』A History of the World in 10 ½-Chapters ― 240

『십이야』Twelfth Night ― 102

싱클레어, 이안Sinclair, Iain ― 247

ㅇ

아도르노, 테어도어Adorno, Theodor ― 222

아르미타쥬, 사이몬Armitage, Simon ― 107

『아버지와 아들』Father and Son ― 206

아스퀼로스Aeschylus ― 105

아스테어, 프레드Astaire, Fred ― 124

〈아이다호〉My Own Private Idaho ― 90, 91

아일러, 앨런Isler, Alan ― 97, 100

『악마의 시』The Satanic Verses ― 110, 113

『악마의 정치사』The Political History of the Devil ― 110

안데르센, 한스 크리스티안Anderson, Hans Christian ― 151, 152

안드레아스 시니어, 제임스Andreas Sr., James ― 29, 30

『안토니와 클레오파트라』Anthony and Cleopatra ― 92, 98

알렌, 그레이엄Allen, Graham ― 29

알메레이다, 마이클Almereyda, Michael ― 42, 43

암스트롱, 루이Armstrong, Louis ― 185

『암흑의 중심』Heart of Darkness ― 47

애보트, H. 포터Abbot, H. Porter ― 175

「애쉬퍼틀, 또는 어머니의 유령, 하나의 스토리의 세 버전들」"Ashputtle, or The Mother's Ghost, Three Versions of One Story" ― 150

애트릿지, 데렉Attridge, Derek ― 27, 158, 159, 161

애트우드, 마가렛Atwood, Margaret ― 149

『애프터 로체스터 부인』After Mrs Rochester ― 259

『애프터 미스 줄리』After Miss Julie ― 259

『애프터 셰익스피어』After Shakespeare ― 258

『애프터 오비디우스』After Ovid ― 107

액크로이드, 피터Ackroyd, Peter ― 212, 231

앳킨슨, 케이트Atkinson, Kate ― 37, 106, 108~110, 138, 143~146, 153, 154

「앵거스 맥 엘스터의 아들들」"The Sons of Angus MacElster" ― 108

〈야연〉The Banquet ― 89

야우스, 한스로버트Jauss, Hans-Robert ― 99

〈어댑테이션〉Adaptation ― 260

어포던스affordances, 정보감각 ― 269

『언어의 욕망』Desire in Language ― 223

『엄마 날』Mama Day ― 30

업다이크, 존Updike, John ― 94~97

에드거, 데이비드Edgar, David ― 46

『에버 애프터』Ever After ― 67, 97~100, 204

에버딘, 밧세바Everdene, Bathsheba ― 45

에익번, 알란Ayckbourn, Alan ― 60, 61

〈엘리멘트리〉Elementary ― 219

엘리스, 존Ellis, John ― 51, 52

엘리엇, T. S.Eliot, T. S. ― 13, 25, 38, 49, 67, 72, 89, 102, 157, 242, 260

엘리엇, 조지Eliot, George ― 19, 193, 195, 231

엘링턴, 듀크Ellington, Duke — 73

엘스, 피터Els, Peter — 129, 251

『엠마』Emma — 47

〈여자와 가장 친한 친구는 다이아몬드〉 "Diamonds are a Girl's Best Friend" — 244

역사기술 메타픽션historiographic metafiction — 227

「역사의 개념」"On the Concept of History" — 172

영, G. M.Young, G. M. — 197

영, 토리Young, Tory — 187

영국국립오페라English National Opera — 61

『영향의 불안』The Anxiety of Influence — 28

영화학film studies — 40, 224

〈오〉O — 86

오든, W. H.Auden, W. H. — 241

『오루노코』Oroonoko, or The Royal Slave — 229

〈오르페 니그로〉Orfeu Negro — 116

『오르페 다 콘세이상』Orfeu da Conceição — 118

『오르페』Orefeo — 129

〈오르페〉Orfeu — 122

〈오르페〉Orphée — 119

『오르페오』Orfeo — 251

오르페우스Orpheus — 67, 106, 114~135, 251

『오르페우스에게 바치는 소네트』Sonette an Orpheu — 114

오르페우스와 에우레디케Orpheus and Eurydice — 251

『오만과 편견』Pride and Prejudice — 52,

93, 94, 199

오비디우스Ovid — 49, 65, 79, 80, 105~111, 113~115, 117, 130, 131, 135, 144, 146, 153, 157

『오비디우스로부터 온 이야기들』Tales from Ovid — 107

오스월드, 리 하비Oswald, Lee Harvey — 227

『오스카 와일드의 마지막 증언』The Last Testament of Oscar Wilde — 231

『오스카와 루신다』Oscar and Lucinda — 206

오스틴, 제인Austen, Jane — 43~45, 47, 52, 93, 199

〈오즈의 마법사〉The Wizard of Oz — 49

오츠, 조이스 캐롤Oates, Joyce Carol — 107, 235, 244

오티즈, 디에고Ortiz, Diego — 72

〈오필리아〉"Ophelia" — 249, 250

〈올드 보이〉Old Boy — 263

『올란도』Orlando — 188

『올리버 트위스트』Oliver Twist — 212

올리비에, 로렌스Olivier, Laurence — 89, 237, 249

올린, 수잔Orlean, Susan — 260

와이즈, 로버트Wise, Robert — 48

왓슨, 제임스Watson, James — 73, 252

『요정여왕』The Faerie Queene — 176

〈요짐보〉Yojimbo, 1961 — 112

『우돌포의 비밀: 로맨스』The Mystery of Udolpho: A Romance — 196

우드, 휴Wood, Hugh — 262

우드콕, 브루스Woodcock, Bruce — 169,

207, 210, 229, 235

『우리 햇살』Our Sunshine ― 234

우첼리니, 마르코Uccellini, Marco ― 72

『운명의 해안』The Fatal Shore ― 208

〈울프 작품들〉Wolf Works ― 188

『울프 홀』Wolf Hall ― 226

울프, 버지니아Woolf, Virginia ― 33, 46, 186, 187, 249

워, 패트리샤Waugh, Patricia ― 165

워너, 마리나Warner, Marina ― 84, 85, 139, 152, 154, 227

『워터랜드』Waterland ― 64, 67, 195

워터스, 스티브Waters, Steve ― 233

워튼, 마이클Worton, Michael ― 261

워튼베이커, 팀버레이크 Timberlake Wertenbaker ― 59, 60

워홀, 앤디Warhol, Andy ― 243, 244

〈월드 트레이드 센터〉World Trade Center ― 231

월러스, 크리스토퍼Wallace, Christopher ― 140~143

『월장석』The Moonstone ― 200

〈웨스트 사이드 스토리〉West Side Story ― 48, 54~56

『웨스트엔드 애비뉴의 왕자』The Prince of West End Avenue ― 98, 100, 102

웰스, H. G.Wells, H. G ― 187

웰스, 오손Welles, Orson ― 90

웹스터, 존Webster, John ― 61, 157

『위대한 유산』Great Expectations ― 21, 43, 67, 82, 204~206, 208, 210~213, 215, 216, 227, 235, 255, 257, 261, 264

위도우슨, 피터Widdowson, Peter ― 26, 66, 164, 226

〈위키드〉Wicked ― 49

〈위험한 정사〉Fatal Attraction ― 43

윈터바틈, 마이클Winterbottom, Michael ―47

윌리엄 4세King William IV ― 209

윌리엄스, 테네시Williams, Tennessee ― 106, 119

윌리엄즈, 레이몬드Williams, Raymond ― 194

윌스, W. H.Wills, W. H. ― 211

윌슨, 제임스Wilson, James ― 200, 240

유리디체Eurydice ― 106, 115~118, 120~123, 125~127, 130, 132, 134, 135

유리피데스Euripides ― 105

유비parallel ― 20, 109, 148, 173, 183, 198

유사analogue ― 29, 41, 47, 53

유쿠YouKu ― 15, 243, 250, 254

유튜브YouTube ― 43, 90, 243, 250, 254

『율리시즈』Ulysses ― 21~24, 66, 104

융, 칼Jung, Carl ― 143

융합문화(컨버전스 컬처)convergence culture ― 50

음악music ― 20, 29, 31, 48, 71~74, 115, 120~122, 124, 185, 187, 190, 191, 250~253

음악학Musicology ― 29, 71, 250, 251, 254

『이 세계로부터 벗어나』Out of This World ― 131

『이런 난도질이!』What a Carve Up! ― 20

『이미지 다툼』Contested Images ― 245

『이상한 나라의 앨리스』Alice in Wonderland ― 17, 108

이저, 볼프강Iser, Wolfgang ― 99, 130

『인간 크로케』Human Croquet ― 108, 143
~146, 153

『인디고』Indigo, or Mapping the Waters ―
84, 85, 153, 227

〈인비저블 우먼〉The Invisible Woman ― 211

인종ethnicity ― 55, 86, 87, 94, 113, 168,
181, 183, 191, 226, 228

『일기』Diary ― 184

『일 년 내내』All the Year Round ― 205

입센, 헨릭Ibsen, Henrik ― 43, 230

ㅈ

자만, 데릭Jarman, Derek ― 44

『자본론』Das Kapital ― 204

자부스, 찬탈Zabus, Chantal ― 129, 192

자비에, 발Xavier, Val ― 119, 120

「자연선택」"Natural Selection" ― 205

〈자치구〉The Borough ― 62

잔더, 아우구스트Sander, August ― 248

『잠자는 숲속의 미녀』Sleeping Beauty ―
143, 144

재매체화remediation ― 15, 16, 18, 33

재맥락화recontextualization ―47, 74, 79, 122

『잭 매그스』Jack Maggs ― 21, 82, 206~208,
210, 212, 215~217, 223, 227, 229, 231

『전기 작가 이야기』The Biographer's Tale
― 230

『전원시』Georgics ― 115

「전통과 개인의 재능」"Tradition and the
Individual Talent" ― 13, 25, 38, 72, 157

전편(프리퀄)prequels ― 18, 39, 87, 160

정전canon ― 26, 27, 77, 158, 173, 192, 193

제리코Gericault ― 240

제유synecdoche ― 183, 236~238, 244, 270

「J. 알프레드 프루프록의 연가」"The Love
Song of J. Alfred Prufrock" ― 102

『제인 에어 납치 사건』The Eyre Affair ― 199

『제인 에어』Jane Eyre ― 82, 149, 161, 165,
167, 169~173, 192, 193, 199, 207, 226,
237, 259, 261

제임스, 헨리James, Henry ― 157, 218, 230

제피렐리, 프랑코Zeffirelli, Franco ― 43,
89, 253

젠더gender ― 94, 150, 160, 168, 176, 246

젠킨스, 헨리Jenkins, Henry ― 17, 50, 159,
160, 270

〈조 맥베스〉Joe Macbeth ― 47, 90

『조국을 위하여』Our Country's Good ―
59, 60

조단, 그레고Jordan, Gregor ― 234

『조셉 앤드류스』Joseph Andrews ― 177

조이스, 제임스Joyce, James ― 20~24,
66, 100, 104

존, 앨튼John, Elton ― 124

존스, 로이드Jones, Lloyd ― 255, 257

존슨, 벤Jonson, Ben ― 80, 225

존즈, 스파이크Jonze, Spike ― 260

「종」"Species" ― 205

『종의 기원』The Origin of Species ― 98, 204

『좋으실 대로』As You Like It ― 79

주네트, 제라르Genette, Gérard ― 22, 23,

25, 31, 32, 39, 40, 42, 66, 83, 91, 105, 114, 117, 173, 174, 217, 267, 270

「죽은 우리가 깨어날 때: 다시-보기로서의 글쓰기」"When We Dead Awaken: Writing as Re-vision" — 27

〈쥐덫〉 The Mousetrap — 90

지로두, 장Giraudoux, Jean — 173~175

〈지옥의 묵시록〉 Apocalypse Now — 47

『지혜로운 고양이가 되기 위한 지침서』 Old Possum's Book of Practical Cats — 49

『진주 귀고리를 한 소녀』 Girl with a Pearl Earring — 240

『질의응답』 Q & A — 123

집스, 잭Zipes, Jack — 142, 154

〈집으로〉 The Way Home — 246

『징병관』 The Recruiting Officer — 58~60

ㅊ

차파퀴딕 비극Chappaquiddick tragedy — 238, 239

창조적 차용creative borrowings — 65

『천 에이커의 땅』 A Thousand Acres — 82, 83, 94, 181, 227

『천국과 지옥의 결혼』 The Marriage of Heaven and Hell — 262

체홉, 안톤Anton Chekhov — 43

초서, 제프리Chaucer, Geoffrey — 29, 30, 68, 69, 71, 260

〈최후의 승자〉 Men of Respect — 47, 90

〈춘희〉 La Traviata — 127, 129

충실성fidelity — 41, 84, 85, 178, 196, 246

체아, 치 콩Cheah, Chee Kong — 48

친찌오Cinthio — 79, 185

〈7인의 사무라이〉 The Seven Samurai — 112

ㅋ

카라밧지오Caravaggio — 246

카르, 헬렌Carr, Helen — 168

카마우 브라스와이트, 에드워드 Kamau Brathwaite, Edward — 168

카뮈, 마르셀Camus, Marcel — 116, 129

〈카밀〉 Camille — 128

〈카바레〉 Cabaret — 124

카우프만, 찰리Kaufman, Charlie — 260

카타칼리Kathakali — 162, 163

카터, 안젤라Carter, Angela — 57, 88, 138, 146~154, 249

카트멜, 데보라Cartmell, Deborah — 41, 44, 47, 53

카플란, 코라Kaplan, Cora — 170

칼슨, 마빈Carlson, Marvin — 163

캐롤, 루이스Caroll, Lewis — 17, 108, 161

캐리, 피터Carey, Peter — 21, 82, 206, 207, 223, 226, 227, 234

캐머런, 줄리아 마가릿Cameron, Julia Margaret — 249

『캐스터브리지의 시장』 The Mayor of Casterbridge — 47

『캔터베리 이야기』 The Canterbury Tales — 30, 68

〈캔터베리 이야기〉 A Canterbury Tale — 70

〈캠벨 수프 깡통〉 "Campbell's Soup Cans"

— 244

〈캣츠〉 *Cats* — 49

커닝햄, 마이클Cunningham, Michael — 46, 186~189, 191, 230

컴버배치, 베네딕트Cumberbatch, Benedict — 89, 218

케네디, 에드워드Kennedy, Edward — 238

케네디, 존 F.Kennedy, John F. — 227, 234, 237

케닐리, 토마스Keneally, Thomas — 58~60, 208

〈켈리 일당 이야기〉 *Story of the Kelly Gang* — 234

『켈리 일당의 실화』 *True History of the Kelly Gang* — 227, 228, 234, 235, 237, 239

켈리, 네드Kelly, Ned — 228, 229, 234, 235, 237

코, 조나단Coe, Jonathan — 20, 52, 63

코너, 스티븐Connor, Steven — 84

코드화encoding — 253

『코리올레이너스』 *Coriolanus* — 225

『코머스의 장면』 *Scenes from Comus* — 262

〈코머스의 장면〉 *Scenes from Comus* — 262

코베인, 커트Cobain, Kurt — 253

코페크니, 메리-조Kopechne, Mary-Jo — 238, 239

코폴라, 프란시스 포드Coppola, Francis Ford — 47

콕스, 필립Cox, Philip — 46

콕토, 장Cocteau, Jean — 119, 138, 153

콘라드, 조셉Conrad, Joseph — 43

콜린스, 윌키Collins, Wilkie — 200~202

콜린스, 짐Collins, Jim — 50, 221, 243, 255, 263

쾌락 원칙the pleasure principle — 51

쿠아론, 알폰소Cuarón, Alfonso — 43, 218

쿠체, J. M.Coetzee, J. M. — 21, 82, 172, 175, 206

쿠체, 존 맥스웰Coetzee, J. M. — 172

쿠퍼, 파멜라Cooper, Pamela — 63, 67, 71

쿰, 로즈메리Coombe, Rosemary — 244

퀴어 정치성queer politics — 46, 189

큐커, 조지Cukor, George — 49

크레브, 조지Crabbe, George — 62

크롬웰, 토마스Cromwell, Thomas — 226

크롬튼, 리치멀Crompton, Richmal — 200

『크리스마스 캐롤』 *Christmas Carol* — 221

크리스테바, 줄리아Kristeva, Julia — 15, 18, 37, 223, 269

크리스티, 줄리Christie, Julie — 45

크리에이티브 커먼즈(저작물사용 허가표시)creative commons — 245, 247

크릭, 프란시스Crick, Francis — 73, 252, 254

클락, 마커스Clarke, Marcus — 208

클로즈, 글렌Close, Glenn — 43

〈클루리스〉 *Clueless*, 1995 — 47

〈키스 미 케이트〉 *Kiss Me Kate* — 49, 54, 56~58

키플링, 루디야드Kipling, Rudyard — 219

『킴』 *Kim* — 219

킹, 마틴 루터Luther King, Martin — 87

E

타이트, 찰스Tait, Charles — 234
탄단, 러브린Tandan, Loveleen — 123
탈-문학 시대post-literary era — 254
탈식민주의postcolonialism — 21, 38, 84,
  85, 94, 103, 146, 154, 164, 205, 207~209
터너, J. M.Turner, J. M. — 201
테넌트, 데이비드Tennant, David — 89
테르난, 엘렌 넬리Ternan, Ellen Nelly —
  211, 212
테버슨, 앤드류Teverson, Andrew — 148
테이트, 네이엄Tate, Nahum — 78
『템페스트』The Tempest — 30, 44, 80, 84,
  85, 103, 153, 154, 181, 192, 227
〈템페스트〉The Tempest — 44
토도로프, 츠베탄Todorov, Tzvetan — 139
토마스, 클라랜스Thomas, Clarence — 87
토이빈, 콤Tóibín, Colm — 230
『톰 존스』Tom Jones — 177
〈퇴거 통지서를 읽는 여인〉"Woman Reading
  a Possession Order" — 247
투르니에, 미셸Tournier, Michel — 174, 175
툴루즈 로트렉, 앙리Toulouse-Lautrec, Henri
  — 124
트랜스미디어 스토리텔링
  trans-media storytelling — 50
티-렉스T-Rex — 124
틸, 폴리Teale, Polly — 259

ㅍ

『파도』The Waves — 188
파라칸, 루이Farrakhan, Louis — 87
파라텍스트paratext — 18, 19, 197
파비스, 패트리스Pavis, Patrice — 162
파스, 옥타비오Paz, Octavio — 24
파울즈, 존Fowles, John — 99, 194, 196~
  201, 203, 204, 206, 209, 210, 215
파워스, 리처드Powers, Richard — 72, 73,
  129, 243, 248~253
파이킷, 린Pykett, Lyn — 200
파인즈, 랄프Fiennes, Ralph — 211
파커, 조지Farquhar, George — 58, 59
팔림세스트palimpsest — 18, 31, 33, 66, 246
『팔림세스트』Palimpsests — 39, 83
패러디parody — 21, 38, 92, 138, 172, 173,
  195, 254
패스티쉬(혼성모방)pastiche — 38, 45,
  231, 246, 254, 268, 270
팬-픽션fan-fiction — 254
퍼셀, 헨리Purcell, Henry — 72
펀치드렁크Punchdrunk — 61
펑, 샤오강Feng, Xiaogan — 89
페로, 샤를Perrault, Charles — 150
페리텍스트peritext — 19
페미니즘feminism — 25, 134, 150~151,
  154, 161, 165, 168, 177, 189, 193, 261
〈편지를 읽는 여인〉"Woman Reading a
  Letter" — 247
『포』Foe — 21, 82, 172, 175, 180, 181,
  190, 227, 256

포드, 재스퍼Forde, Jasper — 199

포드, 헨리Ford, Henry — 248

포스터, E. M.Forster, E. M. — 251

포스트모더니즘postmodernism — 38, 66, 94, 124, 165, 195, 228, 231, 242, 243, 259

포시, 밥Fosse, Bob — 124

포우, 에드가 앨런Poe, Edgar Allan — 252

포웰, 마이클Powell, Michael — 70, 260

『포제션』Possession — 196~198, 202

포크너, 윌리엄Faulkner, William — 29, 63 ~66, 69~72, 229, 260

포터, 콜Porter, Cole — 42, 49

포티에, 마크Fortier, Mark — 78, 88

포프, 알렉산더Pope, Alexander — 23

폴, 아드리안Poole, Adrian — 18, 193

『푸른 수염의 알과 다른 단편들』Bluebeard's Egg and Other Short Stories — 149

『푸른 일기』Blue Diary — 149

푸치니, 지아코모Puccini, Giacomo — 126

푸코, 미셸Foucault, Michel — 16, 172, 248

풀먼, 필립Pullman, Philip — 261

『프라이데이, 또는 다른 섬』Friday; or, The Other Island — 174

『프랑스 중위의 여자』The French Lieutenant's Woman — 99, 194, 196~199, 202, 204, 210, 215

프랑크, 안네Frank, Anne — 184

프레스버거, 에릭Pressburger, Eric — 70, 151, 260

프레슬리, 엘비스Presley, Elvis — 244

프레인, 마이클Frayn, Michael — 58, 241

프로스페로Prospero — 44, 80

〈프로스페로의 책〉Prospero's Books, 1991 — 44

프로이트, 지그문트Freud, Sigmund — 28, 89, 139, 143, 174, 249, 267

플래처, 존Fletcher, John — 80

『플레이메이커』The Playmaker — 58, 59, 208

플로우, 존Flow, John — 63, 64, 66, 70

플루타크Plutarch — 65, 79

플린트, 케이트Flint, Kate — 207, 211

피그말리온Pygmalion — 106, 115, 261

『피그말리온』Pygmalion — 49

「피라머스와 띠스비」"Pyramus and Thisbe" — 79

『피로 물든 방』The Bloody Chamber — 147, 152

『피리 부는 사람의 독』The Pied Piper's Poison — 140

피쉴린, 다니엘Fischlin, Daniel — 78, 88

『피의 본성』The Nature of Blood — 94, 181~185, 190, 191

피카레스크 노상 소설picaresque road-novel — 177

피크, 맥신Peake, Maxine — 89

『피크윅 클럽의 유문록』Pickwick Papers — 194

〈피터 그라임스〉Peter Grimes — 62

피터슨, 오스카Peterson, Oscar — 29, 73

필딩, 헨리Fielding, Henry — 177

필립스, 카릴Phillips, Caryl — 94, 181~ 186, 190, 191

ㅎ

『하늘에서 내려온 오르페우스』Orpheus
Descending — 119

하디, 토마스Hardy, Thomas — 19, 44, 47,
193, 195

〈하멜린의 피리 부는 사람〉The Pied Piper
of Hamelin — 140

『하얀 악마』The White Devil — 157

『하워즈 엔드』Howards End — 251

하원반미활동위원회HHUAC — 225

하이퍼텍스트hypertext — 19, 22, 31, 40,
83, 91, 175, 213, 270

하이퍼텍스트성hypertextuality — 40, 175

하이포텍스트hypotext — 22, 30, 31, 83,
91, 208, 213, 220, 238, 270

『한여름 밤의 꿈』A Midsummer Night's
Dream — 57, 79, 127

『할렘 듀엣』Harlem Duet — 87

해리슨, 낸시Harrison, Nancy — 168

해커링, 에이미Heckerling, Amy — 47

〈해크니에서의 삶과 죽음〉Life and Death
in Hackney — 246

『햄릿』Hamlet — 53, 57, 67, 86, 88~90, 92,
93, 95~98, 100~102, 109, 181, 247, 249

햄튼, 크리스토퍼Hampton, Christopher — 45

허천, 린다Hutcheon, Linda — 17, 33, 48,
114, 149, 221, 231

헌터, 톰Hunter, Tom — 246

헤드, 도미니크Head, Dominic — 150, 175,
180, 195

『헤로이데스』Heroides — 106

헤스몬달, 데스몬드Hesmondhalgh, Desmond
— 74

헤어, 데이비드Hare, David — 46

헤어조크, 베르너Herzog, Werner — 206

『헨리 4세』Henry IV — 90

『헨리 5세』Henry V — 81

『헨리 8세』Henry VIII, or All Is True — 80, 233

헨리, 아드리안Henri, Adrian — 148

헨리쿠에즈, 레오나르도Henriquez, Leonardo
— 48

헨슨, 브라이언Henson, Brian — 221

『헨젤과 그레텔』Hansel and Gretel — 144, 145

『현명한 아이들』Wise Children — 153

현지화indigenization — 48

호가스, 메리Hogarth, Mary — 212

호르크하이머, 막스Horkheimer, Max — 222

호머Homer — 21~24, 66, 67, 131

호설화Hu, Sherwood — 90

호크, 에단Hawke, Ethan — 90

호프만, 앨리스Hoffman, Alice — 149

혹스, 테렌스Hawkes, Terence — 188

혹스, 하워드Hawkes, Howard — 244

혼성모방pastiche — 20, 21, 33, 124, 173,
187, 188, 200, 270

혼성화hybridization — 38

혼종hybrid — 106, 111, 114, 162, 218, 229

혼종성hybridity — 38, 270

홀, 스튜어트Hall, Stuart — 194

홀린셰드Holinshed — 79

홀링허스트, 앨런Hollinghurst, Alan — 52

홈즈, 셜록Homes, Sherlock — 206, 217~

219, 221

화이트, E. B.White, E. B. ― 50

화이트, 헤이든White, Hayden ― 197

환유metonymy ― 147, 270

『황금 나침반』His Dark Materials ― 261

「황무지」"The Waste Land" ― 67, 157

〈황야의 무법자〉A Fistful of Dollars ― 112

회화painting ― 88, 241, 247, 249

후편Sequels ― 18, 39, 160, 226

휴고, 빅토르Hugo, Victor ― 49

휴즈, 로버트Hughes, Robert ― 208

휴즈, 켄Hughes, Ken ― 47

휴즈, 테드Hughes, Ted ― 107

흄, 피터Peter Hulme ― 85

〈흑인 오르페우스〉Black Orpheus ― 116
~119, 121, 122, 124, 129

희화화travesty ― 18, 38, 270

『흰옷을 입은 여인』The Woman in White
― 200, 201

히니, 셰이머스Heaney, Seamus ― 107

〈히말라야의 왕자〉Prince of the Himalayas ―
90

히치콕, 알프레드Hitchcock, Alfred ― 262,
263

힐, 아니타Hill, Anita ― 87

힐, 제프리Hill, Geoffrey ― 262

줄리 샌더스(Julie Sanders)는 영국 뉴캐슬대학교 영문학 및 드라마학 교수로 재직 중이며 부총장 직을 맡고 있다. 근세영문학, 문화 지형학, 각색학 관련 광범위한 저서와 연구 논문이 있다.

정문영은 서울대학교 영어교육학과를 졸업하고, 서울대학교 대학원 영어영문학과에서 석사 학위를, 미국 델러웨어대학교에서 영문학 박사 학위를 받았다. 1996년부터 계명대학교 영어영문학과에서 교수로 재직 중이다. 한국현대영미드라마학회장을 지냈다. 저서로는 *Pinter at Sixty*, 『페미니즘 어제와 오늘』, 『페미니즘: 차이와 사이』, 『영화로 보는 미국 역사』 등의 다수의 공저를 비롯하여, 『현대 비평이론과 연극』, 『해럴드 핀터의 정치성과 성정치성』, 『해럴드 핀터의 영화 정치성』 등이 있으며, 역서로는 『정신분석학입문』, 『현대 문학 이론』, 『출옥』 등 다수가 있다. 현재 한국연구재단 글로벌연구네트워크지원사업의 국제공동연구(상호문화주의적 관점에서의 각색과 상호매체성)를 수행하고 있다.

박희본은 경북대학교 영어교육학과를 졸업하고, 동 대학원 영어영문학과에서 석사, 박사 학위를, 영국 브리스톨대학교에서 톰 스토파드 극 연구로 드라마학 박사 학위를 받았다. 2017년부터 충북대학교 영어영문학과에서 교수로 재직 중이다. 한국현대영미드라마학회 국제이사를 맡고 있다. 미국 UC버클리 단기방문학자, 국제행사 조직위원회 통번역전문직, 방송사 프리랜서 구성작가 및 영상번역 경력이 있다. 『영화로 보는 미국 역사』(공저) 외 국제저명학술지에 게재한 스토파드, 데이비드 린, 테렌스 래티건 각색 연구 등 영미희곡, 영문학 각색 논문 다수가 있다. 현재 한국연구재단 글로벌연구네트워크지원사업 책임연구자로 국제공동연구(상호문화주의적 관점에서의 각색과 상호매체성)를 수행하고 있다.

각색과 전유Adaptation and Appropriation

초판 1쇄 발행일 2019년 3월 1일
줄리 샌더스 지음
정문영 · 박희본 옮김

발행인 이성모
발행처 도서출판 동인

주 소 서울시 종로구 혜화로3길 5 118호
등 록 제1-1599호
TEL (02) 765-7145 / FAX (02) 765-7165
E-mail dongin60@chol.com
I S B N 978-89-5506-799-6
정 가 28,000원